ゾラと近代フランス

歴史から物語へ

小倉孝誠

白水社

ゾラと近代フランス——歴史から物語へ

装幀＝小林　剛
組版＝鈴木さゆみ

ゾラと近代フランス＊目次

序章　新たなゾラ像の構築に向けて

大統領の来訪

まず、一つの事件の話から始めよう。

二〇一六年十月二日、フランスのオランド大統領（当時）が、パリ近郊のメダンで改築された「エミール・ゾラ記念館」の落成式に招待され、およそ二十五分にわたって作家ゾラ（一八四〇―一九〇二）の業績と行動を称えるスピーチを行なった。[1] メダンはパリの西郊二十キロほどに位置する町で、かつてゾラの別荘があった。公式の場で政治家がしばしば行なう通りいっぺんの挨拶ではなく、ゾラの活動に具体的に触れながら、その現代的な意義を強調したじつに感動的なスピーチである。筆者（小倉）はその場に居合わせたわけではないが、フランス大統領府のウェブサイトにアップされた映像で、演説を聴くことができた。

この演説は「メダンへの巡礼」の一環として企画された催しである。ゾラの命日が九月末であることにちなんで、毎年十月の第一日曜日、ゾラゆかりの人々や研究者が集い、さまざまな分野の人に講演してもらう。かつてはセリーヌやアラゴンといった作家、ミッテランやバダンテールのような政治家、そして二〇〇二年のゾラ没後百周年には当時のシラク大統領が来訪して祝辞を述べた。そして

パリ西郊メダンにあったゾラの別荘。ベストセラーになった『居酒屋』の印税で購入したもので、現在はゾラ記念館になっている。

今回、オランド大統領が記念館の改築を機にゾラに敬意を捧げたという次第である。それにしても、多忙きわまりない現職の大統領が、いくらフランスを代表する作家の一人とはいえ、一作家に関連するイベントにみずから足を運び、密度の高いスピーチをしたというのは尋常ではない。やはり「事件」と呼ぶのがふさわしいだろう。その背景に何があるのだろうか。

まずエミール・ゾラは、ヴィクトル・ユゴー（一八〇二―八五）と並んでフランスの文化と精神を象徴し、国民にもっとも愛読される作家の一人である（この点については後述）。民衆をリアルに描き、産業革命と近代性がもたらした活力と矛盾、繁栄と病理を活写した功績は大きい。オランド大統領も愛読者の一人かもしれない。『居酒屋』や『ナナ』の作者として、日本でも昔から親しまれてきた。他方で、後期印象派の画家セザンヌとは南仏の町エクス＝アン＝プロヴァンスの中等学校の同窓生であり、親しく付き合い、その後も交流は長く続いた。二人の比類ない友情を描いた映画《セザンヌと僕》が、二〇一六年九月下旬フランスで封切られ評判になったのも、ゾラをめぐる最近の大きなニュースである。なおこの映画は《セザンヌと過ごした時間》というタイトルで、二〇一七年九月に日本でも公開される。

晩年のゾラは、ドレフュス事件に深く関わった。フランス陸軍のドレフュス大尉が、ドイツに軍事機密を漏らしたという嫌疑で逮捕され、有罪を宣告されたのだが、当初から冤罪ではないかという噂が流れていた。ドレフュスがユダヤ人だったことが、事件の波紋を広げ、当時のフランス社会はドレフュス派と反ドレフュス派が対立し、まさに社会が分断された。反ユダヤ主義の嵐が吹き荒れた時代でもあった。ドレフュスの無実を確信したゾラは一八九八年一月十三日、ある新聞に「私は糾弾する！……」と題した公開状を寄せ、軍部と国家権力を痛烈に批判した。ドレフュスの無罪が確定するのは、二十世紀に入ってからである。

メダンにはゾラ記念館と並んで、二〇一八年にドレフュス記念館がオープンすることになっている。オランド大統領はスピーチのなかで、ドレフュス事件に関与し、みずからの地位と名声を犠牲にする危険を冒してまでドレフュスを擁護したゾラの勇気ある行動を称賛した。

それは過去の偉大な作家への敬意にとどまるものではなく、現在の社会情勢に向けて警鐘を鳴らしているのだ。二〇一五年一月のテロ事件（そこにはパリ東部のユダヤ人商店の襲撃も含まれ、反ユダヤ主義がいまだに存在することを示している）以来、社会の分断が危惧されるフランスの現状に、オランド大統領はドレフュス事件当時のフランスとの類似を見たに違いない。だからこそまさにゾラゆかりの地で、フランス社会の連帯と共和国の正義を静かに、しかし決然と唱える格調高いスピーチを行なったのである。百年以上前に死んだ作家の魂が、現職の大統領を鼓舞しているのだ。

二つの調査

作家ゆかりの地に大統領が赴いたのは例外的で、一回性の出来事であり、そこには政治的な思惑も絡まっていた。そのことが現代フランスの文化に占めるゾラの重要性を、ただちに立証するとは言えないだろう、という異議申し立ては予想されるところだ。そこで次に別の観点から、ゾラが現在どのように評価され、位置づけられているかを示唆するために、二〇一五年、フランスの雑誌に発表された二つのアンケート調査を援用することにしよう。研究やアカデミズムの世界における価値づけではなく、一般市民の間でゾラがどう認識されているかという問題である。

第一は、九月三日付の『オプス』誌（かつての『ヌーヴェル・オプセルヴァトゥール』誌）に掲載された世論調査の結果である。(2) 市場・世論調査会社ＢＶＡが二〇一五年七月三十、三十一の両日に実施した「フランス人と読書」に関する調査で、「フランス人が好む十人の作家」の名前が公表されている。

1　ヴィクトル・ユゴー
2　マルセル・パニョール
3　エミール・ゾラ
4　ジュール・ヴェルヌ
5　モリエール
6　ギ・ド・モーパッサン
7　ギヨーム・ミュソ

8　マルク・レヴィ
9　アントワーヌ・ド・サン＝テグジュペリ
10　アルベール・カミュ

十七世紀の劇作家モリエールを除けば、すべて十九世紀以降の作家たちである。その多くは日本でも馴染み深い著者たちであり、数多くの作品が翻訳されている。また現代フランスの人気作家で、国際的にも知名度が高いミュソとレヴィをさし措いて、ユゴーやゾラといった古典作家が上位にランクされているのが注目に値する。いかにも共和政を敷いてきたフランス人の趣味と思想が反映している、と言えるかもしれない。フランスでは町の通りが歴史上の人物の名前を冠することが多いが、作家にかんしていえば、ヴィクトル・ユゴー通りやエミール・ゾラ通りは、多くの町で中心部に位置しているのだから。

このリストに挙がっている名前を見れば、回答が学校教育の記憶とつながっていることは容易に想像がつく。フランス人は中学・高校のフランス語の授業（日本で言えば「国語」の授業）で、自国を代表する作家たちの作品を抜粋で読み、解釈する訓練を受ける。日本の生徒たちが国語の授業で芭蕉や漱石に触れるのと同じである。教室で読んだ作家が印象に残るというのは、見やすい道理である。しかしそれだけならば、今が旬の現代作家二人がランクインしていることは説明できない（ミュソは一九七四年生まれ、レヴィは一九六一年生まれ）。この調査結果は、現時点におけるフランス人の文学的趣味を反映しているのであり、ゾラはユゴーとパニョールに次いで、フランス人からもっとも愛されている作家の一人だということが分かる。

第二の調査は、月刊文学雑誌『マガジーヌ・リテレール』の二〇一五年四月号の特集ページで報告されている。(3) 編集部の委託を受けて、調査会社ハリス・インタラクティヴのフランス支社が二〇一五年二月二十四日―二十六日に、ネットをつうじて実施した世論調査である。対象者は十八歳以上のフランス人およそ千人、年齢、性別、職業、社会階層、居住地に偏りがないよう配慮されたうえでの調査である。対象者には「次の作家のうち、フランス国内と外国において、フランスとその文化、言語、そして精髄をもっともよく体現しているとあなたが考えるのは誰ですか」という質問が向けられた。換言すれば、フランス人にとっての「国民的作家」は誰かという問いかけである。

第一の調査は純粋に好みを尋ねる質問への回答であり、作家をめぐる人気投票だったが、第二の調査は好悪が争点ではなく、あるいは好悪の次元を超えて、フランスの文学と文化を代表する文学者は誰かという価値判断が関与している。趣味の問題と価値の認識論は異なる次元に属するから、混同しないようにしよう。愛読する作家ではなくても、その価値や意義に疑問の余地はないと見なされる作家がいるものだし、逆に、フランス文学を代表する作家かもしれないが、読者によっては愛せない作家もいる。

作家のリストは編集部があらかじめ作成し、調査対象者はその中から六人まで選べるという複数回答方式だった。上位十人と、獲得数のパーセンテージを以下に示す。

1	ヴィクトル・ユゴー	63%

2	モリエール	45%
3	エミール・ゾラ	37%
4	ジャン・ド・ラ・フォンテーヌ	32%
5	ジュール・ヴェルヌ	32%
6	ヴォルテール	29%
7	マルセル・パニョール	27%
8	アントワーヌ・ド・サン＝テグジュペリ	23%
9	アルベール・カミュ	17%
10	ギ・ド・モーパッサン	17%

特集記事に依拠していくつか注釈を加えておきたい。男女別では、男性はユゴーとヴェルヌを、女性はゾラを好むという傾向が強い。恵まれた階層の人々はユゴー、モリエール、ヴォルテールに親近感を覚え、庶民層はパニョールにより強く一体化する。若者が支持するのはラ・フォンテーヌとヴォルテールであり、読書家は逆にカミュを推す。性別、年齢、社会階層、地域に関係なくもっとも広範な賛同を得たのは、六割以上のフランス人が名を挙げたユゴーである。詩、小説、演劇、批評、時評などあらゆるジャンルで膨大な量にのぼるすぐれた作品を残し、十九世紀フランス社会と文化のあらゆる重要な局面に立ち会い、時にはその当事者でもあったユゴー、生前から絶大な国際的名声を享受し、一八七〇年以降の第三共和政下にあっては共和国の精神的支柱と仰がれ、その死に際しては国家

による華々しい国葬によって弔われた国民的作家――それがユゴーである。フランス的精神をもっともよく体現するのはユゴーだ、という認識は現在でも根強い。

この種の調査を他の国で実施すれば、イギリスではシェイクスピア、ドイツではゲーテ、イタリアではダンテが筆頭に位置するのは間違いないところで、わが国では夏目漱石だろうか。フランスの場合、そこまで他の追随を許さないほど圧倒的な支持を獲得する作家はいないが、二つの世論調査を見るかぎり『レ・ミゼラブル』の作家の存在感は群を抜いている。ユゴーをけっして好まなかった作家アンドレ・ジッドが、かつて「フランスでもっとも偉大な作家は?」と訊かれて、「残念ながら、ユゴーでしょう……」と答えたという有名な逸話が想起されるところである。

しかし、いま問題なのはゾラである。好きな作家を問うアンケートでも、フランス文化を代表する国民的作家は誰かという調査でも、ユゴーには及ばないものの、どちらも堂々の三位につけているのだ。驚く読者もいるかもしれないが、これが現代フランスの文化的文脈におけるゾラの位置づけにほかならない。

世界現象としての自然主義

エミール・ゾラは、バルザック、スタンダール、フロベールと並んで、十九世紀フランスを代表する小説家である。文学史的には、世紀半ばに隆盛を迎えた写実主義《レアリスム》を継承しながら、それを発展させて自然主義を確立し、この運動の自他ともに許す領袖として活躍した。

自然主義に特徴的なのは、それが西洋全体でほぼ同時的に広まった文学運動だったということであり、これはそれ以前の文学潮流と大きく異なる。ロマン主義や写実主義もヨーロッパ全体に見られた現象だが、それぞれの国で自律した独自の発展形態を有し、時期的には多少のずれがあり、お互いが強い影響を及ぼしあったということはない。他の言語への翻訳も限定的であり、特定の作家の作品があらゆる言語に翻訳されて、世界的な名声を生前から享受するということも、稀な例外を除いてなかった。十九世紀前半のロマン主義時代にゲーテや、ウォルター・スコットや、バイロンが西洋諸国語に翻訳されて評判になり、ボードレールは一八五〇年代にエドガー・アラン・ポーの作品を仏訳しているが、受容者層はかなり限られていた。

ゾラが生きた十九世紀後半になって、社会と文化の状況がおおきく変わる。産業革命がもたらした鉄道の発展、印刷技術の進歩と新聞・書籍の飛躍的な増加、教育の普及に伴う読者層の増加、ダーウィンの進化論など科学思想の普及、エジソンによる電球の発明（一八七八年）がもたらした日常生活の変化や劇場の照明システムの改善――こうした一連の出来事が、西洋諸国における文学と作家の国際的な交流をうながし、文学の制度的な枠組みに国境を越えた共通性をもたらした。一八七八年には、国際作家連合の第一回大会が開催され、一八八六年に批准されたベルン条約は、国際的なレベルで作家の著作権を保護することを目的にしていた。それまでは著者のあずかり知らぬところで翻訳が出版されたり、海賊版が出回ったりしており、それを監視し取り締まる法規が存在しなかったのである。文学と作家を取り巻く物質的な状況と、制度的な枠組みと、密度の濃い交流が、それ以前の時代とは根底的に変わった。自然主義文学はそのようななかで生成し、発展したのだった。

その中心にあったのがフランス文学であり、なかんずくゾラにほかならない。作品ばかりでなく、理論や批評をつうじても新たな文学を喧伝することに努めた彼は、一時代のさまざまな潮流が交わる結節点、西洋諸国の文学運動を推進する中枢の位置にいた。発祥の地はフランスだったとはいえ、自然主義文学はこうしてほぼ同時代的に各国に広まり、多かれ少なかれゾラの影響を受けながら、一八八〇年代に西洋の小説と演劇において主要な流れを形成する。流行作家になって以降、ゾラの作品は発表から間を置かずに他のヨーロッパ諸言語に、ときには作家自身の知らないうちに翻訳され、同時代的に受容され、評価された。

自然主義は限られた期間に一気に文学運動としての輪郭を整え、数多くの傑作を生み出し、国境を越えての作家同士の連帯感を生じさせたと言ってよい。これは世界の文学史上、おそらく最初の現象であり、二十世紀ではシュルレアリスムが類似した輪郭を示す。そして民衆や下層階級の生態を描くこと、個人よりも環境や集団の力学を重視すること、性、欲望、狂気、逸脱などそれまでタブー視されていた主題を積極的に取り上げたことは、すべての国の自然主義文学に共通していた。

こうしてイギリスのジョージ・ムアやギッシング、ドイツのクレッツェルやハウプトマン、イタリアのヴェルガ、スペインのパルド・バサンやブラスコ・イバーニェス、ポルトガルのエッサ・デ・ケイロース、ベルギーのルモニエ、スウェーデンのストリンドベリ、ノルウェーのイプセンらの代表作は一八八〇年代に集中している。そして少し遅れてアメリカのクレイン、ノリス、ドライサーが作品を世に出す。ムアやヴェルガやルモニエはフランスに足を運び、ゾラを表敬訪問しているほどであり、ゾラの国際的な名声が証拠立てられる。彼の名声が遠い極東の地、明治期の日本にまで及んだこと、ゾラの文学が日本近代文学の成立に際して無視しがたい衝撃をもたらしたことは、贅言を要しないだろう。

ゾラをめぐる認識の変遷

とはいえ二十世紀後半、わが国でゾラはけっして正当に評価されてきたとは言えない。確かに、ゾラは昔から有名な作家であり、翻訳はいつの時代にも数冊は流布していて、読者は手にとることができた。仮にその作品を読んだことがなくても、ユダヤ人将校をめぐる冤罪事件であり、十九世紀末のフランス社会を分断したあのドレフュス事件に際して、敢然と国家権力に立ち向かった「知識人」として、ゾラの名を記憶している人は多いだろう。何しろ高校の世界史教科書にも、彼の名前は登場するくらいだから。ちなみにフランス語の「知識人 intellectuel」という語は、この事件を機に市民権を得ることになった。

しかしそれは、ゾラがよく読まれてきたということを意味しないし、ましてや正しく理解されてきたということでもない。問題は、『居酒屋』（一八七七）や『ナナ』（一八八〇）などいつも同じ小説が翻訳されていたことで、その結果、ゾラにかんして硬直的で偏狭なイメージができ上がってしまったということである。

一九六〇―八〇年代の日本では、ヨーロッパ諸国の文学が数多く翻訳され、大手の出版社からは世界文学全集と銘打たれたシリーズがいくつも刊行されており、そのなかにゾラの作品が含まれていたのは事実だ。ただし十九世紀フランス文学に限定すれば、バルザック、スタンダール、メリメ、ネルヴァル、ボードレール、フロベール、ランボーなどの翻訳全集が出版される一方で、ゾラはそのような恩恵に浴することなく、相変わらず『居酒屋』と『ナナ』の作家でしかなかった。この二作品が傑作で、ゾラの代表作であることは認めるにしても、ゾラにはその他にも多様な側面がある。しかし『居酒屋』と『ナナ』の作者であるという排他的な認識が、そうした他の側面を等閑視させることにつながってしまった。

事情は批評や研究の場でも同じで、ゾラの代表作『ルーゴン＝マッカール叢書』全二十巻を丹念に読み、精緻に研究する批評家や大学人や学生はほとんどいなかった。小林秀雄がランボーやヴァレリーに、野間宏や寺田透がバルザックに、大岡昇平がスタンダールに、そして大江健三郎がサルトルに傾倒し、彼らを愛読し、彼らについて評論し、時にはその作品を翻訳したのと同じ程度に、戦後の文壇でゾラを熱く語った作家や批評家はいなかった。それもゾラに光が当たらなかった理由の一つだろう。

幸いにも、日本では一九九〇年代に入ってから状況に変化の兆しが現れた。ゾラを論じた研究書（部分的なものを含めて）がいくつか出版されるようになったし、文化史や美術史関連の著作でゾラの名前を見る機会が増えた。ゾラが日本文学に及ぼした衝撃をていねいに跡づけた河内清の『ゾラと日本自然主義文学』（一九九〇）、叙事詩性、神話、象徴を手がかりにしてゾラ文学の豊饒さを浮き彫りにした清水正和の『ゾラと世紀末』（一九九二）、ゾラがドレフュス事件に積極的に関与するにいたった社会的、政治的、思想的文脈を明らかにしようとした稲葉三千男の『ドレフュス事件とエミール・ゾラ』（一九九六）、ゾラと印象派の相互浸透を論じた新関公子の『セザンヌとゾラ――その芸術と友情』（二〇〇〇）、多分野にわたる専門家がゾラ文学における歴史、身体、宗教、科学の表象を読み解いた小倉孝誠・宮下志朗編『ゾラの可能性』（二〇〇五）、そして精神分析と現代思想の概念装置を活用しながら、ゾラの小説で欲望がおびる多様な次元をあざやかに分析した寺田光德の『欲望する機械』（二〇一三）などが、単行本にまとめられた主要な成果である。

若い研究者の間でも『ルーゴン＝マッカール叢書』の作家に関心を抱くひとが増えてきた。たとえば、年二度開催される日本フランス語フランス文学会の全国大会において、ゾラに関する質の高い研究発表がしばしばなされている。筆者が学生だった一九七〇―八〇年代と較べると、まさに隔世の感がある。若い世代がゾラを再発見したと言ってよい。

二〇〇二年はゾラ没後百年に当たっていた。偉大な過去の作家や芸術家の節目の年に、さまざまな催しや出版をするのが好きな国民性もあって、フランスではゾラをめぐる書物があふれ、シンポジウム、展覧会、演劇など文化的催事にも事欠かなかった。筆者は旧知の宮下志朗氏と共同監修で、この没後百年の年に『ゾラ・セレクション』（藤原書店、全十一巻）を始動させた。わが国ではほとんど未知の小説を翻訳し、さらにこれまで邦訳されたことのないジャーナリズム的文章、美術批評、文学批評、そして書簡集を加えることで、従来のゾラ像の刷新をねらった企画である。今日わが国におけるゾラの認知度がかつてより高いとすれば、セレクションはそれにいくらか寄与したと自負している。加えて、『ゾラ・セレクション』に収められなかった作品が論創社から新訳刊行されたことで、現在は『ルーゴン＝マッカール叢書』全二十巻が、近年の研究成果を盛り込んだうえで読者に提供されている。

ゾラの多層性

ゾラはきわめて多層的な作家である。

まず、すでに言及した『居酒屋』、『ナナ』、さらには『ジェルミナール』（一八八五）や『獣人』（一八九〇）などを含む代表作『ルーゴン＝マッカール叢書』を著わした小説家として名高い。これは第二帝政期（一八五二―七〇）のフランス社会の諸相を、パリと地方都市を舞台に描き出した連作である。その後も『三都市』（一八九四―九八）や『四福音書』（一八九九―一九〇三）と題される連作で、激動の十九世紀末の不安と夢想を表現し、来るべき社会の理想を語ってみせた。これら一連の作品は、十九世紀後半フランスの政治、経済、社会、文化、習俗、思想、科学などあらゆる側面を表象した一大フレスコ画になっている。ゾラ文学の特徴を一言で要約するならば、個人と集団の野心が激しくぶつかり合い、欲望が渦巻くドラマをつうじて、近代社会の葛藤と力学を鮮明に抉り出したということになるだろう。

以上はいずれも長編小説だが、ゾラはその他におよそ八十編にのぼる中・短編を残している。そもそもゾラの処女作は『ニノンへのコント』（一八六四）という短編集だった。ブルジョワや民衆の卑近な日常性に題材を汲んだ風刺的な作品、普仏戦争やパリ・コミューンなど歴史の過酷な悲劇に巻き込まれる人間のドラマ、そして怪奇や幻想への関心を裏づけるミステリー仕立ての物語など、ここでも作者の想像力の多層性が浮き彫りになる。それ以前に書かれた、あるいはその後発表されることになる長編とのテーマ上の類縁性を指摘できる作品も少なくない。いずれの場合も、読者の興味を結末に向かって高めていく物語展開の妙には、ゾラのストーリーテラーとしての才能が遺憾なく発揮されている。
演劇の歴史においてゾラの名前が特筆されることはないとはいえ、彼は戯曲を執筆し、自分の小説を芝居用に翻案した。十九世紀の作家にとって、詩や小説以上に演劇が文学者としての名声と、ときには収入を保障してくれるジャンルだった。自然主義文学の成功のかなりの部分は、ゾラやゴンクール兄弟やアルフォンス・ドーデらが発表した戯曲に負っていた。他のヨーロッパ諸国でも、自然主義文学の代表的作家のなかにイプセン、ストリンドベリ、ハウプトマンなど戯曲作家が多いのは偶然ではない。『居酒屋』にしても、主要人物たちが大衆に知れ渡ることになったのは、小説よりもむしろ二年後の一八七九年に初演され、その年だけで二百回以上の上演を重ねた戯曲版によるところが大きいのである。

マネ作《エミール・ゾラの肖像》(1868)。小説家として有名になる以前の若きゾラ。自分を擁護してくれたゾラへの答礼としてマネが描いた。

ただしゾラの戯曲は、演劇ジャンルの専門家だった作家ウィリアム・ビュスナック（一八三二―一九〇七）との共作が多いので、純粋にゾラの作品として論じることが難しい。同じようなことは、一八九〇年代にゾラの原作『風車小屋の攻撃』や『夢』に依拠してルイ・ガレが執筆した台本、さらにゾラ自身が手がけたオペラの台本についても言える。曲を付けたのはいずれも音楽家アルフレッド・ブリュノ

（一八五七—一九三四）で、ワグナー的な音階を響かせるオペラになった。

第二に批評家としてのゾラで、ここでは二つの領域が区別できる。まず文学批評家としては、尊敬する先達あるいは自然主義の先駆者としてバルザック、スタンダール、フロベール、ゴンクール兄弟を論じる評論を書き、文学と金銭、あるいは文学と共和国といった問題をつうじて作家の社会的位置を問いかけ、描写、道徳、現実の表象などレアリスム小説がはらむ基本的な美学を論じた。文学理論家として自然主義文学を定式化した功績も大きい。

ファンタン゠ラトゥール作《バティニョールのアトリエ》(1870)。イーゼルに向かうマネとその仲間たちを描いた集団肖像画で、モネ、ルノワールの姿も見える。右から四番目がゾラ。

次に、美術批評家としての活動も無視できない。一八六〇年代、《オランピア》や《草上の昼食》で画壇にスキャンダルを巻き起こしたのがエドゥアール・マネだが、そのマネの真価を真っ先に見抜き、マネが絵画の新たな言語を創出したとして彼の作品を絶賛したのがほかならぬゾラである。モネ、ルノワール、セザンヌなどの印象派は現代では声価が確立しているが、一八六〇—七〇年代はけっしてそうではなかった。そうした時代に印象派を敢然と擁護したのがゾラであり、十九世紀フランスの美術批評史において、ゾラの犀利な批評は独自の輝きを放っているのである。

こうした炯眼な判断が可能だったのは、ゾラがジャーナリストであり、その嗅覚が有効に機能したからだ。ジャーナリスト・ゾラ、これが第三の側面である。幼くして父親を失い、貧しい母子家庭に育ったゾラは、生活の糧を得るため若い頃からジャーナリズムの仕事に手を染め、小説の執筆で多忙をきわめた一時期を除いて、晩年まで新聞・雑誌に寄稿することをやめなかった。そこにはサンクトペテルブルクで発行されていた『ヨーロッパ通報』のような、外国の雑誌も含まれている。ジャーナリストの文章としては、ドレフュス事件さなかの一八九八年一月『オロール』紙に発表された「私は糾弾する！……」がもっとも有名だろう。事件の大きな転換を画した歴史的な一文である。それ以外にも政治、教育、宗教、科学技術、女性、ユダヤ人、人口問題などあらゆる話題をめぐって無数の時評を書いた。そしてそれらのトピックがゾラ文学の主題と深く切り結んでいることは、言うまでもない。

本書の構成

本書では、このように多面的なゾラの文学活動を三つの異なる角度から読み解いていく。

第Ⅰ部では、まず主著『ルーゴン＝マッカール叢書』の構想がどのように練り上げられたかを、ゾラの草稿に依拠しながら明らかにする。当初のプランにおいても、その後に書かれた小説においても、歴史や、それを超えるものとしてのユートピアはゾラ文学を貫く通奏低音になっている。晩年の『三都市』や『四福音書』へと続く作品群を概観することで、ゾラの歴史への問いかけがどのように定式化されたかを探る。そして歴史が表象される具体的なメカニズムを、『ルーゴン家の繁栄』と『壊滅』という二作品をとおして分析する。

ゾラ文学の全体的構図を考察した第Ⅰ部に続いて、第Ⅱ部を構成する三章は、それぞれ女性、芸術（とくに絵画）、パリという個別の主題をあつかう。十九世紀に進行した近代化と民主化は、社会における女性と、芸術および芸術家の地位を大きく変え、第二帝政期にはオスマン主導によって首都が根底から変貌を遂げた。ゾラは時代の変化に敏感で、その変化を捉え、解釈しようとした作家である。しかもこれら三つの主題はいずれも、十九世紀初頭から、端的に言えばバルザックの時代からフランス文学に強く浸透してきた主題だから、ゾラは先行する作家たち、あるいは同時代の作家たちとみずからを差異化する必要性を感じていた。それぞれの主題の文学史的系譜を念頭に置きながら、ゾラがもたらした革新性を考察する。

第Ⅲ部では、書簡作家やジャーナリストという、小説家ゾラとは異なる側面に焦点をあてる。手紙は私的な言説であり、新聞・雑誌に寄せられた記事や論考は公的な言論空間に組み込まれるという違いはあるが、どちらも作家が人間と、社会と、世界にどのような眼差しを向けていたかを示す。近代フランス作家はみな数多くの手紙を書き、受け取っているが、ゾラも例外ではない。彼の書簡集は家族、友人、同業者との関係について多くを教えてくれるだけでなく、彼の世界観、文学観、作品の構想、創作過程にかんしても興味深い証言をもたらしてくれるのである。

他方ジャーナリズムに発表された論考は、その時々の政治や、社会や、文化の問題と深く切り結びながら、ゾラの反応を鮮明に伝えてくれる。ゾラはあらゆる現象に関心を抱き、けっして判断停止に陥ることなく常に明確な立場を表明した。そのような彼の関心の多様性を明らかにしてみたい。最後の第九章では、ゾラが同時代の作家たちや、後代の作家、批評家、哲学者、歴史家によってどのように読まれ、判断され、ときには誤解されてきたかを概観する。ゾラが人間と社会に向けた視線と、社会と人々がゾラに向けた視線を双方向的に読み解いてみるという試みである。

補遺として、『ルーゴン＝マッカール叢書』全二十巻のあらすじをまとめておいた。本書ではこの叢書がしばしば議論の対象になるが、ゾラの小説は長く、複雑な構造をもつものが少なくない。しかもシリーズとしての統一性を具え、一人の人物がいくつかの作品に登場するという特徴がある。登場人物の相貌、物語の背景、作品の相互関係、テーマの輪郭、複数の作品に見られる場面の共鳴などを把握するために、適宜参照していただければ幸いである。

I　〈問い〉としての歴史と社会

第一章 『ルーゴン＝マッカール叢書』の起源

一つの文学作品は、さまざまな過程を経て誕生する。それが長編小説である場合は、最初の着想から、完成して刊行されるまで数年、十数年を要することさえ稀ではない。一度出版された作品が、著者の生前に手直しされて新版が出ることもある。一般読者は刊行された作品を読むだけだが、研究者にとっては作品が生成、発展していく諸段階をたどることも興味深い。文学館に展示される手書きの原稿や、関連する書簡が注目されるのは、それらが創作の過程、そのためらいや逡巡、飛躍や新たな方向性を伝えてくれるからである。

これは文学に限らず芸術全体について言えることで、たとえば絵画や彫刻の展覧会で、完成作だけでなくそれ以前の素描、デッサン、下絵、粗造りの像などが展示されるのは、観者の側に作品に至るプロセスそのものにたいする強い関心があるからだ。完成された作品のみならず、創作の道筋そのものも一つの芸術行為であるという認識がそこに潜んでいるだろう。

ゾラの代表作『ルーゴン＝マッカール叢書』(一八七一―九三)は、全二十巻から成る文字どおり記念碑的な連作であり、『居酒屋』や『ジェルミナール』などわが国でもよく知られている作品がこの叢書に含まれる。一八六〇年代、二十歳代のゾラはすでに数冊の短編集、長編小説を世に出し、さらには文学批評、美術批評を精力的に手がけていたから、叢書の執筆を開始した時点で駆け出しの作家だったわけではない。ボヘミアンたちの無軌道な生活を語る『クロードの告白』（一八六五）、人妻が愛人と謀って夫を殺害し、やがてその亡霊に悩まされるという陰鬱な物語『テレーズ・ラカン』（一八六七）、そして二人の青年に愛される女の悲劇を描いた『マドレーヌ・フェラ』（一八六八）は、いずれも若い作家の未熟ながらも確かな才能を垣間見せてくれる小説である。パリ、とりわけセーヌ左岸の界隈を物語の舞台にすること、男の運命に悲劇性をもたらす「宿命の女」の表象など、これらの作品にはいくつかの要素が共通している。

しかし、そこから『ルーゴン＝マッカール叢書』の傑作群までの距離はかなり大きい。それまで見られなかった雄大な物語の布置、多層的な主題、連作という発想、歴史性への眼差しがこの叢書で一気に花開く。ゾラ研究の泰斗アンリ・ミットランはこの飛躍を「革命」[1]と呼んでいるくらいだ。芸術的な創造の秘密はしばしば謎に包まれており、俗人には窺い知れないことが多いものだが、一八六〇年代末に叢書のプランを練ったゾラの場合も、事情は類似している。

ゾラは日記を付けなかったし、自伝や回想録を残していない。青年時代から晩年に至るまで、書簡のなかでみずからの小説美学を開陳することはあったが、この時期にゾラが書いた手紙には『ルーゴン＝マッカール叢書』の起源について直接触れた文章はないのである。初期の小説から全二十巻の叢書への根本的な飛躍は、いったいどの時期に、いかにして招来されたのだろうか。

「四つの世界」と「特殊な世界」

一八六〇年代末に、ゾラは『ルーゴン＝マッカール叢書』の基本構想を練り上げる。数種類の資料が残されているが、日付は記されていないので、作成された時期を厳密に確定することができない。とはいえ、内容と第三者の証言からそれらの資料が、一八六八年夏あるいは秋から翌年初頭にかけて作成されたことはほぼ間違いない。

「全体的な決定」(2)と題された草稿で、ゾラは「四つの世界」と「特殊な世界」を識別してみせる。四つの世界とは「民衆」、「商人」、「ブルジョワジー」、「上流階級」であり、特殊な世界とは「娼婦」、「殺人者」、「司祭」、「芸術家」からなる世界である。四つの世界とは社会を構成する四つの階級であり、それぞれの階級には具体的な職業が振り当てられる。民衆には労働者や兵士、商人には土地投機者や産業人、上流階級には高級官僚や政界人が含まれる。『ルーゴン＝マッカール叢書』という新たな小説シリーズでは、社会を構成する諸階層とさまざまな職業集団こそが、作中人物が棲息する空間として位置づけられる。構想の発端には、個別的な人間のドラマではなく、集団の力学が存在したのであり、ゾラは文学によって社会学的な表象を志向したと言えよう。

　さらに、このような社会認識に依拠してゾラは、『ルーゴン＝マッカール叢書』を構成する

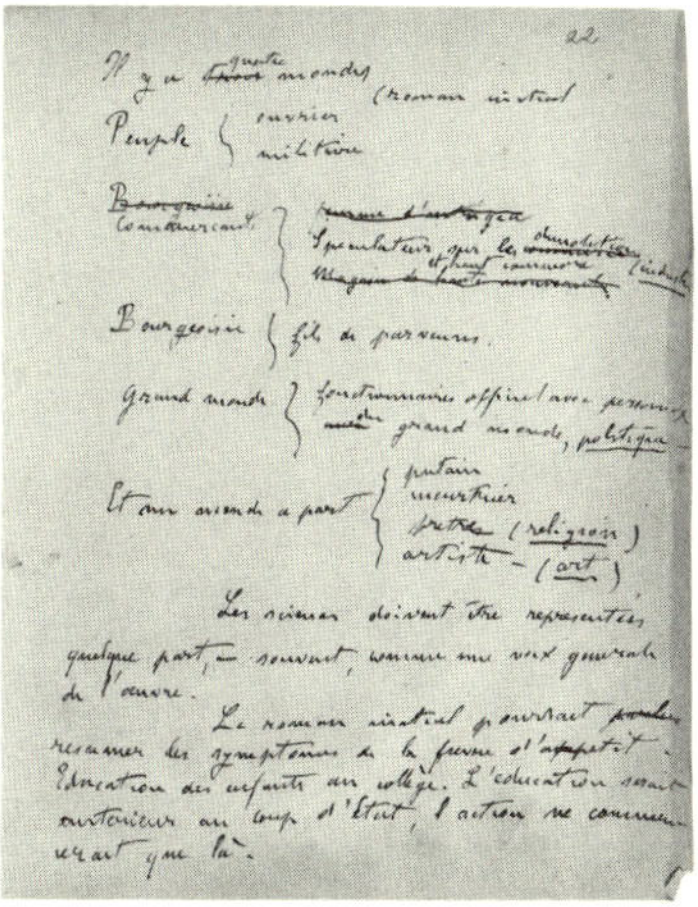
『ルーゴン＝マッカール叢書』の構想を記したゾラの草稿。「四つの世界」と「特殊な世界」が識別されている。

十編の小説のリストを、その舞台となる場所を添えて作成する。(3)

司祭にかんする小説（地方）
軍事小説（イタリア）
芸術にかんする小説（パリ）
パリの大改造にかんする小説
司法小説（地方）
労働者の小説（パリ）
上流階級の小説（パリ）
商業世界に登場する権謀術数に長けた女（ドゥゴン）にかんする小説
ある成り上がり者の家族にかんする小説（父親が突然富を築いた時、それが娘や息子にどのように影響するか）パリ
最初の小説、地方

最終的に『ルーゴン＝マッカール叢書』は二十巻で構成されることになるが、一八六八―六九年の時点では十巻が予定されていた。四つの世界、特殊な世界、そして十作品のリストを見れば、それがどの作品に結実したかを指摘できる。『司祭にかんする小説は、主人公の性格と物語の布置がまったく異なるとはいえ、『プラッサンの征服』（一八七四）と『ムーレ神父のあやまち』（一八七五）という

二作に分岐する。以下リストの順に『壊滅』（一八九二）、『制作』（一八八六）、『獲物の分け前』（一八七一）、『獣人』（一八九〇）、『居酒屋』（一八七七）、『ウジェーヌ・ルーゴン閣下』（一八七六）、『ボヌール＝デ＝ダム百貨店』（一八八三）が予告されている。そして最後の二つの主題はシリーズ第一作『ルーゴン家の繁栄』のなかで融合される。

十編からなる連作という構想が、一八六八年暮にはほぼ確定していたことが、十九世紀後半パリの文壇と社会生活にかんする比類のない証言であるゴンクール兄弟の『日記』によって裏づけられる。ゴンクール兄弟によれば、一八六八年十二月十四日、彼らの邸宅での昼食会に招かれた若きゾラは、自分の文学的構想について次のように語ったという。

ゾラはわれわれに生活が苦しいと言う。今後六年にわたって三万フランで自分の作品を買いとり、毎年六千フラン確約してくれる出版社がほしいし、必要だと言う。それで自分と母親のためのパンを得られるし、十巻の小説「ある家族の歴史」を書く自由も手に入れられる。ゾラは大仕掛けの作品を創りたいのだ。(4)

十巻からなる「ある家族の歴史」。これが後の『ルーゴン＝マッカール叢書』についてなされた、第三者による最初の言及である。四つの世界、特殊な世界、十編の小説リスト――これがいわば『ルーゴン＝マッカール叢書』の原初的母胎であり、起源である。このような構想は、もちろん無から生まれたものではないし、一朝一夕に形成されたわけでもない。

バルザックとの差異化

ゾラがみずからの文学観を発展させるに当たって、バルザックが重要な霊感源となった。一八六〇年代半ばから、ゾラはバルザックを読み返し、『人間喜劇』の壮大な規模にあらためて圧倒されていた。当時、新聞や雑誌にしばしば書評や劇評を寄稿していたゾラは、リヨンの新聞『公共福祉』の一八六五年四月二十九日付の号に寄せた記事で、次のように書いていた。

この天才〔バルザック〕はある時自分の周りを見まわし、自分の眼力が優れていることに気づいたにちがいない。人間の魂をじかに把握し、意識を探り、物事の輪郭をみごとに捉え、現代社会の内部と外部、すべてを同時に見通す眼力である。彼の呼びかけに応じて、一つの世界がまるごと地面から出現した。神の世界ほど偉大ではないものの、あらゆる欠点といくらかの長所によってそれに似た世界である。娼婦から生娘まで、悪徳に染まったならず者から名誉と義務の殉教者まで、そこには完全な社会が描かれている。(5)

バルザックの『人間喜劇』が十九世紀前半の社会を余すところなく描き尽くしたことに、ゾラは讃嘆の念を禁じえない。その熱狂ぶりは、二年後友人に宛てた手紙のなかであらためて表明されている。「何という男だろう！　今僕は彼の作品を読み直している。バルザックはこの世紀を圧倒している。僕から見れば、ヴィクトル・ユゴーも他の作家もかすんでしまうほどだ(6)」。『人間喜劇』の作家が物故してからすでに二十年近く経っていたが、その評価と影響力は高まるばかりであった。当時を代表する哲学者・批評家のイポリット・テーヌ（一八二八―九三）が、評論集『新・批評歴史エッセー』（一八六五）に収めた密度の濃いバルザック論が、こうした流れを強めていた。

バルザックへの敬意は否定しがたいものの、野心的な新進作家としては著名な先輩作家に倣うだけでは独自の文学世界を開拓できない。彼が切り拓いた文学理念を継承しつつ、ゾラはこの偉大な先達と一線を画そうとする。「バルザックと私の違い」と題された二ページの文書は、その意味でじつに啓示的である。バルックは、政治、宗教、道徳について一定のイデオロギーをためらわずに表明し、それをつうじて「現代社会の鏡」になろうとした。『人間喜劇』は確かに一つの時代を描き尽くした壮大なフレスコ画にほかならない、と若きゾラは認める。では、彼にはなすべき何が残されているのか。あるいはバルザックの後で、小説を書く意義はどこにあるのかと問いかけながら、ゾラは次のように書き記す。

私の作品は社会的というより、科学的なものになるだろう。バルザックは三千人の人物を使って風俗史を書こうとする。そしてその歴史の基盤を宗教と王政に置く〔……〕。他方私の作品はまったく異なる。枠組みはより限定される。私は現代社会を描こうとするのではなく、一つの家族を描き、環境によって種族が変貌する作用を示したい。歴史的枠組みを受け入れるのは、反応する環境が必要だからである。職業や居住地もまた環境である。私にとって肝要なのは、もっぱら博物学者《ナチュラリスト》、生理学者であることだ。原理（王政、カトリシズム）ではなく法則

（遺伝、先天性）を援用しよう。バルザックのように人間社会にたいして何らかの決断を下したり、政治家、哲学者、道徳学者になったりしようとは思わない。学者であることに徹し、存在するものをありのままに、その秘められた原因を探求しながら語るに留めよう。(7)

思想的にバルザックが王党派で、カトリック支持者だったのは事実である。ゾラはこの時点では、政治や宗教におけるイデオロギー性を標榜することを聡明に避け、みずからの文学的企図が科学的なものであると主張する。同時代の実証主義や、テーヌ哲学の影響をそこに読み取ることは困難ではない。そして時代的枠組み――ゾラにとっては第二帝政期――を設定したのは、社会の総体的表象のためではなく、一家族の成員たちがさまざまな階層や職業集団で活動を展開するための物語空間を確保するためである。若きゾラは『人間喜劇』の作家と自分の違いを、周到に際立たせようとしている。

しかし、ゾラの記述をすべて額面どおりに受け取ってはならないだろう。文壇への切り込みを目指す新進作家としては、戦略としてことさら差異を強調する必要があるはずだ。異議申し立てする先輩作家が大物であれば、それだけ潜在的な市場価値は大きい。ゾラは、自分とバルザックの類似した側面に言及しないが、その後のゾラ文学の展開を斟酌するならば、両者をつなぐ共通点に着目しないわけにはいかない。

まず、『人間喜劇』も『ルーゴン＝マッカール叢書』も、社会とそれを動かす複雑なメカニズムを全体的に分析し、解き明かそうとする。次に、その社会がいくつかの異なる階層あるいは集団に分かれており、各階層、各集団の特異性を表象することで真実に至るという分類学的な眼差しがある。そして小説の形式としては、どちらも連作であり、シリーズであり、同一の人物を異なる複数の作品に登場させるという「人物再登場法」を活用して作品全体の整合性に配慮する。

ちなみに付言すれば、多くの作品を一定の総題のもとにまとめてシリーズ化するのは、十九世紀の出版界が発明した手法であり、大きな成功を収めたものが多い。バルザックとゾラ以外にも、ジュール・ヴェルヌの空想科学小説『驚異の旅』シリーズ、ポンソン・デュ・テラーユの冒険小説『ロカンボール』シリーズなどが挙げられよう。二十歳代半ばの頃、大手出版社アシェットの広報部門に勤務した経験のあるゾラだけに、出版業界の内情には精通していた。

ゾラは『人間喜劇』の作家にたいしてどのような文学的負債を負っているか、よく自覚していたはずだ。一八六九年、自分の企画を売り込むために作成した「ラクロワに渡した第一プラン」(8)のなかで、「バルザックがルイ＝フィリップの治世にかんして行なったことを、より体系的に第二帝政期にかんして行なう」という抱負が表明されているのだ。ラクロワは、『ルーゴン＝マッカール叢書』の刊行を引き受けることになる出版社である。翌年には普仏戦争での敗北により第二帝政は崩壊する運命にあるのだが、ゾラが『ルーゴン＝マッカール叢書』を構想した時点で、第二帝政はまさしく進行中の時代であり、若きゾラが生きた政治体制にほかならない。

バルザックが自分の生きた七月王政期（一八三〇―四八）を描き切ったように、第二帝政期をそのあらゆる側面において語ること――それがゾラの抱負だったし、二十年以上の歳月を要して完成する『ルーゴン＝マッカール叢書』は、その抱負が根拠のない驕慢でなかったことを証明している。二十歳代のゾラは、バルザックの弟子にして強力なライヴァルたろうとしていたのである。

自然科学のモデルと十九世紀小説

バルックの再発見と並んでゾラ文学の重要な着想源になったのは、十九世紀の医学、生理学である。ミシェル・フーコーの指摘を俟つまでもなく、[9] 十九世紀は臨床医学が制度化され、さまざまな医学理論が定式化された時代であり、医学的な知が文学の言説に取り込まれた。

事は医学に限らない。レアリスム小説の特徴の一つは、多様な学問と科学が生み出した知の体系を摂取して、文学の可能性を広げたことである。詩や演劇に比べて形式的な束縛が少なく、自由闊達なジャンルである小説はさまざまな知識を取り込むことができるし、それによって主題や作中人物の造型により大きな多様性をもたらした。科学的な知の流通が文学の可能性を豊かにしたのである。そのことは、作家たちが主題を発見し、人間と、社会と、歴史を分析しようという全体的な構想を練り上げる段階で、科学が一つのモデルを提供したことによく示されている。たとえばバルザックは『人間喜劇』の「序文」(一八四二)において、ビュフォンやボネなど十八世紀の自然科学者に言及しながら、動物世界と人間世界の相同性に注目しようとした。

社会は自然に似ている。動物学においてさまざまな種《しゅ》があるように、人間の行動が展開する環境におうじて、社会は多様な人間を創り出すのではないだろうか〔……〕。動物に種が存在するように、社会にも種が存在するのだ。[10]

このような基本理念から出発したバルザックは、同時代の博物学が動植物や鉱物を分類し、記述したように、階級や、職業や、地域によって人間を分類し、分析しようとした。そのバルザックの精神的弟子を任じていたゾラは、『ルーゴン＝マッカール叢書』を構想するに際して医学と生理学を参照する。準拠枠が博物学から生理学に移ったのは、時代の支配的な知の構図が変貌したしるしである。叢書の副題は「第二帝政下における一家族の自然的、社会的歴史」だが、自然的歴史 histoire naturelle とは博物学をも意味する言葉であって、ゾラにあっても、社会の動きと自然の営為が並列的に読み解くべき現象として認識されていたことが分かる。科学的な知のモデルが小説の創造に寄与する、と考える点でバルザックとゾラは共通していた。

この点で、ゾラが当時書き残したメモはきわめて興味深い。

彼が帝室図書館（現在のフランス国立図書館）で参照したと思われる、医学関連の著作のタイトルと著者名がリストアップされているからである。[11]その数およそ二十冊。生理学、心理学、衛生学、さらには女性の想像力、感覚器官のメカニズムなどにかんする書物が挙げられており、そのなかには、臨床医学の創立者の一人グザヴィエ・ビシャ（一七七一―一八〇二）の『生と死に関する生理学的探求』や、十九世紀末に医学と社会の領域で大問題となる「変質」現象をはじめて詳細に分析して、人々の関心を惹起したオーギュスタン・モレル（一八〇九―七三）の『変質論』も含まれる。いずれの著作も、ゾラの知的関心のありようを雄弁に示している。

タイトルだけでなく、ゾラがきわめて詳細な読書ノートと要約を残したのが、シャルル・ルトゥルノーの『情念の生理学』（一八六八）と、プロスペル・リュカの『自然遺伝に関する哲学的、生理学的論考』(二巻、一八四七—一八五〇)の二冊である。前者は二十枚の原稿、後者については六十枚もの原稿が保存されている。

ルトゥルノーの本は、[12]あらゆる種類の情念を一種の「病理現象」と見なし、とりわけルソー、スタンダール、バイロンなどの作家を引用しながら、感情面の情念を深く分析したところがゾラの興味を惹いた。「情念と犯罪」と題された第三部第九章は、犯罪への傾向を生じさせる激しい情念を断罪しているが、両者のつながりを強調した点もやはりゾラの精神に訴えかけたに違いない。すでに『テレーズ・ラカン』で、愛人のいる人妻が夫を謀殺する凄惨な物語を綴り、後年は女性への欲望が殺人衝動に変わってしまう男の悲劇を『獣人』(一八九〇)で描くことになるのだから。

ゾラは医学理論から何を得たか

しかしとりわけ重要なのは、リュカの著作へのゾラの反応である。[13]二巻合わせて千五百頁を超える大部の著作ということもあるが、それにしても読書ノートだけでも六十枚に及ぶというのは、並々ならぬ関心の高さを証言するものだろう。リュカの著作の長いタイトルを網羅的に訳せば、次のようになる。『神経系が健康な状態、および病的状態における自然遺伝に関する哲学的、生理学的論考。生殖が原因となる疾病の一般的な治療において、生殖の法則を体系的に応用することを含む。本書ではこの問題を根本法則、発生理論、性の決定要因、人間の原初的性質の後天的な変化、神経症および精神錯乱の諸形態との関連で考察する』。

全体として遺伝をめぐる著作だが、才能や長所が継承されるような事例ではなく、神経症や精神錯乱といった言葉が示唆するように、病的で否定的な性向が世代から世代に伝わるメカニズムを論じている。それと同時に、リュカの本では生理学的な現象をめぐるさまざまな、時には信じがたいほど突飛な逸話や人間類型のサンプル例が数多く報告されており、小説家にとっては作中人物の案出にきわめて有効な情報源だったに違いない。作家は学術書を読みながら理論だけを学ぶのではない。本筋とは関係のないエピソード、学者自身は意識していない何気ない細部が、文学的な想像力を発条させるものなのだ。

一家族の成員たちを主要な人物とする、壮大な小説シリーズを構想しつつあった若きゾラにとって、そのシリーズの原理をなし、物語の論理となり、人物たちのつながりを保障してくれるような工夫が必要だった。その原理となるのが、遺伝という概念だったのである。ただし、ここには危うい躓きの石があり、ゾラ文学が遺伝理論を無批判に文学の領域に持ち込んだという単純で、嘆かわしい誤解が、わが国でいまだに流布している。

しかしゾラは、リュカの遺伝理論を例証するために小説を書いたわけではなく、リュカの生理学的な概念と記述を活用して、みずからの小説美学を補強しようとしたにすぎない。彼がリュカから借用したのは理論そのものというより、想像力および創造力を刺激し豊かにするための多様な形象やイメージだった、と見なすほうが正確であろう。医学、科学を含めて同時代のあらゆる知に関心を抱いたゾラだが、特定の理論を無媒介に物語に適用しようとするほど無邪気な作家ではない。

ここで、ゾラにまつわるもう一つの誤解も払拭しておきたい。一八八〇年に刊行された代表的な文学評論集『実験小説論』のなかで、医学者クロード・ベルナールの有名な著作『実験医学序説』

（一八六五）に触れながら、ゾラは実験医学の原理と、彼が標榜する小説の構成原理が相同関係にあると主張した。そこから、『ルーゴン＝マッカール叢書』の構想に際して、ベルナールの理論が決定的なインパクトをもたらし、ゾラは実験医学を援用したにすぎない、という非難の声が上がった。遺伝と実験医学、それがゾラの小説美学を貫く原理であり、それゆえ人間の自由意志と高貴な感情を犠牲にした決定論的で、矮小な人間観が生じた、といかにもまことしやかに語られてきたという経緯があり、文学史の著作でいまだにそのような記述に出会うことがある。

だが、一八六五年に刊行された『実験医学序説』をゾラがリアルタイムで読んだ形跡はなく、叢書のプランを練ったノートとメモにもベルナールや彼の著作への言及はまったく現れない。少なくとも一八六〇年代末に叢書全体を構想した時、ゾラの知的形成のなかにベルナールの理論は入っていなかった。『実験小説論』を執筆するにあたって、ゾラは一八七九年におそらくはじめて『実験医学序説』を繙いたのである。ベルナールの医学書がゾラに小説の構想を吹き込んだのではなく、一八八〇年の時点で『ルーゴン＝マッカール叢書』をすでに八巻まで書き継いでいたゾラだからこそ、『実験医学序説』という書物に遭遇できたのである。原因と結果を取り違えてはならない。

リュカの著作について詳しい読書ノートを作成した後、ゾラは「ノートの要約」[14]と題される八ページのメモを記した。リュカに触発されながら叢書全体の意匠を練り上げ、個別的な作品の概略と、主な登場人物の輪郭を定めようとした興味深い文書である。そのなかでゾラはリュカの思想を整理し、それと対話しながら具体的な作品の構図を描いていく。読書ノートやメモを記す紙の上で、ゾラは確認し、疑問を提出し、新たな組み合わせの可能性を探っていく。「私は……」、「私の……」という一人称がしばしば使用されることが、そうした対話と探求をよく証言している。いくつか例を挙げておこう。

貴族が登場する小説では、階級による遺伝と、民族の衰退について語ること。同族婚の悪影響。[15]

メディチ家が権力に飢え、ヴィスコンティ家が残酷さに飢えていたように、私が描く家族は欲望を満たそうとするだろう。肉体的、知的悦楽の濫用、現代の欲求充足のなかに解き放たれた家族。

人間の神経系は男性よりも女性に由来すると私には思われる。精神疾患はとりわけ母親から遺伝する。

おじと甥、おばと姪の間での遺伝について、リュカは懐疑的である。[16]

若きゾラは、一方でバルザック文学に触発されながら、同時代の社会と世界を総体的に語る野心を表明し、他方で医学や生理学の知を摂取しつつ、体系的な分類の思考を練り上げたのだった。

叢書を支える社会観

こうした文学モデルと科学的な知を吸収し、加工し、再編成したうえで、ゾラは『ルーゴン゠マッカール叢書』の展開を導く社会的ヴィジョンを定式化し、そのうえで物語の基本構図を素描する。「作品の進行にかんする全体的なメモ」と「作品の性質にかんする全体的なメモ」と題された二つの草稿が、われわれをその定式化に立ち会わせてくれる。(17)

多くの小説から構成される連作を構築しようとすれば、そして一つの時代と社会を全体的に表象しようとすれば、そこには一定の歴史観が要請されるだろう。自分が生きる十九世紀後半とそれ以前の時代を比較しながら、ゾラは「作品の進行にかんする全体的なメモ」のなかで次のように述べている。

近代の動きの特徴はあらゆる野心のぶつかり合い、民主主義の昂揚、あらゆる階級の登場ということである（それゆえ父の世代と息子の世代が親しい関係にあり、あらゆる個人が混じりあい、接触する）。私の小説は一七八九年以前には不可能だったろう。したがって私は、さまざまな野心と欲望の衝突という時代の真実にもとづいて小説を書く。(18)

一七八九年とはフランス革命が勃発した年である。革命後、未曾有の変化を経験してきたフランス社会は後退や停滞から程遠い。他のどの作家にもまして、ゾラは近代性に着目し、自分が生きた時代の諸相を析出させようとした。さまざまな政治体制が入れ替わり、産業革命が進行し、民主的な諸制度が整備され、近代ジャーナリズムが成立した十九世紀を、ゾラは運動と葛藤の相のもとに把握しようとしたのだった。そのような運動と葛藤を引きおこすのは「野心」と「欲望」にほかならず、実際この二つの言葉は構想メモに頻出する。野心や欲望に駆られる人間は、たしかにいつでも文学のなかに登場してきた。たとえばバルザックやスタンダールの小説では、ラスティニャックやジュリアン・

ソレルのように野心的な青年があふれているのだから。しかしそれはあくまで個人の性格の問題であり、個別的な現象として捉えられてきた。他方ゾラは、野心と欲望を個人のレベルに限定せずに、社会的な広がりを有する現象、一つの時代の徴候として捉えた。

そこには、第二帝政という時代にたいするゾラの歴史認識が関わっている。華やかで享楽的な雰囲気が強調され、「帝国の饗宴」が繰り広げられたこの時代が、作家の目には強烈な欲求を煽りたてる坩堝と映じていたに違いない。その坩堝の熱（これもまたゾラが好む語である）のなかで、一つの家族に帰属する主要人物たちがうごめき、上昇し、権力を握り、そして凋落していくのである。

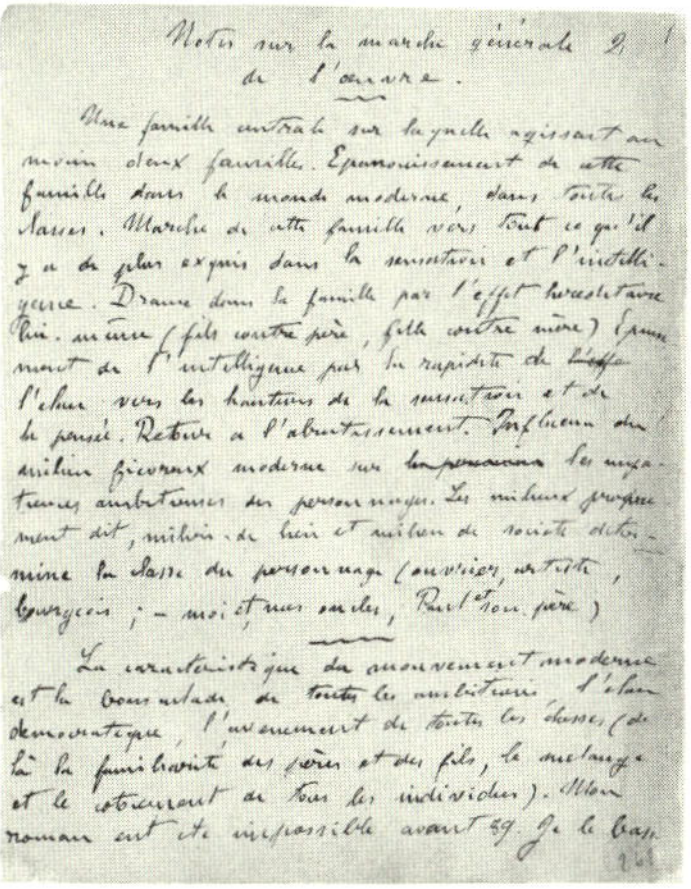
Notes sur la marche générale de l'œuvre.

Une famille centrale sur laquelle agissent au moins deux familles. Épanouissement de cette famille dans le monde moderne, dans toutes les classes. Marche de cette famille vers tout ce qu'il y a de plus exquis dans la sensation et l'intelligence. Drame dans la famille par l'effet héréditaire lui-même (fils contre père, fille contre mère) Épanouissement de l'intelligence par la rapidité de l'élan vers les hauteurs de la sensation et de la pensée. Retour à l'abrutissement. Influence du milieu fiévreux moderne sur les ambitions impatientes des personnages. Les milieux proprement dit, milieu de lieu et milieu de société déterminent la classe du personnage (ouvrier, artiste, bourgeois ; — moi et mes oncles ; Paul et son père)

La caractéristique du mouvement moderne est la bousculade de toutes les ambitions, l'élan démocratique, l'avènement de toutes les classes (de là la familiarité des pères et des fils, le mélange et le coudoiement de tous les individus). Mon roman eût été impossible avant 89. Je le base

『ルーゴン＝マッカール叢書』の基本理念を記した草稿。第二段落が「近代の動きの特徴はあらゆる野心のぶつかり合い、……」という文章である。

帝国は欲望と野心を解き放った。欲望と野心の横溢。享楽したいという渇望、思考と肉体を酷使してまでも享楽したいという渇望。身体については、商業の躍進、投機や投資の狂気。精神については、狂気の淵にまで進む思考の異常なまでの興奮（司祭はフーリエのように夢想できる）。疲労と没落。物質がひとりでに焼尽するように、家族もまた燃焼し、あまりに性急に生きたがゆえに一世代でほとんど疲弊してしまう。(19)

野心と欲望が無制限に開放され、身体も精神も疲弊するほどに享楽へと導かれた時代。ゾラが第二帝政について抱く時代認識はそのようなものだった。欲望との関連で人間の身体性が強調されているのは、いかにもゾラ的であり、実際彼の作品では階層、性別を問わず作中人物の身体性のあらゆる側面（性、病理、快楽、苦痛など）が分析されることになるだろう。「燃焼」、「焼尽」という用語もまた、ゾラの文学世界を特徴づけるメタファーである。人間の激しい営みや、狂気にまで至る逸脱を語る際に、火や炎や燃焼の比喩がしばしば現れることを指摘しておこう。哲学者ミシェル・セールが有名なゾラ論で、『ルーゴン＝マッカール叢書』の作家を「熱力学時代の詩人」と呼んだことが想起される。(20)

『ルーゴン＝マッカール叢書』の射程

野心と欲望の衝突、飽くなき享楽への志向、興奮と燃焼といった言葉に示されるように、ゾラの構想メモにはきわめてダイナミックな社会観が看取される。どのような領域であれ、動かないもの、停滞するものをゾラは軽蔑して憚らない。叢書を貫く思想を定式化した後、ゾラは具体的な作品の組立てを考察し、この時点で構想していた十編の小説の舞台、テーマ、登場人物の概略を記述した文書を作成した。それが先に触れた「ラクロワに渡した第一プラン」にほかならない。『ルーゴン＝マッカール叢書』のなかで一家族の歴史を物語るという基本理念は、次のように表現されている。

私がその歴史を語ることになる家族は、現代の民主主義の幅広い勃興を示すだろう。民衆から生まれたこの家族は、教養ある階級や、国家の重要な地位や、才能や、汚辱にまでたどりつく。十八世紀には慎ましい人々と呼ばれた人々が社会の上層に襲いかかるというのは、現代の大きな変化の一つである。私の作品はそれゆえ、現代のブルジョワジーにかんする研究を提供することになるだろう。[21]

ここでもまた、社会の葛藤が強調され、それが十九世紀という革命後の時代がもたらした民主政の潮流に沿うものであることが主張されている。叢書が一家族をめぐる年代記として構想されたのは、生理学的な知が背景にあるからだ。そして家族の成員たちが繰り広げる出来事や事件は、欲望の追求、野心を実現するための活動をつうじて、パリと地方をほぼ交互に舞台としながら語られることになる。時代の総体を描こうとした彼は、社会構造を階級の観点から捉えようとした。先述したように上流階級、ブルジョワジー、商人、そして民衆という四つの階級を識別し、さらにそのいずれにも属さない「特殊な世界」として娼婦、聖職者、芸術家を分類した。ゾラの作中人物たちはこれらすべての階級に分散し、物語の舞台はあらゆる社会空間と職業空間を包摂し、その結果『ルーゴン＝マッカール叢書』は、第二帝政期をめぐる比類のない表象を提示する。

政治、経済、社会、文化、科学など同時代のあらゆる現象に関心を抱き続けたゾラの作品は、現代の読者から見ると社会史的な価値が大きい。ゾラが若い頃からジャーナリストとして活動したことを、あらためて思い起こそう。十九世紀半ばから後半にかけてのフランスでは、産業革命と民主化にともなって新たな経済制度が整えられ、社会に独特のダイナミズムが生まれ、人々の感性が大きく変転した。他の作家以上にゾラはそのことを鋭く認識し、そうした変化がもたらす社会的な軋轢と衝突にいち早く気づいていた。

第二帝政期、産業化と資本主義の隆盛は、快楽へといざなう繁華街や、市場や、デパートや、鉄道や、炭鉱産業や、証券取引所などの近代空間を生み出した。人とモノと金銭が流通するそのような空間で展開する人間ドラマを、ゾラはあざやかに活写してみせた。ベンヤミンは「十九世紀の首都パリ」を論じるに際して「流通＝循環 circulation」こそがキーワードだと指摘したが、[22] その指摘がゾラほどみごとに当てはまる作家はいないだろう。そしてゾラの小説では、人々の野心、欲望、情念が激しく燃焼し、集団どうしがぶつかり合い、階級的な葛藤が語られることになるのである。

第二章　歴史からユートピアへ

作家と歴史

作家と歴史の関係を問うという場合、二つの異なると同時に相互補完的な意味がある。

第一に、作家が自分の生きた時代、いわば現在の歴史とどのように関わり、どのような判断を下し、ときにはいかなる働きかけをしたのかを問うことができる。どのような作家でも特定の時代と社会に生きる人間であり、その時代と社会が課す条件のなかで執筆活動を実践するしかない。同時代の動きとどこまで深く関わるか、その密度は作家によって異なる。十九世紀フランスにかんする限り、シャトーブリアンやユゴーと並んで、ゾラは社会と政治にもっとも強くコミットし、その言動がしばしば物議と論争を生み出し、賛同者と敵対者を同じほどに誘発した典型的な作家である。その代表的な事例が、ドレフュス事件への参加であることは言を俟たない。十八世紀のヴォルテール、二十世紀のサルトルなど、積極的に時代の争点に参画する作家、闘う知識人は、近代フランスの伝統である。

第二に、作品のなかで表象される歴史を考察することができる。そのとき歴史は作家の同時代性を反映する必要はなく、遠い過去や、異国を舞台にした作品で描かれることもある。これはとりわけ小説ジャンルに顕著な現象であり、したがって小説家を対象にする際とりわけ明瞭に浮上してくる課題ということになる。十七世紀の古典主義時代や、十八世紀の啓蒙主義時代と異なり、フランス革命という未曾有の地殻変動を経て、フランス人がみな歴史の方向と意味を問わざるを得なかった十九世紀に、文学もまた歴史の表象をテーマとして取り込まざるを得なかった。ロマン主義時代から二十世紀半ばに至るまで、「歴史小説」が重要な形式であり続けたのはそのためである。そしてまたこの時代に近代的な歴史学が一つの科学あるいは学問として確立したのも、偶然ではない。こうしてバルザック、スタンダール、フロベール、ユゴーと共に、『ルーゴン＝マッカール叢書』の作家もまた、文学における歴史の表象という問題に絶えずわれわれを立ち返らせることになるのだ。

もちろん第一の次元と第二の次元は密接につながっており、両者を分離することはできない。換言すれば、作家の歴史哲学と文学的実践、イデオロギーと美学は不可分の関係にあるということだ。ゾラも例外ではない。

実際十九世紀において、歴史書と歴史小説のあいだに乗り越えがたいほどの隔絶があったわけではない。オーギュスタン・ティエリ（一七九五―一八五六）やプロスペル・バラント（一七八二―一八六六）などロマン主義時代の歴史家は、当時一世を風靡していたスコットランドの作家ウォルター・スコット（一七七一―一八三二）の作品を頻繁に援用しながら、歴史叙述の新たな方法を模索した。作家たちの側も、物語をつうじて歴史の現実を読み解くという野心を隠さなかったし、その野心は身の程知らずの越権行為として糾弾されるどころか、正当な市民権を認められていた。(1)

現代でも、歴史叙述と文学の親和性を指摘する議論は少なくない。古代ローマ史の専門家ポール・ヴェーヌのいささか挑発的な歴史認識論の著作『歴史をどう書くか』（一九七〇）によれば、「歴史とは真実を描いた小説」であり、「さまざまな出来事の物語」である。「小説と同じように、歴史は一つの世紀を選び、単純化し、組織立て、そして一ページのなかに盛り込む」。要するに「歴史は小説と同じく挿話に富んでいて、物語りながら読者の興味を引きつけようとする」[2]。歴史家と作家は異なる文書を参照するとはいえ、歴史書も小説も一定の筋書をもった物語であるという点で共通している、とヴェーヌは述べる。

他方、分析哲学の系譜に連なるアメリカのヘイドン・ホワイトは『メタヒストリー』（一九七三）のなかで、歴史叙述の言説が歴史的現実の解釈の外部に措定されるのではなく、それと密接につながっていると主張する。歴史叙述も小説も、生起したことを表象＝再現前しながら記述するという、同一の「説話構造」にもとづいて構成される。史料のなかに含まれている多様な情報から一連の事実を選択し、それを解釈の対象にするという歴史家の行為は、叙述に統一性をもたらす説話構造に組み込まれているかぎりにおいて文学的な営みにほかならない。こうしてホワイトは、伝統的な文学ジャンルの理論とレトリックの視座から、十九世紀ヨーロッパを代表する歴史家と歴史哲学者――ヘーゲル、マルクス、ランケ、ミシュレ、トクヴィルなど――の著作を分析してみせた[3]。

歴史叙述と文学の構造的な類縁性を示そうとする試みは、ポール・リクールの大著『時間と物語』全三巻（一九八三―八五）によって、そのもっとも体系的な理論へと至る。リクールは「プロット形成」という概念を提唱して、歴史叙述と小説のあいだに言説上の相同性があることを立証しようとした。二つの言説は、物語的な形象化を活用して時間性の経験を構築するという点で、同じ構図のなかに収束するということになる[4]。

十九世紀のフランスで、作家は歴史家と競うという強い意志を抱いていたし、歴史家のほうは叙述の文学的な洗練に無関心でなかった。文学と歴史は、一方は創作、他方は学問として対立するのではなく、どちらも認識と語りの領域に属する言説であり、人間の経験と時代の推移を把握するための二つの異なる様式なのだ。十九世紀は両者が真摯に競合し、実り多い緊張関係を生きた恵まれた時代だったと言えよう。それもまた、ゾラと歴史の関係を問いかける理由の一つにほかならない。

歴史認識と物語の構図

前章で論じた『ルーゴン゠マッカール叢書』の基本構想と成立過程に鑑みるならば、ゾラ文学において歴史が根源的なテーマになることに不思議はない。第二帝政という彼自身がリアルタイムで体験した時代を背景にして、ある家族の「社会的な歴史」を語るというのが作家の意図だったのだから。このシリーズがゾラにとって近い過去となった時代を描いたとすれば、その後に刊行される『三都市』や『四福音書』は十九世紀末から二十世紀初頭までの十年という期間に、つまり共和政下で反ユダヤ主義や、アナーキズムや、外国人排斥の嵐が吹き荒れた期間に書かれた作品群であり、ゾラのまさしく同時代が、さらには未来の時空間までが表象される。

物語の時間軸が過去であれ、現在であれ、あるいはまた近い未来であれ、そこに共通しているのは時代を読み解きたいという強い意志であり、政治的なものと社会的なものを解釈するという計画にほかならない。そして歴史を解読するという意志は、晩年になればなるほど、新たな社会ヴィジョンを提示するという実践的な倫理に取って代わられる。『四福音書』のゾラは、同時代の社会の亀裂や病弊に注目することよりも、普遍的な平和と繁栄を夢想した。ゾラが現実の語り手からユートピアを紡ぐ預言者に変貌したとされるのは、そのためである。その変化をもう少し具体的に検証してみよう。

『ルーゴン＝マッカール叢書』全体の構想を練った際に、ゾラは第二帝政をめぐって一つの歴史観を表明していた。「近代の動きの特徴はあらゆる野心のぶつかり合い、民主主義の昂揚、あらゆる階級の登場ということである」。野心、そして欲望のぶつかり合いは、近代社会ではまず経済と資本の領域で現れる。十九世紀は産業革命の時代であり、フランスでは七月王政期（一八三〇―四八）に始まり、短い第二共和政時代をはさんで第二帝政期に本格化して人々の生活基盤を根底から変えた。政治体制の問題とは別に、アラン・コルバンやクリストフ・シャルルなど現代フランスを代表する歴史家たちが、一八六〇年代をフランス近代史の重要な転換点と見なすのは偶然ではない。(5) その転換をいち早く把握し、その諸相を具体的な物語として文学の表象に落としこんだのだが、ほかならぬゾラだった。

小説ジャンルは同時代の現実を映し出す、としばしば言われる。そもそも「小説は社会の表現である」という人口に膾炙した一句は、ロマン主義時代の思想家ボナルド（一七五四―一八四〇）に由来し、レアリスム文学を特徴づける。ところが産業革命の始動と拡がりを間違いなく目撃していたはずのバルザック、ユゴー、フロベールの作品には、この現象がほとんど描かれていない。経済的な要素が排除されている、ということではない。バルザックの『人間喜劇』中にうごめく数多くの人間たちを突き動かし、社会の階段を駆け上がらせ、また逆に転落させる大きな要因は金銭である。日本でもベストセラーになった格差論『21世紀の資本』の著者トマ・ピケティは、経済格差が社会の構造によって固定化する例として、バルザックの『ゴリオ爺さん』（一八三五）の一挿話を取り上げたほどだ。[6] 他方、一八四〇年から五〇年代初頭を時代背景とするフロベールの『感情教育』（一八六九）には、時流に掉さして富を得るブルジョワが登場する。

しかしバルザックやフロベールにおいて、それらはあくまで個人の運命の問題であり、近代社会が生み出した経済システムの結果として捉えられていない。金銭の蓄積や浪費は個人の行動の指標なのである。他方ゾラの作品では、富の追求と浪費が社会全体を貫く集団的な力として作用し、したがって正の方向であれ負の方向であれ、金銭が歴史を駆動させる主因の一つとして提示される。産業革命がもたらした近代産業と消費文化、そして資本と労働の対立は、ゾラの『ルーゴン＝マッカール叢書』をまってはじめて文学のなかに登場したのである。クリストフ・シャルルの指摘を援用するならば、ゾラはマルクス的な意味での「資本」を表象した最初の小説家ということになる。[7] 資本は個人の意志や思惑を超えて固有の法則を有し、株式会社や証券取引所や投機といった近代的制度によって維持されていく。パリ証券取引所が主要な舞台の一つとなる、そのものずばり『金』（一八九一）と題されたゾラの小説には、次のような啓示的な一節が読まれる。

音もなく残虐な行為が行われるこんな戦争はいままでになかった。一時間ごとに首はかき切られ、いたるところに落とし穴が仕掛けられた。卑劣で陰険なこの金の戦いでは、弱者が声をあげることなく腹を割かれ、人の絆も親戚関係も友情もあったものではない。喰われないために喰うという、残忍な強者の掟があるばかりだ。支えてくれるものは満たされぬ欲望しかなく、サカー

ルは自分がまったく孤独だと思った。その欲望に苛まれつつ、かろうじて立っているのだった。(8)

「強者の掟」とは、適者生存を唱える社会的ダーウィニズムを想起させる。これもまた十九世紀末のヨーロッパに流布した思想であり、ゾラ文学はそうした時代の思潮とも共振しているのである。すぐれたレアリスム文学は同時代の現実を鏡のように正確に映し出す、としばしば言われてきた。「鏡」は、スタンダールが「小説とは街路を持ち歩かれる鏡のようなものだ」と記して以来、好んで用いられる隠喩である。しかしこの主張は必ずしも正鵠を射ていない。同時代の現象や出来事であっても、それが文学のテーマとして市民権を得るためには、人々の感性と認識の変化が必要なのだ。

野心、欲望、金銭はゾラの文学宇宙に固有のテーマではなく、バルザック、スタンダール、フロベールなど彼以前の世代の作品にも看取される。野心とは権力や社会上昇への志向であり、欲望とは性や、快楽や、富への欲望である。ゾラの特色は、それらが社会階層や地域の境界線を越えて作用する普遍的な行動誘因として定位されたことである。農民も、都市の民衆も、ブルジョワも、聖職者も、そして政治と社会を牛耳る支配集団も等しく、野心と欲望に突き動かされる。ブルジョワや保守的階層からすれば、労働者や民衆が無知と雑居状態のなかで性的放縦に耽り、あらあらしく性交するのは、下層階級が文明や礼節を知らないからやむをえないと認めるにしても、自分たちの同類までが同じような欲望に支配されているさまを文学のなかで突きつけられるのは、許容しがたいことだった。だからこそ『獲物の分け前』や『ナナ』は、ブルジョワ読者層の顰蹙を買ったのである。

フロベールならそこに、あらゆる社会階層が同じように低劣であるという証拠を見ただろうが(彼

パリを代表するボン・マルシェ百貨店の内部(1870年頃)。ゾラはデパートを近代商業の大聖堂、欲望の殿堂として描いた。

にとって「愚かさ《ベティーズ》」は人類全体の宿屙にほかならないのだから)、ゾラはそこに近代社会を支配する一つの法則を認めた。近代が欲望の扉を解き放ち、民主主義は野心の衝突を不可避のものとし、産業革命は富と快楽の追求を正当化する。それはフランス革命の以前と以後を比較することで歴史の動因を探り、アメリカの事例に依拠して民主主義の未来図を予想したあのトクヴィル(一八〇五—五九)と共通した歴史認識である。ゾラ文学の歴史的射程と社会的位相は、一般に考えられている以上に広いのだ。

近代空間の構築

ゾラの作品では、大量のもの、人、金が動き回り、循環し、流通し、そのような動きが展開する近代的な空間が、たんなる物語背景ではなく、独自の力学をともなう場として作品中をつうじて大きな位置を占める。ゾラは近代の資本主義が生み出し、それを支える社会的、経済的な空間をきわめて体系的に構築し、そこに野心と欲望に駆られる人物たちを配した。

『獲物の分け前』(一八七一)では、セーヌ県知事オスマンが先導したパリ大改造の事業にともなって生じた、悪辣な不動産投機の実態が暴かれる。主人公サカールは、義兄をつうじて政府筋から極秘に得た情報を利用して、パリ市内の土地を半ば強制的に買い取り（いわゆる地上げである）、それを公共事業のため政府に売却して巨額の富を手にする。『パリの胃袋』は、首都の中心部に位置する中央市場が舞台だ。パリ市民百五十万人の食生活をまかなうため、郊外や地方の農村からあらゆる種類の食糧を集積し、そこから市内へと送り届ける。市場にうずたかく積まれる食糧と、その周辺の小売店に並ぶ品々は、多様な形と色を示し、特有のにおいを発散しながら存在感を誇示する。

そして『ボヌール・デ・ダム百貨店』（一八八三）では、欲望の殿堂としてのデパート（デパートは一八六〇年代のパリで発明された）が舞台となり、衣類を中心とする商品が消費者の欲望を無軌道なまでに刺激し、客である女たちの絶え間ない浪費を助長する。他方では、デパートに象徴される巨大な商業資本が、周辺の零細な商店をつぎつぎに呑みこんでいく冷酷なメカニズムが語られる。不動産事業であれ、中央市場であれ、あるいはデパートであれ、そこでは財と商品が売買されるという経済行為が基本にある。

ものの世界だけではない。産業革命と資本主義は絶えず利潤を追求し、それを拡大するための装置とテクノロジーを作り出す。代表作の一つ『ジェルミナール』（一八八五）は、フランス北部の炭鉱地帯を舞台にして、過酷な条件のもとで働く男女の労働者たちの生態を描きつくした。マルクスやプルードンの社会主義思想を吸収した人物が先頭に立って、資本の横暴に抵抗するためストライキを敢行する章が、この小説の白眉をなす。炭鉱で昼夜を問わず燃え続ける巨大な高炉が、資本主義を象徴する機械装置として不気味にそそり立つ。『ジェルミナール』が資本主義世界のハード面を描

ゾラが『獣人』のモデルとした120型の蒸気機関車（右）、そして鉄道事故の惨事（左）。『獣人』に登場する機関車は欲望する機械として表象されている。

いたとすれば、パリ証券取引所にうごめく投機家や銀行家たちを登場させる『金』は、そのソフト面に光を当てる。そしてユダヤ資本という近代の経済神話を巧みに落とし込みながら、一人の投資家の華々しい成功と、避けがたい蹉跌を語ってみせる。炭鉱と金融業、それは十九世紀の資本主義を牽引する両輪にほかならなかった。

装置ということならば、『獣人』（一八八八）が描く鉄道と駅に言及しないわけにはいかないだろう。蒸気機関と、それを適用した鉄道こそは、まさに十九世紀の産業革命を代表するエネルギーと機械装置だった。蒸気機関車は文字どおり鉄の機械だが、ゾラ文学には隠喩や寓意として機械の相貌をまとう場や設備が他の作家以上に頻出する。機械のイメージの重要性は、これまで研究者たちによってしばしば指摘されてきた。ジャン・ボリは精神分析の視点から機械の象徴性を明らかにし、[9] ジャック・ノワレはミシェル・セールのゾラ論を継承しつつ、ゾラの作品全体に現われる機械と力学の動態を丹念に跡づけてみせた。[10] そして寺田光徳は、マシニズムの世界観にもとづく欲望する機械の形象を『獣人』の機関車ラ・リゾンのうちに読み取っているが、欲望と機械を結びつけたのは炯眼である。[11]

ここでは、機械を社会や歴史との関連で捉えてみよう。というのもゾラ文学にあっては、物語の中枢に位置して人々の欲望を刺激し、行動へと駆り立てる空間や、登場人物たちの運命を決定する出来事が、しばしば機械の隠喩をまとうからである。『パリの胃袋』では、中央市場の建造物が「巨大な現代の機械、何か蒸気機関のようなもの」[12]として主人公の目に映り、『金』に登場する銀行は強力な機械装置のように始動し、「その装置はあらゆるものを夢中にさせて押しつぶし、無謀なまでに手荒く加熱されたあげく最後には爆発してしまうことになる」[13]。

機械装置とその作動の隠喩がもっとも頻繁に反復されるのは、『ボヌール・デ・ダム百貨店』の舞台となるデパートだろう。ノルマンディー地方の田舎町から親戚を頼ってパリに出てきた女主人公ドゥニーズの目には、デパートが絶えず動く歯車装置のように見える。

そのときドゥニーズには、デパートが高圧で作動している機械のように感じられた。その振動は陳列された商品にまで達しているようだ。それはもはや、朝の冷たいショーウィンドーではない。今や、内部の振動によって、熱くなり震えているように見える。〔……〕そこでは作動中の機械が絶え間なくごうごうとうなり声を上げ、婦人客たちがかまどのなかに押し込まれていた。彼女たちは売り場の前に積み重ねられ、商品の山の下でぼうっとなり、ついでにレジに投げやられた。しかもそれは、機械的な正確さで統御され、組織されており、無数の女たちが、歯車装置の力と論理のなかを通過していくようだった。[14]

デパートは女性の物欲を刺激し、商品を購入させることで、ものを手にすることの快楽を女性たちに味わわせると同時に、その快楽を糧にしてみずからも肥大していく。展示された商品によって掻き立てられる欲望は、デパートという近代資本主義の装置が成長するための燃料である。

ゾラは現実の機械装置を擬人化し、人間性を付与した。『ジェルミナール』の高炉と『獣人』の機関車は、一人の登場人物に変貌して人間たちの悲劇を目撃し、ときには悲劇そのものを誘発する。他方でゾラは中央市場、証券取引所、デパートを、欲望や野心や金銭をエネルギー源として作動する機械として機能させた。どちらの場合も、機械装置はしばしば人間の意志を無視して暴走し、人間の計画を頓挫させる。それは人間の制御を逃れ、経済の法則をあざ笑うかのような資本主義の暴力性を露呈させるのに役立つ。

そしてこれら一連の機械装置のイメージあるいは隠喩は、『三都市』叢書の第三作『パリ』（一八九八）において、フランスの首都によって統合される。その際、混沌と無軌道のイメージは払拭され、人類を解放し、自由と文明を人類に届けるという肯定的なイメージが強調される。「パリはエンジンであり、ボイラーだ。そこでは未来が沸騰し、われわれ学者はその下で永遠の炎を保つのだ」[15]。エンジンとしてのパリ。それはパリが社会を動かす原理であり、歴史を前進させる原動力であるということだ。ロマン主義以降、パリが文明の中心であり、進歩の牽引者であるという神話は連綿と続いていた。ゾラは産業革命のテクノロジーの隠喩によって、その神話を活性化したのである。

もの、商品、人が流通し、それを運ぶ鉄道網がフランス中に張りめぐらされたのが第二帝政期。そして資本主義が機能するためには、金銭と財が銀行や証券取引所を経由して社会のなかで循環しなければならない。中央市場、デパート、鉄道の駅など流通と循環の空間ではすべてが円滑に流れていくことが求められる。そしてこれら近代性の空間はすべて、当時の最新テクノロジーである鉄骨ガラス張り建築だった。それまでの石造りの建造物と異なり、鉄は分厚い壁を不要にし、開口部を広くとることを可能にし、より高い天井をもたらした。その結果、明るく開放的で、ものと人の流れを促進する空間が生み出された。ベンヤミンが十九世紀パリを論じた『パサージュ論』で指摘したように、「流通」と「循環」こそ、十九世紀文化史を読み解くためのキーワードの一つであり、それをもっともよく証言するのが『ルーゴン＝マッカール叢書』にほかならない。

民衆の出現

近代性の作家であり、資本主義の語り手であるゾラは、あらゆる階級が政治と経済と社会の領域に登場し、存在感を強めていることをよく認識していた。民主主義とは定義上、あらゆる階層が政治と社会の運営に関与しうる、いや関与すべきだという思想である。哲学や社会思想の分野では、すでに十八世紀から定式化されていたこの原理上の転換は、しかし文学の世界にすぐに反映することはなかった。ここでもまた、近代小説は社会の変化を同時代的には映し出していないことに留意すべきだろう。貴族、聖職者、ブルジョワに次いで「第四の階級」と規定されたり、あるいは社会史家ルイ・シュヴァリエの有名な書物を引用するならば、[16] 都市の秩序と文明を脅かす「危険な階級」と命名されたりもした民衆は、長いあいだ文学の世界で市民権を得ていなかったのである。その民衆、とりわけ都市の民衆に明確な相貌を付与したのがゾラである。

もちろん、民衆はゾラによってはじめて文学のなかに登場したわけではない。十九世紀前半の文学にも民衆階層に属する人物は登場するのだが、民衆の日常性が生々しく語られていないのだ。『人間喜劇』の膨大な作品群において、民衆はつねに端役であって物語の前面で重要な役割を果たすことはほとんどない。バルザックの同時代人ウジェーヌ・シュー（一八〇四―五七）の代表作『パリの秘密』（一八四二―四三）は、七月王政下の首都の下層階級を描いたことで有名だが、そこに登場するのは犯罪者集団と識別しがたい社会の底辺にうごめく者たちにほかならず、民衆一般の生態を伝えていない。ジョルジュ・サンド（一八〇四―七六）が故郷ベリー地方に舞台を設定した一連の「田園小説」は、伝統的な価値観を体現する農民たちの世界、近代性の悪や弊害とは無縁の牧歌的な世界を描くにすぎない。そしてユゴーの『レ・ミゼラブル』では、社会から排除された貧しい者たちが良心と慈愛によって更生する姿が、感動的な、そして理想主義的な筆致で描写される。

その一方で、歴史学や社会思想においては、フランス革命後の社会で民衆という「第四の階級」をどのように位置づけるかは、喫緊の課題になっていた。一例をあげるならば、歴史家ミシュレは主著『フランス革命史』（一八四七―五三）のなかで、パリの民衆を革命運動の中心的な担い手として復権させようとしたし、『民衆』（一八四六）では民衆の社会的使命について熱く論じた。小説の分野で民衆の復権を最初に提唱したのは、ゴンクール兄弟である。『ジェルミニー・ラセルトゥー』（一八六五）の序文で、彼らは次のように問題提起した。

下層階級と呼ばれる者たちも、小説のなかに描かれる権利を有しているのではないだろうか。一つの世界の下にあるこのもう一つの世界は、民衆が持ちうる魂や心情について今まで何も語ら

なかった作家たちの侮蔑や、文学的な排斥に、これからもさらされ続けるべきなのだろうか。(17)

こうしてゴンクール兄弟は、彼らに長いあいだ仕えた女中の生涯に依拠して、田舎からパリに出てきた貧しく、無知な娘ジェルミニーの苦難に満ちた半生、病と転落を宿命づけられた半生を語ってみせた。

ではゾラはどうか。ゾラは民衆階層、つまりパリや地方の職人と労働者、農民たちの日常生活と労働を総体的、かつ体系的に物語化した最初の作家である。民衆を理想化することなく(ユゴーやサンドとの違い)、かといって下層民として犯罪集団と同一化することもなく(シューとの違い)、民衆の生活と習俗を細部にまでわたって跡づけた。『パリの胃袋』では、中央市場で昼夜を問わず働く商人や人足が登場する。パリ北部の場末を舞台にする『居酒屋』は、洗濯女ジェルヴェーズ、屋根葺き職人クーポーの働く姿が、それぞれの職業に固有の語彙をふんだんに活用しながら描かれる。『ジェルミナール』は、炭鉱労働者たちが暗い坑道の奥にまで降りたって、死の危険と隣合わせの作業に従事するさまを繰り返し語る。そして『大地』は、フランス中部の穀倉地帯ボース地方の農村を舞台に、因習的な農民一家の喜びと悲惨を表象する。

これらの作品においてゾラは、民衆のたくましさと脆弱さを、彼らの身体と、動作と、言葉をつうじて表現しようとした。民衆とは観念や理想ではなく、まず一個の肉体であり、その肉体を使って働く者である。民衆のあいだに浸透しつつあった社会改革の思想や、革命のイデオロギーを視野に入れつつ、ゾラはとりわけ民衆をその身体性において表象する。それゆえ、身ぶり、運動、声、汗、においなど、身体とその生理が外在化する現象に眼差しを向けた。労働者は律儀に働き、過酷な作業を寡黙に耐えしのび、ささやかな楽しみで気を紛らわす一方で、酒に酔いしれ、罵りあい、殴り合い、あらあらしく交接する。民衆の身体の感覚性がこれほど濃密にただよってくる文学はそれ以前になかったし、民衆の表象がこれほど広い射程をもったこともない。おそらく二十世紀の作家セリーヌ（の一部の作品）を除けば、この点でゾラに匹敵する作家はその後も現われていない。

帝政を糾弾する

『ルーゴン＝マッカール叢書』の構想ノートにあった一文をあらためて想起しておこう。「近代の動きの特徴はあらゆる野心のぶつかり合い、民主主義の昂揚、あらゆる階級の登場ということである」。叢書は全体としてみれば、この当初の構想をほぼ一貫してみごとに実現したと言えようし、その意味で叢書は、十九世紀後半のフランス社会を近代性の視点から捉えた壮大な時代絵巻になっている。しかし一八六九年に叢書の構想を練ったゾラが予期していなかったことが、叢書二十巻を刊行していくなかで次々に生起した。

まず、プラン全体がほぼ確定した翌年の一八七〇年に、プロシアとの戦争に敗れて第二帝政が崩壊する。疲弊の兆しが見えていたとはいえ、それほどあっけなく消滅するとは予想されていなかった帝政は、プロシアとの開戦からわずか二カ月で降服し、第三共和政へと道を譲る。この歴史の推移は、ゾラの文学的企図にとってどのような意味をもつのだろうか。

ゾラは第二帝政期の一八六九年に、「第二帝政下における一家族の自然的、社会的歴史」を構想した。すでに十七年前から存続していた政治体制と社会機構のもとで繰り広げられる出来事を、小説のなかに落とし込もうと考えた。政治的に共和主義者だった、つまり帝政に敵対していたゾラは、現に存在し、これからも続くだろう帝政を批判するという意図を隠さなかった。『ルーゴン＝マッカール叢書』は同時代を批判し、今この時を診断するというきわめてアクチュアルな次元をはらんでいたということである。

ところが一八七〇年に敵である帝政が崩壊したことで、叢書は終焉した体制と、過ぎ去った時代を背景にする歴史小説の様相をおびることになった。もちろん過ぎ去った時代といっても、数世紀、数十年前の時代を描くわけではなく、ごく近い過去の話ではある。しかし第二帝政が崩壊したことにより、叢書には時代の区切りが否応なく客観的に課され（第二帝政は一八五二―七〇年の時期に限定されるということ）、作品が収まるべき歴史的な枠組みが規定された。叢書全体を締め括る事件が、叢書の第一巻が完成するより前に、現実の歴史（普仏戦争の敗北と、その後に続くパリ・コミューン）によって決定されてしまったのである。

実際、叢書は、一八五一年十二月に企てられたルイ＝ナポレオンのクーデタ後、南仏で共和派の抵抗運動が発生するものの、それがボナパルト派によって打ち破られるという史実に依拠しつつ、架空の都市プラッサンで帝政が歓呼の声とともに受容される『ルーゴン家の繁栄』（一八七一）で始まる。そして第十九巻『壊滅』（一八九二）は、一八七〇年、東部戦線でナポレオン三世率いるフランス軍がプロシア軍に撃破され、そこから命からがらパリまで移動した主人公たちが、パリ・コミューンに際して敵同士として対峙するさまを物語る。

唐突な体制の転換によって、叢書の精神が変わったわけではない。帝政が崩壊したとはいえ、一八七〇年代前半はまだ王党派やボナパルト派の残存勢力が強く、政治家ガンベッタ（一八三八―八二）の華々しい活躍があったものの、共和主義は盤石ではなかった。船出して間もない第三共和政は不安定な航海を強いられたのである。『ルーゴン＝マッカール叢書』初期の数巻が政治的な色彩を濃くとどめ、帝政の不当性と弊害を告発するのは、脆弱な共和政への作家自身の熱い思い入れがあったからにほかならない。

『獲物の分け前』では、政府ぐるみのあくどい土地投機が語られていた。『パリの胃袋』では、一八五一年のクーデタに反対したため捕えられて南米ギアナに流刑となり、ひそかにそこを脱出してパリに舞い戻ったフロランが主人公である。政治運動と決別しようと決めていたフロランだが、やむに已まれず民衆を救済するため秘密結社を組織し、暴動まで計画するが、最後は密告されて再び官憲に逮捕されてしまう。『プラッサンの征服』（一八七四）は、ボナパルト派の司祭フォージャが、政府の秘密命令を受けて南仏の町プラッサンに送り込まれ、陰険なやり方でボナパルト派の勢力を拡大していくという小説である。そして『ウジェーヌ・ルーゴン閣下』（一八七六）は、権力欲の強い政治家の運命をつうじて、政界の権謀術数と腐敗を暴いた政治小説になっている。

読者の批判とゾラの応答

ゾラが予期していなかったもう一つのことは、年月が経過していくうちに、彼の作品が書かれ、出版される時代の状況が、読者と批評界によるその作品の受容に強く波及し、その反響がゾラ自身の文学的方向性にまで影響したということである。物語は第二帝政期のパリや地方で展開するのだが、読者と批評家はしばしばそこに、作品が書かれた同時代、つまり第三共和政初期の社会情勢を読み取った。彼らは過去の物語ではなく、現在の状況が表象されていると認識したのだった。それが過ぎ去った時代、崩壊した過去の体制下で起こったという物語設定は、免責要件にはならなかった。とりわけ『居酒屋』、『ジェルミナール』、『大地』など労働者や民衆を主人公とする作品群は、民衆の実態を歪めており、ことさら卑しい相貌のもとに描き出しているとして、共和派や社会主義陣営の批評家たちから厳しい批判の鉾先を向けられたのだった。ゾラからすれば、思想・イデオロギー上の同志たちから非難されたことになる。一八七〇年代末以降、ゾラの作品はよく売れ、彼は一躍有名作家の地位にのぼるのだが、それと比例するように批判の嵐も強くなり、そのつど作家は自作の擁護に努めることを余儀なくされる。この時期のゾラが書いた評論文や手紙は、まさに自己弁明の言説である。[18]

その自己弁明のレトリックは、真理と事実と統計の名において繰り広げられる。『居酒屋』が不道徳であると非難されると、その前半を連載した『ビヤン・ピュブリック』紙の編集主幹にして、パリ市議会議員だったイヴ・ギュイヨに宛てた一八七七年二月十日付の手紙で次のように書いた。

> 『居酒屋』において民衆の一側面を分析することで、私は有益な作品を書いた、と主張します。私はなすべきことをしました。民衆の病弊を示し、その苦しみと悪徳を強烈に照らし出しました。そして、それらは癒すことができるのです。理想主義的な政治は、患者の死の苦悶に花を投げかける医者の役割を演じているにすぎません。私は死の苦悶をさらけ出そうとしました。人はその

ようにして生き、死ぬのです。私は記録者であって、結論は下しません。(19)

『ジェルミナール』に向けられた批判に対しては、次のように反駁する。『フィガロ』紙主幹マニャールに送られた一八八五年四月四日付の手紙だが、翌日の同紙に掲載されて多くの読者の目に触れたので、半ば公的な性質を有するものである。

哀れな人々の姿を見て、私の目には涙があふれたというのに、一カ月前から、私はその哀れな人々について汚らわしい空想と意図的な虚偽を語ったと糾弾されています。それぞれの糾弾に対して、資料にもとづいて反論できるでしょう。どうして私が貧しい人々を中傷するというのでしょうか。私の望みは一つだけでした。すなわち、貧しい人々の姿を社会によって作られたままに示すこと、強い憐憫の情と正義の叫びを引き起こし、その結果、フランスが一握りの政治家たちの野心に蝕まれる国ではなく、国民の健康と富に配慮するような国になってほしい、ということです。(20)

これらの文章は、作品が展開する時代（第二帝政期）と、彼が作品を執筆し、発表した時代（第三共和政初期）が、ゾラ自身の精神のなかでも絶えず交錯していたことを教えてくれる。パリの場末に住む民衆の生活は、一八五〇年代と一八七〇年代でほとんど変わらず、北部炭鉱地帯の労働者は、一八八〇年代になっても一八六〇年代と同じように悲惨な境遇を強いられている、とゾラは認識していたのである。だからこそ、『居酒屋』や『ジェルミナール』の読者はそこに同時代の現実を読み取り、物語を過去に設定したと言いながらゾラは現代の民衆を不当に貶めている、と告発したのだった。

ユートピアに向けて

ゾラと同時代の関わり、さらにはゾラの歴史観を考察するうえで興味深いのは、『ルーゴン＝マッカール叢書』が終わりに近づくにつれて、過ぎ去った第二帝政期を断罪するのではなく、同時代つまり十九世紀末の社会・政治情勢を間接的に憂えながら、新たな社会を夢想する未来志向的なヴィジョンが前面に押し出されてくることだ。それは先に引用した『ジェルミナール』をめぐる手紙にも垣間見える。とりわけ一八九〇年代に入ると、ネオ・カトリシズム、反ユダヤ主義、過激なナショナリズム、アナーキズムが社会を騒然とさせるなかで、ゾラが支持してきた共和主義は有効性を疑われ、素朴な楽天主義は許されなくなった。叢書の最後の数巻は、そのような趨勢を前にしたゾラの危機感を炙り出している。『獣人』は戦争に向かう兵士たちの破滅を暗示するシーンで終わり、『金』は資本の暴走と転落を語り、『壊滅』は普仏戦争の悲劇とパリ・コミュー

19 世紀末のフランスはアナーキズム・テロに揺れた。ヴァイヤンによる国民議会での爆弾テロ（1893 年 12 月）

ンの終焉を描いた。

一つの時代の崩壊と終焉を語りつくした作家は、まるでその心理的償いを探し求めるかのように、叢書の最終巻『パスカル博士』では一転して、生まれたばかりの子どもにフランスの未来を託そうとする。それに続く『三都市』（『ルルド』、『ローマ』、『パリ』）では、十九世紀末の社会的、宗教的、思想的な危機がリアルタイムで表象される。『ルルド』（一八九四）は、一八五〇年代に聖母マリアが顕現したことで、カトリックの一大巡礼地に変貌した南仏ピレネー山麓の町ルルドを舞台に、ピエール・フロマン神父の信仰の揺らぎと懐疑を物語る。

『パリ』では、同じピエールが貧民救済の事業にたずさわるうちに、政治、社会制度、そして教会の無気力と腐敗を呪うようになり、彼の兄ギヨームは過激なアナーキズムに接近する。緊迫した雰囲気のなか、ピエールはマリーという女性と愛し合うようになり、カトリックの信仰を棄てて世俗の世界で社会改革に乗り出す決心をする。二人のあいだにできた息子ジャンを、マリーが太陽に向かって高く差し上げるという希望に開かれたラストシーンは、『パスカル博士』の結末と類似している。危機から希望へ、不安な現在から幸福な未来の期待へ——それが『ルーゴン＝マッカール叢書』と『三都市』の連作に通底する基本的な社会観であり、歴史認識の構図にほかならない。

そして四編の小説からなる最後のシリーズ『四福音書』で、作家は同時代の危機と不安を解消するかのように、物語の時間軸を現在から無限定の未来に移行させ、豊かさと、平和と、正義の共同体を夢想する。これは『三都市』のピエールとマリーのあいだに生まれた四人の息子マチュー、リュック、マルク、そしてジャンをそれぞれ主人公とする連作である。子どもの名前はそれぞれ、『福音書』の

フーリエが構想した理想共同体ファランステールの全貌（上）と、労働者の連帯が未来を拓くと唱える当時の著作の挿絵（左）。ゾラ作『労働』では、フーリエ主義的なユートピアが描かれる。

四人の作者マタイ、ルカ、マルコ、ヨハネのフランス名に相当する。どの作品も舞台は架空の町に設定され、時代的な設定は意図的に曖昧化されている。今、ここにない理想の社会を描くユートピア文学では、現実の時空間を超越することが必要とされるからだ。[21]

こうして『豊饒』（一八九九）では、マチューとマリアンヌの若い夫婦が不毛な荒地シャントブレを肥沃な農地に変え、同時に子沢山の家族を築く。土地の豊饒さと、マリアンヌの多産（フランス語ではどちらも fécondité）があざやかに呼応して、理想の家族共同体が形成される。共和主義的イデオロギーにおいて、家族は国家の母胎である。マリアンヌというのが、十九世紀半ば以降、フランス共和国を象徴する女性の寓意像《イコン》だということを想起しておきたい。また『労働』（一九〇一）では、主人公リュックが友人の技師ジョルダンらの助けを借りて、さまざまな逆境を克服した末に、資本と労働がみごとに調和したフーリエ主義的な理想都市ボークレールを建設する。いわば『ジェルミナール』の世界を顚倒させたアンチテーゼになっている。シャントブレでもボークレールでも、時間や歴史の侵蝕とは無縁の、時間が停止したような地上の楽園風景が広がる。ユートピアでは時間が流れず、いつまでも同じ至福が続かなければならない。

作家ゾラは『ルーゴン＝マッカール叢書』から『四福音書』に至る三十年間で、歴史からユートピアに移行したと言ってよい。そしてこの歴史への決別は、文字どおり身を賭してのドレフュス事件への関与という出来事と、時代的にまさしく並行していた。過ぎ去った一時代を、ある家族の成員たちをめぐる起伏に富んだ物語をつうじて描き出すという企図が、作品の刊行につれてしだいに現在の影響を受け、現在の諸問題に応答するという次元を濃厚にしていった。そして『ルーゴン＝マッカール叢書』の最終作『パスカル博士』に垣間見えていた未来への期待が、『四福音書』では壮大なユートピアとして展開されたのだった。

第三章　歴史の始まりと終焉――『ルーゴン家の繁栄』から『壊滅』へ

歴史の始まり、すなわち第二帝政の開始を告げる出来事を、ゾラは叢書の劈頭で語ることを当初から予定していた。体制の波乱含みの始まりを物語る小説、起源の小説、それが『ルーゴン家の繁栄』にほかならない。他方前章で確認したように、『ルーゴン＝マッカール叢書』の構想ができあがり、第一巻『ルーゴン家の繁栄』が新聞に連載されている途中に第二帝政が崩壊したために、ゾラの小説シリーズには、当初は予定されていなかったものの、歴史の現実によって定められた不可避的な結末が用意された。終焉を語る小説、それが『壊滅』という作品になる。

第一巻を単行本として刊行したとき、作家はすでに最終巻までの道程を思い描くことになった。叢書全体のプランのなかで表明されていた彼の歴史観は、現実によって否定されるどころか、いっそう強化されたはずである。『ルーゴン家の繁栄』に付された序文（日付は一八七一年七月一日）は、作家のそのような確信をよく映し出している。

私は三年前から、この大きなシリーズのために資料を集めていた。そしてボナパルト一族が崩壊して、私のシリーズに恐るべき、そして必然的な結末をもたらしたとき、本作の執筆がすでに終わっていた。芸術家としての私にボナパルト一族の崩壊は必要なものであり、悲劇の最後にはそれがかならず訪れると考えていたのだが、それがこれほど早く起ころうとは予期していなかった。私のシリーズはいまや完全であり、閉じた円のなかで動いている。終息した治世、狂気と汚辱にまみれた異様な時代を描く作品になる。(1)

一つの時代の円環が閉じられた。「狂気と汚辱にまみれた異様な時代」、つまり崩壊して一年にも満たない第二帝政を、作家はいまや過ぎ去った歴史として語ることができる。過ぎ去った歴史なのだから、そこには始まりがあり、終わりがある。そしてそれは、『ルーゴン＝マッカール叢書』という壮大なシリーズの始まりと終わりに呼応しなければならない。ゾラは歴史＝物語の起源と終焉をどのように表象したのだろうか。本章では、その表象システムを問いかけてみよう。前半で起源の小説『ルーゴン家の繁栄』を、後半で終焉の小説『壊滅』を論じることにする。

『ルーゴン家の繁栄』のあらすじ

まず『ルーゴン家の繁栄』の梗概をたどっておこう。

舞台は南フランスの架空の町プラッサン（ゾラが少年時代を過ごしたエクス＝アン＝プロヴァンスがモデル）とその近郊、時代は一八五一年十二月、パリでルイ＝ナポレオンがクーデタを断行した直後である。若い二人の恋人シルヴェールとミエットは、サン＝ミットル地区の古い墓地で、人目を忍んで逢引きをしている。二人は共和主義の理想に共鳴し、クーデタに抵抗して立ち上がった農民や労働者の

プラッサンのモデルになった南仏の町エクス（19 世紀の版画）。ゾラが少年時代を過ごした町である。

群れがプラッサン近くの田園地帯を通過すると、それに合流する（第一章）。

第二章以降、物語の時間は過去に遡り、ルーゴン家と、シルヴェールが属するマッカール家の歴史が語られる。アデライード・フークと夫ルーゴンのあいだに生まれた息子ピエールは、プラッサンで油商人として店を構えるが、母親の不行跡の後始末や息子三人の教育に金がかかり、苦労する。やがて一八四八年の二月革命と、その後に成立した第二共和政によって転機が訪れる。保守的な町プラッサンでは、古くからの貴族、新興ブルジョワジー、そして民衆という三つの社会階層が厳然と区別され、それがさらに貴族の住む地区、ブルジョワジーが居を構える新市街、民衆と労働者が住む旧市街という地理的な三極化に対応していた。共和政が成立するとピエール・ルーゴンは保守派の中心となり、彼の屋敷の「黄色いサロン」には政府を糾弾するさまざまな党派の人々が集う。ピエールの息子で、パリに住むウジェーヌは、時の大統領ルイ＝ナポレオンとその周辺の人物たちと繋がりを保ち、父親に首都の政情を報告する。一八五一年十二月二日にクーデタが勃発すると、ピエールはそ

市庁舎に押し寄せた民衆。『ルーゴン家の繁栄』の挿絵版より。

れまで奉じていた王党主義を棄てて、帝政への支持を宣言する（第二―第三章）。

　ピエールの心配の種が、アントワーヌ・マッカールである。アントワーヌは、母アデライードが愛人で密売人のマッカールとのあいだにもうけた不義の子であり、ピエールによって遺産相続の権利を剥奪され困窮したせいで、ピエールとその一族を恨んでいた。もともと怠惰な放蕩者であるアントワーヌの生活は、結婚や子どもの誕生によっても変わらない。二月革命が勃発すると、確固たる政治的信条をもたないアントワーヌだが、ルーゴン家にたいする怨恨と嫉妬から共和派陣営に与する。そしてそのために、甥シルヴェールを利用してルーゴン一族の野心を妨害しようとする（第四章）。

　こうして物語の時間軸は最初に戻る。蜂起した群衆はやがてプラッサンの町に入り、市庁舎を占拠して、ブルジョワたちを震撼させる。反乱を起こした民衆はアントワーヌ・マッカールを市庁舎に残して後を託すと、やがて町を離れるが、シルヴェールとミエットはその民衆と行動を共にする（ここで再び過去への遡及が行なわれ、ミエットの不幸な子供時代と、シルヴェールとの牧歌的な愛を描くページが挿入されている）。クーデタを敢行したボナパルト派は、南仏の反乱を傍観する態度に出たわけではない。

マルセイユから派遣された政府軍はオルシェールで反乱軍と対峙し、ミエットは戦いのさなか銃弾に倒れ、民衆の蜂起は容赦なく鎮圧されてしまう。シルヴェールは憲兵隊に捕えられる（第五章）。

他方プラッサンでは、共和主義を支持する民衆と、ルーゴン家を中心とするボナパルト派の対立が続いていた。ピエールは市庁舎を奪取するが、戦いの帰趨はまだ見えない。息子ウジェーヌからの報せで、パリのクーデタが成功してルイ＝ナポレオンが権力を掌握したことを知ったピエールは、アントワーヌを買収して共和派に罠を仕掛けて壊滅させ、最終的な勝利を収める（第六章）。

ピエールは町の秩序を回復させた功績を認められて、熱望していたプラッサンの収入役の地位を手に入れる。そして「黄色いサロン」の仲間たちを招いて盛大な晩餐会を催し、勝利の美酒に酔いしれる。邪魔者のアントワーヌは、金を渡して町から追い出した。囚われの身になっていたシルヴェールは、サン＝ミットル地区で憲兵に銃殺される（第七章）。

1848年2月末、パリのあちこちに民衆がバリケードを築いた。この二月革命はフランスの政治風土を大きく変えた。

歴史小説としての次元

以上の梗概から分かるように、『ルーゴン家の繁栄』は複数の次元の異なる物語が織り込まれた複雑で、重層的な作品である。

まず、歴史小説としての側面を指摘できる。作品中で語られる出来事は、一八五一年十二月七日からほぼ一週間のうちに展開し、そのあいだにはさまれた挿話は過去に遡っての物語（映画でいうフラッシュバック）を構成している。それをつうじてピエール・ルーゴンとアントワーヌ・マッカールの、きわめて対照的で緊張をはらんだ生の軌跡が明らかにされる。十九世紀前半に王政を支持し、手堅い商売で家運を盛り上げていくピエールは、七月王政期（一八三〇―四八）を無難に切りぬけるが、第二共和政の成立によってみずからの立場の危うさを悟り、「黄色いサロン」を活用して生き延びるための権謀術数を巡らせる。共和政が脆弱であることを見抜くと、パリに居を構える息子ウジェーヌからもたらされる情報にもとづいて、共和主義に抵抗し、批判する勢力を形成するのである。

第二共和政は三年あまりしか続かず、二十年近く存続したその前の七月王政と、その後の第二帝政に挟まれた歴史の短い幕間劇と見なされることが多い。しかしこの短い体制は、思想的にはロマン主義イデオロギーの昂揚と挫折を象徴し、政治的には社会主義的な政策の萌芽を示したという意味で重要な時期を画す。哲学者・社会学者レーモン・アロンは、この時代が二十世紀の政治的、イデオロギー的角逐の構図を先取りしているとして、そこに注目すべき現代性を認めていた。対峙した党派は同じではないし、その闘争は異なる情勢下で繰り広げられはしたものの、第二共和政の推移はすでに二十世紀の典型的な対立関係と人物像を提示してくれるのだ。(2)

この時期を背景にした文学作品として有名なのが、フロベールの『感情教育』（一八六九）である。パリを舞台にしたこの作品では、共和主義に脅え、日和見的に変節するブルジョワジーの怯懦な姿勢や、革命の現実に失望していく共和主義者の懐疑や、帝政へと横滑りしていく社会主義者の裏切りが辛辣な筆致で語られる。二月革命が一七八九年のフランス革命のパロディ化された模倣にすぎないというフロベールの歴史認識は、プルードンが『手記』のなかで、マルクスが『ルイ・ボナパルトのブリュメール十八日』(一八五二)で、そしてトクヴィルが『回想録』(一八五〇年執筆、死後出版)において表明していた考え方と共振する。[3]

他方、『ルーゴン家の繁栄』第三章は第二共和政下の南フランスを舞台にして、当時の地方習俗を表象する。革命と共和政の成就に歓喜する民衆、共和国の成立を知って恐れおののく貴族、対峙する党派の勢力関係を見きわめようと日和見的な態度をとるブルジョワジーなど、パリ社会もプラッサンの社会も同じような反応を示す。首都から遠く離れた南フランスの小都市は、その点でまさしく首都の状況を再現する縮図にほかならない。とりわけピエールの邸宅が提供する「黄色いサロン」は、プラッサンの上流階級の反動性を凝縮する空間である。

さまざまな党派に属する保守派たちの核であり、日ごとに大きくなっていく核であるこのサロンは、やがて大きな影響力を振るうようになった。そこに集う者たちが多様で、誰もが聖職者集団からひそかに援助を受けていたおかげで、サロンはプラッサンの町全体に知られる反動の中心になったのだった。[4]

これは『感情教育』のなかで、銀行家ダンブルーズの屋敷が果たす役割を想起させる。当初ダンブルーズは共和政の樹立に度肝を抜かれ、社会主義の亡霊に怯えるが、やがて労働者の叛乱が鎮圧され

（一八四八年の六月暴動）、共和主義の理想が退潮していくと、どのような政体であれ秩序の回復を願う。彼の邸宅がブルジョワ的反動の巣窟になるのに、たいして時間はかからない。物語の時代、登場人物たちが歴史と政治にコミットする、あるいは巻き込まれていくという事実、利害が対立するさまざまな社会階層を表象するという点で、フロベールの小説とゾラの小説には共通点が多く、そのかぎりで両者は相互補完的な関係にあると言えるだろう。二つの作品は同時代的であり、フロベールの作品が刊行されたとき、ゾラは自分の作品を執筆している最中だった。自分にとって文学的師匠の一人であるフロベールの小説を読んだゾラは、『トリビューン』紙に早速書評を寄稿し、次のように称えた。

フレデリックとデローリエ〔『感情教育』の主要人物〕の周囲で、一つの世界そのものが動く。それぞれの人物を一言で特徴づけることはできないほどだ。上流階級と花柳界での夜の集い、友人同士の昼食、決闘、競馬場への散策、一八四八年の政治クラブ、バリケード、街路での銃撃戦など、場面はじつに多様性に富んでいる。芸術、政治、風俗、楽しみ、恥辱そして偉大なところなど、作者は作品中に時代全体を盛り込んだ。作家はあらゆる努力を傾けて作品から自分の姿を消し、まるで正確で完全な調書のような本を書こうとしたのだ。

（『トリビューン』紙、一八六九年十一月二十八日）(5)

『感情教育』は、一八五一年十二月のクーデタに反抗したパリ民衆の蜂起が、警察と軍によって容赦なく鎮圧されるさまを語った。同じようにして『ルーゴン家の繁栄』は、共和派の支持者たちがマルセイユから派遣された軍隊によって銃撃され、流血のなかで命を落とす場面を描く。第五―七章の末尾ではそれぞれミエットの死、プラッサンの共和派民衆が罠に落ちて襲撃されるさま、そしてシルヴェールの処刑が語られる。首都と地方の違いはあるものの、どちらも帝政が市民の犠牲という代償のうえに成立したことを強調する。同じ政治思想を共有していたわけではないフロベールとゾラだが、第二帝政の成立が暴力と流血という不吉な記憶に汚されていることを示唆する点では共通している。

共和政の寓意

歴史的な事実として、クーデタに反対してフランス全土の九百ほどの市町村で、十万人あまりが叛乱を起こした。中部と並んで、フランス南部はその抵抗運動がもっとも激しかった地域の一つである。ゾラは南フランスでの蜂起について情報を得るため、ウジェーヌ・テノの『一八五一年十二月のプロヴァンス地方』(一八六五)と、ノエル・ブラーシュの『一八五一年十二月のヴァール県蜂起の歴史』(一八六九)をおもに参照した。どちらも共和派の視点から書かれた、したがって共和派を擁護し、クーデタを断行したボナパルト派の陰謀を告発する意図で書かれた著作である。第二帝政は一八六〇年代後半に入るといくらか検閲の目が緩んだので、このような歴史書の出版が可能になったのだった。『ルーゴン家の繁栄』を執筆していた当時のゾラは、ジャーナリストとして文学批評や美術批評だけでなく、政治批判や議会通信にも手を染めていた。そして、新聞記事で第二帝政をきびしく糾弾するのをやめなかった。ブラーシュの著作を『トリビューン』紙において、好意的に批評したのもその表れである。(6) 小説の構想、執筆と、ジャーナリズムでの反体制的な言論活動は並行し、テーマや文体において相互浸透を起こす。ゾラがイデオロギー的に共和主義を支持していたことに、疑いの余地はない。

しかし、現実の歴史を背景にし、実際に生起した出来事を織り込む歴史小説とはいっても、ゾラの作品は実在した歴史的人物を登場させてはいない。さまざまな社会階層とイデオロギー集団を個人のレベルで代表するのは、すべて架空の人物たちである。この作品では、シルヴェールとミエットが共和主義の理想を体現している。実際、十七歳の青年と十三歳の娘にすぎない二人、政治的な経験に乏しい二人に、作家はほとんど過剰なまでの寓意性を付与しているのであり、彼らの無垢と純粋性がその寓意性をいっそう強める。シルヴェールは「民衆そのものだった」(7)、つまりみずからが帰属する階級を理想的に具現する。ミエットにあっては、政治的、イデオロギー的な寓意性がよりいっそう明瞭に露呈する。第一章の最後、二人が蜂起した民衆に合流し、ミエットが赤い軍旗を手にしたとき、語り手は彼女を次のように描いている。

巻き髪の端のところで止まっているフードが、彼女の顔をまるでフリギア帽のように覆っていた。ミエットは旗をつかみ、その柄を胸に押しあてた。そして後ろにたなびくこの血のように赤い軍旗の襞に包まれて、真っ直ぐ立っていた。髪は縮れ、大きな目は潤み、唇は微笑むようにかすかに開いている。興奮した子どもの顔は半ば空のほうに向けられ、力強い誇りの念を宿していた。このときミエットは無垢な自由の女神だった。(8)

フリギア帽とは、フランス革命以来、共和国の寓意像となった女性マリアンヌが被っている帽子である。共和派の叛乱軍の一員にすぎないミエット、しかも父親が殺人者として流刑になってしまったミエットは、赤い軍旗を掲げて叛乱軍の先頭に立った瞬間にマリアンヌに擬せられ、七月革命に着想を汲んだドラクロワの有名な作品《民衆を導く自由の女神》（一八三一）の構図さながら、群衆の喝采を浴び、彼らの熱狂を高めずにはいない。恋人シルヴェールもいまや、「もう一人の熱愛する恋人である共和国とミエットを同一視していた」[9]。犯罪者の娘であるという烙印、社会の除け者という烙印が、ミエットの心情と行為の崇高さをいっそう高めるように作用する。汚辱から気高い理想へと昇華することで、彼女は崇高なヒロインの相貌を確かなものにするのだ。

しかし、崇高なヒロインは死すべき運命にある。第五章で生起するミエットの死はまさしく聖女の殉教であり、それが第二共和政の悲劇的な終焉を象徴することは言うまでもない。他方、憲兵隊に捕まったシルヴェールは、ミエットとの愛の逢瀬を楽しんだサン＝ミットル地区の墓地まで連れて来られるが、ミエットと共和国という二つの愛を喪失したいまとなっては、生き延びる理由もなく従容として死を待つ。「共和国はミエットといっしょに、垂れた赤い旗のなかで眠っていた」[10]。

起源の物語

一八五一年のクーデタにたいする叛乱とその失敗は、現実の歴史の一部だが、同時に物語としての『ルーゴン家の繁栄』の重要なエピソードと主題を構成している。この小説が『ルーゴン＝マッカール叢書』の劈頭を飾っているのは、理由のないことではない。シリーズの副題は「第二帝政下における一家族の自然的、社会的歴史」なのだから、作品のなかで第二帝政という一つの時代が始まり、その時代の社会で多様な欲動に突き動かされ、さまざまな活動に従事する一つの家族が誕生しなければならない。換言すれば、時代と家族の起源を語ることから始める必要があった。『ルーゴン家の繁栄』の序文で、ゾラは次のように書いている。

私の考えでは、いくつもの挿話を含むこの叢書は第二帝政下における一家族の自然的、社会的歴史である。そして第一の物語『ルーゴン家の繁栄』の科学的タイトルは『起源』とされるべきである。(11)

「科学的」とあるのは、ゾラが叢書を構想した際に当時の医学や生理学の理論を援用したからだが、いま重要なのはその点ではない。第二帝政の起源にあるのが、ルイ゠ナポレオンがパリで断行したクーデタだということは改めて指摘するまでもない。非合法的な手段を用いて敢行されたクーデタはフランス全土で叛乱を引き起こし、ルイ゠ナポレオンはその叛乱を徹底的に押し潰すことでクーデタを正当化し、一年後には国民投票によって正式に皇帝の地位にのぼった。ゾラの小説は、首都での出来事を南フランスの一都市に移し替えて、帝政の起源を描いたということになる。

しかし、それだけではない。一つの体制の起源は、一つの家族の運命と並行関係に置かれる。第二共和政の時代、危うい権謀術数を駆使して王党派に接近し、「黄色いサロン」を催して、やがて保守派陣営の中心になったルーゴン家は、クーデタ後の騒擾を巧みに切り抜けた末に帝政への支持を表明する。ルイ＝ナポレオンがパリでクーデタを断行したように、ピエール・ルーゴンはプラッサンで小さなクーデタを行なったのである。それは現実に存在したボナパルト一族の権力の始まりであり、架空の人物ルーゴン一族の繁栄の始まりである。政府軍が南フランスの叛乱軍を虐殺し、ピエールとアントワーヌがシルヴェールを見殺しにすることに示されるように、権力と繁栄は、敵対する人間や身内の血を流すという暴力によって可能になる。ゾラは権力と繁栄の根底にあるのがどちらも享楽への欲望であり、富の奪い合いだという社会的メカニズムを浮き彫りにして、両者の照応を強調する。叛乱が制圧され、保守派がルーゴンの屋敷で宴に興じるさまを作家は次のように描き出す。

ルーゴン家では、夕食のデザートの席で、食事の残りもまだ冷めやらず、湯気が立ちこめるテーブルから笑い声が響いていた。彼らはついに金持ちたちの楽しみを貪っていた。三十年間抑えられていた欲望のせいでいっそう高まった貪欲さが、獰猛な歯をむいていた。この満たされなかった者たち、痩せた猛獣たちは、つい前日享楽のなかに解き放たれたかと思うと、いまや誕生しつつある帝政と、激しい地位競争の到来に喝采を送っていた。クーデタはボナパルト一族の運命を再興させ、ルーゴン家の繁栄をもたらしたのだった。(12)

この箇所は、ゾラが『ルーゴン家の繁栄』の準備ノートのなかに書き記した一節に正確に対応している。

目覚めるとプラッサンは救われている。十二月四日パリが救われたように。街路では血が流れ、二、三人の男が殺された。懐疑的なひとたちは怖れ慄いた。ルーゴンは解放者となる。フェリシテ〔ピエール・ルーゴンの妻〕の恐るべき精神はナポレオンと共通していた。(13)

『ルーゴン家の繁栄』は他方で、家族の起源と、それを特徴づける反目を語ってくれる。一族の根源に位置するのは、アデライード・フークという女性で、農民の夫ルーゴンとの間にピエールを産み、愛人マッカールとの間にはアントワーヌをもうけた。嫡子の家系を継ぐピエールと、不義の子として相続権を喪失するアントワーヌは、同じ母親をもちながらも事あるごとに対立し、その対立は第二共和政期に頂点に達していた。クーデタと叛乱は、憎しみ合う兄弟の力関係を決定的に変える。富の点で優位に立つピエールは、アントワーヌを籠絡して仲間の共和派を裏切らせて、プラッサンでの権力を盤石なものとする。そしてその後まもなく、アントワーヌを町から放逐することに成功する。

ルーゴン家とマッカール家は『ルーゴン＝マッカール叢書』という名称の由来であり、両家に連なる者たちが、その後の作品で主要な役割を果たしていく。起源を語る作品『ルーゴン家の繁栄』に彼らが登場することで、読者には彼ら自身の起源と人生の出発状況が知らされるのだ。

ピエールの長男ウジェーヌはパリで法学を修め、弁護士となっているが、『ルーゴン家の繁栄』ではルイ＝ナポレオンの密命を承けてプラッサンに戻り、父親をボナパルト派に転向させる。シリーズ第六巻『ウジェーヌ・ルーゴン閣下』では、皇帝の信任篤い大臣として権勢を振るうことになるだろう。次男パスカルは医者で、叛乱軍に同行して怪我人たちの手当にあたる。学究肌の彼は最終巻『パスカル博士』において、ルーゴン、マッカール両家に属する人々の履歴と活動を書き記す。そして三男アリスティードは、当初は反体制的なジャーナリストとして暗躍するが、クーデタ後にボナパルト派に接近してプラッサンを離れる。そして第二巻『獲物の分け前』では、オスマンのパリ改造にともなう不動産事業で莫大な富を手にし、第十八巻『金』では、パリ証券取引所を中心にしてユダヤ系資本を相手に熾烈な経済闘争を展開することになる。他方マッカールにはリザとジェルヴェーズという二人の娘がいるが、父親の怠惰に呆れてパリに出奔してしまう。娘二人はどちらも働き者で、リザは第三巻『パリの胃袋』で肉屋の女将となり、ジェルヴェーズはパリの下町で洗濯屋を開業する。ルーゴン家の運命とマッカール家の運命は、起源の小説においてすでに截然と差異化されていることが分かる。

『ルーゴン家の繁栄』の最後で、ピエールにとっては縁者であり、アントワーヌにとっては甥であるシルヴェールの銃殺と、ルーゴン一族の権力掌握は同時に生起し、作品では同じページで語られる。王朝の頂点に君臨できるのはたった一人の男であり、潜在的なライヴァルはたとえそれが兄弟であろうと――あるいはむしろ兄弟ならばなおさら――早急に排除しなければならない。帝政が流血のなかで成立したように、ルーゴン家の繁栄は兄弟の追放と身内の死によって保障される。兄弟の敵対関係は、聖書の『創世記』に登場するアベルとカイン以来、西欧の物語に登場する人間関係の重要な祖型の一つをなす。

おそらくここには、歴史やリアリズム小説の構図を超えるもう一つの位相が読み取れるだろう。人類学的、神話的な位相である。ルネ・ジラールは『暴力と聖なるもの』(一九七二)において、聖書の物語や古代神話において、共同体の危機を解消して社会の秩序を回復させようとする際に、しばしば兄弟の血が流れることを示した。[14] 集団的暴力にさらされ、共同体の犠牲になる者が、社会秩序の延命と強化につながるということだ。他方、宗教学者ミルチャ・エリアーデは、あらゆる神話が国家あるいは共同体の創生を語る言説であり、神話が叙述する一連の儀式は共同体の活性化のために定期的に反復される必要がある、と指摘した。[15] 二人の議論に倣うならば、ルーゴン家はシルヴェールとミエットという無垢な者を暴力の犠牲にすることで、みずからの基盤を築いたことになる。若い二人は共和主義の殉教者にほかならず、殉教者の流血がプラッサンの町に新たな秩序をもたらしたのだ。プラッサンは南フランスにおける首都パリの縮図であり、どちらも都市共同体の危機を象徴的な供犠によって克服した。国家（フランス）と、都市と、家族が同じメカニズムによって再生を遂げたのである。

戦争をいかに語るか──『壊滅』

すでに指摘したように、ゾラが『ルーゴン＝マッカール叢書』全体を構想した時点で、第二帝政はまだ存続していた。帝政は凋落の兆しを見せていたとはいえ、その終焉を確信することは誰にもできなかった。「第二帝政下における一家族の自然的、社会的歴史」という副題は、叢書が現に進行していた時代を背景とする物語だということ、そして叢書全体の結末の構図が定まっていないことを明示していた。ところが『ルーゴン家の繁栄』の新聞連載が中断してからまもなく、普仏戦争の敗北によって第二帝政は瓦解し、思いがけないかたちで叢書の結末が歴史的な現実として否応なく課されることになった。

明確な時代の枠組みを採用している小説シリーズだから、この結末を沈黙に付すことはできない。帝政の起源と、ルーゴン家、マッカール家の起源を語ることから始まった叢書は、その両者の終焉を語らなければならない。こうして叢書第十九巻『壊滅』と、最終巻『パスカル博士』が論理的に要請される。前者は第二帝政を崩壊に導いた一八七〇年の普仏戦争と、翌年のパリ・コミューンを語り、後者は物語の時間軸を第三共和政期の一八七二―七四年に設定して、ルーゴン家、マッカール家の宿命的な末路を、『ルーゴン家の繁栄』にもすでに登場したパスカル・ルーゴンの調査をつうじて要約する作品である。こうして壮大な叢書の円環が閉じられた。

ゾラと歴史の関係を考察する本章で、問題になるのは『壊滅』である。一八九一年の初め、ゾラは作品の準備に取りかかり、資料を収集し、メモを書き記す。普仏戦争の詳細を知るため彼はおもに、元将校のジョルジュ・ビベスコによる『一八七〇年の戦い。ベルフォール、ランス、スダン』(一八七二)と、テオデュール・デュレ著『一八七〇―一八七三、四年間の歴史』全三巻(一八七六)を参照した。同年四月にはフランス東部シャンパーニュ地方に足を運び、一八七〇年当時のフランス軍の行軍経路をみずからの足で辿り、いくつかの戦場を検分し、スダンにまで赴いた。作家は戦闘がどのように展開したのか、どのような状況で壊滅的な敗北に追い込まれたのかを、現地視察することで確認しようとしたのである。いわゆる取材旅行といってよい。初期の草案の一枚で、ゾラは作品の基本構想を次のように定式化している。

スダンに重くのしかかった宿命、もっとも恐ろしい国民の敗北の一つ。運命が国家を襲う。しかしそれには原因があった。私がやりたいのは、その原因の研究である。今世紀の初頭に勝利者として世界を席捲した国が、いかにして壊滅させられてしまったのか。フランスの勝利にはそれなりの理由があった。その敗北にもまた理由があるはずだ。どのようにしてフランスが不可避的にスダンの破滅に至ったかを探求すること。[16]

草案の段階で、ゾラは物語を組み立てるのではなく、まず近代フランスの歴史をめぐって一つの問いかけとプランを提起している。彼にとって、一八七〇年の敗北は歴史の流れに組み込まれた出来事であり、そこに至った経緯を合理的に説明することが目的だった。この時点でのゾラは小説家というより、歴史家として、さらには歴史哲学者として振る舞っている。草案の文章は、歴史のプロセスのうちに論理を読み取ろうとする作家の強い意志を証言しているのだ。同じ時期、オランダのジャーナリスト、サンテン・コルフに宛てた手紙の一節でも、同じ野心が表明されていた。「フランスが危うく滅亡しそうになったあの恐るべき破滅について、私は真実を述べたいのです〔……〕。いまやすべてを語るべき時だということに私は気がついたのです」[17]。プロシアにたいする復讐を唱える昂揚した愛国主義が蔓延していたこの時代に、こうしたゾラの立場表明はかなり異端的だったことを忘れてはならない。

三部構成のこの小説は、農民のジャン・マッカール（言うまでもなくマッカール家の一員）と、知的なブルジョワであるモーリス・ルヴァスールという二人の兵士を主人公とする。第一部では、すでにフランスとプロシアの間に戦争の火蓋が落とされ、ジャンとモーリスが所属する第百六連隊が、フランス東部の町ミュルーズを発ち、ランスを経由して決戦地スダンまで行軍するさまが描かれる。第二部は、一八七〇年九月一日のスダンでの戦闘を語ることにあてられる。そして第三部は、その翌日から一八七一年五月末、ティエール率いるヴェルサイユ軍がパリ・コミューンを鎮圧する「血の一週間」まで、九カ月にわたる出来事を叙述する。捕虜となり、その後脱走したジャンとモーリスは、それぞれ異なる状況を経て二人ともパリに移り、一方はヴェルサイユ軍兵士に、他方はコミューン闘士になる。モーリスは戦いで命を落とし、ジャンが新たな人生に向かって歩み出す場面で小説は閉じられる。

普仏戦争の一場面（当時のリトグラフ）

歴史小説において戦争や革命を物語る場合、大きく分けて二つの手法が活用される。第一に、作家は戦場すべてを視野に入れたうえで、その全体像を示す。戦場を高みから見下ろす参謀本部や、歴史家の眼差しである。これはたとえばユゴーが『レ・ミゼラブル』のなかで、ワーテルローの戦いを語ったときに採用したやり方だ。第二にそれとは逆に、語りの視点を一兵士に焦点化し、個人が体験できる範囲の出来事だけを叙述するという手法がある。スタンダールが『パルムの僧院』（一八三九）の冒頭で、同じくワーテルローの戦いに主人公のファブリスを立ち会わせて行なったことであり、二十世紀に入れば『夜の果ての旅』（一九三二）のセリーヌなど、多くの作家が援用することになる技法である。前者は俯瞰的、全体的な眼差しであり、後者は水平的、断片的な眼差しである。[18]

ゾラは『壊滅』のなかで、この二つの技法を巧みに融合している。

第一部では、第百六連隊の強行軍のようすを描くのに多くのページが割かれているのだが、プロシア軍の動静にかんして正確な情報をもたなかったフランス軍は、ときには兵士や将校たちにとっても不可解な回り道を繰り返す。矛盾した情報と、指揮官たちのためらいが事態をいっそう悪化させてしまった。語り手はしばしば物語のなかに直接介入し、まるで従軍日誌をつけるように、あるいは戦争ルポルタージュを執筆しているかのようにフランス軍の動きと、行動の日時と細部を読者に説明しようとする。ゾラはここで、歴史書から得た知識にもとづいて俯瞰的な視点を用いている。

しかし第一部後半、そしてとりわけ第二部では、戦場に立つ兵士たちの視点にそって物語が展開し、断片的な物語が支配的になる。断片的というのは、ジャンやモーリスのような兵士一人ひとりは特定の場で敵軍に対峙し、その砲火を浴びるだけで、参謀部が決める戦略の全体を把握することはできないからだ。第二部で、ゾラはスダンの複数の地点で同時に繰りひろげられる戦闘を、兵士だけでなく、現地の一般市民や、夫を戦争に駆り出された妻の視点から描いていく。このような語りの視点の移動と多様化は、映画のシークエンス効果に似た効果をもたらしているし、実際ゾラの小説が映画的技法を先取りしていることはしばしば指摘されるところだ。兵士と市民は戦争という歴史の動乱を戦略によって理解するのではなく、肌と感覚で体験させられる、ということが鮮明に伝わってくるページである。近代戦争においては、一人の兵士が戦争の全体を俯瞰することはできない。戦場での兵士は、限定された情報と視野のなかで、極限的な状況と絶望的な孤独を体験する。ゾラは、戦争の過酷さという言葉で表現しがたい現実と、その精神的外傷を語ろうとしたのだ。

こうした側面は、ゾラが作品に歴史上の人物をどのように登場させているか、その方法によっていっそう際立つ。『ルーゴン家の繁栄』には歴史的人物は一人も登場しなかったが、『壊滅』にはナポレオン三世、マク゠マオン将軍、ビスマルク、そして国王ヴィルヘルムなど、普仏戦争の主要な当事者たちが姿を現わす。ただし彼らはつねに、作中の虚構の人物の眼差しをとおして見られ、判断されるにすぎず、小説の語り手が彼らの内面や心理の襞に深く分け入ることはない。そのかぎりで歴史的人物は不透明である。敗色濃厚となった後、ナポレオン三世は機織り工ドラエルシュの家に避難し、この機織り工が苦悩する皇帝の姿を目撃する。そして同じドラエルシュは、丘のうえに陣地を構えるプロシア軍のなかにビスマルクと国王ヴィルヘルムの姿を垣間見る。

副官はもぐもぐと答えたが、ドラエルシュには聞き取れなかった。それに皇帝は立ち止まらず、窓際に戻りたい欲求に抗しえなかった。そして砲撃の絶え間ない轟音のなかで、気を失いそうだった。表情の青白さはいっそうひどくなっていた。面長の顔面は陰気で、やつれており、朝つけた白粉はよく拭き取られていない。苦悩が滲みでていた。

そのとき、埃だらけの軍服を身につけた、元気のいい小柄な男がやって来た。ドラエルシュはルブラン将軍だと分かった。将軍は階段の踊り場を横切り、名乗りもしないでドアを押した。すぐに、皇帝の不安げな声が再びはっきり聞こえた。

「それにしても将軍、白旗を掲げたというのになぜ相変わらず砲撃が続いているのかね[19]」

ゾラの小説では、歴史上の人物といえども特権的な役割を演じることはない。このような語りの技法は、彼らの地位を相対化し、歴史のあらゆる帰結を生なましく被らざるをえない無名の個人や群衆を復権することにつながる。日本文学であれば、たとえば司馬遼太郎の歴史小説は、空海や坂本龍馬といった誰もが知る有名な歴史上の人物を主人公に据える(『空海の風景』と『龍馬がゆく』)。不世出の偉人が歴史を動かす、という英雄史観がそこに感じられる。しかし『壊滅』のように、歴史の潮目を変えた出来事を語りつつ、歴史上の人物を片隅に追いやることは可能であり、それは作家の美学と歴史観に関わってくる。

草案のなかで作家は、スダンの壊滅がどのようにしてもたらされたかを知りたいという意志を表明していた。第二帝政という時代の全体的な腐敗、愛国心の衰退、フランス軍の保守性と情報収集の欠落、ナポレオン三世の優柔不断、そして陸軍参謀部の戦略上の誤りなどが、『壊滅』のなかでしばしば強調される。勃興しつつあった若いプロシアの勢力をフランスは見誤っていたのであり、スダンでの敗北は、モーリスが子供の頃に祖父から聞かされたかつてのナポレオン軍の華々しい勝利と対比されることで、その悲惨さがいっそう強く浮き彫りになる。祖父はかつて、ナポレオン軍の兵士として輝かしい軍功を立てた功労者だった。ナポレオン三世は、偉大な伯父ナポレオンの威光と名声を利用して権力を奪取したものの、フランスの栄光を復活させられなかった簒奪者にすぎない。『ルーゴン家の繁栄』の序文で「狂気と汚辱にまみれた異様な時代」と定義された第二帝政は、こうしてゾラによって歴史の法廷の被告席に立たされたのだった。

パリ・コミューンの表象

普仏戦争が第二帝政の終焉をもたらしたが、その後に成立したパリ・コミューンはそのもう一つの結果である。ゾラは最後の二章でこの歴史的事件を描き、モーリスとジャンの言動をとおして一つの歴史観を提出する。

スダンで降服の白旗を掲げるフランス軍将校

フランス東部で同じ連隊の仲間として戦争を経験し、深い友情の絆で結ばれていた二人は、敗戦と捕虜生活の後に離ればなれとなり、それから数カ月後パリでお互いを見出す。しかしいまや、モーリスは過激なコミューン闘士であり、ジャンはヴェルサイユ軍の一員になっている。和解できない敵同士になった彼らの人生は、悲劇的な結末に向かって突き進んでいくしかない。バリケード上で闘うモーリスをジャンがそうと知らずに銃剣で傷つけてしまい、その傷がもとでモーリスは数日後に絶命する。

当初モーリスは、パリ・コミューンを「断ち切る剣と浄化する火をもたらす解放者」[20]と見なしていた。パリ・コ

1871年のパリ・コミューンによってパリは炎上、セーヌ川両岸で多くの公共建造物が灰燼に帰した。

ミューンの剣と火は崩壊した帝政の残骸を一掃してくれるはずだ、と彼は考えた。しかし新しい体制をもたらすと期待されたパリ・コミューンの理想は、やがて無軌道な妄想に変貌していく。内乱の末に燃え上がるパリはいまや「激しい狂気にとらわれた[21]」都市、「炎に包まれたバビロン[22]」にほかならない。語り手は炎上したチュイルリー宮殿を描写するために、聖書のイメージと比喩を用いる。傷つき、ジャンと共にセーヌ川を小舟で渡るモーリスは、

無傷なほうの腕を高くかかげて、ソドムやゴモラの宴、おぞましい音楽と花々と悦楽について語り、過度の放縦に溺れ、裸の人間たちの醜悪さをあり余るほどのロウソクで照らし出したせいで、みずから燃え尽きてしまった宮殿を想起していた。[23]

あらゆる形態の火と炎、燃焼、そのさまざまな作用は『ルーゴン＝マッカール叢書』全二十巻に通奏低音のように響くテーマであり、哲学者ミシェル・セールは、ゾラのうちに熱力学時代の詩人を見たくらいだ。[24] ここでは、パリの町を侵す火は断罪と呪詛の炎となり、『創世記』で語られている堕落

した町ソドムとゴモラを滅ぼす天からの火に喩えられ、一つの世界の終焉を予兆するかのようである。後にプルーストは、『見出された時』（一九二七）のなかで第一次世界大戦のエピソードを語るが、そのとき作中人物の一人シャルリュスが、ドイツ軍の空襲に見舞われる夜のパリを、ヴェズヴィオ火山の噴火によって溶岩と灰に埋もれた古代都市ポンペイに比較している。(25) どちらの作家においても、天から降りそそぐ炎という神話と歴史から借用されたメタファーが、戦争状態にある都市パリの滅びの危機を際立たせる。

パリ・コミューンを第二帝政からの断絶と捉え、そこに新たな歴史の起点を見出すのか、それとも両者を連続性のうちに把握するのかは、根本的な歴史観の問題である。『壊滅』においては、普仏戦争の敗北とパリ・コミューンの挫折は歴史の一連の流れのなかに位置づけられ、「狂気と汚辱にまみれた異様な時代」がもたらし、同時にその終焉を告げる二つの出来事として表象されている。

ゾラにとって、あるいは『壊滅』の語り手にとって、パリ・コミューンは社会的、政治的な改革をめざす運動ではなく、国家の存立を揺るがしたアナーキーな無秩序であり、それが鎮圧されたのも歴史の論理だった。この点で、主人公モーリスが事態の推移を目にして絶望感を深め、酒に溺れて理性を失っていくという事実は示唆的である。社会運動の逸脱と個人の逸脱は共振する。モーリスの死とは、パリ・コミューンの死を寓意的に表現したものにほかならない。こうして語り手は、パリ・コミューンの終焉を、社会という有機体における病巣の切除に喩える。

フランスの健全な部分、つまり理性的で慎重で農民的な部分、大地にもっとも近かった部分が、フランスの狂気じみて絶望的な部分、つまり帝国によって腐敗させられ、夢想と享楽のせいで理性を失った部分を抹殺したのだった。フランスは全存在をひき裂かれるような思いをしながら、何をしているのかよく分かりもせずに、みずからの肉体を切断しなければならなかったのである。(26)

スダンの敗北が一つの終焉だったように、パリ・コミューンもまた一つの終わりである。『ルーゴン家の繁栄』で帝政の誕生を語ったゾラはかくして、その二十年後に発表した『壊滅』において帝政の終焉を語った。開かれた歴史の円環は、ここに閉じたのである。

しかも、誕生を語った作品に神話的、人類学的な創生の構図が刻印されていたように、終焉を描く作品にも、歴史のリアリズムを超えるような次元が付与されている。ジャンとモーリスは、ピエールとアントワーヌがそうだったように、敵対する兄弟の神話を想起させるし、炎に包まれるパリは呪われた町であり、その炎は同時に再生を遂げるために、つまり新たな社会を始動させるために必要な浄化の火にほかならない。ペール＝ラシェーズ墓地で、最後のコミューン戦士たちが銃殺されるのとまさしく同時にモーリスが息絶えるのは、その意味で犠牲を捧げる儀式であり、贖罪の儀式であろう。『ルーゴン家の繁栄』では、作品の末尾で生起する共和主義者シルヴェールの死がルーゴン一族の成功と、それをつうじて帝政の確立を告げた。二つの作品は、一つの時代の終わりを表象し、新たな時代の幕開けを告げる場面で閉じるという点でみごとに共振するのである。

再生の物語に向けて

実際、『壊滅』は黙示録的な滅びのイメージで終わるわけではない。モーリスは息絶えたが、ジャンは生き残るのだ。『ルーゴン家の繁栄』の最後で始まった「帝国の饗宴」は確かに終わりを告げ、パリ・コミューンの理想は潰えた。フランスはいまや灰のなかから不死鳥のように蘇り、理性を取り戻さなければならない。「フランスの健全な部分[27]」であるジャンは、祖国の復興を願い、そのために尽力しようと決心して旅立つことができる。

パリ・コミューン鎮圧後、リュクサンブール公園で処刑されるコミューン派の闘士たち（1871年6月）

それは永遠の自然と永遠の人類の確かな若返りであり、希望をもって働く者たちに約束された再生だった。すなわち、有毒な樹液のせいで葉が黄ばんでいく腐った枝を切り落としたときに、新しく力強い芽を吹き出す樹木のようなものだった。[28]

誕生、死、そして新たな誕生――この人類学的、あるいは神話的な循環の図式はこうして『ルーゴン＝マッカール叢書』全体をみごとに貫いている。再生への期待が樹木の比喩で表現されるのは、いかにもゾラ的な想像力を際立たせる。彼がルーゴン家、マッカール家の詳細な系統樹を作成したように、そして他の小説にも頻出するように、成長し、繁茂する樹木のイメージは、ゾラの文学世界において生命力と再生の象徴なのだから。

『壊滅』は二十年の歳月を経て提出された、『ルーゴン家の繁栄』への応答であり、その序文で明言されていた基本プログラムを完結させた。戦争と内乱の長い物語の後で、『壊滅』は未来への希望を示唆し、幸福感をともなうイメージで閉じられる。ジャンの旅立ちは新たな時代の始動を告げる。実際、歴史の歩みは停止することがないし、フランスは共和政に向けて多難な船出を始めるのだ。

しかしゾラはこれ以降、異なる観点から社会の葛藤を語るようになる。その意味で、モーリスの死は第二帝政とパリ・コミューンという歴史の終焉、そして『壊滅』の結末、さらには『ルーゴン゠マッカール叢書』全体の実質的な終わりを示すだけではない。それと同時に、その後のゾラ文学の推移を知る現代の読者から見れば、架空の物語によって過去の歴史を表象し、解釈し、ときには判断を下すという営みそのものが終焉したことを告げている。というのも、晩年のゾラは『三都市』や『四福音書』という連作のなかで、歴史と過去を問いかけるのではなく、現在と未来について考察するようになるからである。ゾラは正義と真実（どちらも『四福音書』に収められる作品のタイトルである）を実現してくれるより良き社会の像を探求することに、自己の創作活動の軸足を移すことになるだろう。その限りで『壊滅』は『ルーゴン゠マッカール叢書』の結論゠終焉であると同時に、ゾラにおける歴史からユートピアへの移行を決定づける転機になった作品なのだ。

Ⅱ　女・芸術・パリ

第四章　『ナナ』から『夢の女』へ——作品はどのように生成するか

出版された作品を読み、解釈するのは楽しい作業だし、多くの批評家や読者は日常的にそのような作業を行なっている。草稿のまま残された作品、あるいは未完のまま後世に伝わった作品を除けば、刊行された作品こそ作家が読者に提供したい唯一の形だからである。完成までにさまざまな紆余曲折を経ている場合でも、一般読者がその経緯を知ることはない。

作品成立の過程への関心

他方、研究者のほうは、刊行された作品だけでなく、完成に至るまでのプロセスに興味を抱き、そのプロセスを明らかにして作品の新たな側面をあぶり出すことができる。フランス語圏地域で、「生成研究 étude génétique」と呼ばれる文学研究の一つの方法である。génétique とは本来生物学の用語で「発生論」を意味するのだが、それが文学研究の領域に転用されたものだ。作家の草稿、メモ、覚え書き、読書ノートなど本来発表されるために書かれたのではない資料や、作品の下書きとして書き綴られた手稿を読み解きながら、作品の構想、プラン、執筆の過程を明らかにし、作家のためらいと決断、微調整と新たな方向性、そして変化と持続について問いかけるという研究スタイルである。い

わば、作品執筆の舞台裏を覗き込むような作業と言ってよい。(1)

フランスでは特に四十年ほど前から盛んになされている研究だが、すべての作家について行なえるわけではない。それが可能になるためには、単純で、かつ決定的な条件が求められる。資料や草稿が残されていなければならない、ということである。しかもかなりまとまった分量が残されている必要があり、断片が残っているというだけでは体系的な生成研究に繋がらないのだ。ユゴー、フロベール、プルースト、ヴァレリー、サルトルなどと並んで、ゾラはこの生成研究がもっとも進んでいるフランス作家の一人である。作品執筆のために書き留めたメモ、取材記録、読書ノート、友人たちから提供したもらった情報や知識を記した文書、作品の草稿などをゾラは律儀に保管していたのだった。

本章では、ゾラのある有名な小説がどのように誕生し、どのような過程を経て執筆されたかを跡づける。そして、その作品と作家が明治期日本でどのように紹介され、翻訳され、ある新進作家がみずからの文学世界を形成するうえで、そこから何を摂取したかを考察してみたい。対象となるのはゾラの代表作の一つ『ナナ』と、それを翻訳した永井荷風(一八七九—一九五九)である。

ゾラの執筆スタイル

フランス文学史上には、執筆スタイルの特異さがほとんど伝説化してしまった作家が何人かいる。バルザックは夜の社交から帰宅後、僧服を身にまとい、コーヒーを大量に飲みながら夜を徹して書きまくった。彼にとって、夜は休息するためではなく創造するためにあったのである。他方、病的なまでに過敏体質だったプルーストは、パリ中心部の高級住宅街に居を構えつつ、騒音を防ぐためにコルクを張った部屋のなかでカーテンを閉めきり、ベッドに横たわりながらランプの光であの長大な『失われた時を求めて』を書き継いだ。

ところが『ルーゴン゠マッカール叢書』の作者においては、事情がまったく異なる。作家にしては例外的なほど、彼はじつに規則正しい生活を送った。パリでも、パリ西郊メダンの別荘でも朝早く起床し、九時から午後一時までの四時間を作品の執筆に当てる。彼の小説は大部分まず新聞に連載されたものだったから、毎日一定量の原稿を書かなければならなかったのである。午後は手紙をしたため、雑誌・新聞の原稿を書き、資料調査をしてノートを取る。それから散歩に出て、五時にお茶。夜は友人・知人を招いたり、観劇に出かけたりするが、それ以外は読書をして午前一時頃ベッドに入る。感心するほど律儀な事務員のような暮らし方と言えるだろう。「一行も書かない日は一日もなし nulla dies sine linea」というラテン語の一文を座右の銘にしていたほど、勤勉な人間だったのである。(2)

ゾラの作品は小説、戯曲、批評、社会時評あわせて膨大な量にのぼる。生活様式を見るかぎり、彼の豊饒な生産性は規則正しい仕事ぶりによって保障されていたかのように。天才的な文学者にしばしば見られるように、普段は無頓着で気紛れな生活に甘んじながら、時が来れば奔放な想像力と、奇蹟的な創造熱に浮かされたようにペンを走らせる、というのは彼のスタイルではない。ゾラにとって書くことは一つの職業であり、労働であった。

小説を執筆するにあたっては、一定の方法に従っていた。

まずテーマと物語の概略を定め、それについて資料と文献を収集してノートを作成する。続いて作中人物にかんする考察を深め、各人物ごとにカードを作る。そこでは名前、職業、性格、容貌と身体的な細部、行動様式が詳細に記述されていく。その後作品全体のプランを練り、さらに各章ごとのエピソードと出来事の概要を決定していく。その際ゾラは、出来事が繰り広げられる場所に注意深く配慮するのだが、それというのも彼にとって、地理的、職業的、社会的を問わず、空間は作中人物の心理と行動様式を規定する重要な要素だからである。

このようにして準備作業を終えた後、調査と読書で得た知識や情報を物語のなかに組み込みつつ、ゾラは執筆を開始する。こうした一連の作業はこの順序どおり、直線的に進行したわけではなく、執筆のプロセスは互いに交錯することもあった。実際、作品を書き進めながら、細部を検証するために新たな資料収集をしたり、現地に赴いて実地調査したりすることがしばしばあった。

『ナナ』の基本テーマ

『ルーゴン＝マッカール叢書』第九巻の『ナナ』は、第二帝政期の爛熟した文化を背景に、パリの劇場、ジャーナリズム、花柳界を舞台として展開する物語である。ナナ（本名アンナ）は、貧しい労働者の家庭に生まれ育ち（『居酒屋』のヒロイン・ジェルヴェーズが母親）、その生活に嫌気がさして家を出た。やがてヴァリエテ座の女優としてデビューしたナナは、その官能的な美しさによってたちまち評判となる。裕福な男たちに囲われる高級娼婦として贅沢と放蕩に耽り、彼女の周囲に群がる男たちを破産や自殺に追い込んで、次々に破滅させていく。いわゆる「宿命の女《ファム・ファタル》」の典型である。そして彼女自身は物語の最後で、天然痘に冒されて孤独のうちに死んでいく。

『ナナ』の完成は一八八〇年だが、最初の構想はそれより十年以上前に遡る。第一章で述べたように、ゾラは一八六〇年代末に『ルーゴン＝マッカール叢書』全体のプランを練り上げ、娼婦を主人公にする作品は当初から予定されていたのだった。彼は社会を構成する「四つの世界」と「特殊な世界」を区別していたが、娼婦は最後の「特殊な世界」に棲息する重要な人物像だった。当時「半社交界《ドゥミ・モンド》」と呼ばれた高級娼婦の世界、そして彼女たちと付き合う男たちの習俗と心性を描くことは、第二帝政期を全体的に表象するというゾラの企図にとって、不可欠な一部である。

作品の構想が具体化するのは、一八七八年に入ってからである。劇場と半社交界にかんする調査をその年の初めに開始し、夏の間に第一の全体的プランを作成して、九月から執筆に着手する。翌一八七九年にいったん執筆を中断し、その後他の仕事と並行しながら再開。この年の夏と秋に集中的に書き、数多くの作中人物を登場させる大掛かりな小説に発展した。『ヴォルテール』紙に、一八七九年十月十六日から翌一八八〇年二月五日まで連載され（ゾラの小説はほとんどすべてまず新聞に連載された）、単行本化されたのは同年二月十四日である。刊行に先立ち大掛かりな宣伝がなされたことと、内容のスキャンダラス性が相俟って、『ナナ』は爆発的な売れ行きを示す。一八八〇年だけで八万部以上売れたとされ、これは当時としては文字どおり破格の部数だった。

高級娼婦を主人公にして、半社交界や劇場の世界の習俗を語ることを決めたゾラは、「草案ébauche」のなかで自分の意図を明確化していく。そこでは物語の主題と布置、作中人物の出自と性格と運命、採り入れるべき挿話をめぐって、作家の問いかけ、逡巡、方向転換、最終的な決断などが率直に開示されている。その意味で、草案は作家が自己自身と対話するその軌跡を記録したものと言えよう。そのほぼ冒頭に、『ナナ』の基本理念が明瞭に記されている。

作品の哲学的主題は次のとおりである。一つの社会全体が性に向かって突き進む。猟犬の群れが、一匹の雌犬を追いかける。その雌犬は発情しているわけではないので、追いかけてくる犬たちをあざ笑う。男の欲望の詩、世界を動かす大きな梃子。性と宗教だけが存在する。(3)

雌犬に喩えられたナナは、男たちの情欲をそそり、その蠱惑的な身体によって彼らを破滅させていくだろう。ナナの身体が凝縮する官能性という祭壇に向かって、信者である男たちが礼拝を捧げ、みずからを犠牲として差し出していく。ナナはいわば、妖しい宗教的偶像のような相貌をまとう。「ナナは手に触れるものすべてを破壊する。彼女は誘因、裸体、性そのものであり、現代社会の解体を引き起こす」(4)。ナナは紛れもない生身の女性であると同時に、それ以上に一つの象徴であり、神話である。小説としての『ナナ』は、第二帝政期の娼婦の世界を喚起しつつ、現代の叙事詩の趣を呈するのである。

数多いナナの犠牲者のうちで、もっとも深い頽廃の淵に沈むのはミュファ伯爵である。由緒正しい家柄に生まれ、それまで放蕩も不実も知らずに生きてきた伯爵は、ナナに出会い、その魅力に惑うことで破滅していく。女の色香に迷って堕落していく上流階級の男の姿は、バルザックの『従妹ベット』に登場するユロ男爵を彷彿させる。ゾラが『ルーゴン゠マッカール叢書』全体を構想した際に、『人間喜劇』の作家バルザックを強烈に意識していたことは、第一章で確認したとおりである。『ナナ』の場合も例外ではなく、ゾラは自分の小説が『従妹ベット』に類似しているのではないかと指摘される不安を書き留め、しかし「ユロと違う点は、私の人物〔ミュファ〕は一人の女しか好きにならないことだ。ユロに似ないよう注意すること」[5]と、用心深く草案に記している。バルザックへの対抗意識をゾラは隠そうとはしなかった。出版された小説では直截に表明されない、そうした作家の秘められた意図や野心を、草案は明瞭に読者に示してくれるのである。

執筆の進捗状況

執筆の進捗状況は、同時期に書かれた手紙によって窺い知ることができる。一八七八年八月九日、尊敬する作家であり友人でもあったフロベール宛の手紙では、『ナナ』の全体的な構想が完成したことが報告されている。

次に私の近況です。『ナナ』の構想を作成し終えました。たいへん苦労しました。というのもこの構想はきわめて複雑な世界を対象にしており、百人ほどの作中人物が必要だからです。この構想にはとても満足していますが、物語としてきわどくなりそうです。すべてを語りたいし、かなり卑猥な細部も含まれていますから。私が善良な「娼婦」を扱う寛大で市民的なやり方には、あなたも満足してくれるだろうと期待しています。――今私のペンはむずむずしており、これは私にとっていつも、良い本がつつがなく誕生するという前兆です。――ロシアの雑誌への寄稿が終わった後、今月二十日頃には執筆を始めるつもりです。[6]

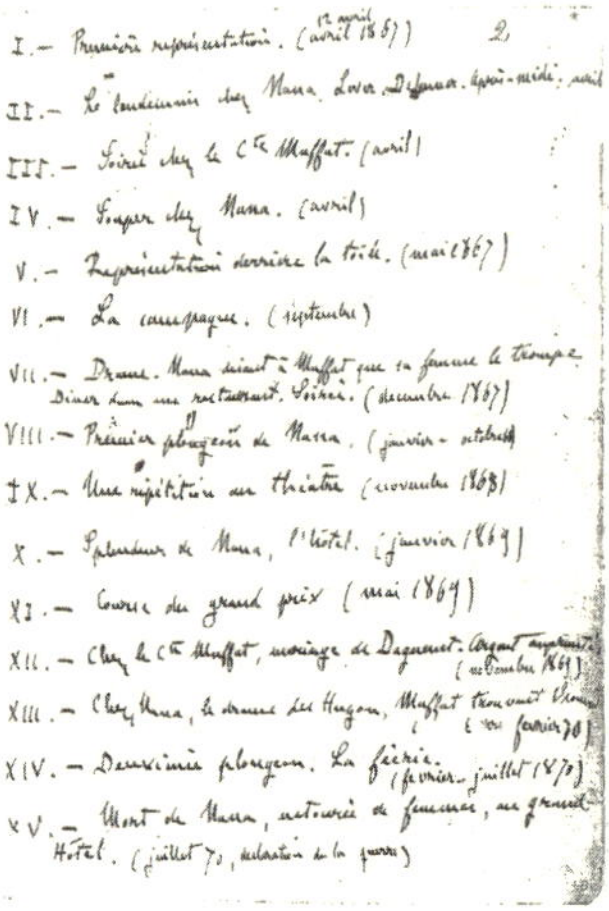

I. — Première représentation. (avril 1867) 2
II. — Le lendemain chez Nana. Lever. Déjeuner. Après-midi. Soir
III. — Soirée chez le Cte Muffat. (avril)
IV. — Souper chez Nana. (avril)
V. — Représentation derrière la toile. (mai 1867)
VI. — La campagne. (septembre)
VII. — Drame. Nana disant à Muffat que sa femme le trompe. Dîner dans un restaurant. Soirée. (décembre 1867)
VIII. — Premier plongeon de Nana. (janvier - octobre)
IX. — Une répétition au théâtre (novembre 1868)
X. — Splendeur de Nana, l'hôtel. (janvier 1869)
XI. — Course du grand prix (mai 1869)
XII. — Chez le Cte Muffat, mariage de Daguenet. (novembre 1869)
XIII. — Chez Nana, le drame des Hugon, Muffat trouvant (février 70)
XIV. — Deuxième plongeon. La féerie. (février - juillet 1870)
XV. — Mort de Nana, entourée de femmes, au grand Hôtel. (juillet 70, déclaration de la guerre)

『ナナ』の準備草稿。章の構成が記されている。

ロシアの雑誌というのは、サンクトペテルブルクで発刊されていた『ヨーロッパ通報』のことで、パリに居を構えていたロシアの作家トゥルゲーネフの仲介で、ゾラは定期的に評論や短編小説を寄稿していたのである。さらに同年十一月三十日付、同じフロベール宛の手紙では、執筆の進捗ぶりと、その過程で遭遇した困難さが書き綴られている。

『ナナ』は順調に進んでいますが、ゆっくりです。十六章のうち、まだ三章と半分しか書き終えていません。とても難しいのは、この本ときたら絶えず、二十ないし三十人の人物が活動する長い情景や場面をとおして組み立てられている点です。たとえば芝居の初演、夜会、夜食、舞台裏のシーンといった具合です。私はこの世界全体を動かし、人物を集団で行動させ、語らせながら、明瞭であり続ける必要がありますが、これがしばしばたいへんな作業なのです。とはいえ、私は不満ではありません。この小説はきわどく、同時に健全だと思います。私の野心は、娼婦たちの集団を静かに、温情をもって示してやることにほかなりません。いずれにしても、作品を完成するにはまだ一年はかかります。(7)

この時点では「十六章」とあるが、完成作は全十四章からなる。その後執筆が進むのにともなって、章の構成が変化したことが分かる。それまでゾラが発表した作品と異なり、『ナナ』が数多くの人物を登場させて繰り広げるかなり長いエピソードから構成されることが明示されている。映画で言えば、カメラを一点に据えたロングショットが多いということである。いずれにしても、フロベールのような作家仲間に宛てた書簡において、ゾラは自作の構想、テーマ、進捗ぶりについて頻繁に語っており、個々の作品の生成過程を知るうえで貴重な証言である。

ゾラがしばしば行なったことだが、執筆の間、作品の細部を確認し、補強するために、友人・知人にさまざまな情報提供を求めた。たとえばマルグリット・シャルパンチエには上流階級の結婚の慣習について、次のように問い合わせている。

『ナナ』のために情報が必要です。ご教示いただければ幸いです。

上流階級では、結婚のとき舞踏会を催しますか。催すとすれば結婚契約の日の夜ですか、それとも教会で式を挙げる日の夜ですか。私としては、挙式の日の夜にしたいのですが。舞踏会がミュファ家の客間で行なわれるようにしたいのです。舞踏会がまったく無理だとしたら、夜会を開くようにすることは可能ですか〔……〕。

私は何かにつけて問い詰められるので、ちょっとした細部でも疎かにできません。あなたにしている質問の件で、つい先ほども妻と言い争ったところなので、あなたを審判者にします。正確な細部をできるだけたくさん知らせてください。あなたが『ナナ』に協力したことは、誰にも洩

らしませんから。(8)

名宛人のマルグリットは、ゾラの作品を出版していたシャルパンチエの妻であり、ゾラ夫妻と交流が深かった。当時シャルパンチエの邸宅は、作家や芸術家が集う知的なサロンになっており、マルグリットはそのサロンを取り仕切る庇護者のような女性だった。手紙に示されている親しさと敬意のこもった調子が、彼女に対するゾラの信頼感を証言する。

取材ノートの価値

作品の構想とプランを記した「草案」、執筆の過程を伝えてくれる書簡と並んで、ゾラの小説の生成過程を理解するために有益なのが、準備のために収集された一連の資料や、調査の記録である。ゾラは自作のテーマを膨らませ、作品の舞台となる社会空間の輪郭を定め、人物たちの職業に関連する技術的な情報と細部を確かなものにするため、さまざまな文献調査や実地調査を行なった。その調査から生まれた資料は大きく三つのカテゴリーに分類できる。

(1) 作品の舞台となる環境や職業空間について、詳しい人から提供してもらった情報。友人、知人、文通相手が情報をもたらしてくれることも稀ではなかった。たとえば医学や科学については、数多くの医者や学者の助けを求めている。

(2) 一定のテーマにかんして専門書や事典類を渉猟した時の読書ノート。

（3）実際に作品の舞台となる場所にみずから赴き、その場で取った詳細な記録ノート。いわば取材記録である。

この第三のカテゴリーに属する資料がきわめて興味深い。ゾラの観察眼の鋭さと記述の的確さは、文学研究者のみならず、十九世紀後半のフランスに関心を抱く歴史家、人類学者、社会学者などをも唸らせるほどだ。ゾラが観察したのは高級住宅街の建物、証券取引所、デパート、サロン展、劇場の楽屋、高級娼婦の生活、競馬場、パリ中央市場、庶民の界隈と仕事、北部の炭坑地帯と炭坑労働者の生活ぶり、鉄道産業と鉄道員の生活、フランス中部ボース地方の農村などである。(9)

取材ノートには、ときに地理的な細部を記録するためのデッサンまで付けられている。視覚的な細部を記録した取材ノートのページは、ほとんど画家のスケッチブックの趣を呈する。見えるもの、聞こえるもの、さらにはにおいなど感覚的な与件を瞬時に捉える作家の能力は卓越していて、労働と生活の現場に足を運んだゾラはそこであらゆるものを見つめ、あらゆる音に耳を傾け、さまざまなにおいを嗅ぎとった。その意味で、彼の残した取材ノートは十九世紀後半のフランス社会にかんする比類ない資料になっている。フランスにおいて、作品執筆のためここまで入念かつ体系的に取材を行なったのは、おそらくゾラがはじめてであろう。

『ナナ』の場合も、作品の準備と執筆の過程で作成された資料が数多く残されている。高級娼婦の世界と言えば、とかく興味本位で語られがちな主題だが、ゾラはこの世界に精通した友人たちに会って話を聞いた。後日、情報を提供するためのメモ書きをゾラに送付した者もいる。こうした情報にもとづいてゾラが作成した準備資料では、パリの高級娼婦の生態が次のように素描されている。

彼女たちの出自はさまざまだ。夫と別れた女、下層階級の出身ながらまたたく間に侯爵夫人に成り上がった女、出自を告白する女、自分は家柄が良いのだと語る女。

宗教心。男と寝る時も神様の話をする。「あたし天国には行けないわね。あんた天国を信じてる?」お守り。

高級娼婦の下に下女の世界などがある。

美しくはないが、才気煥発な女たち。犬が好き。カロリーヌ・ルテシエ。

男爵を相手にする時は気どり、企業家を相手にする時はブルジョワ風に振る舞う。相手に同化する。

いつも心のなかでは誰かを愛している。声のきれいな男に誘惑される。ビロードのように柔らかい口。美容師のような顔。

高級娼婦の世界にヒモはいない。いつも贈り物をする。(10)

断片的な記述だが、高級娼婦の類型が素描されている。娼婦たちの社会的起源は多様であり、だからこそ相手の男たちに合わせてみずからの行動様式を柔軟に変化させられる。犬や贈り物が好きで、身を苦界に沈めているとはいえ(あるいはだからこそ)宗教心は篤い。そして金銭を仲介して裕福な男に囲われる女たちは、他方で、その埋め合わせを求めるかのように心の恋人に執着する。ゾラはこうした特徴のいくつかを、『ナナ』に登場する娼婦たちに付与することになるだろう。

このようにゾラの小説が構想され生成していく過程においては、彼の全体的な歴史認識、社会観が基底にあり、その後、文献資料の渉猟、友人、知人からの情報提供、作家自身の現地取材によって作品のテーマと挿話がしだいに肉付けされ、細部の現実性が堅固になっていった。ゾラは奔放な想像力の翼に乗って羽ばたいた作家というより（想像力に恵まれていたのは事実だが）、地道な下準備と着実な構築作業によって文学を創造した作家なのである。

ロマン主義神話の解体

『ナナ』はひとりの高級娼婦の栄光と凋落を語った作品である。娼婦のテーマは、十九世紀後半の自然主義文学が発明したものではなく、すでに世紀前半のロマン主義文学においても大きな比重を占めていた。[11]

ユゴーの戯曲『マリオン・ドロルム』（一八三一）のヒロイン、バルザックの『娼婦の栄光と悲惨』（一八三八—四七）に登場するエステル、そしてデュマ・フィス作『椿姫』（一八四八）のマルグリットなど、ロマン主義時代の文学に登場する高級娼婦たちには共通点がある。はじめは贅沢と悪徳の世界に棲息して恥じることなく、自分に言い寄る男たちを翻弄し、快楽の人生を悪びれることなく享受する。やがて彼女を愛する男が出現し、彼女のほうも男を愛するようになる。失われていなかった純真な心が蘇えり、真実の愛に目覚めることによって恋人に純情を捧げ、その愛によって魂が救済される。淪落の女の再生の物語である。卑しい娼婦だったマグダラのマリアが神への信仰心によって、キリストに

『ナナ』の挿絵入り初版本の図版より、ベッドに横たわるナナ。宿命の女ナナの周囲で多くの男たちが破滅していく。

よって真っ先に救われたように、ロマン主義の娼婦たちは愛によって崇高な相貌をまとうようになる。そして愛をまっとうする崇高な娼婦は、しばしば結核によって死んでいく。結核は病んだ女の身体を美しく保ったまま、女を激しい情念の犠牲者に祀り上げる神話的な病だった。

ゾラの小説『ナナ』は、このようなロマン主義的神話を徹底的に解体しようとする。ここでの高級娼婦は、愛によって汚辱の世界から救済される女性ではない。ナナは同じ娼婦仲間の女との同性愛的な誘惑に身をゆだねたり、売買春の世界に棲息する胡乱な男たちに接触したりする。好きだと思って同棲した男からは邪険に扱われ、たちまち破局に至る。それは性を仲立ちにした搾取と暴力の世界にほかならない。そしてナナは結核ではなく、天然痘を患った末にホテルの一室で孤独に死んでいく。『椿姫』のマルグリットは美しい聖女として息絶えるが、ナナは病のせいで顔が醜悪なまでに変形した状態で腐乱していくのだ。

この小説でゾラは、第二帝政期に一世を風靡した高級娼婦《ドゥミ・モンデーヌ》たちの世界を描いた。準備資料にも記されているように、コラ・パールやブランシュ・ダンティニーといった実在のドゥミ・モンデーヌが、ナナのモデルだった。(12)彼女はまずヴァリエテ座の舞台で女優デビューして成功を博すと、やがて裕福な男たちの愛人となって、奢侈と悦楽の生活に明け暮れるようになる。この時代、劇場の世界と売買春の世界はほとんど区別がつかない。女優やオペラ座の踊り子は潜在的に、金持ちたちに囲われる対象だったのである。

ナナは、貴族、銀行家、役者、作家、ジャーナリスト、劇場の支配人など、さまざまな男たちから欲望され、愛される。しかし、みずからが本当に男を愛することはない。彼女の寝室は、あらゆる階層の男たちが行き交う十字路であり、そこでは情欲と悦楽が循環し、金銭が流通する。その意味でナナの部屋は、モノと資本が「流通＝循環」する資本主義社会を象徴する。ゾラの他の小説、たとえば『パリの胃袋』(一八七三)で描かれる中央市場、『ボヌール・デ・ダム百貨店』(一八八三)の舞台となるデパート、あるいは『獣人』(一八九〇)で描かれる鉄道の駅がそうであるように、ゾラは資本主義の産業空間をあざやかに表象した。高級娼婦をめぐる売買春もまた、そうした空間の一つとして物語化されているのである。

男たちはナナのそそるような肉体と、抗いがたい妖しい魅力に翻弄され、自己を制御できずに破滅していく。高級娼婦だから複数の男と関係をもち、その要求は金がかかる贅沢な要求であるのが当然とはいえ、ナナの奔放さは飽和状態に達することがない。その奔放さが、多くの犠牲者たちを生み出す。フィリップは罪を犯して投獄され、ジョルジュは自殺を図り、ステネールとラ・ファロワーズは破産する。そして「宿命の女」ナナは、超然としてみずからの肉体によって半社交界に君臨し続ける。『ナナ』は、第二帝政下のパリで男たちが欲望と性ゆえに滅んでいく小説である。

永井荷風とゾラ

明治期の日本人がヨーロッパ文化と接触を始めた頃、ゾラはフランスでもっとも人気ある作家のひとりだったという事情もあり、ゾラは早くからわが国に紹介された。そしてその後、日本近代文学の形成にあたって無視しがたい影響を及ぼしたことは周知のとおりである。エミール・ゾラの名がはじめてわが国に紹介されたのは、中江兆民が明治十七（一八八四）年に邦訳したウジェーヌ・ヴェロンの『維氏美学』においてであった。この頃からゾラの原書や英訳本が日本に輸入されるようになり、明治二十年代から三十年代にかけてゾラは、全ヨーロッパの作家中もっとも頻繁に論じられる作家であった。

森鷗外が坪内逍遥との「没理想論争」で『ルーゴン＝マッカール叢書』の作家を批判的に論じる一方で、尾崎紅葉らの硯友社一派や田山花袋は、英訳でゾラの作品を読んでいた。[13] フランスでもゾラの名声が頂点に達していた時期であり、その余波が極東の日本にまで及んできたのである。当初は小説家としてよりも、むしろ自然主義文学の理論家としての側面が強調されたということは、ここで指摘しておきたい。外国の作家・思想家がわが国に紹介される時に、著作が実際に翻訳、紹介される以前に、それをめぐる言説が――ときには歪曲されたかたちで――流布してしまうということが起こる。読まれるより前に語られてしまう、判断される以前に断罪されてしまうという不幸が、わが国におけるゾラ受容の初期に起こったのである。

貴重な例外が永井荷風だった。はじめ硯友社文学に心酔し、広津柳浪の門下となって創作に励んだ荷風だったが、二十代でフランス自然主義文学を発見した。彼はゾラ文学を読み、それに傾倒し、その意匠を摂取した小説を書き、彼の文学を論じ、さらには彼の作品を翻訳・翻案した。それは明治三十年代のわずか数年のうちに生起した出来事だった。

まず小説の創作面について言えば、「ゾライズム三部作」と呼び慣わされている青年期の作品が存在する。『野心』（明治三十五年）は、旧式の商売に飽き足りない男が店を近代的な勧工場に作りかえていくという一種の商業小説。『地獄の花』（明治三十五年）は、ヒロイン園子の周囲に群がる人間たち（とりわけ男たち）の獣性を赤裸々に描く。それぞれゾラの『ボヌール・デ・ダム百貨店』と『獲物の分け前』（一八七一）を想わせるテーマ設定である。前者では、周囲の零細な小売店を駆逐して発展していく近代的デパートの物語をつうじて、商業資本主義のメカニズムが露呈するし、後者は、第二帝政期の土地投機ブームを背景に、倫理を踏みにじり、欲望を全開させて富を築いていく人間たちの行動が語られる。

第二帝政期のパリと、明治後半の東京では社会制度も習俗も大きく異なるから、荷風は単純な移し替えを試みたわけではない。新たな小説の可能性を模索しはじめた若き荷風は、ゾラ文学がはらむ人間性の秘められた諸相を抉り出すという側面に惹かれたのだった。荷風自身の言葉を借りるならば、人類の「暗黒なる動物性」に目を向け、「祖先の遺伝と境遇に伴ふ暗黒なる幾多の慾情・腕力・暴行等の事実を憚りなく活写せん」(14)と望んだのである。

ゾライズム三部作の掉尾を飾る中編小説『夢の女』（明治三十六年）では、岡崎の没落士族の家庭に生まれた娘お浪が、家族の窮状を救うため花柳界でたくましく生きていく。はじめは豪商の家で小間使いとなるが、主人の手が付いて築地で囲い者となり、娘まで産むものの、主人が急死すると、わずかばかりの手切れ金を渡されて主家とは絶縁させられる。お浪は生活のため深川洲崎の遊郭で華魁《おいらん》になると、生来の美貌と才覚で多くの客がつく。やがて相場師の上郷に落籍された彼女は、築地で小待合の女将となり、商才を発揮して店を発展させる。経済的な余裕ができると里子に出していた娘と、郷里で貧しい生活を余儀なくされていた両親、妹を東京に呼び寄せて同居するようになる。妹のお絹は待合商売の手伝いをするうちに堕落して、役者の男と出奔し、それを嘆く父親は郵便馬車に轢かれたけがもとで亡くなる。しかしお浪は、けなげに仕事を続ける決心をする。

およそ以上のように要約される『夢の女』にゾラとの類縁性を指摘できるとすれば、それはヒロインの生き方に関係する。遊郭という売買春の世界で、自らの性的魅力によって男たちを惹きつけ、ときには破滅に追い込むというのは（小田辺という客がお浪に入れ上げて商売を潰し、最後は縊死する）、ナナとお浪が共に経験することだ。荷風の作品の場合、女性の性的奔放さはお浪と妹のお絹の二人に配分されていて、待合で暮らすようになったお絹が男女の交情のありさまに通じ、やがて男と駆け落ちするというのはナナと似ている。ごく若い頃の過ちで娘を産み、それを里子に出すというのも、二人のヒロインに共通するエピソードである。他方、お浪がさまざまな困難に遭遇しながらも懸命に働いて自分の人生を切り拓いていくところは、ゾラの『居酒屋』に登場する洗濯女ジェルヴェーズを想起させる。『夢の女』は、『ナナ』と『居酒屋』の主要素を融合させたアマルガム的な小説の様相を呈している。

もちろん日仏の作家の違いはいくつも目につく。ナナが家族との絆を断ち切っているのに対し、お浪は両親、妹、娘と自分の家族のために奮闘し、それが彼女の存在理由である。ナナは贅沢と快楽に溺れ、悪びれることなく次々と男たちを破滅させていくが、お浪のほうは、苦界に身を沈めているとはいえ悪徳に染まりきることはなく、あくまで家族のために花柳界に身を置く。『ナナ』には、ヒロインの官能的な身体を表現したページや、男女あるいは女性どうしの性的戯れを描く場面が頻出するが、『夢の女』には、さすがに検閲が存在した明治期の作品だけにそうした大胆なページは見られない。

主人公の階級的な起源も異なる。ゾラが作中でしばしば示唆するように、ナナの逸脱はブルジョワジーに対する民衆の階級的な復讐という側面をおびている。他方、『夢の女』に登場する男たちは成り上がり者で、経済的な強者だが、お浪の態度に階級的な怨嗟はこめられていない。そして『居酒屋』のジェルヴェーズは最後にアル中となって、心身ともに崩壊していくが、お浪はそうした頽廃を免れ、最後までたくましい生き方を貫く。

「ゾライズム三部作」は、フランス自然主義に触発されながら、荷風が新たな文学の方向を模索した成果であった。荷風がゾラに学んだのは社会を俯瞰的に表象するという野心ではなく、あくまで個人の人生をつうじて暗黒の人間性を剔抉したり、忍耐強い個性の顕現を表現したりすることだった。当時の荷風には、時代の全体を捉えようとする意図も技法も欠落していたし、二十代半ばの青年作家にそのことを非難はできないだろう。荷風がとりわけゾラに学んだのは、醒めた人生哲学であり、ペシミスティックな人間観であった。

『女優ナナ』からゾラ論へ

『ナナ』の影響をうかがわせる『夢の女』が刊行されたのと同じ明治三十六年、荷風はゾラへの並々ならぬ執着を示す著作をさらに二つ公にしている。『女優ナナ』、そして『エミール・ゾラと其の小説』である。

「十九世紀文学叢書」の第一巻として出版された『女優ナナ』は、『ナナ』の英訳からの翻訳である。ただし原作を十五分の一ほどに短縮した抄訳であり、荷風自身が諸言で「此の広大なる名著の、極めて荒き仕組のみを書綴らんと企てたるに過ぎ」(15)ない、と弁明している。荷風自身の語学力の問題があったろうし、またシリーズ物という制約上、全訳することは困難だったに違いない。

荷風はゾラの小説を文語体で訳した。独特の調子をそなえ、優艶さを欠いていない訳文であり、男女の情愛の機微を語り、劇場の華やかな雰囲気を喚起するにはよく適合しているような印象をあたえる。たとえば作品の冒頭、ナナが舞台デビューする時のヴァリエテ座の様子は次のように描かれている。

夜の九時になりし時ヴァリエテ座には殆ど人影なかりき。瓦斯の火も朧《しばし》にして、大なる紅き緞帳幕は薄暗き影の中に包まれたるのみにありしが、遅れ馳せに集る人々は少時の中に溢るるばかりとなりぬ。彼等は皆ナナを見んが為めに来れるなり。此度び此の座の舞台に現るべき女俳優《やくしや》ナナの名は、巴里劇壇の新星として一週日程以前より彼等の口に噂されたりき。(16)

次に、ナナと出会って魅了されたミュファ伯爵がパリの大通りを彷徨する場面。

四十年の長き厳格なる生涯は忽ち崩れて此《ここ》に新しき一紀元を生ぜしなり。並樹の大通を歩み行けば、行過ぐる車の響、忽ちナナの名を呼ぶ喝采の声となりて彼が耳を聾せんとし、道傍《みちばた》なる瓦斯燈の火影を眺むれば、豊肉《ゆたか》なる腕、白き肩せるナナの姿幻影の中に現れて、彼が眼の前に舞ふなりき。(17)

十九世紀パリの華やかさと、享楽への志向を伝えてくれる艶やかな文章である。とはいえ『女優ナナ』は大幅な抄訳であり、抄訳にはそれなりの方針が必要とされる。あるいは訳者が明瞭に意識しないまでも、何を訳し、どのような箇所を割愛するかという点に訳者の関心と文学観が露呈するはずだ。次にその点を考察してみよう。

訳者としての荷風が関心を集中し、その限りで『女優ナナ』に一貫性と濃密さをもたらしているのは、ヒロインと男たちをめぐる愛と性の物語にほかならない。その関連で、ナナとの繋がりが強いパリの劇場（たとえばヴァリエテ座）の様子もかなり詳しく訳出されている。宮廷の高官であり、謹厳実直な伯爵であるミュファがナナに恋焦がれて抗いようもなく凋落していくさまと、二人の愛欲生活の描写はかなり生々しい。ナナに入れ上げたフィリップとジョルジュの兄弟が、一方は軍隊の金を盗んで投獄され、他方は絶望のあまり自殺を企てるというエピソードも、兄弟の母親の絶望感とともに悲愴な調子で丹念に再現されている。恋人たちの間で交わされる会話の艶っぽさも、等閑視されていない。そして奢侈と淫欲の奴隷となったヒロインが、その報いを受けたかのように天然痘を病んで孤独な死を迎える最終場面には、訳者である荷風自身の人生観さえ投影されているように思われる。

とはいえ、性愛のドラマの細部がすべて訳出されているわけではない。擬古的な文語調の訳文と明治末期の社会通念は、性愛にまつわるいくつかの挿話を再現することを許さなかった。たとえば、一時的に落ちぶれたナナが売春婦に身を落として通りを放浪する場面や、サタンとの同性愛的な戯れや、煽情的なナナの裸身の描写などは削除されている。検閲にたいする配慮も働いていたに違いない。

ミュファ伯爵邸での夜会や舞踏会、ロンシャン競馬場のシーンなど、パリ上流階級の社交的集まりの挿話は完全に無視されている。また劇評によって劇場と役者の世界に大きな影響力をもつジャーナリズムの内幕も、『女優ナナ』ではほとんど沈黙に付されている。いずれも明治期日本の一般読者にとっては無縁の世界であり、したがって理解しがたいと荷風は考えたのだろう。

このように荷風は『女優ナナ』を、都会に暮らす男女の性愛の機微を描く、一種の花柳界小説に仕立て上げているように見える。わざわざ擬古的な文語文で訳出したのは、江戸期の遊廓を舞台にした人情本との類推を読者に想起させて、理解を容易にしようとする戦略があったからだろう。他方で、あまりに煽情的な描写は周到に回避され、第二帝政の社会的次元は意図的に無視され、ヒロインの階級的機能すなわち政治的側面は性的存在の背後に隠蔽されてしまう。これが荷風によって翻訳された、あえて言えば翻案された『女優ナナ』の特徴である。ゾラの『ナナ』から荷風の『女優ナナ』へ、一八八〇年にパリで刊行された小説から、一九〇三年に東京で上梓されたその翻訳へ——一つの作品は国と、時代と、言語を異にすることによって劇的な変化を遂げた。

しかも、それればかりではない。

同時期に書かれ、当初は『女優ナナ』といっしょに同一の単行本に収録された『エミール・ゾラと其の小説』は、この時期に日本人によって書かれたゾラ論として傑出している。全六節からなるこの論考において、荷風はゾラの生い立ちと青年期の知的形成について語り、初期の習作時代のことに触れ、『ルーゴン゠マッカール叢書』が構想された経緯を述べる。個々の作品にかんしてはほとんど論じていないが、作中人物の環境を重視するゾラが物語のプランを練る段階で実地調査を行ない、正確な観察と入念な資料の博捜にもとづいて執筆したことを指摘して、ゾラが語る人生は「活きたる真実の人生なりとなしぬ」[18]と称賛する。ただこの時点での荷風は、叢書が人間の欲望、悪、狂気を描きつくしたことを強調するに留まり、その社会的、歴史的次元には想到していない。

荷風のゾラ論で注目すべき点は、彼が『三都市』や『四福音書』にまで議論を広げ、その内容をかなり詳しく解説した後、人間観や世界観のうえで『ルーゴン゠マッカール叢書』との間に否定しがたい差異が存在する、と指摘していることだ。


前叢書は悉く純然たる写実小説にして、社会は現在如何なる点まで腐敗しつつあるかを忌憚なく描き出せしに過ぎざりしが、後者に至りては、実に是れ小説的の体裁と結構とを有せる大哲学書ならずや。[19]

『三都市』や『四福音書』が作家の思想をかなり直截に提示した小説であることを指摘する点で、

荷風はまったく正しい。本書の第二章で示したように、晩年のゾラ文学はリアリズムからユートピアへ、同時代性の表象から未来社会の展望へと中心軸が移動する。若き荷風はそこに、作家の「哲学」の表明を読みとったのである。

以上、ゾラの『ナナ』という書物の成立過程を、生成論の立場から考察した。手紙や、創作メモや、下書きは、作家の当初の意図、その後のためらいと変化を伝えてくれる。ナナという高級娼婦の上昇と没落、彼女の身体に群がるさまざまな階級と職業の男たちの行動をとおして、作家は第二帝政社会の無軌道な頽廃ぶりを浮き彫りにした。この小説を翻訳した永井荷風は、宿命の女ナナに翻弄される男たちの情欲と破滅のドラマとしてこの作品を提示し、上流階級の習俗を描くページや、演劇ジャーナリズムの舞台裏を垣間見せる箇所を意図的に削ぎ落した。それは西洋社会の生活様式や社交慣例に疎い、当時の日本の読者にたいする配慮でもある。ゾラの小説から部分的に着想された同じ荷風の作品『夢の女』は、東京下町の花柳界でたくましく生きる女性の半生を語る。お浪には確かにナナの面影が漂っているが、ナナと違って家族への愛と勤勉さを最後まで失わない。

はじめて日本語訳された頃ゾラはまだ存命だったが、自分の作品が邦訳されていることは知る由もなかった。永井荷風が『夢の女』を著わし、『ナナ』を翻訳し、『エミール・ゾラと其の小説』でゾラを本格的に論じたのは一九〇三年五月から九月にかけて、すなわちゾラが死去した翌年のことだった。ゾラ自身があずかり知らぬところで、彼の作品は同時代的に、はるか遠く離れた極東の日本で読まれ、不完全なかたちとはいえ翻訳され、ひとりの青年作家の文学的な指針になったのである。

第五章　『制作』あるいは芸術家の殉教

ある手紙の発見

二〇一三年十一月、パリのサザビーズで一通の自筆の手紙が競売に付され、落札された。落札したのは、作家や芸術家や歴史的人物の草稿を蒐集・展示しているパリ書簡・草稿博物館で、手紙の画像と文面は博物館のウェブサイトに掲載された。それ以前に誰が所有していたかは、分かっていない。価格は二万七千五百ユーロ、現在の為替レートに従えばおよそ四百万円であった。かなり高額なその手紙は次のような文面である。

パリ、一八八七年十一月二十八日

親愛なるエミール、

エクスから戻って、君が送ってくれた『大地』一巻を落手したところだ。『ルーゴン＝マッカール叢書』の系統樹に生えたこの新たな枝を送ってくれて、どうもありがとう。

感謝の念と、心からの敬意を受け取ってほしい。君がパリに帰ったら、会いに行くよ。

手紙の名宛人はエミール・ゾラ、差出人は画家のポール・セザンヌ（一八三九―一九〇七）である。ごく短い文面で、一読したところ奇異なものは何もない。ゾラがそれまで新聞に連載していた小説『大地』を単行本としてシャルパンティエ社から刊行し、いつものように友人セザンヌに送ったことに対する礼状である。「系統樹に生えたこの新たな枝」という比喩的な表現は、全二十巻からなる小説シリーズ『ルーゴン＝マッカール叢書』の主要な作中人物が、アデライード・フークという一人の女性を始祖とするルーゴン家とマッカール家に属する人間たちであり、その系譜が作家自身によって系統樹として作成されていたからである。

一見したところ平凡で型通りなこの手紙は、研究者にとってきわめて重要な意味を有する。その発見は予期されていたと同時に、やはり驚きの念をもって迎えられた。それはなぜか。

前年の一八八六年、ゾラは『ルーゴン＝マッカール叢書』第十四作にあたる『制作』を出版した。画家を主人公とする芸術家小説である。ゾラから本を寄贈されたセザンヌは、例によってすぐ礼状を送った。以下のような文面である。

ガルダンヌ、一八八六年四月四日

親愛なるエミール、

君が送ってくれた『制作』を受け取ったところだ。『ルーゴン＝マッカール叢書』の著者である君に、この思い出のしるしを感謝する。昔のことを思いながら、君と握手させてくれたまえ。

過ぎ去った時代の印象を想起しつつ。

従来これが、セザンヌがゾラに宛てた最後の手紙と見なされてきた。『制作』は、主人公クロードが絵画の概念に大きな変革をもたらしうるほどの才能に恵まれながら、それを十分に開花させられず、最後は狂気と自死に至るという筋書きである。このクロードに戯画化された自分の姿を認め、彼の不吉な運命にみずからの未来が書き込まれていると思ったセザンヌは気分を害し、以後ゾラとの関係を絶ったのだ、とジョン・リウォルド以来、セザンヌ研究者や美術批評家たちは主張してきた。[2] その後のセザンヌの画業を考えるならば、ゾラは画家の才能と革新性をよく理解していなかった、したがって二人の決裂は当然だった、というのである。『制作』を読んだ印象派の画家たちが、これは自分たちにかんする否定的なイメージを世間に流布させかねないとモネが危惧した、という証言も残されている。[3] 実際、作家と画家の間に交わされたこれ以降の書簡はこれまで発見されていなかったから、その主張にも根拠があるように思われてきたのである。

しかし、一八八六年四月四日の手紙を素直に読めば、そこに著書を貰ったことに対する感謝の念以外の秘められた意図を認めるのはむずかしい。措辞や文体は、それ以前のセザンヌの手紙にも見られるようなものである。セザンヌがクロードの人生にみずからのそれを重ね合わせて立腹したとすれば、それは単なる誤解にすぎない。そして、後に見るように確かな文学的感性を具えていたセザンヌが、そのように粗雑で杜撰な解釈をしたとは思われない。また一八八六年時点でのセザンヌは、誰もが認める流行画家ではなかったにしても、すでに画家仲間と一部の画商から高い評価を受けており、『制作』

の主人公のように孤立していなかった。ゾラ研究者たちの側は以前から、『制作』が原因でゾラとセザンヌの友情が破綻したという説には懐疑的だったのである。(4)

ゾラとセザンヌの決裂を証拠立てるとされてきた一八八六年四月四日の手紙から、ほぼ一年八カ月後に書かれた手紙がこのたび新たに発見されたということになる。新たに見つかった一八八七年十一月二十八日付の手紙は、それ以前セザンヌがゾラに書いた数多くの手紙と文体や調子の点で異なるところはないし、絶交していた人間が認めるような手紙ではない。『制作』出版を機にゾラとセザンヌの友情が終焉したというリウォルドの説、そしてそれを踏襲してきた研究者たちの主張は、もはや支持しがたい臆説にすぎない。

ゾラとセザンヌの交流

自然主義文学の領袖ゾラと、印象派から出発して二十世紀絵画の先駆者となったセザンヌ。その二人の親密な繋がりに、意外の感を抱く読者は多いかもしれない。事の発端は少年時代にまで遡る。一八五三─五四年頃、二人は南仏の町エクスにあるブルボン高等中学の同窓生になった。後にゾラの文学的盟友となり、最初の伝記『エミール・ゾラ、ある友人の手記』(一八八二)を著わすポール・アレクシによれば、一歳年長のセザンヌが、級友たちにいじめられていたゾラの保護者として振る舞ったという。(5) 二人とも芸術と文学、とりわけユゴーやミュッセなどロマン主義詩人に熱狂し、自らも詩作に励んだ。セザンヌが当時書いた文学上の習作は残されていないが、十代の彼が文学の道を夢想していたことは記憶しておくべきだろう。

文学青年だった二人だが、そうした青年にありがちなようにカフェや劇場に入り浸ったり、恋の魅惑にとらわれたりすることはなかった。エクス近郊に広がる田園地帯を頻繁に歩き回り、南仏の風景をあらゆる感覚をつうじて体験した。会話と自然が彼らにとっての学校だったようである。後年の作家と画家にとって南仏の風景が、その光と風土が特権的なテーマになったのは、そのような体験に由来するのだろう。

一八五八年、十八歳のゾラは、前年からパリに居を構えていた母を頼って、祖父とともに首都に移った。翌年バカロレアに失敗し、学業の継続を諦めたゾラは、貧しく不安定なボヘミアン生活を送りながら、読書と文学修業にいそしんだ。ゾラとセザンヌの間で数多くの手紙が遣り取りされたのはこの頃である。まだ自分が何者になれるか分からず、自己の可能性を模索していた二人は希望と落胆を繰り返し、自分の未来に不安を覚えつつ、お互いの心情と夢を吐露し続けた。読んだ本について意見を述べ、みずからの芸術の理想を語り、絶望した相手を鼓舞した。青年期の昂揚した美しい手紙の一例を以下に引用しておこう。一八六〇年四月十六日付、ゾラからセザンヌに宛てた長い手紙の一節である。

セザンヌが描いた20代前半のゾラの肖像

君は、時折、僕に手紙を書く元気がないとまだ言っているね。エゴイストになるなよ。君の苦しみも君の歓びも同様に僕には関わりがあることだ。君が陽気であれば、陽気にさせてくれ、君が憂鬱になれば、恐れずに僕の空を曇らせてくれ。涙は時として微笑みよりも優しいものだ。とにかく、日ごとに君の思うことを手紙に書いてくれよ。新しい感動が君の心に生まれたなら、すぐにそれを紙に書いてくれ。そして、それが四ページになったら、僕に送ってくれ。

君の手紙のもう一文が、また僕に心痛をあたえた。それは、こうだ。「僕が愛するのは絵画だ。たとえそれが成功せずとも」云々。君が成功しないだと！　君は自分自身のことを勘違いしていると思う。僕はすでに君に言ったが、芸術家には二種類の人間がいる。詩人と職人だ。人は詩人に生まれ、職人になる。才能のひらめきを持つ君は、天性のものを持っている。その君が不平を言うなんて。(6)

セザンヌ研究者で、彼の書簡集を編纂したジョン・リウォルドは、その書簡集の序文において、青年期のセザンヌがとらわれていた創造の苦悩や内面の葛藤を十分理解していたのはゾラだけであり、ゾラの寛容と信頼こそがセザンヌを危機から救ったのだと主張し、二人の書簡集は篤い友情を証言する記念碑だと称賛を惜しまない。(7)　実際、一八六〇年代前半に二人が交わした手紙は青年期の昂揚と希望に満ちあふれており、感動的な書簡集である。しかし、『制作』刊行を機に二人が決裂したという説を唱えたのもまた、このリウォルドなのだが。

一八六一年、セザンヌが首都に出てくる。帰郷の時期を挟んで一八六二年からパリに本拠地を移し、絵の修業を本格的に開始した。再会したゾラと一緒にサロン展や美術館に足を運び、マネを囲むカフェ・ゲルボワの集いに加わり、後に印象派を形成することになる若き芸術家たちと親交を結んだ。その雰囲気は、『制作』で喚起されることになるだろう。セザンヌは当初ドラクロワとクールベに心酔するが、やがて一八七〇年代に入るとピサロらの影響で新たな色彩表現と技法を習得していく。他方、この時期ゾラは小説の執筆と並行して、時事問題、社会習俗、芸術と文学をめぐるジャーナリスティックな記事を新聞・雑誌に発表し続けており、美術批評はその重要な一部を成していた。ゾラの美術批評としては一八六七年のマネ論がもっとも体系的な議論を展開しているが、同時代の他の画家たちにかんする批評文も数多く残されている。セザンヌの名前が特筆されているのは、一八七七年四月十九日付で、マルセイユのある新聞に掲載された「パリ・ノート」と題された記事で、第三回印象派展の様子を伝える文章である。

彼〔セザンヌ〕は間違いなくこの集団におけるもっとも偉大な色彩家だ。展覧会にはとても美しいプロヴァンスの風景画が出品されている。彼の力強く、現実そのままの作品はブルジョワたちの失笑を買うことだろう。しかし、そこには偉大な画家のみが有する数々の要素が示されている。ポール・セザンヌ氏がすべての才能を手に入れたとき、もっと素晴らしい作品が生まれることだろう。(8)

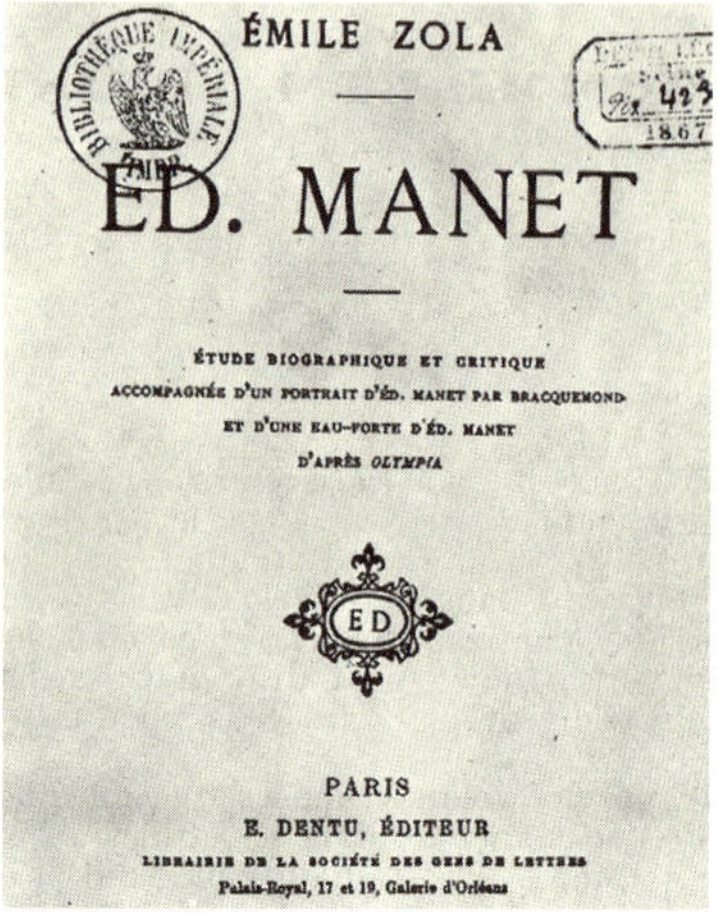
ÉMILE ZOLA

ÉD. MANET

ÉTUDE BIOGRAPHIQUE ET CRITIQUE
ACCOMPAGNÉE D'UN PORTRAIT D'ÉD. MANET PAR BRACQUEMOND
ET D'UNE EAU-FORTE D'ÉD. MANET
D'APRÈS *OLYMPIA*

PARIS
E. DENTU, ÉDITEUR
LIBRAIRIE DE LA SOCIÉTÉ DES GENS DE LETTRES
Palais-Royal, 17 et 19, Galerie d'Orléans

ゾラ『エドゥアール・マネ論』（1867）
のタイトルページ

ゾラが称賛したのはセザンヌだけではない。モネ、ルノワール、ドガ、シスレー、カイユボットにもしかるべき讃辞が向けられる。当時の彼らは、まだ公衆にあまねく認知された芸術家たちではなく、非難と嘲笑にさらされていた。ゾラはその彼らを敢然と擁護したのだった。「今日、印象派が決定づけた運動はやがて着実に実を結ぶことだろう。数年後には彼らの影響は公式のサロンにまで及ぶことだろう。わがフランス派の未来は彼らにある。火蓋は切られた。あとは巨匠が新たな主調を奏でればよいだけだ(9)」。その後の絵画史を考慮するならば、ゾラの予言はみごとに的中したことになる。

ゾラは新作を出すたび、セザンヌに送った。セザンヌはそのつど礼状を認めたが、それは単なる儀礼的な書信にとどまることなく、ときには作品の構造や特質を分析した言説になっていた。たとえば一八七八年四月、ゾラから『愛の一ページ』を受け取ったセザンヌは、母の病気のせいでじっくり読む暇がないと弁明しつつ、次のような指摘をしている。

> これは前作〔『居酒屋』〕よりも穏やかな描写を提示する一枚の絵だと僕には思われる。しかし気質や創造力は変わっていない。それに、常識外れなことを言うのでないとすれば、主人公たち

の情熱の推移がじつによく跡づけられている。この指摘は正しいと思う。しかも、描かれている場所が作中人物を突き動かす情熱にひたされていて、それゆえ彼らとより渾然一体になっているし、作品全体のなかによりよく組み込まれている。場所がいわば生命を帯び、人々の苦しみに参加しているように見えるのだ。(10)

パリ西部パシーを舞台に展開するこの恋愛小説では、女主人公エレーヌの部屋の窓から見えるパリの風景が繰り返し描写され、読者に強い印象を残す。二人の主人公の愛のドラマと、それが展開する空間が有機的に結びついていることを指摘したのは、セザンヌの慧眼にほかならない。皮相な外交辞令ではなく、確かな文学的審美眼を証言する一節である。

その後も二人の親密な交流は途絶えることがない。ゾラは新しい絵画の潮流を擁護し、セザンヌの才能と、芸術上の探求を称賛し、他方セザンヌはゾラ文学の良き理解者であり続けた。こうして一八六〇—八〇年代、二人は手紙の遣り取りと、出会いと、対話をつうじて友情を育み、分野が異なるとはいえ芸術の領域で革新的な営みに乗り出して行ったのである。

ゾラの執筆方法

『制作』がゾラとセザンヌを仲違いさせたわけではない。主人公の画家クロードのうちに自分の運命が予言されていると考えるほど、セザンヌは無邪気ではなかった。他方で、ゾラはセザンヌを誤解したのではないし、彼を挫折して狂気に沈む主人公に仕立て上げるほど同時代の絵画に無知ではな

19 世紀のサロン展の様子。若手の画家にとってサロン展はまさに登竜門だった。ギュスターヴ・ドレの素描（1858）

かった。モデルや人間関係の呪縛を離れて一つの文学作品として読む時、『制作』はどのような射程を示してくれるのだろうか。

まずこの小説の梗概をあらためて振り返っておこう。

画家クロード・ランチエは、絵画を刷新したいという情熱に燃え、自然と光の生命感あふれる作品を描いてサロン展に出すが、アカデミーと公衆の無理解にさらされる。このクロードを中心に作家、批評家、彫刻家、音楽家などが集い、一八六〇年代パリの芸術家群像を形成する。彼らはそれぞれの領域で革新的な試みを実践し、そのために既成の権威との確執を経験することになる。成功するのは、伝統を墨守し、時流に迎合する者だけだ。クロードは偶然出会ったクリスティーヌに絵のモデルをしてもらうにつれて恋仲になり、パリ郊外の田舎ベンヌクールでともに暮らし、やがて子供もできる。しかし創造の欲求に駆られ、友人たちとの交流を求めるクロードは、田舎での隠棲に満足できずに再びパリに舞い戻る。しかし周囲の無理解と冷淡さのなかで孤立し、狂気にとらわれた彼は未完の絵の前で首を吊ってみずから命を絶つ。

『ルーゴン＝マッカール叢書』の各巻を執筆するに際して、作家は一定の執筆方法に依拠した。まず、作品の基本構想を「草案《エボーシュ》」として書き留める。どのようなテーマを、どのような社会空間で展開するかを定め、物語の筋立ての概略を決める。続いて、「作中人物」にかんする考察を深め、細部を補いながら各人物ごとにカードを作成していく。さらに物語の舞台、作中人物の職業や環境に現実性をもたらすため、ゾラはさまざまな手段を介して情報と知識を収集して「資料ノート」を整える。関連する文献や専門的な書物を読んだうえでの読書ノート、一定の職業や環境に詳しい友人・知人から得た情報、そして作品の舞台となる場所にみずから足を運んで書き留めた記録、という三種類のメモがこの資料ノートを構成している。そこには、ゾラ自身の手になるデッサンや素描まで含まれている。そして最後に、作品全体のプランを練り、各章ごとに背景、出来事、人物の行動を配列した詳細なプランを作り、そこに資料ノートのなかで蓄積した知識と情報を組み入れていった(11)。これらの作業は時系列的に継起したのではなく、しばしば同時進行の様相をまとった。

このように系統だった、体系的な創作スタイルは、ゾラが生前から周囲の人間たちに伝えていたところである。先に触れたアレクシは、ゾラの創作スタイルは論理的な「力学」に近く、彼の小説は計算されつくした交響曲の構造を想起させると述べた。「ゾラは疑いもなく、もっとも複雑で、もっとも数学的な技術をもちいて創作する小説家のひとりである(12)」。

芸術と愛の相克

事情は『制作』についても同じだった。ゾラは「草案」の冒頭に次のような一節を置いている。

クロード・ランチエをつうじて、私は芸術家と自然との闘い、芸術作品における創造の努力、自らの肉体を差し出し、生命を創り出すための血と涙を伴う努力を描きたい。芸術家はつねに真実と闘い、つねに敗北する。天使との闘いだ。要するに、作品を創造する私自身の内面生活、あの絶えざる産みの苦しみを語ることになるだろう。ただしこの主題を悲劇によって、クロードによって拡大する。クロードはけっして満足できず、自分の才能を開花させられないことに苛立ち、最後は未完の作品の前で命を絶つ。彼は無能な人間ではなく、あまりに大きな野心を抱き、一枚の絵に自然のすべてを盛り込もうとして、それゆえに死んでいく芸術家である。[13]

ゾラの小説は、一人の画家を主人公として芸術創造一般の困難を描こうとするもので、そこにはゾラ自身の体験も投入される(「私自身の内面生活」)。念頭にあったのは同時代の絵画の潮流であり、ゾラはその潮流が新たな表現様式を完全に実現するに至っていないと指摘しつつ、「不完全な才能」が遭遇する苦悩を語ろうとしたのである。クロードと仲間の画家たちはドラクロワとクールベに続く世代であり、「クロードはより多くの自然、大気、光を求める。光の分解。きわめて明るい絵」[14]とゾラは記す。これは主人公が印象派の基本的な美学を体現することを示唆している。確かに「マネのような人間、あるいは誇張されたセザンヌのような人間」[15]という一文が草案に書き留められているので、クロードのモデルのひとりとしてセザンヌが想起されているのは事実だが、セザンヌ個人の肖像ではなく、印象派の画家たちのさまざまな相貌と個性を合体させた、複合的な肖像と考えるべきである。

ゾラ自身と友人たちの思い出が反映しているという意味で、『制作』は『ルーゴン＝マッカール叢書』のなかでもっとも自伝的な色彩の濃い作品である。『制作』を執筆中の一八八五年七月六日、作家は友人宛の手紙において次のように述べている。

私は自分の青春時代のすべてを語ります。友人たちを登場させ、自分自身の姿も描き込みました。とりわけ、芸術作品がどのようにして誕生するかを研究したいと思います。作品を通して情念のドラマを描くので、読者の興味を惹くと思います。(16)

作中人物の具体的なモデルがしばしば指摘されてきたのは偶然ではないし、草案を参照するとそのことが裏付けられる。クロードの友人で良き理解者である批評家サンドーズはゾラの自画像という側面が強いし、成功する画家ファジュロールは、十九世紀後半パリの上流社会で人気を博したアンリ・ジェルヴェクスが、旧い流派を代表するボングランは、ミレーとクールベがそれぞれ主要なモデルである。(17) いずれにしても、ゾラは『制作』において一時代の芸術家たちの集団的肖像を表象したのであって、クロードすなわちセザンヌという単純な同一化は、『制作』の文学的射程を不当なまでに矮小化している。

ゾラが草案において強調し、完成された『制作』でも前面に押し出されているもう一つの重要なテーマは、芸術と愛の葛藤である。クロードはクリスティーヌに出会い、恋をし、自分の絵が世間に認められずに絶望した彼を慰める彼女との生活で、束の間の安らぎと幸福を味わう。パリ郊外で過ごす月日は、クロードの苦悩を鎮静化し、家庭的な幸せにいざなうかに見える。しかし創造への希求が

画家とモデル（19 世紀末の版画）

彼を首都に連れ戻し、そこからは才能ある画家の憑かれたような創作の苦難が始まる。クリスティーヌをモデルに女の肖像を描く時、クロードは愛する女に優しい眼差しを向ける男ではなく、みずからの作品にすべてを捧げる芸術家以外の何者でもない。芸術は一つの宗教であり、神秘的な崇拝の対象となり、家庭や愛や欲望といった人生の現実は、クロードの意識において背景に退いていく。クロードにあっては、画家の業が夫としての感情を抹殺してしまうのだ。

　クリスティーヌがそのことに気づくのに、長い時間は要しない。恋人を、夫を、そして息子の父を消滅させる芸術に対して、彼女は嫉妬し、憎しみを覚えずにいられない。クロードは生身の女であるクリスティーヌを、血の通った身体であるクリスティーヌをないがしろにして、自分が描く女の姿に、その肉体に惹きつけられ、虜になってしまう。「作品を生み出すという情念が、肉体を産むという真の産出行為に絶対的な勝利を収める」[18]と、ゾラは草案に書き記した。

パリの表象

『制作』を特徴づける第三の重要なテーマは、パリの表象である。[19] 物語の大部分は一八六〇―七〇年代のパリを舞台に展開するし、作中人物たち、とりわけクロードは頻繁にパリの町を散策し、放浪する。彼とクリスティーヌが出会い、互いに魅かれるのはパリだし、クロードが創造の歓喜と苦い挫折を味わうのもパリだ。慰めと新たな霊感源を求めて郊外の田舎町に住み着くが、やがて宿命的に首都に戻ってくる。クロードが最後に畢生の大作として構想するのは、パリの寓意画となるはずの女性の相貌である。愛、欲望、幸福と不幸、創造と蹉跌、昂揚と狂気——主人公の人生の主要な局面はすべてパリで繰り広げられる。

それに伴って、この作品ではさまざまな状況におけるパリの景観が描写されている。クロードが画家で、パリをモチーフにした作品を描くために町を遊歩するという行為が、この風景描写を物語的に正当化する。パリという都市空間が画家の眼差しを刺激し、その機能を活性化するかのようである。ゾラは単にパリを美しく描くという描写の誘惑に身をゆだねたのではなく、画家の意志と創造力が必然的に導く景観としてパリを表象したのだった。こうして夏の暖かい陽光を浴びたパリ、晩夏のものさびしい夕日の光に浸されたパリ、雨に霞むパリ、雪に覆われたパリ、あるいは夜の灯りに浮かび上がるパリというように、多様な季節と時間帯における首都の情景が喚起される。たとえば次の一節はその典型的な例である。

まず前景には、彼らの真下にサン゠ニコラの船着場があった。小屋のような港湾事務所が並び、ゆるやかに傾斜している幅広い敷石の波止場には、舟からおろされた大量の砂や、樽、袋が、山と積まれている。岸壁には、まだ積荷がいっぱいの川舟が一列にならび、荷おろしの人夫たちが動きまわっている。それらの上には、鉄のクレーンが巨大な腕をのばしていた。一方、河をへだてた対岸には水浴場があり、灰色の天幕が風にはためき、陽気な笑い声が聞こえてくる。終わろうとしている季節に名残りを惜しむ水浴客たちの声だった。見渡す眺望の中央を、セーヌ川が緑がかった水をたたえて上流に向かってのびている。流れの表面には、白、青、バラ色のさざ波が立っている。後景をかたちづくるのは、ひときわ高くかかっている鉄骨構造の芸術橋だ。黒いレースのような軽快さだ。橋上の薄い床板の上を、通行人たちがアリの行列と、にぎやかに往来している。その下をセーヌ川が流れさっていく。さらに向こうには、錆びて褐色がかった新橋《ポン・ヌフ》の古い石造りのアーチが見えた。(20)

晩夏の夕刻、クロードが妻のクリスティーヌとともにサン＝ペール橋（現在のカルーゼル橋）の真ん中に立って、東のほうに位置するシテ島を眺めている場面である。画家クロードは一つの視線そのものに変貌し、彼が凝視する風景はまさしく一枚の絵のように構造化されている。「前景」、「後景」、引用しなかった後続部分にはさらに「背景」、「巨大な画布」といった、絵画の領域に属する用語が読まれる。クロードの目は、したがって作家の目は、橋から見える風景をその場から近い順に、左右の河岸にも配慮しながら捉えていくのだが、それは画家が前景から後景、後景から背景へとカンバスに絵筆を走らせていくさまと同じものであろう。クロードの視線はセーヌ川の風景のなかに、幻想の絵画を切り取っていく。絵画の技法が、エクリチュールと文体を規定するのだ。

描写されている細部もまた、じつに絵画的に配列されている。繊細な橋のシルエット、河岸に集う人々の賑わい、白、青、バラ色に染まるセーヌ川のきらめきが喚起され、色彩、光、陰影があざやかに浮かび上がる。読者はここで、印象派の画家たち、たとえばモネがしきりに描いたセーヌ河畔の風景を想起せずにはいられない。

そして第三の要素として、この風景は静かで動きのない風景ではなく、人々の生命力あふれる活動と営為を提示している。ゾラが描くパリは都市の活気を際立たせる。それは歓喜にうち震えるような光景、陽気な声が聞こえ、てきぱきした身ぶりが目に見えるような光景である。ゾラのパリは無為を知らず、倦怠とは無縁で、つねに躍動しているのだ。

ゾラが撮影したセーヌ川とサン＝ペール橋の写真。『制作』の主人公クロードは、しばしばセーヌ河畔を散策する。

じつはゾラはすでに『愛の一ページ』（一八七八）のなかで、同じようにパリの光景を変奏させていた。ただしそこでは、主人公がパリ西郊パシーに住み、そのアパルトマンの窓から遠くに眺める風景がつねに問題になっていた。視点とアングルが一定した静止画像としての風景である。他方『制作』では、クロードは都市を放浪し、セーヌ川に沿って歩き回り、橋の上にたたずんでセーヌ川に浮かぶシテ島やサン＝ルイ島を見つめる。これは映画のトラベリングを想わせる風景の構築であり、実際ゾラ文学が映画のカメラ技法を先取りしていたことはしばしば指摘されるところである。

『制作』の作者は、一人の画家の視線をつうじて、パリの風景を網羅的に表象しようと試みており、それは同時期にモネが、サン＝ラザール駅の光景を異なる時間帯や天候のもとに描き出した連作を想起させずにいない。ゾラの小説と印象派の関係について語ることができるとすれば、それは作中人物のモデル探しという次元ではなく、クロードの行動と美学、そしてそれを語るゾラの物語技法のレベルにおいてであろう。パリは画家の創造性と密接に結びついているかぎりにおいて、芸術のテーマに関与するのだ。

芸術家小説の系譜――バルザックからゾラへ

十九世紀フランスは、それ以前の時代に比して、そしておそらくそれ以後と比較しても、文学と絵画、作家と画家の関係がことのほか密接だった時代である。画家は文学作品からモチーフを汲みとったり、たとえばマネ作の有名な《エミール・ゾラの肖像》（一八六八）が例証するように、作家の肖像画を描いたりした。他方で、作家は芸術のテーマを物語化し、芸術家を主人公として登場させたり、スタンダール、ゴーティエ、ボードレール、ユイスマンスなどのように美術批評を実践したりした。画家を主人公とする『制作』は、『ルーゴン＝マッカール叢書』のなかで特異な位置を占めるだけではない。それはまた、近代フランス文学における芸術家小説の系譜に連なる重要な作品にもなっているのだ。

その嚆矢とされるのが、バルザックの『知られざる傑作』（一八三七）である。物語の舞台は一六一二年のパリ、実在した画家ポルビュスと若き日のニコラ・プーサン、そして彼の恋人ジレットが登場する。しかし彼らは脇役の位置にとどまり、作品の前面に登場するのは架空の天才画家フレンホーフェルだ。時代設定は十七世紀であるとはいえ、作品では、バルザックが生きたロマン主義時代に絵画の領域で議論になっていた主題がいくつか喚起されている。解剖学が芸術表現にもたらす貢献、明暗法の処置、そしてとりわけ素描派と色彩派の対立、すなわち当時であれば、新古典派のアングルとロマン派のドラクロワの対立によって代表される美学上の論争、などがその例である。自然の真実を正確に再現することに苦労していると告白するポルビュスに対して、「芸術の使命は自然を模写することではない、自然を表現することなんだ！　きみは卑しい模倣者ではない、詩人なんだよ！」[21]とフレンホーフェルは喝破する。ディドロやゴーティエの美学を反映するこうした言説は、ゾラの作品でも変奏されることになるだろう。

かねてよりフレンホーフェルの才能に敬意を抱き、彼が十年前から秘密の大作に取り組んでいると聞き及んだポルビュスとプーサンは、《カトリーヌ・レスコー》と題されるその絵を見せてもらうために、彼のアトリエを訪れる。しかし彼らの前に現れたのは、出来損ないの素描にしか見えない一枚のカンバスにすぎなかった。「ぼくがそこに見えるのは、無数の奇妙な線が雑然と積み重なり抑えてある色彩だけ、絵具の壁だけさ」[22]。そのカンバスには何も描かれていない、と不遜にも言い放つプーサンを老画家はアトリエから追い出すが、自分の不毛さと狂気を悟ったフレンホーフェルは、その夜のうちにすべての絵を焼き捨てて命を絶つ。

ここで提起されているのは、バルザック自身の脳裏に憑きまとっていた創造行為をめぐる困難な問題、作品の構想と実作の間に横たわる乖離という問題である。芸術にかんする深遠な理論や理想と、実際に制作された作品の完成度はまったく異なる次元に位置づけられる。構想がそれにふさわしい忍耐強い作業を施されなければ、作品は未完にとどまり、画家の素描はアトリエの片隅で朽ちていくほかない。フレンホーフェルは天才的な閃きに恵まれながら、それを実現することができない。「老人は画家というよりずっと詩人ですね」[23]と若きプーサンがつぶやく時、彼は過剰な思考が芸術家のうちに混乱と不毛性を生み出し、絵画の技法をもはや制御できなくなるという陥穽を指摘しているのだ。

芸術のテーマと並行するかたちで浮上するのが、愛のテーマだ。プーサンの恋人ジレットは、彼のために一度だけ衣服を脱いで絵のモデルを務めたことがある。ジレットはプーサンを熱愛しているが、彼が画家として振る舞う時には恋人の相貌が翳んでしまうことに気づく。芸術への情熱と愛の情熱が二律背反の状態に陥るのだ。自分がモデルをした際、プーサンの目が画家の目であって恋人の目でないことに、ジレットは不安を覚えた。しかもプーサンは、フレンホーフェルのアトリエにジレットを同行し、老画家が大作を完成させるためモデルを務めるよう促す。絵画のために、自分の恋人の裸身を他者の眼差しにさらすよう求めることは、愛に対する冒瀆以外の何ものでもない。

『知られざる傑作』がロマン主義時代の芸術家像を提示しているのに対し、ゴンクール兄弟の『マネット・サロモン』(一八六六)はレアリスム絵画の勃興を背景にする。画家コリオリスを主人公とするこの作品では、一八四〇年代から五〇年代にかけて画塾で学ぶ若い芸術家たちの生態、希望、理想とその挫折、そして画壇やサロン展のありさまがあざやかに描かれている。実在した数多くの画家の名前が呼び出され、ミレーやテオドール・ルソーやクールベを想起させる人物が登場する。才能ある画家であり、オリエントに出かけて修行したコリオリスはモデルのマネットと恋に落ち、一時期は風景画や現代風の風俗画でかなりの成功を収める。しかしそれは一時の成功で、マネットと同居し、やがて彼女が子供を産むと、画家仲間との友情も破れる。コリオリスの作品は評価が低下し、芸術に無理解で世間体ばかりを気にするマネットとの生活は、しだいに彼の才能を枯渇させていく。

このように要約される『マネット・サロモン』において、マネットに出会う前のコリオリスは独身主義者だった。女性や結婚制度そのものを嫌うからではなく、女性といっしょに暮らすことが精神の自由と創造の霊感を阻害する、と考えるからである。

コリオリスは結婚しないと心に決めていた。結婚が嫌だったからではなく、それが芸術家に許されない幸福だと思われたからである。芸術の仕事、創作の追求、作品の静かな懐胎、努力の集中は、やさしくて気の紛れる若い女とともにする結婚生活とは両立しえないと考えていた。〔……〕彼によれば、独身こそ芸術家に自由と、力と、知性と、良心を保障してくれる唯一の状態なのだった。(24)

そうした決意にもかかわらず、画家はモデルを務めるマネットに魅かれ、いっしょに暮らし、最後には妻とする。輝くばかりの美しい肢体をもち、鏡のなかでみずからの姿に陶酔するほどの彼女は、生の意志と愛の力を体現する。マネットは自然であり、現実だった。身体的存在としての女性は芸術表現にとって不可欠な要素だが、芸術家である男にとっては危険な誘惑であり、危うい躓きの原因になりかねない。なぜなら、愛や欲望という人間性と、芸術という超越性を調和させることはむずかしいからだ。女性の肌がもたらす快楽と、作品によって実現される絶対性は両立しがたい。愛と情熱を創造活動の霊感源と見なすようなロマン主義的哲学はもはや時代錯誤である、とゴンクール兄弟は示唆する。愛と情熱は、創造行為をさまたげる障害にさえなってしまう。コリオリスはマネットの出現によって、芸術家と人間の相克、超越性と現実性の葛藤を生きる運命を背負うことになり、最終的には日常性のなかに埋没していく。『マネット・サロモン』は独身と禁欲を称える、いわば反フェミニスト的な小説にほかならない。

芸術家小説において、女性は芸術家の才能を萎縮させる不吉な存在である。ましてや女性が妻となり、さらに母となれば、芸術家にとって家庭は牢獄に変貌する。夫となり、父となることは、男にとって幸福の一つのかたちに違いないだろうが、芸術家にとっては頽廃や堕落の要因である。ゴンクール兄弟の小説において、女性は芸術の敵であり、感情的な生と美学的な創造は両立しえない。作品の最後でコリオリスがあらゆる野心と理想を喪失し、平凡な人生を甘受するのは、芸術家の嘆かわしい死を象徴している。この主題がゾラの『制作』においても変奏されていることは、言うまでもない。違いは、コリオリスと異なり、クロードは平穏だが不毛な日常性を受け入れることができず、狂気と破滅に至るという点である。

さらに例を挙げるならば、プッチーニのオペラ『ラ・ボエーム』（初演は一八九六年）の原作として有名なミュルジェールの『ボヘミアンの生活情景』（一八四八）や、アルフォンス・ドーデの短編集『画家の妻たち』（一八七八）や、デュランティの『画家ルイ・マルタン』（一八八一）でも、やはり芸術家が愛あるいは家庭生活と、創作活動を両立させることの困難さ、さらには不可能性が強調されている。他方フロベールの『感情教育』（一八六九）にはペルラン、モーパッサンの『死のごとく強し』（一八八九）にはベルタンという画家が登場し、流行に倣うことで世俗的な成功を収める。しかしその成功は、画家の良心の疼きという代償を伴う。ベルタンは世紀末的な風土のなかでみずからの疲弊と枯渇を自覚し、自殺と見紛うような事故死を遂げる。

このような文学史上の流れを考慮するならば、ゾラの『制作』をクロードすなわちセザンヌというモデル小説に回収し、ゾラのセザンヌへの無理解を示す証拠と見なすことがいかに貧しい読解であるかは、明らかであろう。多くの作中人物の姿に同時代の画家たちの相貌が織り込まれているのは確かだが、彼らは芸術をめぐる諸問題を物語化するために造型された虚構の人物たちである。セザンヌの新たな手紙の発見は、ゾラの小説を大きな文学史の枠組みのなかに据え直すようわれわれに求めているのだ。

芸術家小説の主人公がしばしばそうであるように、クロードもまた最後に命を絶つ。フランス近代文学において、芸術家小説の結末はほとんどつねに破局であり、悲劇である。このような芸術家小説という系譜のなかで、『制作』はサロンや審査の内幕といった画壇の舞台裏を活写し、パリと芸術創造の密接な繋がりを強調し、創造と愛の葛藤を劇的に浮かび上がらせ、天才的な画家の宿命的な蹉跌を同時代的な文化風土のなかにみごとに位置づけたという意味で、特筆すべき作品なのである。

第六章　ゾラとパリの創出

首都パリの特権性

首都パリは、フランス文化のなかで特別な意味をもっている。近代になって以降、文学作品、歴史書、社会的な調査、ルポルタージュなどの諸ジャンルが、パリの社会と習俗と生態を倦むことなく語り続けてきた。視覚芸術の領域においても、多くの画家、版画家、写真家、さらには映画監督に、パリほど多くのインスピレーションをあたえてきた都市はない。ロンドン、ローマやヴェネツィア、ベルリン、サンクトペテルブルク、ニューヨーク、そして京都や東京など、それぞれの国の文化と密接な繋がりをもち、しばしば作家によって表象されてきた都市は少なくないが、そうしたなかでもパリの位置の重要さは際立っている。

パリはすでに中世からフランスの首都であり、フランスは他の諸国よりも中央集権化が早くから進展した国だから、そのことを不思議に思わないひとは多いだろう。しかし、パリが他の都市を圧倒して、人々の集合表象において中心的な位置を占めるようになったのは、歴史的にはそれほど古いことではない。少なくとも文学にかんするかぎり、首都パリが文化的ヘゲモニーを確立したのはせいぜい十九世紀前半のことである。

確かにそれ以前から、パリは文学作品でしばしば描かれていた。モンテスキューの『ペルシア人の手紙』(一七二一)は、ペルシアの王子がパリで暮らしながら同時代のフランス社会を観察する話だし、プレヴォーの『マノン・レスコー』(一七三一)やマリヴォーの『成り上がり百姓』(一七三四—三五)でも、パリで展開するエピソードが重要な位置を占める。しかしパリがそれ以外の都市と鋭く差異化され、首都と地方が際立った対照を示すようになるのは、革命後のことである。古典主義時代や啓蒙主義時代には、たとえばルソーに典型的なように、対立の座標軸は「都市」と「田園」にあり、都市はかならずしもパリである必要はなかった。他方、十九世紀に入るとその軸は「パリ」と「地方」を分かつようになった。

実際、十九世紀から二十世紀初頭にかけてのフランスを代表する多くの小説は、パリを舞台に展開する。

バルザックの多くの作品が、王政復古期(一八一四—三〇)と七月王政期(一八三〇—四八)の首都を舞台にしていることは、あらためて強調するまでもない。『人間喜劇』には「パリ生活情景」と題されたセクションが設けられていて、そのなかには『娼婦の栄光と悲惨』(一八四三—四七)や『十三人組』(一八三三—三五)など彼の代表作が含まれる。ユゴーの『レ・ミゼラブル』(一八六二)では、一八三二年にパリで勃発した共和派の蜂起が語られ、フロベールの『感情教育』(一八六九)では、七月王政から、一八四八年の二月革命とその後に成立した第二共和政に至る時代のパリの社会と習俗が、あざやかに表象されている。小説家たちばかりではない。ボードレールは、『悪の華』(一八五七)のなかに設けた「パリの情景」と題されたセクションや、散文詩集『パリの憂鬱』(一八六九)において、首都のうちに「現代性《モデルニテ》」の詩学を読み解こうとした。また、一八七一年のパリ・コミューンに触発されたランボーの数編の詩、ロートレアモン作『マルドロールの歌』(一八六九)の「第六歌」などは、詩ジャンルにおいてパリを形象化した代表的な例であろう。

二十世紀文学に目を転じれば、たとえばプルーストの大河小説の最終巻『見出された時』(一九二七)は、第一次世界大戦下で滅びの危機にさらされるパリの光景を、聖書や歴史から借用したイメージによって重層的に描く。シュルレアリスム作家たちは、とりわけパリの右岸地区を偏愛した。すでに時代遅れになったパサージュ、夜の闇に包まれた男女の行き交う大通り、幻想的な光景を呈する広場、怪しげな連中が潜むセーヌ川沿岸などが、彼らの好んだパリ空間にほかならない。アラゴンの『パリの農夫』(一九二六)、ブルトンの『ナジャ』(一九二八)、そしてスーポーの『パリ最後の夜』(一九二八)などが、そのようなパリへの偏愛ぶりを余すところなく露呈している。そして現代文学においてもパリの光輝は翳っていない。記憶と過去の探求をテーマにするパトリック・モディアノの一連の小説は、戦時下や一九六〇年代のパリで展開する。時間を遡及する記憶の旅の物語は、同時にパリという都市空間があってはじめて成立する旅でもある。

作家たちはこうしてパリを愛し、パリを描き、パリにオマージュを捧げた。パリは詩化され、人々の感性を培い、社会の動きを予告する。そうした状況下、「革命の都市」、「光の都」、「現代のバビロン」、「太陽都市」などさまざまな呼称がフランスの首都に冠せられた。パリは単に一つの都市というだけではなかった。それは歴史的な役割を担い、思想と文化を先導し、世界に模範を示すという使命を託された特権的な都市と見なされたのだった。パリはこうして、集合表象において一個の神話に変貌する。

文学史家ピエール・シトロンは、十八世紀末から十九世紀中葉に至る時期の文学におけるパリの詩情を分析した浩瀚な研究書のなかで、このパリ神話の起源を一八三〇年に同定している。[1] つまり、文学的にはユゴーの戯曲『エルナニ』によってロマン主義運動が華々しい勝利を収め、政治的には「栄光の三日間」と形容される七月革命によって、ルイ＝フィリップが王座にのぼった年である。ミシュレが『世界史序説』（一八三一）のなかで、フランス国民全体を自由と秩序の共同体のうちに結合させた、歴史の結節点と見なした七月革命は、パリの新たな誕生を告げる出来事だった。

そこに民衆の存在が加わって、パリの神話化は決定的な様相をおびる。パリが蜂起したということは民衆の蜂起を意味し、民衆は七月革命の主役として歴史の表舞台に躍り出た。パリの民衆は進歩と、躍動と、未来への飛翔を象徴するかぎりにおいて、フランス社会全体を方向づける存在だったのである。パリの神話化は、パリという都市を、生命と知性とエネルギーをはらんだ一個の存在として定位する。パリはさまざまな運動と刷新が実現される空間であるのみならず、固有の原理と力学にもとづいて活動する一つの有機体として位置づけられたのだった。

ゾラの位置

ゾラの作品もパリを語る文学の系譜に位置づけられる。そしてすでに第一章でも指摘したように、彼が語ったのは第二帝政と第三共和政のパリ、つまり十九世紀後半のパリだった。同じくパリを物語の舞台に据えたといっても、バルザックは一八五〇年に世を去ったし、ユゴーやフロベールが描いたのは十九世紀前半のパリ、あるいは一八四〇年代のパリである。十九世紀後半のパリを経験しているユゴーとフロベールは、小説のなかで同時代的にパリを語ったことはない。世紀の前半と後半でパリの文学的表象の争点が変化したのは、第二帝政期にナポレオン三世と、彼に抜擢されたセーヌ県知事オスマンによって首都の大改造が行なわれたからにほかならない。

パリ中心部を東西に貫くリヴォリ通り。第二帝政期、オスマンによるパリ大改造でパリは近代都市に変貌する。

オスマンはパリを近代的な首都にふさわしい都市にするべく、大規模な土木事業を展開した。中心部に残されていた暗く狭い通りや貧民街を取りはらい、広い直線的な大通りを貫通させる。不衛生な界隈を潰し、上下水道を整備して疫病の蔓延を防ぎ、広い公園や広場をパリのあちこちに設け、街路照明を増やし、建物の高さを規制するなどして都市の美観にも配慮した。さらに鉄とガラスという当時の先端技術によって鉄道のターミナル駅、中央市場、デパートが建設され、消費生活が促進された。こうして、パリは見違えるような近代都市に変貌したのである。その首都の変貌ぶりに当惑し、ときには疎外感を覚えながら、パリの現代性《モデルニテ》を鋭く知覚し、都市が不可避的にまとう匿名性と自由を表象したのが詩人ボードレールだった。

オスマン以前と以後では、パリの情景が大きく変化する。それにともなって都市のどの界隈を、どのように描くかという問題も位相を変える。文学におけるパリ表象の対象と、技法と、レトリックが新たな次元を帯びるようになった。そのような変貌を誰よりも雄弁に証言しているのがゾラであることに、異論の余地はない。ゾラ文学において、首都パリは特権的な位置を占める。主著『ルーゴン＝マッカール叢書』を中心にして、彼の作品で語られ、表象されたパリは十九世紀後半のパリのイメージが形成されるに当たって、決定的な意味をもつ。少なくともフランス人にとって、文学の領域で言えば、十九世紀後半のパリとはゾラのパリにほかならない。第五章では、『制作』の主人公クロードの視線が捉えたパリ情景の特徴を分析したが、以下のページではゾラ文学が全体としてパリをどのように形象化したかを明らかにしてみよう。

初期作品

ゾラ文学においては、その経歴の最初から最後まで首都の風景と生命がライトモチーフのように鳴り響いている。初期の一八六〇年代に数多く書かれた短編小説やジャーナリスティックなテクストは、変化するパリと郊外の風景を背景として、若者や庶民の哀愁あふれる質朴な人生を語るものが少なくない。

しかし、もっとも体系的なパリの表象が展開するのは長編小説においてである。ゾラの文学活動にかんしては、『ルーゴン＝マッカール叢書』とそれを挟んだ前後の時期というように、執筆年代によって三つの時期に分けるのが慣例だが、その三つの時期いずれにおいても都市パリが物語の舞台を提供している。第一期、つまり『ルーゴン＝マッカール叢書』以前の初期ゾラは、テーマも意匠もまったく異なる二つの作品で、十九世紀前半の文学に見られたようなパリの表象を解体してみせた。『クロードの告白』(一八六五)では、パリの学生街カルチエ・ラタンを舞台にして、屋根裏部屋に住みながらボヘミアン的な生活を送る青年詩人クロードと、結核という死に至る病を患う娼婦ロランスとの悲愴な恋物語が繰り広げられる。若者のカルチエ・ラタンでのボヘミアン生活を物語るという点では、ミュルジェール作『ボヘミアンの生活情景』(一八四八)——ちなみに、この作品はプッチーニのオペラ『ラ・ボエーム』(一八九六)の原作である——を想起させ、そのかぎりではロマン主義文学の系譜に連なるように見える。しかし暢気なボヘミアン生活、愛による娼婦の救済、結核という病の美化など、ロマン主義文学において神話化されたテーマは徹底的に否定され、貧困と売春の酷薄な現実がさらけ出される。そこでのパリは、ミュルジェール的な屈託のないパリからは程遠く、青春時代の夢に現実性をもたらす希望のパリにも似ていない。

他方『テレーズ・ラカン』(一八六七)では、人妻テレーズが夫の友人ローランと密通し、邪魔になった夫カミーユを舟遊びの事故に見せかけて殺害するものの、罪の意識とカミーユのおぞましい亡霊に取り憑かれて破滅していく。テレーズの住居はパリ左岸、ポン゠ヌフ小路にあるが、この小路《パサージュ》は狭隘で、濁ったようにうす暗く、敷石はいつもじめじめしている。ガラス屋根は汚れて黒ずみ、かすかに陽の光を透過させるにすぎない。小路は王政復古期から七月王政期にかけてパリの華やかな商店街として栄え、バルザックやミュッセの小説にも描かれているように、そこではかつて着飾った上流階級の粋な男女が出会っていた。しかしゾラが描くポン゠ヌフ小路はそのような輝きをもたず、陰鬱で黴臭い穴倉のような通路にすぎない。こうしたパリの表象にも、十九世紀半ばまでの文学にたいする異議申し立ての姿勢が看取される。

かつて恋する人妻は、何かしら崇高で凛とした佇《たたず》まいを示し、背徳の恋に罪深さを覚えつつも高貴さを失わなかった。スタンダール作『赤と黒』（一八三〇）のレナール夫人や、バルザック作『谷間の百合』（一八三六）のモルソフ伯爵夫人の例を想起すれば十分だろう。それに反して、テレーズにはそのような崇高さはまったく欠落しており、本能と欲望に身をゆだねた末に、陰惨な死を遂げる。夫カミーユ謀殺の現場はパリ郊外のセーヌ川だが、通常であればそこは人々が舟遊びやピクニックに興じる空間である。ゾラはセーヌ川を娯楽の場から、死の空間へと変えたのだった。

『クロードの告白』と『テレーズ・ラカン』は同時代のパリ、すなわち第二帝政期のパリの特定の界隈を描いているとはいえ、その表象と主題化の様式はロマン主義文学への反動という側面が強い。一八五八年以降パリに居を構えていたゾラは、オスマンによって変貌しつつある首都の姿をリアルタイムで目にしていた。しかし青年期の作家にはまだ、新たなパリの表象を提示しようという野心はない。その野心が実現されるためには『ルーゴン＝マッカール叢書』を待たねばならなかった。

なぜパリが必要だったのか

『ルーゴン＝マッカール叢書』全二十巻のうち、十二巻がパリで展開する作品であり（ただし『獣人』と『壊滅』は部分的に）、『居酒屋』や『ナナ』などゾラの代表作のいくつかがそこに含まれる。「第二帝政下における一家族の自然的、社会的歴史」という副題を冠したこの壮大な小説シリーズは、第二帝政期のパリを描きつくす。パリ北部の民衆の界隈から、モンソー公園近辺の上流ブルジョワ地区まで、労働者たちがうごめくパリ中央市場から、穏やかなブルジョワ生活が営まれるパリ西部パシー界隈まで、さらには劇場、売買春の世界、デパート、芸術家のアトリエ、鉄道の駅、証券取引所など、パリ世界を構成するさまざまな階級、職業、社会空間が物語化された。

第三期、すなわち晩年のゾラにはずばり『パリ』（一八九八）と題された作品がある。『ルルド』、『ローマ』とともに『三都市』叢書を形成し、その掉尾を飾るこの作品はアナーキズムテロや、社会不安や、宗教の危機に揺れる世紀末の首都が舞台になっている。同時代のパリの風土と心性を網羅的に表象すると同時に、主人公の精神的軌跡をつうじて、来るべき新たな世紀に向けての希望を表明した作品と言えるだろう。現実を分析するとともに、ありうべきユートピア都市としてパリへの希望を滲ませた異色の小説であり、その末尾には、正義と、真実と、進歩の可能性を謳う一文が配されている（この点については後述）。

問題になるのは、もちろん『ルーゴン＝マッカール叢書』におけるパリの表象である。ゾラの多くの小説がパリを舞台にしているのは、彼が住み、暮らし、歩き回った都市であるという親近性のほかに、叢書全体の構想と美学がそれを要請したからでもある。第一章で指摘したように、まだ第二帝政が存続していた一八六八年から翌年にかけて、ゾラは叢書全体の構想を入念に練り上げた。『人間喜劇』の作家バルザックの文学営為を強く意識しつつ、彼が七月王政期について行なったことを、自分は第二帝政期を対象にしてより方法的に実行したいという野心を表明していた。「社会研究」を目指すと宣言し、あらゆる社会階層と職業集団に帰属する人物たちを登場させ、第二帝政という時代の巨大な俯瞰図を作成しようとした。

その基底には、十九世紀がそれ以前の時代に比べて強い社会的緊張によって特徴づけられる、という歴史認識があった。「作品の進行にかんする全体的メモ」と題された草稿に記されている一節を、あらためて引用しておこう。

> 近代の動きの特徴はあらゆる野心のぶつかり合い、民主主義の昂揚、あらゆる階級の登場ということである。〔……〕私の小説は一七八九年以前には不可能だったろう。したがって私は、さまざまな野心と欲望の衝突という時代の真実にもとづいて小説を書く。私は、現代世界に放たれた一家族の野心と欲望を研究する。(2)

ルーゴン＝マッカール家という架空の一族の系譜に連なる者たちを中心に据えながら、ゾラは同時代の個人的、社会的、そして政治的次元を全体的に把握しようとする。フランス革命後の社会は、サン＝シモン主義者たちの言葉を借りるならば「有機的な時代」と「危機の時代」を交互に経験しながら、野心と欲望を肥大させていった。さまざまな政治体制が入れ替わり、産業革命が進行し、民主的な諸制度が整備された十九世紀を、ゾラは運動と葛藤の相のもとに捉えようとしたのである。そのようなダイナミックな物語は、首都パリで展開するのがふさわしい。

実際『ルーゴン＝マッカール叢書』全二十巻のうち、半数以上は第二帝政期のパリを舞台にしている。オスマンの主導によって変貌した首都の町並みと相貌を、ゾラ以上にあざやかに喚起した作家はいない。たとえばユゴーや、ボードレールや、ゴンクール兄弟と違って、旧きパリにたいする郷愁の念をほとんどもたないゾラは、新しいパリの姿と生態を、その病理と快楽を倦むことなしに語り続けた。パリに棲息するあらゆる階級の人間たちを描き、営まれるあらゆる職業と労働を語ってみせたのである。

ゾラの小説において、パリの諸界隈にはそれぞれ特有の表情と営みがあり、人間はそうした環境の産物だという意識が通底している。『獲物の分け前』では、パリ改造にともなって富を得た成り上がり者たちが集うモンソー公園周辺の高級住宅街、『パリの胃袋』では、パリの食料供給センターである中央市場とそこで働く人々、『居酒屋』では貧しい労働者と職人たちが棲息するパリ北部の庶民街、『ナナ』においてはグラン・ブルヴァールに沿う劇場や歓楽街、そして『ボヌール・デ・ダム百貨店』では、零細な商店を次々と呑み込んで膨張していく消費の殿堂としてのデパートが、それぞれ物語の前面を占めている。ゾラの場合、特定の職業活動と結びついた空間を設定することが、物語を始動させる契機になると言ってよい。第二帝政期の物語を書くためにパリが必要だったと同時に、パリという都市が存在したからこそ『ルーゴン＝マッカール叢書』が構築されたのである。

では具体的に、どのようなかたちでパリは表象されているのだろうか。以下のページでは六つのテーマに分けて考察を展開してみたい。(3)

風景としてのパリ

パリは都市であり、都市は風景である。風景は眺められ、嘆賞され、描かれる。第五章でみた『制作』のパリは、都市を歩く人間の眼差しによって捉えられた風景だった。遊歩と並んで、描写を起動させるもう一つの物語装置が窓やバルコニー、すなわち家の内部と外部を隔てる境界線であり、外部へと視線を向ける者が好んで身を置く観察地点である。歩く人間が見るのは、水平的で、ゆっくり動く風景であり、一人の人間の視野は限定されているから、必然的に部分的で断片的な風景である。他方、高い窓から見えるのは静止した、より広角の、ときには全体的なパノラマ的風景である。ひとは窓辺でしばしばもの想いに耽ったり、無為を紛らしたり、誰かを待ったりする。高所に位置する窓やバルコニーは俯瞰する視線を可能にするから、風景描写を誘発しやすい。第二帝政期の都市計画によってパリの大通りと広場が整備され、街路樹が増えるにともない、窓から見えるパリの光景はより美しく、見通しのよい、開放的なものに変貌した。ゾラや、ユイスマンスや、モーパッサンの小説で、作中人物が窓や、小高い丘からパリの町を見下ろす場面が頻出するのは偶然ではない(4)。

ことは文学に限らない。十九世紀に発明された複製技術である写真が、もっとも好んだ被写体の一つはパリの街並みだった。印象派の画家たちもまた、窓やバルコニーからパリの街並みを見渡す、あるいは俯瞰する構図の作品を数多く残している。絵画史では、窓は絵の額縁のメタファーと見なされることが多く、窓と絵画芸術の類縁性は強い。窓枠で切り取られる光景が、そのまま一枚の風景画になりうるというわけである。文学のみならず、写真も絵画も窓からの情景に魅せられた時代ではあった。ジャンルの違いこそあれ、そこには同じ感性が通底しているのだ。

『愛の一ページ』(一八七八)は、当時はパリ西部の郊外だったパシーを舞台にして、若き未亡人と医師の悲恋を物語る。主人公の女性エレーヌと娘ジャンヌは自分たちの住む部屋の窓からしばしばパリを眺めるのだが、それというのもパシーは高台に位置するので、東側にパリの街並みが広がって、よく見渡せるからである。全五部、各五章から成るこの小説では、各部の最後で、季節と時刻と天候を変えて、窓から眺めるパリの多彩な風景がライトモチーフのように五度にわたって描かれる。春の晴れた朝、夏の暑い夕方、秋の靄にかすんだような昼、冬の雪景色、というように。あらゆる状況の、あらゆる季節の、あらゆる時間帯のパリを、エレーヌが同じ窓の、同じ場所から、同一の角度で見るという設定が施されている。

そしてそれぞれの光景が、それを見つめるエレーヌと娘ジャンヌの内面の変化を映し出す。春の早朝の柔らかい光に包まれて覚醒するパリは、彼女の心情の穏やかさを示し、夏の強烈な夕陽を浴びて深紅に燃え上がる首都は、禁断の激しい恋心を抑制できない彼女の動揺を語る。秋の嵐に襲われたパリの町の情景は、母に棄てられたと思い込んだジャンヌの絶望のメタファーであり、小説のラストシーンに現われる雪のパリは、恋も娘も失った女主人公から見れば、まるで白い屍衣に覆われた冷たい町にほかならない。

たとえば、春の午前のパリは次のように描写されている。

果てしなく広がるこの谷には、建物がぎっしりと詰めこまれている。いくつかあるはずの小さな丘の稜線は見えず、代わりにくっきりと目に飛びこんでくるのは、ひしめきあう夥しい数の屋根だった。そのいっぽうでは、たくさんの家々が連なって、はるか遠く、この土地の起伏よりもさらに後ろの、もはや目には見えない郊外の田園地帯まで波打っているのを感じることもできた。まさに大海原だった。無限で、はかりしれない波の連なる海だった。パリは、空と同じくらい大きく広がっていた。この午前中の光り輝く空の下で、太陽の光を受けて黄色に染まった町は、熟れた小麦畑のようにも見える。(5)

高い地点から、少し俯瞰ぎみに遠くまで視線を向けている構図の描写である。主人公が、まるで一幅の絵を眺めるようにパリの情景を見つめている。パリの屋根の連なりを大海原に譬えるのは、ロマン主義以降しばしば用いられたメタファーである。ここでは朝の光のなかで覚醒する都市の姿が、瞬間的な印象としてあざやかに捉えられている。近景と遠景の重なりを識別し、見つめる主体からの距離によって光景の鮮明度を差異化している点は、絵画の技法を思わせる。

実際、ゾラは印象派の画家たちとまったくの同時代人である。同時代人であるというだけでなく、彼らと個人的な交流があり、批評家たちから酷評されていたマネを真っ先に擁護した炯眼な美術批評家でもあった。マネがゾラの肖像画を制作し、ファンタン゠ラトゥールの有名な作品《バティニョールのアトリエ》(一八七〇)に、マネ、モネ、ルノワールらと共に若き日のゾラが描き込まれているのは、偶然ではない。そしてパリ風景の表象にたいする強い執着は、『ルーゴン゠マッカール叢書』の作家と印象派に共通している。ゾラによるパリの描写は、細部においても技法においても印象派の絵画を想起させずにいない。(6)

『愛の一ページ』が同じ窓から眺めた風景という主題を、季節と時間帯によって変奏させているという技法は、同時期に画家モネが、カンバスと絵具で実践していたことでもあった。モネは「連作」として、同じ主題を繰り返し描いた作品群を残している。なかでも有名なのが《ルーアンの大聖堂》

クロード・モネは、時間帯や天候によって変化するサン＝ラザール駅の光景を連作として描いた。

や《サン＝ラザール駅》をめぐる連作である。同じ角度から、あるいは少し視点を変えて、同一の対象を異なる時間帯や天候のもとで何枚も描いた。換言すれば、モネは同じモチーフを用いて光や色の変化を追究したということである。その点で、ゾラとモネは表現媒体こそ違うものの、同じ目的に向かっていたように思われる。一方が他方を模倣したという影響関係の問題ではなく、まったく同時代を生きた二人の芸術家（二人とも一八四〇年生まれ）のあいだで、都市風景にたいする類似した感性が共有されていたということだ。

労働空間としてのパリ

風景としてのパリは眺められ、鑑賞される対象だが、そのパリは同時に人々が、とりわけ民衆階層が働く労働空間でもある。自然主義文学は、都市の労働者たちが現実に働く姿を描いた最初の文学であり、それはゾラの作品にとりわけ顕著に看取される。そこでは民衆が動き回り、彼らの身ぶりが目に見え、ざわめきと叫び声が聞こえ、体臭が強烈にただよう。働く身体は汗を発散し、筋肉を収縮させ、ときには過酷な動作を繰り返す。労働空間としてのパリは活力にあふれ、ダイナミックな様相を呈する。

労働の場としてのパリを表象するために、ゾラは物語上の一つの装置を用いる。彼の小説はしばしば、外部の人間がパリにやってくるところから始まる。部外者、門外漢である彼（彼女）は、異邦人の眼差しでパリの町を、その特定の界隈や労働空間を見て回るのだ。田舎から出てきた彼（彼女）は首都の活気に驚嘆し、その喧騒に唖然とし、あたかも世界を見つめる一個の眼差しに変貌し、それが労働現場を詳細に描写する契機をもたらす。

その時、その界隈や労働空間の事情に精通した案内役の人物が同伴することが多いのだが、それは新参者である主人公に労働空間の原理とメカニズムを教え、彼の通過儀礼を助ける人間が必要だからである。それぞれの労働現場には特有の言語があり、独特の慣習と掟があるのだから、それらを習得しなければならない。『パリの胃袋』では、南米ギアナの流刑地からひそかに舞い戻ったフロランが、食糧が海のように広がるパリ中央市場で働き始めるし、『ボヌール・デ・ダム百貨店』では、ノルマンディー地方から親戚を頼って首都にやって来たドゥニーズが、デパートによって引き起こされる消費革命の現場に遭遇することになる。そして労働空間に組み込まれた主人公の運命は、そのことによって影響を蒙らざるをえない。

オスマンのパリ大改造によって産業構造と街路の光景が大きく変貌しただけに、作家はときに専門的な技術用語さえ援用しながら、労働空間としてのパリを入念に描き込んでいく。たとえば、『居酒屋』第一章に読まれる有名な共同洗濯場を描いた一節を引用してみよう。

ただっぴろい納屋みたいなところである。天井が平たくて、大梁が剝き出しになっている。鋳鉄の柱が建物をささえている。明るい大きな窓が四方にあいている。乳色の靄のようにたちこめている湯気のなかへ青白い日の光がさんさんと差し込んでいる。あちらこちらから湯煙が立ちのぼり、流れがひろがって、青みがかったヴェールとなって建物の奥のほうを覆いかくしている。味のない湿って切れ目のない石鹼のにおいの混じったじっとりした湿気が、雨のように降り注い雨のように降り注いでいる。ときおり、漂白液のきつい臭気がひときわ強くたちこめる。中央通路の両側に並ぶ洗い台には、腕から肩から首まで剝き出しで、編上げ靴から色物の靴下までまる見えにスカートをたくしあげた女たちが列をなして並んでいる。彼女らは、洗い物を怒ったように叩いたり、笑い声をたてたり、あたりの騒がしさをものともせずに身をのけぞらして大声をあげたり、盥の底をのぞきこんだりしている。〔……〕これらの騒音の真っ只中で、右手の一台のこまかい霧のため真っ白になっている蒸気機関が、とりとめようもない騒音のすさまじさに規律でも与えるためであるかのように、弾み車を踊るように振動させて、小止みなくあえぎ、唸っている。(7)

19 世紀パリの共同洗濯場。『居酒屋』の有名な挿話の舞台となる。

主人公ジェルヴェーズが、近くの共同洗濯場にやって来たシーンである。当時、庶民の住むアパートには水道や下水設備が備わっていないから、洗濯するためにはセーヌの川縁に降りていくか、最寄りの共同洗濯場に赴くしかなかった。洗濯場の建築上の細部が喚起された後、内部のようすが詳しく描かれている。湯気、靄、石鹸と漂白液のにおいがあたりを包み込み、そのなかで、庶民の女たちが腕を露出させ、大きな身ぶりで、大声を立てながら洗濯という日常的な行為に精を出している。騒音をいっそう激しくしているのは、洗濯用のお湯を供給するための機械装置の振動音にほかならない。ここでは視覚、嗅覚、聴覚、触覚とあらゆる感覚器官が強烈に刺激され、働く女たちの身体性がなまなましく強調されている。民衆にとって、パリとは何よりもまず生活の場であり、身体性の空間なのである。

これはヴァルター・ベンヤミンが十九世紀パリを論じる際のキーワードにあげた「循環＝流通 circulation」という主題に結びつく。[8] ゾラの小説では、循環する血液に由来する遺伝が登場人物の形成に深く関与し、食糧や、商品や、人間が流通し、金銭と欲望が流布し、群衆が街路を頻繁に行き交う。circulation という語のあらゆる意味内容が、『ルーゴン＝マッカール叢書』の物語世界に浸透し、それを構造化しているのである。

快楽の場としてのパリ

労働の対極に位置するのが娯楽や気晴らしである。民衆は働くだけではない。彼らはまた娯楽を求める。労働が強いる緊張から解き放たれた気晴らしの時間が必要であり、非日常的な空間に身を置く場面が出てくる。他方、貴族階級やブルジョワジーが登場する作品では、劇場や祝宴や夕食会の場面がしばしば描かれる。あるいは『ナナ』のように、ロンシャン競馬場の華やかな社交シーンが繰り広げられる。彼らにとって、娯楽は労働以上に生活上の重みをもつ。オスマンの都市改造によってパリは以前よりも明るくなり（ゾラがしばしば夜のパリを描いたのは偶然ではない）、公園や森など緑の空間が整備され（たとえばブローニュやヴァンセンヌの森）、広々とした通りが貫通して見晴らしが良くなり、視界の及ぶ範囲が広がる。人々は外に出て、都市を享受しようとする。『ボヌール・デ・ダム百貨店』で、ドゥニーズが友人たちとマルヌ河畔に出かける挿話が語られているように、パリ郊外へのピクニックもそうした風俗の一つだった。

ジャン・ベロー《シャン＝ゼリゼ大通りの散策》（1880年頃）。パリの公園や大通りを馬車で散策するのは、当時の上流社会の娯楽のひとつだった。ベローは19世紀末から20世紀にかけて人気を博した風俗画家。

第二帝政期の土地投機ブームに便乗して、富を手にしていく男の成り上がりぶりを活写した作品『獲物の分け前』の冒頭では、いまや上流階級の社交の場と化したブローニュの森から、女主人公ルネが馬車で戻って来る場面が描写されている。十月の夕方、秋が深まり散策シーズンも終わろうとする頃、ルネと義理の息子マクシムは馬車に乗ってブローニュの森を散策し、いま帰途についている。穏やかな午後だったのでパリ社交界の名士たちが勢ぞろいし、帰り道は馬車で混雑しており、なかなか進まない。止まった馬車、ゆっくり進む馬車からはお互いの姿や衣装がよく見える。上流階級が街路という解放空間のなかでみずからをさらけ出し、観察しあうシーンである。

馬車はいっこうに進む気配がない。秋の午後、ブローニュの森につめかけたクーペが延々と連なり、暗い色のひとつの染みになる。その中に、窓ガラス、馬のくつわ、角燈の銀張りの取っ手、高い座席に腰掛けた召使いのお仕着せのブレードがきらめいている。ここかしこ、幌をたたんだランドーからは、絹やビロードの女の衣装の端々が、はじけるような色彩を放つ。喧騒が消え動きも止まったうえに、静けさが、すべてを蔽うがごとく徐々に降りてきていた。馬車の奥にいても、道ゆく人々の話し声が聞こえた。車の扉ごしに無言のまま視線が交される。〔……〕前で無数の車輪がぐるぐるまわっている。ルネは隅に身を寄せてあたたまると、官能をくすぐるこの揺れにうっとりとなった。それからマクシムの方を見上げると、彼のまなざしは、まわりのクーペやランドーに陳列品さながらに収まっている女たちを落ち着いて観察し、服を脱がせてみている。(9)

秋にしては暖かい夕方のパリはどこかけだるげで、同時に、これから始まる夜の快楽や官能を予告するかのようである。着飾って、馬車のなかに収まった上流階級の女性たちは互いを見つめあう。無言のままで交わされる眼差しには嫉妬、羨望、敵愾心、誘惑、侮蔑などさまざまな想いが封じ込められているだろう。行き交う馬車はしばしば幌を上げており、表情と姿が剝き出しになる。馬車による散策は何かを眺め、誰かを見つめることを可能にすると同時に、誰かに見られ、評価を下されるのを不可避にする瞬間でもあり、その意味では社交空間としての劇場やオペラ座と同じ機能を有していると言える。通りにいるのだから、公共空間での出来事なのだが、他方でマクシムの露骨な想念に示されるように、馬車という動く密室空間に乗った女たちは、男の欲望の眼差しに無造作にさらされる対象でもある。公的な街路はすでに、快楽を暗示する私的な空間へと横滑りしている。

パリ市街を馬車で散策するという場面はバルザックの『幻滅』(一八三七―四三)やフロベールの『感情教育』など、十九世紀小説では馴染み深い。ゾラは彼らを意識しつつ、変貌したパリに舞台を移して新しいヴァージョンを提示した。

野心と欲望の渦巻く都市

馬車に乗ってブローニュの森やシャン゠ゼリゼ大通りを散策することは、しかしながら娯楽や快楽の領域にとどまらない。当時、みずからの馬車を所有するというのは経済的な豊かさを示す符号だから、馬車の散策という行為は成功の象徴なのである。馬車に乗る者は、街路を歩く者、つまり馬車に乗れない者をいくらかの憐れみを込めて眺めることができた。みずからの野心を実現した者が、馬車という贅沢を享受できたのである。

十九世紀文学において、地方からパリに出てきた野心的な青年がパリの征服に乗り出す、というのは大きなテーマの一つである。『赤と黒』、『ゴリオ爺さん』(一八三五)、『感情教育』など例は枚挙に暇がない。政治、社交界、経済界、あるいは芸術の世界での成功を夢見て、ある者は成り上がり(ラスティニャック)、またある者は挫折する(ジュリアン・ソレル、フレデリック・モロー)。ゾラ文学の特徴は、そうした野心が芸術や政治の世界のみならず、事業や財政の世界で、換言すれば近代的な資本主義の空間で展開することにある。第二帝政という時代全体を投機的で胡乱な時代と見なしていたゾラは、そこに時代精神を凝縮させようとした。
野心的な男は、高い地点に身を置くことを好む。征服すべき対象であるパリの町を高みから見下ろすのは、そうした男に親しい身ぶりである。たとえば『獲物の分け前』の主人公サカールが、最初の妻アンジェルとモンマルトルの丘にあるレストランで食事する場面を読んでみよう。レストランの窓からは、屋根が海原のように続くパリがよく見える。

彼の眼差しは、生きてうごめくこの海、深みから群衆の声が響いてくる海へ、うっとりと何度も降りて行った。秋であった。〔……〕太陽は赤い雲の中に沈みゆき、遠方には軽い霧がかかっている一方で、手前にある街の右岸、マドレーヌ教会やチュイルリー宮殿のあたりには、金の埃、金の露が降っている。『千一夜物語』にでてくる、エメラルドの木が生えサファイアの屋根にルビーの風見鶏のある魔法のかかった街角のようだ。一瞬、二つの雲のあいだに差し込んでいた日の光が燦然ときらめいて、家々が燃えたち坩堝の金塊が溶けるようであった。(10)

状況が異なるもののこの一節は、『ゴリオ爺さん』の末尾で、ラスティニャックがペール=ラシェーズの墓地の高みから、眼下に広がるパリの町を見下ろして、「さあ、今度は俺とお前の勝負だぞ！」と挑戦状を投げつける場面を想起させる。野心的な二人の男は丘の上から、首都の権力と繁栄が凝縮する地区に燃えるような視線を注ぐ。

彼らが凝視しているのはほぼ同じ界隈だが、大きな違いが一つある。ラスティニャックが勝負を挑むのは貴族と宮廷を中心とした上流社会だが、サカールが狙いを定めるのは金融と投機の世界、つまり資本主義のパリである。サカールの目にはパリが、空から黄金が降ってくるような都市として映じている。『千一夜物語』の世界のように、魔法によって富と黄金が出現するような世界、いかなる手段を用いてでも成り上がろうとする男の欲望を煽る都市、それがパリである。「金」という隠喩にそれがよく示されている。ラスティニャックもサカールも権力を夢想するが、その権力に至るための手段は同じではない。パリは男たちの野心をつねに刺激するが、野心のかたちは変化した。

歴史の舞台としてのパリ

第二帝政を歴史的背景とする『ルーゴン゠マッカール叢書』は、その初めと終わりによって枠組みを嵌められている。本書の第三章で詳しく分析したように、第一巻『ルーゴン家の繁栄』は、南仏を舞台にして、一八五一年十二月のルイ・ボナパルトのクーデタに抗して立ち上がった共和派の敗北を描く。そして第十九巻『壊滅』は、普仏戦争とパリ・コミューンをとおして第二帝政の終焉を語る。『ルーゴン゠マッカール叢書』の最初のプランを作成したのは一八六九年だから、その時点で『壊滅』が予定されていたわけではない。作家自身が立ち会った歴史の現実が、シリーズに必然的に、物語上の帰結を課したのである。

それ以降、一八七〇年のフランスの敗北と、その社会的波紋を書き込むのは叢書の論理となる。そしてパリを語るゾラの文学は、第二帝政という時代の終焉を描く物語の結末をパリに設定しなければならない。『壊滅』がフランスの東部戦線におけるプロシアとの戦いを語った後、パリ・コミューンのエピソードで終わるのはそのためである。一八七〇―七一年の出来事は歴史の転換点であり、物語のあらかじめ定められた結末である。すでにゾラは『ナナ』、『大地』(一八八七)、『獣人』(一八九〇)の最終ページで、フランスがプロシアに宣戦布告し、男たちが兵士として前線に駆り出されていくさまを語っていた。壊滅の主題はすでに、繰り返し奏でられていたのである。

戦争というまさしく歴史的な出来事は、それまで静かに営まれていた市民の個人生活の流れを暴力的に断ち切ってしまう。フランス革命後も、度重なる革命、暴動、クーデタなどによって幾度も体制変革を経験したパリは、まさに歴史が動き、同時に歴史を動かす都市であった。ユゴーの『レ・ミゼラブル』は、一八三二年に首都で勃発し、容赦なく鎮圧された共和派の叛乱を語っているし、『感情教育』の第三部は、一八四八年の二月革命とその後の推移を語って間然する所がない。詩人ランボーは、パリ・コミューンの絶望的状況を謳った詩句を残している。十九世紀文学では、歴史のドラマが展開する場としてパリが絶えず浮上してくるのだ。『壊滅』はそうした文学の系譜に位置づけられる一編である。

次の引用は、前線でフランス軍が撃破された後、パリ市民がプロシア軍に包囲されている時期を描いた一節である。

だがパリは絶望的な熱に浮かされていて、新たな抵抗力を得たかのようだった。飢えの恐怖が迫っていた。十月半ばから肉は配給制になっていた。十二月に入ると、ブローニュの森に放たれ、走りながら埃を立てていた牛や羊の大群ももはや一頭も残っていなかった。だから馬に手をつけるしかなかった。小麦粉と小麦のたくわえがあり、さらにそれを徴用するようになったので、四カ月分のパンは確保されるはずだった。小麦粉がなくなったときには、駅舎のなかに粉ひき場を作らなければならなかった。燃料も不足していたので、粉を挽いたり、パンを焼いたり、武器を製造したりするために節約した。ガスのなくなったパリを照らすのはわずかに残った石油ランプだけで、パリは氷の外套の下で震えていた。〔……〕軍隊は勇気が尽き、終わりが近いことを感じて和平を求めていたが、住民たちはいまだに大出撃、奔流のような出撃を求めていた。女子供を含めて民衆のすべてが、すべてを顚覆させ、押し流す氾濫した大河となって、プロシア軍に飛びかかろうとしていたのである。(11)

敗戦は一国の運命を変える衝撃的な事件である。包囲され、パリの城壁内部に閉じ込められた住民たちは、飢えと寒さと孤立に苦しみながら、そして夜の冷たい闇を甘受しながら、反撃の幻想をはぐくむことをやめない。戦争での敗北という一国民にとっての極限的な体験、国家と民族の存続さえ危うくしかねない歴史の悲劇を、パリの住民がなまなましく体験するシーンである。『壊滅』においてパリは、個人的にも集団的にも歴史が悲劇として生きられる。「第二帝政下における一家族の自然的、社会的歴史」という副題を冠した『ルーゴン＝マッカール叢書』は、パリの歴史を描き込まざるをえない。そしてパリには歴史の動きが凝縮されて出現する。首都パリの歴史とは、多くの場合フランスそのものの歴史にほかならない。

象徴空間としてのパリ

歴史性とは一見対照的で、しかしそれと相互補完的に機能するのがパリの象徴性や寓意性という側面である。その側面は、歴史的時間の制約を超えて、太古の始原的な物語へと読者をいざなう。ジャン・ボリやロジェ・リポルも指摘したように、(12)同時代の先端的な科学思想と医学思想をみずからの小説美学に取り入れ、同時代の多様な社会空間を物語化したゾラの作品は、他方で古代神話や聖書に見られるイメージにあふれ、神話の祖型から説話的な構図を借用する。『獲物の分け前』はパイドラーの呪われた近親愛を現代に蘇えらせ、『ナナ』の女主人公は現代のヴィーナスであり、画家の苦悩を語る『制作』はピグマリオン神話を内包している。

パリの表象についても、同じようなことが言えるだろう。ゾラ文学においては、近代都市パリを描くページのなかに、単なるレアリスム文学、写実的な描写という美学では説明できない、あるいはそれを突き抜ける象徴的、寓意的な表象が浮上してくるからだ。パリは特定の時空間を超越して普遍的な価値をまとうかのように、自然のあらゆる要素と共鳴し、多様で豊かな伝説と呼応する。パリは近代文明のメカニズムとは無縁で、原初的で、異様な相貌を呈することがある。パリはつねに都市以上のもの、パリ以上のものなのだ。その意味でゾラは、バルザックやボードレールやフロベールの継承者であると同時に、二十世紀のプルーストや、セリーヌや、シュルレアリスム作家の先駆者でもある。

二つ例を挙げておこう。まず『パリの胃袋』で、主人公フロランが中央市場の巨大な建築群のなかをさまよう場面。

中央の大通りに出たとき、彼はどこか不思議な都市に迷い込んだような気がした。くっきりした市街地があり、下町があり、郊外の村があり、散歩道があり、道路があり、広場があり、四つ角があって、それらすべてが巨人の気まぐれで、雨の日に巨大な倉庫のなかに格納されたかのようなのだ。屋根組みの奥にまどろんでいる陰のせいで、林立する支柱はその数を増し、繊細な補強材や、浮き上がった回廊や、透明なブラインドが無限に広がっているかに見えた。そしてその都市のうえには、闇の彼方まで、金属でできた植物の群れが、怪物のように葉を繁らせ、花を開き、茎は火矢のように伸びあがり、枝はくねくねと絡まり合いながら、歳を経た樹林のように軽やかな葉むらで、ひとつの世界をおおっているのだった。(13)

中央市場はヴィクトル・バルタールによって、当時の最先端技術である鉄骨ガラス張りを利用して造られた。技術の粋を集めて完成した巨大な鉄の建物が、ここでは原初的な自然、聳えたつ森のように描かれる。それはまるで、都市空間のなかに突如出現したおごそかな自然の趣きである。葉、花、茎、枝、樹林といった植物のメタファーが体系的に使用され、鉄とガラスの建造物が、植物界の生命力を吹き込まれている。ゾラにあっては、樹木のイメージは生命と力の象徴である。ここでゾラの想像力は十九世紀という時代を突き抜けて、象徴の網目のなかに分けいっているように見える。彼が表象する中央市場はあたかも荘厳なゴシック大聖堂を想起させ、文化史的には、大聖堂の偉容が中世ヨーロッパの神秘的な森にたとえられることがあるからだ。そしてまたこの描写は、迷宮というくらか

バルタールによって設計されたパリ中央市場（左）とその外観（右）。19世紀の鉄骨ガラス張り建築を代表するモニュメントのひとつで、その後ヨーロッパ中で市場建築のモデルになった。

不気味で神話的な建築物をも想起させる。実際、フロランはパリという近代の迷宮に紛れ込んだ異邦人であり、やがてそこから情け容赦なく追放されてしまう。

二番目の例は『壊滅』に見出される。プロシア軍に包囲されたパリの苦悩と抵抗を迫真の筆致で語る歴史小説であるこの作品は、他方で、首都を象徴的、かつ神話的な表象のなかに落とし込んでいく。パリ・コミューンの戦火で炎上したパリの町は、「炎に包まれたバビロン」であり、ソドムである。かつての戦友モーリスとジャンは、パリが燃えているさなか小舟に乗ってセーヌ川を下る。

無傷なほうの腕を高くあげながら、モーリスはソドムやゴモラの宴、おぞましい音楽と花々について語り、過度の放恣に溺れ、裸の人間たちの醜悪さをあり余るほどのロウソクで照らし出したゆえに、みずから燃え尽きてしまった宮殿を想起していた。(14)

ここでは火は何よりもまず、天から降り散る断罪と呪詛の業火であり、聖書のなかで語られる伝説（バビロン、ソドムとゴモラ）への言及をつうじて、避けがたい滅亡の予兆として現われる。まるで一つの文明の終焉を暗示するかのように。
しかし『壊滅』はそれで終わらない。一つの時代の終焉は、新たな時代の始まりでもある。作品の末尾で語り手は、内乱とその犠牲によってフランスはみずからの過ちを償ったのであり、戦火は浄化の炎であったと述べる。浄化の後には、復活が告げられることになるだろう。

それは永遠の自然と永遠の人類の確かな若返りであり、希望をもって働く者に約束された再生であった。有毒な樹液のせいで葉が黄ばんでいく腐った枝を切り落としたときに、新しく力強い茎を伸ばす樹木のようなものだった。(15)

興味深いのは、文脈はまったく異なるのに、『パリの胃袋』と同じようにここでも樹木のメタファーが使用されていることだ。新たな茎をつける樹木は、社会と人類の生命力がやがて蘇生するだろうことを暗示する。パリは炎上した。しかしそれは、新たなパリを築き上げるために必要な歴史のプロセスだった。だからこそ生き残ったジャンは、新生フランスを、新たなパリを再建するために旅立つのである。パリ・コミューンは第二帝政という歴史の終焉であり、『壊滅』という物語の終息点をなす。しかし歴史＝物語の終焉は、神話と自然の領域に移し替えられることによって寓意的な次元を獲得する。パリの炎上は、ユートピアのパリを模索するための契機と位置づけられているのだ。
付言するならば、『三都市』叢書の第三巻『パリ』の最後では、主要人物たちが一堂に会して夕日を浴びるパリの光景に見入り、女主人公マリーが息子ジャンを高く持ち上げてパリに差し出しながら、未来への期待を託す。新たな二十世紀へと時代が移ろうとする世紀末、彼らの目にパリは文明の中心、世界の先導者として映じている。その時現われるのが収穫と豊饒のイメージで、幼いジャンは光を浴びたパリに栄光と、真実と、正義をもたらす人間として象徴化される。

そのときマリーが、歓喜にあふれる美しい手つきでジャンを高々と抱き上げて、両腕で赤ん坊を広大無辺のパリに差し出して、聖なる捧げ物のように献上した。

「さあ、ジャン、さあ、坊や、これを全部刈り取るのは坊やですよ、この収穫を倉に納めるのは坊やですよ」

神々しい太陽が放った光の種を蒔かれたパリは、今、煌々と燃え上がり、その栄光の光で、真理と正義の来るべき収穫をすっぽりと包み込んでいた。[16]

パリは未来の文明を築き、進歩と平和を担うという役割を果たさなければならない。「真理」と「正義」は、『三都市』に続く『四福音書』の第三巻と第四巻のタイトルであり、ここに登場している幼児ジャンは、作家の急逝のせいでプランだけに終わった『正義』の主人公になるはずだった。パリをめぐる象徴的な表象をつうじて、『壊滅』の最終章と『パリ』の最終ページはあざやかに共鳴し、『パリ』のラストシーンは次のシリーズ『四福音書』への序曲となっているのだ。

パリへのオマージュ

以上、『ルーゴン＝マッカール叢書』にそくして、ゾラがパリをどのように形象化し、パリにどのような機能を付与したかを六つの側面から論じた。絵画的な、印象派を思わせるような風景描写はある。しかしゾラにおいて、パリの都市景観はただ単に美的に鑑賞されるだけの穏やかな風景ではない。パリはみずからを一つのスペクタクルに仕立て上げたスペクタクル都市だった。十九世紀後半にほぼ十年ごとに開催された万国博覧会は、そのことを雄弁に証言している。

見られる風景であるパリは、民衆にとっては労働の空間であり、野心的な男たちにとっては征服の対象だった。こうしてゾラのパリは、人間の行為と活動が繰り広げられ、野心と欲望が渦巻くきわめてダイナミックな空間となる。より集団的なレベルで言えば、パリは歴史のドラマが展開する都市であり、そのドラマが普遍的な神話と伝説の次元へと転換されることで、パリの表象は密度と深みを増す。ゾラの作品ではパリがうごめき、ざわめき、熱狂し、肥大し、膨張し、燃え上がる。ゾラのパリはけっして無為や停滞を知らない。あたかも巨大な機械装置のように都市は唸り声をあげ、エネルギーを発散し、固有のダイナミズムにもとづいて機能する。パリは「巨大な溶鉱炉」であり、「エンジン」[17]である。哲学者ミシェル・セールがいみじくも指摘したように[18]、ゾラはまさしく熱力学時代の詩人なのだ。

これほど動的で力強いパリの表象が生まれたのは、ゾラが社会と文明と歴史を運動の相のもとに認識し、さまざまな欲望が沸騰し、諸階層が衝突する動きのなかで把握しようとしたからである。そしてゾラの場合、パリを表象することはパリへのオマージュそのものであり、近代性への愛を表明することでもあった。

III　ゾラの眼差し、ゾラへの眼差し

第七章　書簡の言説とレトリック

作家と手紙

作家は手紙を書くのが好きである。実際、昔の作家はじつによく手紙を書いたものだと感嘆する。電子メールは言うに及ばず、電話すら存在しなかった時代（つまり十九世紀末まで）であれば、遠く離れた人、あるいは近くにいても内密の連絡を取る必要のある人と、コミュニケーションする唯一の手段が手紙だったことを想起するならば、不思議はない。現在なら電話やメールで簡単にすませられる事務的な要件まで、いちいち書面に認めなければならない時代が長く続いたのだ。ましてや作家は文章を綴るのが職業だから、手紙を書くという行為は彼らにとって日常性の一部だった。人によっては話し、食べ、散歩するのと同じように手紙を綴ったのである。

無数に書き綴られてきた一般人の手紙であれば、生活や家庭や仕事上の些細なこと、少なくとも第三者から見れば些細なことが多くのページを占めているが、作家の手紙が問題になる場合、当然のことながら読者はそこに作家の文学観や人間観が披瀝され、作品の成り立ちや進捗についての情報がちりばめられていることを期待するはずだ。それゆえ作家の書簡集が文学研究にとって不可欠な資料であることは、久しい以前から認識されていた。創造行為にかんする作家自身の直接的な証言として、手紙は日記、手記、回想録、自伝と並んで特権的な位置を付与されてきたのである。一つの作品を、それと同時期の手紙と並行しながら読み進めるというのは、現在でもしばしば試みられる身ぶりである。

だからこそ、大作家の手紙が新しく発見されるのは大きな事件となる。昨年(二〇一六年)、没後百年を迎えた夏目漱石の手紙が十通あまり見つかって、話題になったことは記憶に新しい。フランスではまさにゾラに関係することだが、本書第五章で触れたように、画家セザンヌがゾラに宛てた新たな手紙が二〇一三年にサザビーズでの競売をつうじて世に出た。一八八七年十一月の日付をもつ、現在知られている最後のゾラ宛の手紙であり、その意義はきわめて大きい。この種の発見や発掘は意外性をはらみ、漱石やセザンヌの書いた手紙がこれからも日の目を見る可能性は排除できない。

他方で、二十世紀末以降は書簡集にたいする新たな接し方が明瞭になってきた。書簡集を単なる「資料」ではなく、一つの「テクスト」ないしは「作品」として読み解くという姿勢である。さらに言えば、書簡を一つの文学ジャンルとして扱うという態度である。二〇〇六年にフランスで刊行された文学史の第三巻で、小説、詩、演劇、歴史学、自伝と並んで「十九世紀の書簡集」という一章が設けられたのは、その意味で時代の流れを象徴している。[1] 書簡が公の場で朗読され、ときには「公共圏」の空間で議論の素材を提供していた十七・十八世紀の場合、文学研究の領域では、これまでも書簡は由緒正しいジャンルとして市民権を得ていた。[2] 近年の特徴は、書簡が私生活空間の言説となった十九世紀以降についても(この点については後述する)、同じような傾向が鮮明になってきたことである。手紙が作家の人生と作品について重要な情報を提供してくれることは否定しがたい事実だが、それと同時に、手紙そのものを作家の創作行為、あるいは執筆活動 écriture の一部と見なし、そこに独自の価値を認めようとする。文学者は一義的には小説家、詩人、劇作家、思想家だが、同時に「書簡作家」としても積極的に位置づけようというのである。こうして、たとえば書簡作家としてのスタンダールや、フロベールや、ランボーや、プルーストにかんする研究書が刊行されるということにもなる。(3)

手紙という言説そのものに向けられる研究者や一般読者の視線が変貌したことは、新たな原理に依拠して浩瀚な書簡集を編纂し、出版するという近年の傾向とも結びついている。

たとえばフランスの出版界における最近の趨勢として、大作家の書簡集にかんしては、その作家が受け取った手紙、さらにはその作家をめぐって第三者同士のあいだで交わされた手紙までも収集するという動きが目立つ。フランス語では Correspondance générale と呼ばれる。顕著な成果としてはスタンダールの書簡集（六巻、一九九七―九九）、ゴーティエの書簡集（十二巻、一九八五―二〇〇〇）、ミシュレの書簡集（十二巻、一九九四―二〇〇二）、そして一九九五年に刊行が始まったエルネスト・ルナンの書簡集（現在のところ三巻まで刊行）などが挙げられよう。ここまで来るとじつに徹底的な編纂作業であり、内的および外的な証言を網羅して、一人の作家あるいは思想家の内面性と伝記的細部を遺漏なく再構成しようとする執念を感じさせる。

手紙はつねに特定の誰かに向けて書かれるし、つねに相手からの返信を求めている。手紙とは虚空に放たれる孤独な言葉ではなく、二人の人間のあいだに交わされる文字による対話であり応答なのだから、厳密に言えば、一通の手紙が有する多様な次元を把握するためには、相手の返事も収めるのが書簡集としては理想の形式であろう。創作と思想にかんして同じく作家自身の証言でありながら、日記や手記と異なるのはこの点である。他者との対話を志向する手紙と違って、日記や手記は自己言及的なモノローグであり、返答を求めないつぶやきにほかならないのだから。

十九世紀作家の書簡集の特徴

フランス文学史上、もっとも有名な書簡と言えば十七世紀の貴族女性セヴィニエ夫人（一六二六—九五）のものだろう。パリに住む彼女は、結婚した娘が夫の赴任にともなって南仏プロヴァンス地方に転居すると、寂しさを紛らわすため二十五年間にわたって手紙を書き続けた。十八世紀のヴォルテール（一六八四—一七七八）は当時として例外的な長寿をまっとうしたこともあり、膨大な数にのぼる手紙が残されている。十九世紀フランスでも、筆まめだった文学者は少なくない。というより大作家はすべて、律儀な手紙の書き手だったと言えるほどだ。分量からいっても、その内容の興味深さからいっても、書簡集はいまや作家の美学と人間観を考察するうえで本質的なテクストと見なされており、詩、小説、戯曲、批評と並んで作家の全集や著作集の不可欠な一部をなす。回想録、自伝、日記なども手紙と同じく内面性や私的側面を語る形式である。自伝を執筆せず、日記も付けなかった作家は多いが（たとえばゾラがそうだ）、手紙を書かなかった作家はいない。手紙は現象として普遍的、内容として個別的だという意味で特殊な言説なのだ。

実際、その書簡集がさまざまな意味で特筆に値する十九世紀の作家は枚挙に暇がないほどだ。バルザックが恋人ハンスカ夫人に二十年間にわたって書き続けた情熱的な手紙、フロベールが恋人ルイーズ・コレに宛て、『ボヴァリー夫人』の進捗状況を詳細に綴った手紙、若き日のマラルメがみずからの文学理念を展開した親友アンリ・カザリス宛の手紙などが、すぐに想起される例だろう。作家が書いた手紙の数は、現代のわれわれから見れば瞠目するほどだ。メリメは五千通、フロベールは四千通以上、マラルメは約二千八百通、ミシュレは約一万通、そしてジョルジュ・サンドに至っては生涯に一万八千通の手紙を書き送った！

しかもこれらの数字は、発見され、活字となって公表された手紙の数であり、失われた手紙、あるいは今でもどこかに埋もれている手紙があることを考慮するならば、実際に書かれた手紙の数はこれよりもかなり多い。フランスでは一八四九年に、切手を貼って手紙を投函するという近代的な郵便制度が発足しており、そうした制度的改善も手紙の執筆と流通を大きく促したと考えられる。文学者だけの話ではないが、十九世紀はまさしく「手紙の時代」だったのである。

しかも十七世紀の古典主義時代や、十八世紀の啓蒙主義時代に較べて、ロマン主義以降の手紙には一つの際立った特徴がある。十七世紀、書簡は一つの文学ジャンルであり、書簡は特定の相手に向けて差し出されるとはいえ、名宛人の家族や友人たちの前で朗読されるのが通例だった。手紙は純粋にプライヴェートな言説というわけではなく、半ば公的な空間で流通するものだったのである。その事情は十八世紀に入っても変わらない。ディドロがソフィー・ヴォランに宛てた手紙や、ヴォルテールの手紙が典型的な例を示しているように、しばしばサロンに集う人々の前で読まれる手紙は社交や知的議論のための不可欠な媒体、感性を研ぎ澄ませ思想を練磨するための重要な手段にほかならなかった。十八世紀の人々にとって、手紙とは他者とコミュニケーションを図るための有効な媒体であり、

社会的紐帯を築くために必要な手段だったのである。(4)

他方、十九世紀になると、手紙とは何よりもまず個人の内面性を披瀝し、私的な考えと感覚を表明する場に変わる。それは公的な場所に向けて発せられる言説ではなく、特定の相手に読まれることを望む秘められたささやきである。かつて手紙は、文字による会話であり論争だったが、いまやそれは打ち明け話や告白に近いものとなる。会話や論争には一定の規範と儀式性が求められるが、告白には自由で、自然で、飾らない文体がふさわしいだろう。だからこそ、誰宛ての手紙かによって書き手の側の文体や調子が異なるのだ。ロマン主義とブルジョワ社会は個人の「私性 intimité」を吐露し、「プライヴァシー」を擁護した。(5)

ジョルジュ・サンドは、自分の手紙を受け取った相手がそれを第三者に見せること（十七、十八世紀なら日常的な現象）をひどく嫌った。第三者に読まれると分かれば、宛名人との特権的な二者関係に亀裂が入り、それまでと同じような精神で手紙を書き送ることができなくなる、と嘆いたのである。(6) 同じ時期に、自伝と日記（フランス語では journal intime）というやはり私性を特権化する二つの表現形式が誕生したのは、けっして偶然ではない。私性は保護され、顕揚され、表現されるに値するという意識が強まった。十八世紀末から十九世紀初頭はまさに、人間の内面性とその表現をめぐって一大変革が生じた時代だったのである。エミール・ゾラはそうした趨勢が続いた十九世紀後半という時代のなかで生き、数多くの手紙を綴った。

ゾラは、生涯にいったいどれくらいの手紙を書いたのだろうか。研究者たちによればおよそ一万五千通と推測されており、現在残されているのはそのうちの三分の一程度である。自筆原稿は部分的にフランス内外の図書館に保存されているが、大部分は個人の所有であり、いまだに作家の手稿を取り扱う競売をつうじて市場に出回ることがある。他方ゾラが受け取った手紙の数はそれ以上で、約二万通にのぼるだろうと言われている。[7] 例外を除いて、その大部分は現在までのところ公刊されていない。例外とは相手が著名な人の場合で、たとえばゾラがフロベールや、マラルメや、セザンヌから受け取った手紙は、彼らの書簡集に収録されているわけで、邦訳でも読むことができる。

生涯に一万五千通の手紙を書き、そのうち五千通近くが活字のかたちで読めるゾラは、どちらの数字を見ても多産な書簡作家と呼ばれるにふさわしい。しかしその全貌が明確な像を結ぶようになったのは最近のことである。一九〇二年に死んだゾラの書簡集が体系的に収集整理され、詳細な注釈とともに読者に供されるまでには、ほぼ一世紀という時を経なければならなかった。

なぜ、そのような事態が出来したのだろうか。

十九世紀以降、手紙というのは特定の相手に向けて放たれる言葉であり、名宛人以外の者が読むことが通常は想定されていない。それは書き手と読み手の間に交わされる静かな、ときには秘密の対話である。当然、第三者には知られたくない内容、差し障りのある内容を含むことがあるし、場合によっては他人の名誉や尊厳を損なう危険すらあるだろう。そのため、たとえ大作家の書簡集といえども（あるいは大作家の書簡集だからこそ）、少なからぬ手紙が意図的に隠蔽されたり、部分的に削除されたり、ときには恣意的に改竄されたりするということが稀ではなかった。作家の遺族がそれを命じたり、書簡集の編纂者が遺族の心情や、ためらいや、自尊心に配慮したりした結果、そのような事態が生じていたのである。信頼に値する本当の意味での書簡集を編むことがいかに難しいか、分かるというものだ。

例をいくつか挙げておこう。前述したような感性の変貌をうけて、十九世紀には文学者たちの書簡集が数多く出版されるようになる。世紀前半には十七、十八世紀の作家、たとえばディドロが恋人ソフィー・ヴォランに宛てた有名な手紙が出版され、好評のうちに迎えられた。世紀後半の第二帝政期には、死後それほど時が経過していない段階で作家の書簡集が刊行されるということがあった。たとえばスタンダール（一七八三―一八四二）の書簡集は友人メリメの序文付きで一八五五年に、バルザック（一七九九―一八五〇）のそれは一部がすでに一八五六年に、そして一八七六年にまとまった形で刊行されている。いずれも不完全な版で、とくにバルザックの手紙にかんしては妹ロールや未亡人エーヴが削除や改竄を加えていた。この時代、作家の内面と私生活を赤裸々に露呈する書簡集は、遺族の側からの検閲を免れえなかったのだ。二人の作家の正確な本文にもとづく、学問的に厳密な書簡集が読者に供されるようになるのは、二十世紀半ば以降のことである。

出版されて間もないバルザックの書簡集を一八七七年に繙き、詳細に分析したゾラは、書簡集を刊行することの意義と同時に、その危うさにも気づいていた。(8) 危うさというのは、手紙が作家の好ましくない性癖や、私生活上のあまり意味のない細部や、瑣末的な出来事を暴露し、文通相手たちの秘密までも白日の下にさらしかねないからである。そしてゾラは、バルザックの書簡集に削除や編集が施されていることを見抜いていた。作家の素顔を露呈する書簡集は両刃の剣である。作家としての栄光や名誉をいっそう高めてくれるような文面もあれば、人間としての器を矮小化するような手紙もある。だからこそ出版は、長い間けっして容易な作業ではなかった。

その辺の事情を伝えてくれるという意味で、一八八四年五月二十日付、ゾラからドーデ宛の手紙は示唆に富む。

親しい友よ、私もあなたと同じ状況で、フロベールからの手紙としては、私の本について述べたものしかないと思いますし、それを出版させるのは具合が悪いと思います。ただし、私宛の手紙のなかでフロベールが自分の著作について何か興味深いことを語っている可能性はあります〔……〕。

原則として、あまりに個人的な手紙は提供すべきではないでしょうが、親愛な友の名誉に役立つものなら、われわれとしても断るのは難しいように思います。[9]

二人の先達であり、友人でもあったフロベールが死去してから四年後、彼の姪であり遺産相続人でもあったカロリーヌが彼の書簡集を編纂しようと思い立ち、フロベールと親交のあった人々に、彼から受け取った手紙を保管していないかどうか問い合わせていた。実際ゾラもドーデも、晩年のフロベールからかなりの数にのぼる手紙をもらったが、それらをすべてカロリーヌに渡すべきかどうか二人は迷っていたことが分かる。躊躇の理由は、作家としての慎みの念と言っていいだろう。フロベールが自分の作品について語っている手紙ならば、フロベールの個性や創作活動を明らかにしてくれるから出版に値するだろうが、ゾラの著作を称賛した友情あふれる手紙や、ごく私的な内容を含む手紙は、少なくとも自分の存命中は公刊を望まない。それがゾラの基本姿勢だった。

カロリーヌはその後、フロベールの最初の書簡集全四巻を刊行するに至る（一八八七—九三）。大作家の伯父に愛された姪ゆえの配慮があったからやむをえないとはいえ、この書簡集は今日から見て不要で、ときには有害な改竄や遺漏を数多く含んでいた。それが二十世紀半ばまで続き、読者は長い間、カロリーヌの意志により検閲された版しか読むことができず、プレイアッド版の書簡集（一九七三—二〇〇七）が完結して、われわれははじめて書簡作家フロベールの真実の姿を捉えることができるようになった。要するに、一人の作家の完全な書簡集が読書市場に流通するようになるには長い時を経なければならない、という教訓がここに示されている。

ゾラの場合、これまで何度か全集あるいはそれに近い著作集が編まれ、そのたびに書簡集にも一、二巻当てられてきた。ファスケル版（一九〇七—〇八）では三百四十七通、ベルヌアール版（一九二八—二九）では六百十四通、セルクル版（一九六六—七〇）版では三百八十七通の手紙が収められていた。そして二十世紀末になってようやく、フランスとカナダの研究チームが共同作業の末に模範的な『書簡集』全十巻（一九七八—九五）を完成させた。[10] 手紙の本文だけでなく、適切な序文と詳細な註釈を伴ってゾラとその時代を再構成しようとした記念碑的な成果である。さらに、編年体の構成を採用した一番新しいゾラの全集であるヌーヴォー・モンド版（二〇〇二—一〇）は、この『書簡集』に依拠して各巻に一定数の手紙を入れ、合わせて五百四十通ほどの手紙を収めている。

しかし、書簡集の編纂というのは終わりのない作業である。まとまった形で書物になると、その磁力に引き寄せられるように、それまでどこかの整理棚や屋根裏部屋に眠っていた手紙が次々と発掘され、競売や古書店をつうじて姿を現わすからだ。ゾラの場合も例外ではない。こうして『書簡集』の刊行が始まって数年後から、ゾラと自然主義の学術研究誌である『自然主義評論 *Les Cahiers naturalistes*』に、新たに発見された、しばしばきわめて価値の高い一連の書簡が発表されてきた。それらの書簡は、さらに見つかった他の手紙と共に『書簡集第十一巻　見出された手紙』（五百二通の手紙を収録）として、二〇一〇年にモントリオールで刊行されている。[11]

さらに、ゾラの人生にとって大きな意義を有する二人の女性に宛てた数多くの手紙が、二十一世紀に入ってからそれぞれ一冊にまとめられた。どちらもその存在自体は周知のことだったが、『書簡集』にはその一部が収録されていたにすぎない。まず、ゾラ晩年の恋人であり、彼の二人の子供の母であるジャンヌ・ロズロ宛の手紙が二〇〇四年に刊行された。[12] その数は二百七通。『書簡集』全十巻に収められていたジャンヌ宛の手紙は十一通、しかも多くの場合断片だけで不完全だったことを思うならば、そしてジャンヌの存在が作家の晩年にどれほどの重要性をもったかを考慮するならば、この出版の意義の大きさはいくら強調しても足りない。ちなみに、ジャンヌがゾラに書いた手紙は残念ながら一通も残されていない……。

次に、ゾラが一八六六年以降生活を共にしてきた妻アレクサンドリーヌに宛てた手紙が、二〇一四年に出版された。[13] 遺族の手元に保管されていたもので、その数は三百十八通。まったくの未刊ではなく、九十通余りは『書簡集』にすでに収録されていたが、そのうちのいくつかは断片にすぎなかった。手紙の往復は、相手の不在を前提とする。つまり、人は今目の前にいない者、遠く離れて暮らす者に向けて手紙を書くのが通例である。共に暮らす夫婦どうしのあいだで手紙が交わされることは、したがって稀になる。ではゾラは、どのような状況下でアレクサンドリーヌに手紙を書いたのか。それは二つの時期に、夫婦が離れて過ごすという経験をしたからである。第一にドレフュス事件への関与が原因で、ゾラは単身で一八九八年七月から翌年六月までイギリスに亡命した。そして第二に、一八九五年以降、アレクサンドリーヌは数度にわたって一人でイタリア旅行に出かけた。したがって妻宛ての手紙は一八九八年以降に集中している。

他方、アレクサンドリーヌがゾラに書き送った手紙は活字になっていない。ゾラとジャンヌ、ゾラとアレクサンドリーヌ、それぞれの女性との間で交わされた書簡は、残念ながらまったくの一方通行に留まっているのである。他の作家を引き合いに出すならば、バルザックと恋人ハンスカ夫人、フロベールと恋人ルイーズ・コレの間で交わされた手紙についても、同じ状況を指摘できる。作家が書いた情熱的な手紙、美学や創作の秘密について語る興味深い手紙は多く残されているのに、彼らに愛された女性が書いたはずの手紙はほとんど残っていないのだ。

筆者はかつて、前述の『書簡集』全十巻を底本として、そのなかから二百二十七通選んで邦訳したことがある。(14) ゾラの手紙全体に較べればごく一部にすぎない。しかもやむをえないとはいえ、ゾラが受け取った手紙は一通も収録されていない。日本で外国作家の書簡集が訳出される場合、その作家が書いた手紙だけが訳され、彼(女)が受け取った手紙は入れられないのが通例である。確かに、われわれ読者が知りたいのは偉大な作家が何を考え、感じていたか、どのような生涯を送ったかであって、しばしばまったく無名の文通相手が手紙のなかで何を語っていたかは、かならずしもわれわれの関心を引くところではないだろう。

以上かなりの紙幅を割いて、作家の書簡集が編纂される状況と、われわれがそれを読む条件について述べた。ではゾラの手紙は、どのような特徴と価値を示してくれるのだろうか。

ゾラは誰に手紙を書いたか

まずゾラが誰に宛てて、何通ぐらいの手紙を書いたのか簡単に見ておこう。

どんな書簡作家にも生涯をつうじて、あるいは人生の特定の時期に密度の濃い手紙を数多く書き送る相手が存在するものだ。手紙とは距離を隔てて交わされる対話であり、対話は相手を選ぶ。特別に重要な位置をしめる対話者は友人や、恋人や、家族や、同業者ということになるだろう。ディドロにとってのソフィー・ヴォラン、バルザックにとってのハンスカ夫人、ジョルジュ・サンドにとってのミュッセやフロベール、ミシュレにとってのアテナイス、ルナンにとっての姉アンリエット、フロベールにとってのルイーズ・コレ、マラルメにとってのカザリス、そしてボードレールやプルーストにとっての母親、といったように。ゾラの場合はどうだったのだろうか。以下に挙げる手紙の数は、アレクサンドリーヌとジャンヌ宛を除いて、先に言及した『書簡集』全十巻に基づく。

まず家族や友人。一番多いのは、妻アレクサンドリーヌ宛で三百十八通。すでに指摘したように、これは彼女がイタリア旅行でパリを離れた際や、ゾラがイギリス亡命中に頻繁に手紙を書いたからである。一八八八年からの恋人ジャンヌ宛の手紙は二百七通残っているが、最初の三年間に書かれた手紙はすべて失われた。音楽家ブリュノ（百六十一通）、出版人シャルパンティエ（六十五通）、建築家ジュルダン（三十三通）はゾラの創作活動を間接的に支えた人たちである。エクスの高等中学時代の同窓生であるセザンヌ（二十九通）、バイ（三十通）、ヴァラブレーグ（二十七通）に宛てた手紙は青年時代に集中しており、しばしば長く、感動的な内容になっている。

職業柄、同時代の作家仲間たちと交わした手紙は無数にあり、遣り取りが長い期間にわたって継続したのが特徴である。フロベール（二十七通）、エドモン・ド・ゴンクール（八十五通）はゾラより年長の作家で、彼らへの手紙には敬意が込められている。ドーデ（五十通）、ユイスマンス（二十六通）、モーパッサン（十二通）はほぼ同世代で、少なくとも初期のうちは類似した文学観を共有していたから、より親密な調子で率直に語りかけ、相手の作品を批評した文章が綴られている。数がもっとも多いのは年少の弟子筋に当たるセアール（二百五十二通）やアレクシ（七十六通）で、ゾラは彼らを折に触れて激励するとともに、自作の準備のため彼らに頻繁に情報提供を求めている。数は少ないがミルボー、マラルメ、ブールジェ、アナトール・フランス、バレス、ジッドなど、今日から見ればそれぞれの時代を代表するような作家に宛てた書簡も残されている。

さらに、外国の同業者に向けて書かれた手紙も無視できない。それは、世界的な名声を享受するようになったゾラの元に届いた共感や称賛の手紙にたいする返事として書かれたものが多い。オランダ人ジャック・ヴァン・サンテン・コルフ宛、一八八三年十二月三十日付の手紙のなかでゾラは、「エミール・ゾラ、フランスと封筒に書きさえすれば、手紙が私の元に届きます」とさりげなく、しかし確信に満ちた語調で述べているが、[15] それも傲慢な自惚れではなかった。こうしてロシアのツルゲーネフ（長い間パリに在住した）、イギリスのムア、イタリアのヴェルガとデ・アミーチス、オーストリアのザッハー＝マゾッホ、カタルーニャのウリェーなどが文通相手として名前を連ねている。

次に、これもまたゾラの世界的声望に由来することだが、一八七〇年代半ば以降、ゾラは外国の新聞雑誌に寄稿し、作品が外国語に翻訳される機会が増えた。それにともなって寄稿や翻訳の条件、著作権をめぐって、外国の編集者、翻訳者と交渉する手紙が取り交わされた。イギリスのヴィゼテリー（八十二通）、ロシアのスタシュレービチ（五十一通）、オランダのヴァン・サンテン・コルフ（五十二通）、スイスのロッド（三十二通）、アメリカのスタントン（二十四通）らに宛てた手紙は、当時の西欧における著作権の問題と、文学市場の複雑な力学をあざやかに際立たせてくれる。

そして最後に、生涯のごく限られた時期とはいえ、ゾラにとって決定的な重要性をもったドレフュス事件の渦中に、作家は弁護士ラボリ（六十五通）、『オロール』紙主幹ヴォーガン（二十六通）らと頻繁に手紙を遣り取りした。残された手紙は少ないとはいえ、ドレフュス本人やクレマンソー（後に首相となる）に宛てられた手紙も貴重である。

次に、ゾラの手紙が何を、どのように語っているかを示しておこう。

作家としての手紙――そのカテゴリーと言説の戦略

ゾラは何よりもまず作家であり、『ルーゴン＝マッカール叢書』全二十巻の作者である。したがってゾラが文学一般や自作について語っている手紙は、当然ながら読者の関心をそそる。ここでは、いくつかのカテゴリーに分けられる。

（1）ゾラが自分の作品の構想、意図、プラン、進捗状況などについて述べる手紙。いつ頃、どのような経緯でゾラが彼の傑作群を思いつき、その作品はどのような進度で書き継がれていったのか。そうした問いは、およそ作家の手紙を読むときあらゆる読者の脳裏をかすめる問いであり、書簡集は読者を作品生成の現場に立ち会わせてくれる。執筆状況をリアルタイムで伝えてくれる手紙があれば、相手の質問に答えるかたちで回顧的に自分の意図を説明する手紙もある。また出版された作品についてみずから分析のメスを入れ、その欠陥や不備を冷静に指摘するような手紙も残されている。われわれは執筆する作家の喜びと苦渋、決断とためらい、実地調査のようす、情報や知識の収集、遭遇したさまざまな困難を垣間見ることができるのである。

こうしてゾラが『ジェルミナール』を準備するためにフランス北部の炭鉱地帯を視察し、『大地』を書くためにボース地方の農村地帯に滞在し、『壊滅』執筆のため普仏戦争の舞台となったフランス東部地方を巡り歩いたことを、読者は知る。『愛の一ページ』の各章の末尾に読まれるパリ風景の描写は、貧しい青年時代に学生街の屋根裏部屋から眺めていた風景に、その淵源がさかのぼることをわれわれは知らされる。そして『獣人』という象徴的なタイトルに辿りつくまでかなり逡巡したこと、鉄道小説と犯罪小説を融合させるという構想の妙をゾラが自負していたことが分かる。

この点で特権的な文通相手は、オランダ人ジャック・ヴァン・サンテン・コルフだ。数カ国語につうじたこのジャーナリスト・批評家はゾラ文学を海外に紹介するとともに、海外で発表されたゾラ論をフランス語に訳して作家に送り届けた。ゾラは彼に全幅の信頼を寄せ、彼の求めに応じてみずからの作品の意図について明瞭かつ詳細に語っており、興味が尽きない。ゾラ研究者たちの間で彼宛の手紙がしばしば引用されるのは、当然なのである。たとえば、執筆準備中だった『大地』の主題について解説を求められた作家は、一八八六年五月二十七日付の手紙で次のように書き記す。

私はこの作品のなかで、フランスのすべての農民と、彼らの歴史、習俗、役割を描きたいのです。農地という社会問題を提起したいのです。そしていまやきわめて深刻な農業危機の最中にあって、われわれがどこに向かっているのかを示してやりたいのです。いまでは何か調査を企てるたびに、社会主義にぶち当たります。私は『ジェルミナール』で労働者のためにしたことを、『大地』によって農民のためにやってみたいのです。——そのうえ私は芸術家、作家であり続けたい。大地の生きた詩、四季や、畑仕事や、人々や、家畜や、農村全体を描きたいのです。[16]

『大地』は、穀倉地帯として知られるフランス中部のボース地方を舞台に展開する農民小説となる。作家は、一方では農村経済が提起する社会問題の次元に着目し、他方では大地の力強い生命や、季節ごとの労働の詩情を喚起する。ゾラ文学が内包する政治性と文学性、イデオロギーと美学の結びつきはここでも明瞭に表れている。

（2）執筆中の作品の細部を固めるため、ゾラはしばしば友人、知人に情報提供を求めた。自分で調査に赴く時間がない場合、あるいは事情に精通した友人がいる場合、彼らを積極的に活用した。『ナナ』で描かれる結婚式、ホテルの部屋、天然痘についてマルグリット・シャルパンティエとセアールに問い合わせた手紙、あるいは『ボヌール＝デ＝ダム百貨店』の建物配置について、友人の建築家ジュルダンに覚書の作成を求めた手紙などがその例である。

（１）、（２）のカテゴリーに入る手紙はいずれも、ゾラ作品の成立過程に光を当ててくれるという意味で貴重だ。第一章で述べたように、『ルーゴン＝マッカール叢書』にかんしては、「準備ノート Dossiers préparatoires」と呼ばれる資料が残されている。これは各作品の構想、粗筋、作中人物の性格と行動、章の構成を記した覚書、諸々のエピソードに関わるメモ書き、読書ノートなどから構成されている膨大な量の資料（作品によって数百枚から数千枚に及ぶ）で、各作品の起源、生成、発展、逡巡について決定的な情報をもたらしてくれる。ただし、ゾラの準備ノートは作品の構想と、成立の過程については教えてくれるが、実際の執筆時期や、リズムや、執筆中のゾラの精神状態については何も語ってくれない。それは見事に分類され、プログラム化された創作用の資料だが、実際に小説が書き綴られていく状況についてはほとんど何も語ってくれない。書簡集はその点を補いつつ、創作現場の雰囲気を示唆してくれるという意味で興味深い。ゾラは日記を付けなかったし、自伝や回想録も残していないので、本人の直截な証言として手紙はとりわけ価値が高いのである。

作家の手紙なのだから、自分の作品の構想や、進捗状況や、文学理念について多くの紙幅が割かれているのは驚くに当たらない、という意見はあるだろう。しかし実情は少し異なる。自己を語り、内面を吐露することが時代の要請だったロマン主義時代の作家たちは、私的な手紙のなかで、かならずしもみずからの作品や文学について雄弁に語っているわけではない。バルザックや、ユゴーや、ジョルジュ・サンドの書簡集では、意外なことに、われわれが期待するほど自作にかんする解説が述べられていないのだ。一八七六年にバルザックの書簡集を読んだフロベールは、バルザックが事業や、金銭や、世俗的な野心や、栄光への夢想を語るだけであり、文学の価値に無頓着であると慨嘆した。書簡集のなかのバルザックは自己の狭隘な世界にしか関心を抱かず、美や芸術の領域から遠く離れているというのだ。(17)

他方フロベール、ゴンクール兄弟、ゾラ、そしてマラルメなどレアリスム作家や象徴主義の詩人の手紙を読むと、彼らがどのような文学観を形成し、彼らの代表作がどのように構想され、そこでどのような知が動員され、いかなる段階を経て執筆されたかをわれわれは辿ることができる。彼らの手紙はまさに、文学について語る言説なのである。一般的な傾向として、ロマン主義の十九世紀前半から世紀後半へと時が流れるにつれて、作家たちの書簡集の様相が変化したと言えるだろう。

(3) 作品をめぐる自己弁明の手紙。

ゾラの作品はまず新聞に連載され、その後に単行本として刊行されたが、新聞連載中からきびしい批判にさらされることが少なくなかった。そしてその批判が間接的な宣伝効果を発揮し、ゾラの知名度を高めたことは否定できない。ゾラは批判にたいして即座に反駁する。とりわけその批判が不当なものと思われた場合には。そうした手紙はゾラが自分の作品にどのような意味を込め、作家の位置をどのように規定し、文学の価値と機能をいかに認識していたかをよく伝えてくれる。これらの手紙は、ゾラが同時期に書いた批評記事と共鳴しているので、併せて読むことでその真価がより鮮明になる。

たとえば『獲物の分け前』が不道徳だとして共和国検事から警告されると、ゾラは即座に反駁した。

『獲物の分け前』は帝国という堆肥のうえに生育した病的な植物であり、数百万フランの富という腐植土のなかで肥大した近親相姦のドラマなのです。この新たな『フェードル』において私は、風俗が堕落し、家族の絆が消滅したとき私たちがいかに恐ろしい崩壊に至るかを示そうとしました。(18)

人妻が義理の息子に抱く邪恋をテーマ化した古代ギリシア神話にもとづくラシーヌ（一六三九―九九）の戯曲『フェードル』に言及しながら、ゾラは自分の小説がフェードル伝説を現代に甦らせたものであると明言している。罪深き愛欲の主題は、それが第二帝政という時代の頽廃を際立たせ、時代への警告になっているのだとして、自作の倫理性を強調し、正当化したのである。

また、『居酒屋』がパリの労働者をあまりに暗く染め上げていると非難されると、ゾラは民衆の病弊と苦しみを抉り出すことによって自分は道徳的な作品を書いたのだ、と反論した（イヴ・ギュイヨ宛、一八七七年二月十日）。『ごった煮』の作中人物名をめぐって掲載紙とゾラ自身が訴訟を起こされると、名前が作中人物の本質の一部であり、たまたま同名の人間が世間にいるからといって人物名を変更などできない、と作家は強い口調で抗議した（エリー・ド・シオン宛、一八八二年一月二十九日、二月二十一日）。そして『ジェルミナール』が炭鉱労働者の実体を歪めているという批判にたいしては、実地調査と資料に依拠した正確な叙述であると主張した（マニャール宛、一八八五年四月四日）。観念としての、社会運動の担い手としての「民衆」を論じたのは、ロマン主義時代の歴史家や社会主義者（たとえばラムネやミシュレ）だが、労働し、生活する主体、愛し苦しむ主体としての民衆をその生々しい現実において表象したのは、ゴンクール兄弟、ゾラ、ジュール・ヴァレスなど十九世紀後半の小説家たちである。実際ゾラは、『パリの胃袋』や、『居酒屋』や、『ジェルミナール』を執筆することによって、民衆の生態と現実を把握したのだった。

これらの手紙は、一義的には特定の人物に宛てられた手紙だが、同時に関係する新聞に公表されたものだ。ここにはゾラの書簡がしばしば公的な性格を有していたという、特異性が見てとれる。先に指摘したように、ロマン主義時代から手紙は私的な性格を強め、書き手の主観性を吐露する告白に接近していくのだが、そしてゾラもとりわけ青年時代にはそうした手紙を数多く書いているのだが、ゾラの場合、それればかりではなかった。これまで言及した手紙のほかにも、ゾラがみずからの文学について述べた手紙で新聞や雑誌に公表されたものは少なくない。十八世紀の文学者が、思想表現や論争の空間として手紙を活用し、それによって公共圏の形成に寄与したように、ゾラはしばしば手紙を批評家やジャーナリストとの論争の媒体とし、そのことをつうじて自分の文学観を明確にしていった。ゾラにとって、手紙は自己主張と弁明の言説空間だった。

手紙の言説が公的空間に向けて発せられるという点で、ゾラの手紙は十八世紀の哲学者たちの手紙と共通している。異なるのは公共圏の布置である。啓蒙時代には、それが文学者、学者、教養人らが集う貴族やブルジョワの「サロン」であり、都市の「カフェ」だったが、十九世紀後半には、それがジャーナリズムというより匿名性の高い、それゆえいっそう熾烈な論争を招来しやすい言説制度になったということだ。

十九世紀に飛躍的な発展を遂げたフランスのジャーナリズムは、文学や思想上の論争を公的な世論の場に導き入れたと言えよう。新聞・雑誌が表明し、流布させる言説の総体、それがこの時代の公共圏の基底をなしていた。大多数の作家が恒常的に、あるいは生涯の一時期に新聞・雑誌に寄稿した、あるいは生活のため寄稿せざるをえなかった十九世紀という時代、ピエール・ブルデューの言葉を借りるならば、「文学場」はジャーナリズムという「文化空間」の力学と無縁ではいられなかったということである。「公開書簡 lettre ouverte」という形式は、その意味でじつによく時代精神を表わしている。ゾラが自分の作品を擁護するために書いたいくつかの手紙も、この公開書簡というカテゴリーに入るような言述である。そして若い頃からジャーナリズムで活動し、その舞台裏に通暁していたゾラは、ジャーナリズムの戦略と修辞を操ることに長けていた。論争を展開する巧妙さと、論敵に反駁する舌鋒の鋭さは、ジャーナリスト・ゾラの天性を浮き彫りにしている。彼は論争を誘発し、演出することによって自分の文学理念を際立たせようとしたのである。

（4）他の作家たちの作品を批評する手紙。

有名作家は誰でもそうだろうが、ゾラもまた一八七〇年代以降は同業者や、見ず知らずの駆け出し作家から頻繁に著書を贈呈されるようになった。一八八〇年代に入って名声が頂点に達すると、その傾向はいっそう加速する。そうした場合にありがちなように、丁寧とはいえ儀礼的で、いくらか表面的な書信も多く認められているが、きちんと読んで詳細な感想と意見を書き送ったケースも少なくない。称賛の言葉にあふれた手紙があれば、慎重な留保をつけた手紙、ときには歯に衣着せぬ批判を述べた手紙もある。われわれ読者の側からすれば、そのような感想と意見をつうじてゾラ自身の文学観を窺い知ることができるのである。

たとえば僚友ユイスマンスに宛てた手紙で、ゾラは『マルト』、『流れのままに』、『さかしま』を註釈しながらこの作家の価値を正しく認識し、一時期はゾラと同じ文学潮流に棹差していたかに思われた彼が、やがて『さかしま』を契機に異なる感性と美学を奉じて新たな方向に踏み出そうとしていることを察知した。またオクターヴ・ミルボーの傑作『責め苦の庭』を論評した一八九九年六月一日付の手紙は、資質を異にする作家だけに作品をよく理解できたことを示す文章であろう。

私たちの文学でこれほどの輝きを私は知りません。しかし、私はおそらくこの恥辱と光輝の裏に見ているのではないかと思われるもののために、ますます心を動かされているのです。それは、あなたの血のにじむ皮肉、あなたの引き裂かれた心、人々の悪意へのあなたの激高した抗議です。あなたの作品のこの本当の意味が、あなたの復讐の献辞のなかの数行にあるのは確かなことです。(19)

いかにも世紀末的な頽廃美とサディズム的雰囲気をただよわせるミルボーの世界は、ゾラの文学宇宙からはかなり隔たっている。同時代の社会主義思想への共感と、ブルジョワ的偽善への嫌悪を除けば、二人の作家に共通点はほとんどない。しかしそれは、ゾラがミルボー文学の本質を洞察することを妨げはしなかった。

文壇の年代記

一八六〇年代からジャーナリズムと小説創作という二つの領域で活動し、一八七〇年代末以降は新たな文学潮流の領袖として称賛され、時には腐敗した文学の代表として非難されながらも、時代を代表する作家としての立場を堅持したゾラ。ジャーナリズムで培った人脈は広く、有名作家として友誼を結んだ人たちは少なくない。ゾラの名宛人のなかに、同時を代表する新聞『フィガロ』、『ゴーロワ』、『オロール』の社主や編集主幹が名を連ねているのはそのためである。また、当時の主だった作家でゾラから手紙を受け取っていない者、したがってゾラに手紙を書いていない者はほとんどいないと言えるくらいだ。そうした手紙の数々を読めば、十九世紀末、第三共和政初期のフランスの文壇事情があざやかに浮き上がってくる。

まだまったく無名時代の若きゾラが、ユゴーやミシュレやサント＝ブーヴなどの大御所に自作を送付して、時には評を乞うというのは、駆け出し作家なら誰でもすることだろう。一八七〇年代後半ゾラがフロベール、エドモン・ド・ゴンクール、ツルゲーネフ、ドーデらに書いた手紙を読むと、彼らがフロベールを中心に知的、文学的な共感を基にした一つの知識人集団を形成していたことが分かる。だからこそ、『感情教育』の作家の死（一八八〇年）は、彼らにとって大きな衝撃であり、亀裂の始まりにもなってしまった。やがてゾラの周辺に年若いユイスマンス、モーパッサン、セアール、アレクシなどが集い、親睦を結んで、いわゆる自然主義文学グループが出来上がっていくが、それと並行するようにゴンクールとの関係は微妙に捩じれてゆき、修復しがたいまでに悪化していく。[20]

文学創造と直接的な繫がりはないが、ゾラがアカデミー・フランセーズへの立候補をめぐってルナ

ゾラ

フロベール

エドモン・ド・ゴンクール

ツルゲーネフ

ゾラと、彼が尊敬した先輩作家たち。
彼らの間で交わされた手紙は、19 世紀後半の文壇事情を伝える貴重な資料である。

ンやピエール・ロティに宛てた手紙は、作家と世俗的栄光の関係、作家同士の微妙な好悪感情を露呈していて興味深い。ゾラはみずからの名声のためではなく（すでに十分有名だったのだから）、自然主義という文学潮流を文化的、制度的に認知させるという意図をもって、一八八九年以降何度も立候補したが、ついに選出されることはなかった。十九世紀にかんするかぎり、アカデミー・フランセーズに入会した作家は詩人、劇作家が圧倒的に多く、小説家はきわめて少ない。文壇における地位、ジャンルとしての格付では詩と演劇が小説よりも上位に位置していたからである。もっとも、ゾラが落選し続けたことは、現代から見ればけっして彼の不名誉ではない。彼の価値と名声は同時代の制度的な是認の有無を超えて、今では十分に確立しているのだから。

　アカデミー・フランセーズからは門戸を閉ざされたゾラだったが、一八九〇年代に二度にわたって文芸家協会長に選ばれた。その責務は文学者の生活を守り、社会における文学の価値と有用性を顕彰することにあった。会長ゾラが、協会の名において彫刻家ロダンにバルザック像の制作を依頼する手紙や、弁護士ユアールに作家ブールジェと出版社ルメールの係争に介入するよう要請する手紙は、文学者の利益を擁護するために奔走するゾラの姿を蘇らせてくれる。

この点と関連することだが、ゾラは外国の翻訳者たちへの手紙のなかで、ときには執拗なまでに自分の作品の翻訳権や翻訳料について交渉している。著作権の概念は存在したし、フランスは各国と二国間協定を結んで自国の作家たちの利益を守ろうとした。フランス語による著作は全ヨーロッパ的に普及し、それにともない著者や出版社に無断で翻訳されることが少なくなかったからである。とりわけフランス語圏ベルギーでの海賊版、ロシアでの無許可翻訳が悩みの種だった。人気作家だったゾラは、自作が無断で外国の新聞・雑誌に翻訳掲載されているのを知っていた。一八八六年にヨーロッパ諸国のあいだで締結されたベルン条約が、事態の改善に寄与したとはいえ、作家の著作権が十分保護されているという状況ではなかった。ゾラは手紙のなかで自分の利益を擁護しただけでなく、一八九六年四月に『フィガロ』紙に発表した「文学の所有権」と題された記事で、あらためて著作権が尊重されるよう訴えている。この記事は、著作権の歴史を跡づける研究文献でしばしば引用されるものである。(21)

文学者たちの友情と確執、協同と離反。文学界とジャーナリズムの密接で複雑な繋がり、作家と出版人の親しく、同時に微妙な関係、著作権を確立するための文学者たちの闘い。このようにゾラの書簡集は、第三共和政初期の文壇をめぐる見事な年代記になっているのである。

社会と政治へのコミット

書簡作者ゾラの第三の側面は、一市民として同時代の社会と政治に深く関わったことである。すでに二十代の頃から新聞に時評や政治評論を書き出していたゾラは、有名作家になってますます作品の執筆に忙殺されるようになってからもその姿勢を変えなかった。

そのことは、たとえば一八七〇―七一年、普仏戦争からパリ・コミューンに至る時期のゾラの行動に明らかである。戦争、敗北、その後に続く政治的、社会的な大混乱のなかで、彼はマルセイユ、ボルドー、パリと頻繁に移動しながら、ある時は官職を得るために奔走し、またある時はボルドーやヴェルサイユの議会通信を新聞に掲載して、政治状況を詳しく報道し続けた。

社会にコミットする姿勢がもっとも鮮明に現れたのは、もちろんドレフュス事件に際してである。一八九八年一月十三日付の『オロール』紙に発表した公開書簡「私は糾弾する！」がもとで裁判

法廷のゾラ（1898年2月）。公開書簡「私は糾弾する！」がもとでゾラは起訴され、有罪となった。

ゾラの弁護人を務めたラボリ。後に狙撃される。

となり、有罪を宣告されたゾラはイギリスに亡命を余儀なくされた。そこで実際に身の危険を感じ、名前を隠匿しながらゾラは孤独で、ほとんど幽閉に近い状態で一年近い時を過ごしたのだった。一般に亡命や幽閉は、手紙や日記や回想録など内面的なエクリチュールを誘発しやすい。[22] それを納得するには、アンネ・フランクがその日記をアムステルダムの隠れ家に潜んでいた間に書いたことを想起すれば十分だろう。弁護士ラボリや政治家レナック宛の手紙は、ドレフュス派の同志に向けられた感謝と激励の言葉を綴っており、亡命中のため実際的な活動を禁じられている男が仲間に託した行動指針としても読める。その意味で、公の活動を禁じられた亡命者にとっては、同志に手紙を書き送ること自体が一つの政治行動にほかならない。他方で同じ時期、妻アレクサンドリーヌや恋人ジャンヌに書き送った手紙には、亡命の孤独を嘆き、辛さを率直に訴える文面が連なっている。

公人としてのエミール・ゾラ。自己の思想と信条に忠実だった彼は、私生活を犠牲にし、作家としてそれまで築き上げてきた栄光を剝奪される危険を冒してまで、ドレフュス事件に関与した。現代に至るまで、ドレフュス事件と言えばただちにゾラの名前が喚起されるのは、彼の栄誉にほかならない。十九世紀を生きた作家のうちで、ユゴーを除けばゾラほど社会的威信の高かった作家はいないという、ゾラ研究の泰斗アンリ・ミットランの主張にはいささかも誇張はないのだ。[23]

普段着の作家

最後に残された手紙のグループが伝えてくれるのは、私人としてのゾラ、いわば普段着のゾラである。ここでは大きく二つのカテゴリーを識別できる。

第一に、一八五八—六〇年にセザンヌとバイ宛に書かれた一連の手紙である。(24) 数はそれほど多くないが、一つひとつの手紙が長大なことが特徴的だ。それは手紙というより、自分の心情、恋愛観、人生観、芸術観などをペンの赴くまま一気呵成に書きなぐった告白と言ってよい。未来の大小説家が二十歳前後に何を読み、何を考え、何を夢想していたのか、要するにその知的、文学的な形成を、これらの手紙は雄弁に伝えてくれる。スタンダールが妹ポーリーヌに、バルザックがやはり妹ロールに、あるいはマラルメが友人カザリスに宛てた手紙がそうであるように、青年時代の特権的な文通相手にたいして人は自らの内面性を隠しはしない。十九世紀フランスにおいて人はいかにして作家となるのか——ゾラがセザンヌやバイに書き送った手紙は、それをめぐる貴重な証言になっている。

しかも、セザンヌやバイとはその後も交際が続くものの、手紙の遣り取りはほぼこの時代に限られるのだ。短い期間に、集中的に密度の濃い書簡が取り交わされたのだった。自伝も、回想録も、日記も書いたことのないゾラの場合、それはまさに内容面でも形式面でも稀有な手紙であり、青年期特有の高揚した文体と相俟って、独特の価値をおびる。知られざる意外なゾラの側面を示してくれるだけに、いっそう感動的な手紙群になっているのである。二十世紀に刊行されたゾラ全集を構成する書簡集が、とりわけこの時期の手紙を数多く収めているのは偶然ではない。

一例を挙げておこう。故郷エクスで絵の修行をしながら、自信を失いかけて憂いに沈むセザンヌを、ゾラがパリから励ます一八六〇年四月十六日の手紙である。二人とも二十歳だった。

君の手紙のもう一文が、また僕に心痛をあたえた。それは、こうだ。「僕が愛するのは絵画だ。

たとえそれが成功せずとも」云々。君が成功しないだと！　君は自分自身のことを勘違いしてい

ると思う。僕はすでに君に言ったが、芸術家には二種類の人間がいる。詩人と職人だ。人は詩人

に生まれ、職人になる。才能のひらめきを持つ君は、天性のものを持っている。その君が不平を

言うなんて。君が成功するためには、指を鍛えさえすればいいんだ、職人になりさえすればいい。(25)

若い時期の友人に遠慮は要らない。ゾラは手加減しないし、セザンヌの手紙を読むかぎり、彼もまたゾラには率直にすべてを打ち明けていた。壮年期の作品や評論からは想像しがたいが、二十歳前後のゾラはユゴーやミュッセの詩を暗唱できるほどに愛読し、ジョルジュ・サンドの小説を読んで女性の社会的立場に思いを致し、ミシュレの『愛』を読んだ興奮のなかで熱狂的な恋愛哲学を開陳する。後に小説ジャンルの主題と構造を変えるゾラと、絵画に革命をもたらすセザンヌがこの当時、時代遅れのロマン主義に心酔しながら下手な詩を書き散らしていたと知れば、読者としては驚きと苦笑を禁じえないだろう。

二十歳のゾラはまだ何者でもない。野心や夢だけはふんだんに抱きながら（二十歳の青年は皆そうしたものだろう）、自分が何になれるかは分からない。自分が何になりたいのかも明瞭ではない。第二帝政期の華やかなパリの空の下、そうした華やかさの恩恵に浴することもなく、貧しさと寂寞のなかで根なし草のボヘミアン的生活を送っていた。誰も頼りにできない彼は、すべてを自分の力で獲得し、築いていかねばならない。不安と焦燥に駆られないはずがない。セザンヌとバイに宛てた手紙は、そうした青年の不安と迷いを余すところなく語っている。

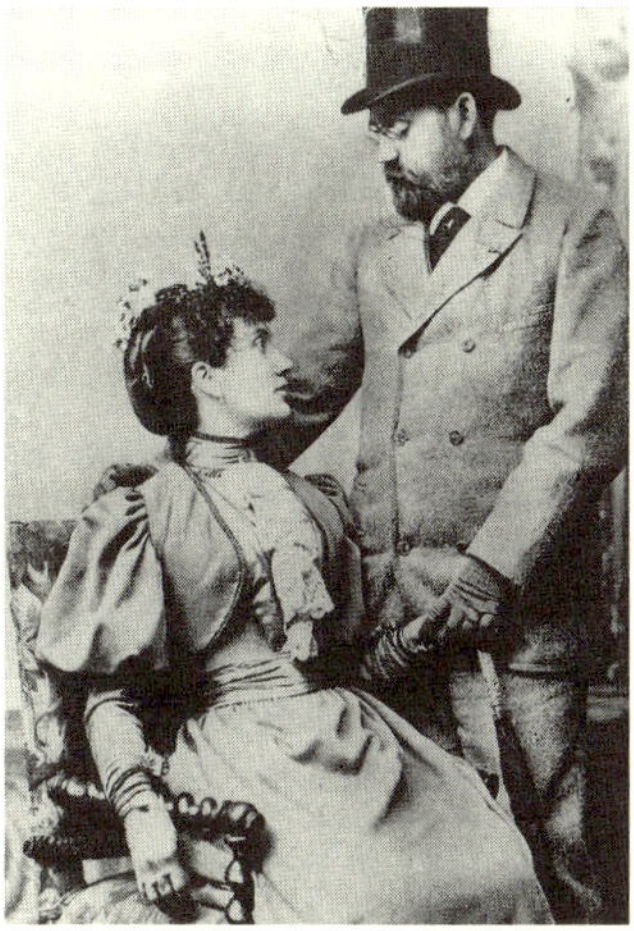 

（上）：ゾラ夫妻と友人たち。左から２番目が妻アレクサンドリーヌ。
（左）：ゾラとジャンヌ

第二に、家族や親しい友人に書き送った手紙がある。なかでも特別な重要性を持つ名宛人は言うまでもなく妻アレクサンドリーヌと、恋人ジャンヌ・ロズロ、そして二人の子供である。配慮を忘れない夫としての、相手の立場を思いやるやさしい恋人としての、あるいは微笑ましい父親としての姿が、そこでは十分に素描されている。

アレクサンドリーヌとは若い時から苦楽を共にした仲であり、彼女はゾラの文学的闘いと、成功に至るまでの苦難の道を誰よりもよく知っていた。だからこそ彼女に宛てた手紙には、つねに繊細な心遣いが感じられるのだ。一八八八年にジャンヌが出現してからゾラの感情生活は一変するが、それでも妻へのいたわりは変わらず、彼女がイタリアに旅行中や、みずからのイギリス亡命時代はまるで日記を綴るように、日常生活の瑣末的な細部もないがしろにすることなく、数多くの手紙を認めたのだった。

ジャンヌとアレクサンドリーヌの間に、確執は当然あった。夫の不貞を知ったアレクサンドリーヌは半狂乱になり、一時はゾラとの離婚を決意したらしいが、最終的に思い止まった。しかし、ある日ジャンヌの家に突然やって来て、ゾラが彼女に書いた手紙を奪い取って焼き捨てたらしい。一八八八―一八九一年の間にゾラがジャンヌに書いた手紙が一通も残っていないのは、そのためだと考えられている。ジャンヌは日陰の身分にひたすら耐え、子供たちの母としての役割を全うしようと努めた。ゾラはジャンヌを本当の意味で幸福にできないことに、絶えず良心の呵責を感じていたのであり、一八九三年七月二十九日付の手紙はそうしたゾラの苦悶と悲しみを明瞭に語ってくれる。

愛する人、良い便りをありがとう。非常に感動し、勇気づけられた。君は僕の心にしみるやさしいことを書いてくれるね。安心しなさい。君がとても分別のある、とても利口な可愛い女性で、僕を愛してくれて、辛い日々の憂鬱を誠実に耐えうるほど子どもたちを愛してくれていると知っているよ。僕は君に全幅の信頼を寄せている。だからこそこの苦しみも乗り越えられているのだ。――ただ、僕は君に書く手紙のことで、自分に激怒している。なぜなら僕はいつも愚痴をこぼして嘆いてばかりで、君に勇気を送る代わりに憂鬱しか送っていないのだから。(26)

四十八歳の男が二十一歳の美しい女と恋に落ちる。その結果、ゾラは二つの家庭をもち、しばしば両者の間を往来することになった。しかしおそらく多くの読者が期待するのと違って、ジャンヌ宛の手紙には、若い女との官能的な経験を語る言葉や、激しい情熱を誓うような甘い文章はほとんど皆無であり、愛する女に書いた手紙としてはじつに慎ましく、節度ある手紙としか言いようがない。

十九世紀の他の作家たちと比較した場合、これは際立った差異である。バルザックがハンスカ夫人に宛てた手紙では、高揚した恋愛感情がときに臆面もなく吐露されているし、ジョルジュ・サンドがミュッセに宛てた手紙、そしてフロベールがコレに宛てた手紙には、親密な打ち明け話や、共有した快楽を想起する官能的な文章が満ちあふれている。フロベールに至っては、男の友人に書き送った手紙のなかで、女性との性的な営みを露骨な言葉で叙述することさえめずらしくない。他方ゾラがジャンヌに宛てた手紙には、恋人同士が交わす手紙にありがちのそうした内密の言葉が綴られていないし、ゾラが友人への手紙のなかでジャンヌとの愛の細部を語ることも皆無である。実際に会っていたときは、親密な打ち明け話をし、快楽の共有を想起することもあっただろうが、それを示唆するような言述は手紙に出てこない。手紙のなかのゾラは、情熱的な恋人の表情をしていないのである。

ジャンヌ宛の手紙を編纂したアラン・パジェスによれば、妻に手紙を奪い去られるという経験をした後、ゾラはジャンヌから手紙を受け取ると、返事を認めると同時にジャンヌ自身の手紙を同封して送り返したという。(27) すべてを保存する習性のあったゾラだが、彼女からの手紙だけは自分の手元に置けなかったのである。かくしてジャンヌが、二人の間で交わされた書簡の全体を保管する役目を引き受けることになった。すでに述べたように、今日ジャンヌの手紙は一通も残されていない。ゾラの死後、大切なのはゾラの手紙だけだと考えてジャンヌがみずからの手紙をすべて破棄したのかもしれないし、一九一四年に彼女が死去した際、何らかの経緯で消失したのかもしれない。いずれにしても、一九三一年に二人の娘ドゥニーズが回想録『娘が語るエミール・ゾラ』を出版した際、そこでは母の手紙にはまったく言及がなされていない。

ゾラの書簡集を読むことは、作家の伝記的事実を検証するのに役立つばかりではない。それは一人の作家の美学、文学観、世界観を知ることであり、記念碑的な作品群の生成過程を跡づけることであり、一つの時代の知的世界のありさまを垣間見ることであり、一つの社会の推移を辿ることにほかならない。

第八章　時代に切り込む視線——ジャーナリスト・ゾラ

書簡集が作家の伝記的な細部、思想と美学の推移、そして作品の構想と執筆の過程について多くを教えてくれるとすれば、ジャーナリスティックな著作は、ゾラが時代と社会をどのように捉え、どのように判断したか、さらには自分が生きた時代にたいしてどのように働きかけたかを証言してくれる。私的な言説である手紙が作家の内面を照らし出すとすれば、公的な空間で、不特定の読者に向けて放たれる新聞・雑誌の記事は、作家の政治や社会現象への問いかけを教えてくれる。

十九世紀の文学とジャーナリズム

ゾラに限らず、十九世紀フランスにおいて文学とジャーナリズムの結びつきは本質的なものだった。その結びつきは、大きく二つの次元で見出される。

まず、両者を担った人々の共通性を指摘できる。世紀末に至るまで、新聞記事を書いていたのはしばしば文学者であり、職業的な記者の多くは文学的な野心を抱きながら寄稿した。マリー＝エーヴ・テランティによれば、とりわけ十九世紀前半において新聞記事を執筆したのは、主として文学者と政治家であり、今日的な意味での職業的ジャーナリストはまだ誕生していなかった。(1)ロマン主義世代が、このような近代的ジャーナリズムの洗礼を受けた最初の世代ということになる。バルザックやネルヴァルはみずから新聞を創刊し、ラマルティーヌ、デュマ、ジョルジュ・サンドらは複数の新聞や雑誌の刊行に関与し、ゴーチエは当時の代表的な文芸誌『アルチスト』の編集主幹を務めていた。そしてゾラやモーパッサンなど自然主義作家たちは、しばしば同じ新聞に小説を連載し、時評を寄稿した。一八三〇年代に始まった連載小説に示されるように、文学者たちは新聞を創作と発表の重要な場にしていたのである。

次に、新聞の制度化が文学、とりわけ小説のテーマと文体、そして創作スタイルそのものに波及したという側面を看過することはできない。ゾラと関連が深い側面に着目すれば、いくつかの要素を識別できる。

第一に、定期的に出版される新聞（十九世紀の新聞はかならずしも日刊ではなく、週に二、三度発行の例もあった）だからこそ、毎回一定量の物語を提供する連載小説という形式が可能になった。読者の期待に応えるため、連載小説の作者は毎日決まった分量の原稿を提供しなければならず、それは作家に規則的な執筆作業を課すことになる。天から魔法のような創造の霊感を賦与され、奔放な想像力の翼に乗り、不眠不休で一気呵成にペンを走らせる天才作家というようなロマン主義的神話は、十九世紀後半ともなればもはや通用しない。「一行も書かぬ日は、一日もなし」というラテン語の一句を座右の銘にしていたゾラは、パリの住居やメダンの別荘で、新聞に連載する小説の原稿を毎日午前中に、規則正しく律儀に書くのを慣わしにしていた。作家とはいまや、知的な労働を日常的にこなす人間にほかならない。

第二に、読者の期待を満たした作品はしばしば続編を求められた。同一の主人公を再登場させる続編があれば、一定のコンセプトに従った一連の作品を書き継ぐという様式もある。デュマは『三銃士』の続編として『二十年後』を発表したし、エミール・ガボリオという作家は一八六〇年代末に、パリ警視庁のルコック警部を主人公とする数編の推理小説を書いた。シリーズ全体の構想を立てたうえで、数多くの作品をそこに組み込んでいくという様式は、バルザックの『人間喜劇』、ジュール・ヴェルヌの空想科学小説シリーズ『驚異の旅』、そしてゾラの『ルーゴン゠マッカール叢書』などに典型的に現われている。バルザックとヴェルヌは編集者との契約にもとづいて、定まった間隔を置いて原稿を渡すよう要求されたし、ゾラはほぼ年に一作というペースで作品を新聞に載せ、単行本化した。シリーズ化されるというのは、作家の地位と声望が確立したことの証しだった。ジャーナリズムの発展は、作家の商業的な格付を可視化することになったのである。

そして第三に、新聞は現在の事象、アクチュアルなものを特権的な対象にする。今、どこで、何が起こっているのか。政治や社会や文化の領域で、何が問題となり、何が議論されているのか。今を理解し、現在を洞察することが肝要なのだ。新聞の読者層が求めたのは、日常性と同時代性であり、書き手の側はそうした読者層に直接呼びかけるような記事を提供しなければならない。ゾラはそのことを誰よりもよく認識していた。彼はバルザックやスタンダールなど、十九世紀後半にすでに古典的作家のカテゴリーに分類されつつあった作家を批評することもあったが、それ以上に、同時代の作家と作品の意義を析出させることに多くの紙幅を割いた。とりわけ一八八〇年以降、新聞がそれまでのような社説や論説中心の紙面構成から、情報や事件報道を基軸にすえた構成に移行するにつれて、日常性と現在性の影響力は強まった。

それは浸透作用のように、文学の創作現場に波及していく。普遍的な価値を志向する古典主義や、伝統的な修辞学から作家たちを解き放って表現の自由を高め、作家が同時代の社会と習俗を読み解く歴史家になることを促したのである。このような現在への執着は、文学上のレアリスム(写実主義)を強化する方向に作用した。詳細は後述するが、ゾラにおいて、時評と個別の小説のあいだに主題やエピソードのうえで類縁性が強いのはそのためだ。『ルーゴン=マッカール叢書』は、ゾラが同時期に発表した時評や評論と同じく、彼が同時代的に生きた時代と社会を全体的に表象するという野心に支えられていた。現代のわれわれから見れば、本書第三章で論じたように『ルーゴン家の繁栄』や『壊滅』には歴史小説的な側面、つまり過去の重要な局面を解読して歴史哲学を提示するという側面が看取されるが、ゾラと同時代の読者にとっては、同時代史をめぐる一つの解釈だった。

十九世紀の文学者たちのあいだで、文学とジャーナリズムの共生にたいする不信感が根強く残っていたのは事実である。ジャーナリズムの世界を舞台にした小説の多くが、新聞界にたいして批判的で、ジャーナリストたちを辛辣な筆致で描き出したのは偶然ではない。バルザックの『幻滅』に登場する若き詩人リュシアンは、パリのジャーナリズムによって才能を枯渇させられ、ゴンクール兄弟の『シャルル・ドゥマイー』の主人公は作家として名声を博すものの、ジャーナリズムの非情な歯車装置に絡めとられて、最後は発狂する。どちらの小説でも、文学的な才能の開花がジャーナリズムの掟によって阻害されるという構図を示す。そしてモーパッサンの『ベラミ』(一八八五)では、同時代のパリ新聞業界の腐敗ぶりが抉り出される。

長年にわたってジャーナリズムに棲息したゾラだから、そこに潜む危険に無知だったわけではない。とりわけ新聞の大衆化が、作家の生活を守り、したがって政治や権力にたいする自由を保障するという側面があると同時に、作家の熟慮ある思考や忍耐強い創作活動を損なう怖れがある、その意味で両刃の剣だということをゾラはよく自覚していた。それでもジャーナリズムを擁護したのは、彼や同時代の作家たちにとってそれが避けがたい条件だということを知っていたからだ。ゾラが作家たちに求めたのは、ジャーナリズムに翻弄されるのではなく、逆にそれを活用できるだけの十分な膂力を有することだった。

ジャーナリスト・ゾラの射程

実際、小説とならんで、ジャーナリズムでの活躍はゾラの著作活動のもう一つ重要な側面である。新聞や雑誌の紙面で書評し、同時代の作家たちを論評し、美術界の動向を分析し、自然主義の理論を練り上げることは、小説の連載と並行して行なわれた。小説家ゾラと、批評家・ジャーナリストとしてのゾラのあいだに断絶はない。

そもそも、ゾラの執筆活動はジャーナリスティックな文章を書くことから始まった。小説家になる以前にジャーナリストだったのである。作家として売れるようになるまでは、生活の資を稼ぐためという現実的な必要性があったが、『居酒屋』の成功で十分な収入を手にするようになって以降も、しばらくは新聞・雑誌に寄稿することをやめなかった。一八八〇年代に入って多忙になり、『ルーゴン＝マッカール叢書』に専念したいという意図もあって、新聞に寄稿することはほとんどやめるが、く。

一八九〇年代の半ばから再び同時代の問題を論じるようになり、やがてドレフュス事件に関与していく。

ジャーナリスト・ゾラと言えば、このドレフュス事件がすぐに想起されるだろうが、彼の活動はこの事件での華々しい、そして同時にイギリス亡命という過酷な運命をもたらした言説に限られるものではない。彼は若い頃まず書評や劇評の類から出発し、パリ・コミューンが勃発した激動の年である一八七一年には議会通信を定期的に書いている。そしてその後は、同時代の世論を賑わせたさまざまな出来事、事件、現象について無数の時評を執筆したのである。政治、社会、文化、習俗の動きをすばやく捉え、それをときに論争的な調子で分析した。宗教、教育、青少年の問題、犯罪、女性の地位、家庭、男女関係の力学などあらゆる話題がゾラの耳目を引きつけ、彼の知性を刺激してやまなかった。ゾラには先天的と言えるほどに、ジャーナリストとしての鋭い嗅覚が具わっていたのである。そしてそれは、彼の小説作品とのあいだに強い主題上の連関を織りなしている。小説家ゾラはジャーナリスト・ゾラによって育まれ、後者は前者によって磨かれたと言えるだろう。

これはゾラに特有の立場ではない。彼をはじめとしてモーパッサン（一八五〇―九三）や、ジュール・ヴァレス（一八三二―八五）や、オクターヴ・ミルボー（一八四八―一九一七）など当時の作家の多くが、文壇とジャーナリズムという二つの世界を活動の場にしていたのである。フロベールのように田舎になかば隠棲して文学創造に専念できた作家は、むしろ例外にほかならない。本質的に新しいもの好きで、好奇心が旺盛で、同時代の出来事と習俗に絶えず関心を抱き続けたゾラにとって、ジャーナリスティックな仕事はみずからの知性を覚醒させ、感性のみずみずしさを保つための手段であったろう。

さらに彼の場合、新聞に記事を書くことは自分の文体を錬磨するのにも役だったと、ある記事のなかで述べている。

私に忠告を求める若い作家にたいして、「泳ぎを学ぶため水に飛び込むように、ジャーナリズムの世界に必死で飛び込みなさい」と私は答えよう。現在ではそれが唯一の男らしい学校であり、ひとはそこで他人と交じり合い、逞しくなれる。そしてまた作家の職業という特殊な観点からいっても、ジャーナリズムで毎日、記事を書くという恐るべき金床の上でひとは自分の文体を鍛えられるのだ〔……〕。

現代の最良の作家たちはこの試練を経て来なかっただろうか。われわれは皆ジャーナリズムの子供であり、われわれは皆そこで最初の地位を手に入れたのだ。ジャーナリズムこそがわれわれの文体を磨き、われわれに資料の大部分を提供してくれたのだ。ただしジャーナリズムに利用されるのではなく、それを利用するためにはかなり足腰がしっかりしていなければならない。ジャーナリズムはみずからにふさわしい人間だけを受け入れる。(2)

パリおよび地方の新聞、さらには外国の雑誌に至るまで、ゾラが発表した記事は膨大な数にのぼる。そのなかで重要な位置をしめる文学評論と美術評論にかんしては、生前からすでに単行本にまとめられていた。ドレフュス事件関係のテクストを収めた『真実は前進する』(一九〇一)についても、同様である。しかし、一八六〇年代から七〇年代にかけて新聞に掲載された政治、社会、習俗をめぐる記事の多くを、生前ゾラは単行本に収録しなかった。それらをすべてまとめれば数十巻になるだろうと言われている。二十世紀になって、当初の発表紙のなかに埋もれていたテクストを一定のテーマのもとに編纂した書物が何冊か現れ、それを継承しつつゾラ研究の泰斗アンリ・ミットランが監修したセルクル版『ゾラ全集』(全十五巻、一九六六—七〇)において、新たにジャーナリスティックな記事が『時評と論争』という総題で二巻にまとめられた。そして没後百年を機に、二〇〇二年から刊行が始まった新しいゾラ全集(全二十一巻、二〇〇二—二〇一〇)にも、これまで単行本未収のテクストが多数収録されている。要するに、ジャーナリストとしてのゾラの全貌はいまだ明らかにされていないということである。

ジャーナリスト・ゾラはあらゆるテーマをめぐってつねに熱く論じた。何を信じ何を否定するか、何を愛し何を憎むか、何を評価し何を軽蔑するか、歯に衣着せずに語った。そのため多くの同志に囲まれ、同時に多くの敵をつくった。彼にとって、ジャーナリズムは一種の闘技場であり、新聞とは思想を表明する場であると同時に、論争や闘争の手段にほかならなかった。

時評を集成した彼の最初の評論集は『わが憎悪』(一八六六)と題されているが、このタイトルはゾラの論述様式のあり方をよく示している。もちろん憎悪だけでは不毛であり、愛や理想に裏うちされない憎悪は何も生み出さない。ゾラが憎悪するものを強く断罪したのは、それだけ愛するものを情熱的に擁護したということでもある。どっちつかずの、微温的な姿勢ほどゾラの精神から遠いものはない。真実と労働を愛し、自由な検討を追求する一方で、欺瞞と卑劣を嫌い、不正を憎んだゾラ。論争を好み、しばしば矯激な調子で批判を繰りひろげたゾラ。ミットランによれば、そのような論争家としての相貌はミシュレやユゴーを思わせるものがあるという。[3] しかしその矯激な調子のなかに、論争的な口調のなかに、理想を求める高潔な心を見過ごしてはならない。ゾラは根本的に倫理的な人間だった。

ジャーナリスト・ゾラは文字どおりあらゆるテーマに触れ、あらゆる問題を論じた。「時代の証人」と記せば月並みな表現になるが、少なくとも十九世紀後半のフランス作家にかんするかぎり、ゾラほどこの言葉がふさわしい作家はいない。十九世紀最後の三十年間は現代フランスの基礎を据えた時代であり、当時のフランス社会に突きつけられた諸問題は現代フランスがいまだに抱える問題でもある。そしてそのいくつかは、今日の日本ともけっして無縁ではない。ゾラは出来事を引き起こした心性の変化を見抜き、現象の背後にある本質を洞察するのに卓越した能力を発揮した。彼が書き残した多くの記事を読み解くことによって、われわれは当時のフランス社会を俯瞰することになるのである。

社会と習俗を読む

筆者は〈ゾラ・セレクション〉(藤原書店、二〇〇二―一二)の監修を務め、第十巻『時代を読む 一八七〇―一九〇〇』を監訳した。[4] 筆者が担当した第一部には、一八七〇年代初頭から九〇年代半ばまで、四半世紀にわたって発表されたジャーナリスティックな時評と批評を七つの主題に分類して収めている(ちなみに第二部はドレフュス事件関係のテクストを集めている)。異なる時期に、異なる新聞・雑誌に寄せられ、ときには異なる単行本に収録されている記事を、それぞれの主題にそって新たに配列し直したものである。ゾラが協力した新聞・雑誌は多数にのぼり、寄稿の頻度や、発表した記事の性質はさまざまであった。各新聞・雑誌の性格、ゾラがそれに寄稿するに至った経緯、彼が寄せた記事の内容などを、ここで網羅的に叙述する紙幅はない。(5) ただし、邦訳に採録した記事が発表された主要な三つの新聞・雑誌については、簡単な注釈を付しておく。

『クロッシュ』

ルイ・ユルバックが一八六八年十二月に創刊した急進派の新聞で、はじめ週刊だったが六九年十二月十九日から日刊となり、一八七二年十二月二十日まで続いた。ゾラは一八七〇年二月二日から八月十七日までのあいだに二十三篇、さらに一八七一年二月十九日から翌年十二月二十日にかけて三百六十八篇の記事を発表した。そのかなりの部分が『パリ通信』と題されて、セルクル版ゾラ全集の第十四巻に収められている。

『フィガロ』

ヴィルメッサンによって一八五四年に創刊された新聞。第二帝政時代は社交界をめぐる話題や三面記事で成功を収め、第三共和政期に入ると保守的な新聞になった。ゾラがこの新聞に寄せた記事は一八六五年九月二十四日から一八六七年六月十八日にかけて十七篇、一八八〇年九月六日から翌年九月二十二日にかけて五十五篇(その多くが『論戦』としてまとめられた)、さらに一八九五年十二月から翌年九月にかけて二十数篇(そのうち十八篇が『新・論戦』に収められる)にのぼる。

『ヨーロッパ通報』

ロシアのペテルブルグで刊行されていた月刊誌で、ロシア文学史上、重要な意義をもつ。一八六六年に創刊されたリベラルな傾向の雑誌で、西ヨーロッパの文学、思想、社会などの紹介に多くのページを割きつつ、一九一八年まで続いた。ゾラはパリに在住していたツルゲーネフを介してこの雑誌から寄稿を依頼され、毎号二十四ページの紙幅を与えられた。彼の論考はロシア語に訳されて掲載された。一八七五年三月から一八八〇年十二月までに、ゾラは「パリ便り」という枠組みで六十四篇のテクストを発表しており、その多くはフランス語の原文で『実験小説論』などの評論集に収められることになる。生前に単行本にまとめられなかったテクストが、セルクル版全集では『現代フランス研究』という表題のもとに集められている。なかにはゾラのフランス語原文が発見されず、『ヨーロッパ通報』誌から改めて仏訳されたテクストもある。

＊＊＊

ジャーナリスト・ゾラはどのような問題に関心を抱き、どのような主張を展開したのだろうか。以下のページでは、『時代を読む』第一部の各セクションで取り上げられている主題に即して、訳出された記事を註釈しながら、ゾラが同時代に向けた批判的眼差しを明らかにしていく。その際、彼の議論の意義をよりよく把握するために、論じられている主題の社会的、文化的背景を解説する。またゾラのジャーナリスティックな記事と小説のあいだには、主題やエピソードの点で深い結びつきがあるので、そのつどあわせて指摘していく。

女性

まず『時代を読む』には、女性をめぐる一連の論考を収めた。ただし女性をめぐる文章といっても、女性のことだけが話題になっているわけではない。女性をめぐる状況は同時代の社会と価値体系、そして男と女の関係全体のなかで規定されるから、女性の問題は同時に男性の問題でもある。

ゾラは社会を構成する女性たちを階級的なカテゴリーに分類して、叙述を進めていく。労働者階級の女性、小ブルジョワジーの女性、上層ブルジョワジーの女性、そして貴族の女性である。本書第一章で示したように、一八六〇年代の末、『ルーゴン＝マッカール叢書』の構想を練る段階でゾラは、時代の全体像を提示するために階級の視点から社会をとらえていた。女性にかんする考察でも同じような思考の枠組みを採用していることになる。それぞれの記事では、各カテゴリーに属する典型的な家庭に生まれた娘の成長を一般論として語りながら、女性たちの運命の推移を描いていく。子供時代、家庭環境、教育、夫婦生活の危機などがそこで強調されるテーマである。

それぞれの記事で異なる階層に属する女性の生涯を素描するに際して、ゾラは特定の側面にアクセントを置いている。おおざっぱに言えば労働者階級と売春、小ブルジョワジーと不倫、上層ブルジョワジーと無知の危険、そして貴族と社会的寄与である。もちろんこうした特定の側面だけを論じているのではなく、女性たちの日常生活をこまかに叙述しながら、諸階級に特有の次元をあぶり出そうとしたのである。その意味で女性史、ジェンダーヒストリーの観点からみても興味深い記事になっている。このような叙述スタイルは、一八四〇年代に流行した「生理学」という文学ジャンルを思わせる。その代表作『フランス人の自画像』(一八四〇―四二)が示すように、「生理学」とはさまざまな階層に属し、さまざまな職業にたずさわる人々の習俗と生態を、精彩に富むエピソードをまじえながら、ときに辛辣な調子で記述した形式である。

十九世紀フランス女性とゾラの名誉のために付言させてもらうならば、売春、不倫、無知といった暗い陰が女性の生涯を覆いつくしていたわけではない。『時代を読む』では訳出しなかったが、同時期に書かれた「堅気の女性たち」と題された記事からも分かるように、家庭と社会を支えるまっとうな女性たちの存在をゾラが忘れていたわけではない。彼の小説にも、たくましく、律儀で、聡明で、やさしい働き者の女性は数多く登場する。労働空間における女性をあざやかに表象したのは、ゾラ文学の大きな功績なのである。

女性とその身体はゾラの小説において主要なテーマの一つだから、以下ではそれぞれの記事の意義を簡潔に述べてみたい。

「いかにして娼婦は生まれるか」(一八八一)

パリの場末で生まれ育つ貧しい労働者の娘がたどる顛末を語った記事である。外国人女性、地方から流れついた女性などもいるが、首都の娼婦は首都で生まれた民衆の娘たちが大きな供給源になっていた。貧困とすさんだ家庭環境が彼女たちを売春の世界に送り込んでいく、とゾラは指摘する。『居酒屋』では蓮っ葉な少女として登場し、『ナナ』では妖艶なヒロインとなる、ジェルヴェーズとクーポーの娘ナナの境遇は、まさしくこの記事で述べられているような娘たちのそれと重なり合う。最後のページで、作家は娼婦が一般に愚かで、娼婦と付き合うのがじつにむなしいことだと主張している。ときに誇張された筆致になっているのは、ゾラの戦略であろう。彼がここで暗に否定しようとしているのは、気高い心をもち、崇高な愛に殉じる娼婦というロマン主義的な神話であり、聡明で美しい高級娼婦たちが、上流社会の男たちを手玉にとり、ときには政財界の決定に関与していたという第二帝政期の伝説めいた逸話である。前者の例として、たとえばバルザックの『人間喜劇』に登場するエステルやコラリー、さらにはデュマ・フィス『椿姫』(一八四六)の悲劇的ヒロイン、マルグリットなどが想起されるだろう。後者の例としては、コラ・パールなど盛名をはせた「ドゥミ＝モンデーヌ(裏社交界の女)」たちが思い浮かぶ。『ナナ』のなかで高級娼婦の生態を描き、その浪費癖、卑劣さ、愚鈍、破廉恥ぶりを語ったゾラは、そうした娼婦をめぐる神話的な表象を払拭してみせた。

「ブルジョワジーと不倫」(一八八一)

現代の日本では不倫が興味本位なかたちで語られることが多く、文学、テレビドラマ、週刊誌、ワイドショーなどに格好の話題を提供している。他方で不倫こそ純粋な愛だという言説もあり(それゆえ「家庭外恋愛」という表現がときに用いられる)、不倫のさまざまなケースを紹介しながら、現代の男女関係のあり方を模索するルポルタージュもかなり出まわっている。誰もが不倫をするわけではないが、いまや日常的な愛のシーンになっているのかもしれない。

不倫(あるいは姦通)は世紀末フランスにおいて小さからぬ問題だった。もちろんそれ以前からあらゆる階層に見られる現象ではあったが、十九世紀末に至って不倫は本質的にブルジョワジーにかかわる問題になった。この社会階級において不倫がもっとも頻繁に行なわれ、家庭的にもっとも多くの悲劇を引き起こし、法的にもっとも複雑な争いに発展し、社会的にもっとも深刻な結果をもたらしたからである。

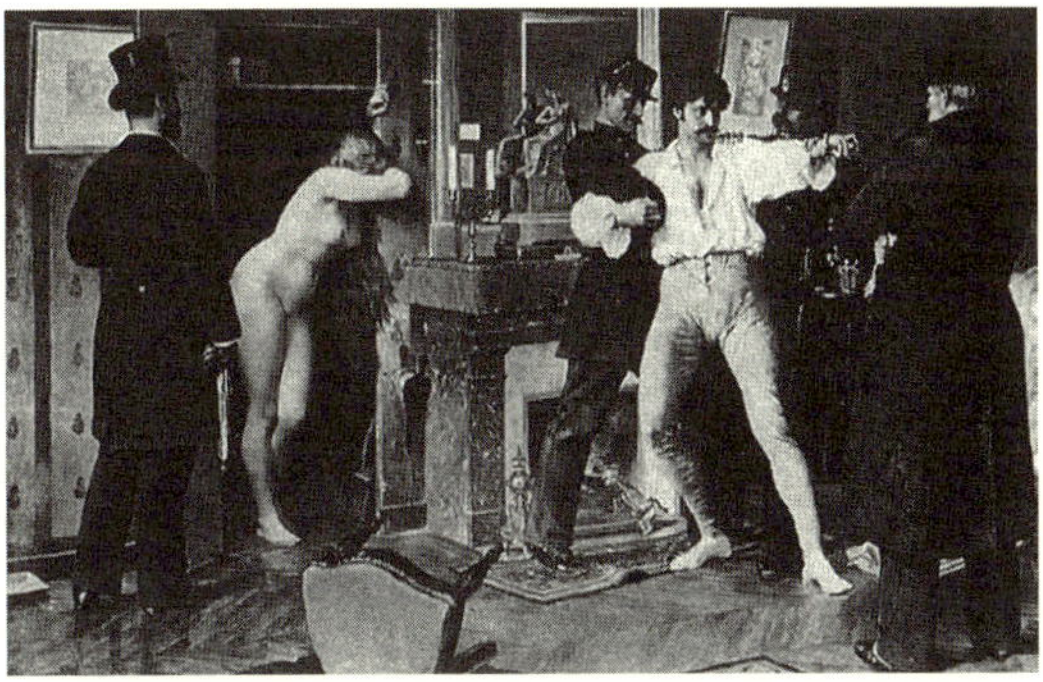

不貞の現場をとらえられた男女。ゾラによれば、不倫はブルジョワ社会の病弊だった。

ゾラはブルジョワ女性の不倫を三つのカテゴリーに分類している。「神経的な錯乱」ゆえに密通する女性、「贅沢への欲求」ゆえに男に身をまかせる女性、そして「愚かさ」のために禁じられた愛にのめり込んでいく女性、である。とりわけ第三のカテゴリーがいちばん蔓延しているのだが、これは両親が娘をかわいがるあまり外部の世界から隔離し、いわば殺菌された家庭空間（ゾラは「温室」という言葉を使っている）のなかで育てられたせいで、無知と無邪気さを内面化してしまった女たちである。いずれにしても、不倫とは官能や激しい情念がからまるドラマではなく、閉鎖的な環境とあやまった教育がもたらした嘆かわしい結末にすぎない。女性の不幸と逸脱は、彼女たちが家庭でも学校でも正しい教育を受けていないことにそのおもな原因が求められる。ゾラがさまざまな機会に教育の問題を論じ、その改革を唱えたのは理由のないことではなかった。世紀末フランスの女性たちが道ならぬ関係に踏み出したとすれば、それは愛のためではなく、むしろ愛を知らなかったからなのである。民衆においてもブルジョワジーにおいても逸脱の原因は同じで、その現われ方が異なるにすぎない。

かくして、民衆においては不健康な空気と雑居が、娘を行き当たりばったりの男の腕に投げ込む。結婚前に行なわれる直接的な売春である。ブルジョワジーにおいては、娘は結婚するまで清純に守られる。ただし結婚後は、堕落した環境と悪い教育の影響が表面化し、愛人をつくってしまう。それはもはや売春ではなく不倫であるが、変わったのは言葉だけである。

というのも、これは強調しておくべきなのだが、売春が民衆の災厄であるように不倫はブルジョワジーの災厄だからだ。もし統計を作成したならば、きっと堕落した娘と同じくらい不貞の妻がいることが分かるだろう。自発的な放蕩がそうであるように、そこには性欲などほとんど関与していない。しかし不倫の理由が愚かさであろうと、贅沢への欲求であろうと、あるいは神経的な錯乱であろうと、不貞の妻が社会にとって頽廃の誘因であることは否定できない。(6)

みずからが分類した不倫の三類型を、ゾラは一八八二年の小説『ごった煮』のなかで具体化してみせる。主人公オクターヴ・ムーレがマリー、ベルト、ヴァレリーという人妻たちと取り結ぶ関係は、女性の側からすれば上記の三つのタイプに対応しているのだ。

バルザックからフロベールを経てゾラに至るまで、禁断の愛は小説の特権的なテーマの一つだった。

さらには同時代のジャーナリスト、法律家、医者たちもそれぞれの観点から不倫について論じた。ブルジョワ社会において、それは家庭と社会の秩序を脅かす重大な違反行為と見なされたからであり、単なる興味本位の話題につきるものではなかった。ゾラの論考はそうした時代の風潮に鋭く切り込んだものとして評価できるだろう。(7)

「上流階級の女性」(一八八一)

ブルジョワジーのなかでも上流の階層に属する女性たちは、一見もっとも幸福で穏やかな生活を約束されているように思われる。何の不自由もなく育てられる彼女たちだが、しかしまさにそれゆえ一つの危険が待ち構えている、とゾラは警告する。彼がしばしば用いる言葉を借用するならば、「温室」のなかで成長した上流階級の女性たちは、人間や世間のことに無知なままである。寄宿学校であれ、自宅で雇い入れる家庭教師であれ、教育の内容はまったく空疎で、実際的な知識はまったく伝達されず、もっぱら社交生活のために生きるべく運命づけられている女性として訓育される。個性を育むことではなく、一つの鋳型に嵌め込むことが問題なのだ。ゾラはそのために上流階級の女性たちを断罪するのではなく、そうした慣習によって彼女たちの世界が再生産されていくことを指摘しているのである。

「貴族の女性たち」(一八七八)

強いられた無知と無経験、愛以外のあらゆるものによって仕組まれる結婚生活の不幸などは、貴族の女性とブルジョワ女性に共通している。この記事で興味深いのは、作家が女性と宗教の結びつきを強調し、それをつうじて聖職者が女性の心をしばしば支配していると主張していることである。カトリックの司祭が告解制度や教育をつうじて女性の精神生活を掌握し、さらには家庭の私生活にまで介入しようとしている、そしてそれが結果的に社会の保守化につながっているという指摘は、十九世紀前半から反教権主義者《アンチクレリカリスト》によってなされてきた。その代表が歴史家ジュール・ミシュレである。『司祭、女性、家族』（一八四五）においてミシュレは、聖職者とりわけイエズス会士たちが道徳と教育の領域で女性を支配し、女性の意志を従属させ、その結果として家族制度の危機を招いていると痛烈に批判した。(8) ゾラ自身も『プラッサンの征服』（一八七四）において、ヒロインを言葉巧みに洗脳して信仰の道に誘い込み、彼女を利用してみずからの地歩を築いていくフォージャ神父という不気味な人物を登場させている。

教育

実際、教育は十九世紀フランスが直面した本質的な課題の一つであった。

一七八九年の革命によって近代国家への道を歩み始めたフランスにとって、すべての国民に教育をほどこして、社会にふさわしい市民を養成することが焦眉の課題になる。現代であればどのような国家でも政府や自治体が教育行政の根幹を定めているように、十九世紀フランスでは国家が積極的に教育政策に介入してきた。しかし当時は、教育の領域で国家と同じくらいに、あるいはそれ以上に権力をふるっていた機構があった。カトリック教会と修道会（とりわけイエズス会）である。実際、十九世紀の教育史をたどってみると、国家と教会のヘゲモニー争いという様相を呈している。国家が推進したのは宗教色のない、世俗的な教育で、フランス語、地理、歴史、数学、博物学などを授業科目にしようとしたのに対し、教会がめざしたのは聖書の教えにもとづく道徳であり、聖書講読と教理問答《カテシスム》がおもな教育だった。

第一帝政、復古王政の時代に初等教育はカトリック教会にゆだねられ、子供たちの多くは司祭から教育を授けられていた。反カトリック的な七月王政期に入ると、一八三三年のギゾー法によって、各市町村に宗教色のない小学校と、各県ごとに教員養成のための師範学校を設立することが義務づけられた。こうして一八四〇年代には、世俗の初等教員が教壇に立つようになったのである。

教育をめぐる国家と教会の主導権争いは、とりわけ共和政のもとで熾烈なものになる。その背景には、カトリック勢力が政治的には保守的で、王政や帝政をしばしば積極的に支持したために、共和派の反感を買ったという事情がある。第二共和政下の一八四八年に公教育相に就任したカルノーが教育の世俗化を唱え、共和主義的な市民教育を奨励しようとして、初等教育の無償・義務化の法案を議会に提出する。しかしその審議が続いているさなか、同年十二月の選挙で大統領に選ばれたルイ＝ナポレオンのもとで新内閣が発足すると、その教育相に王党派のファルーが指名されてカルノー法案を葬り去る。それに代わって提出されたファルー法は、修道会、とりわけイエズス会の中等教育への進出を制度的に保証するものであった。そしてカトリック教会と国家が親和関係を築いた第二帝政期は、民衆教育を教会にゆだねるというファルー法の精神を継承したのである。

状況が大きく変化したのは第三共和政に入ってからだ。国民の教育を教会当局に任せるのではなく、国家が指導すべきだというのは、ほとんど第三共和政の国是となる。一八七〇年代はまだ王党派やボナパルト派の勢力が根強く残っており、成立してまもない、したがって不安定な共和政府はそうした勢力と闘わなければならず、教育問題は政治戦線の一つだったのである。[9] ところで死後出版となったゾラの小説『真実』(一九〇三)は、ドレフュス事件の構図を軍隊から小学校に移しかえて、主人公マルクがユダヤ人教師の名誉回復のために闘うという物語である。この作品では、学校教育をめぐる共和派とカトリック修道会、つまり世俗権力と宗教権力の抗争が太い縦糸として織り込まれている。

ゾラが一八七二年に発表した「非宗教的な教育」と題された論説は、こうした社会の動きを背景にして書かれたものである。その冒頭では次のように述べられている。

宗教上の問題を排除して民衆を教育しようとする勇気ある人々は、反動的新聞の罵倒を受けてひるんでいるし、共和国の敵たちの侮辱と悪意にさらされている。読み書きを覚え、カトリック陣営の監視に屈しないような未来の民衆が自分たちにとって危険な存在であることを、王党派やボナパルト派は感じとっているのだ。だからこそ、まだ目立たないとはいえ非宗教的な学校に彼らは怯えているし、教権と王権にとっては一七九三年のギロチンよりも恐ろしいこの無血革命を食い止めようと、彼らは必死の努力をしている。リヨンではすでに勝利を収めたと思っているが、パリでの闘いはこれからだろう。彼らはその時を待っている。

パリでこの教育運動を推進しているのはトレボワ氏だ。[10]

共和国を支持し、民衆にたいする非宗教的な教育こそ来るべき市民を育成し、共和国の礎石になるだろうと確信するゾラは、トレボワによる教育運動に熱い称賛の言葉をささげている。トレボワが創立した質素な学校にこそフランスの未来があるという彼の予言めいた言葉は、その後の歴史によって裏づけられることになるだろう。一八八〇年には、「カミーユ・セー法」が可決されて、女子教育を国家が引き受けることが宣言され、女子のための中等教育が制度化される。さらに一八八二年には、「フェリー法」によって初等公教育の非宗教化・義務化・無償が定められた。このフェリー法は、フランス公教育の基本原則として今日に至っているものである。

「フランスの学校と学校生活」(一八七七)では、ゾラが南仏の小都市エクスとパリで過ごした中等学校時代の思い出が語られている。田舎の秀才が大都市の学校に編入したら、凡庸な生徒にすぎないことを悟ってプライドが傷つけられた、というのは今でもよくある話でほほえましい。すでにいっぱしの大人の相貌を見せるパリの中等学校生の生態と風俗の描写は、社会史的にきわめて興味深い。ボヘミアン的な学生の生活は文学でしばしば語られたが(たとえばミュルジェールの『ボヘミアンの生活情景』やフロベールの『感情教育』)、中等学校生の生活の細部が語られているのは貴重な証言である。

家庭であれ学校であれ、教育の功罪にたいしてゾラはきわめて敏感である。すでに見たように、同時代の女性が不幸に陥るとすれば、その原因の一つは教育が現代社会の要請に応えていないからだと彼は指摘していた。同じようにゾラは、古典教育を偏重する中等教育が社会の要求からあまりにかけ離れているために、バカロレアに合格した若者が時代に適応できないとして、その弊害を指摘する(青少年の教育問題は、『ヨーロッパ通報』一八七八年四月号に掲載された「現代フランスの青年」という記事のなかでもあらためて取り上げられている)。実践的で、社会に役立つ教育だけが良い教育なのか、社会のニーズに即座に応えられる教育ほどたちまち古びてしまうのではないか、知識と教養を身につけること自体に価値はないのか、などいくつかの疑問が読者の心をよぎる。それは現代日本においても重大な問いかけなのだから。いずれにしても、ゾラに教育評論家的な側面があったことは注目されてよい。

ジャーナリズム

ジャーナリストとしてのゾラの輪郭はすでに素描したが、より具体的に彼が当時のジャーナリズム世界をどのように捉え、ジャーナリストという職業をどのように理解していたかを問う作業が残されている。みずからジャーナリストだったゾラの自己認識のあり方を探ってみよう。

「フランスの新聞・雑誌」(一八七七)は、一八七〇年代のフランス(とりわけパリ)で発行されていたおもな新聞について、創刊に至る経緯、紙面構成、思想傾向などを詳しく記述している。当時のジャーナリズム界の網羅的な見取り図を示したもので、ジャーナリズムの歴史をたどるうえで貴重な貢献になっている。そこで言及されている、あるいは批判されている新聞のいくつかはゾラがかつて寄稿し、この記事を書いた頃に記事を寄せ、そして後年になって協力する新聞である。長年にわたる体験をつうじてジャーナリズムの裏表を知悉していたゾラだけに、彼の叙述には生なましい臨場感がただよう。

まずゾラは、七月王政期から一八七〇年代に至るまでの新聞の歴史を跡づけてみせる。そしてもっとも大きな変化は、オピニオン紙からニュース紙への移行にあるとする。かつての新聞は、日々の事件や出来事を迅速に報道することを目的にしていたのではなく、特定の見解や思想を表明するのが使命だった。当然ながら、新聞はきわめて政治色が強く、ときには特定の党派との結びつきを隠さなかった。読者はみずからの信条やイデオロギーを代弁してくれるような新聞を、定期購読したのである。第二帝政期の一八六〇年代以降、そうしたオピニオン紙に代わって、日々新たなニュースをすばやく報道する新聞（それが現代では一般的な新聞の定義だろう）が主流になる。その流れを促したのは社会の動きの速さであり、鉄道や電信の発達にともなう情報流通の加速化である。

ゾラの見方は大筋において正しい。堅固な思想と誇りにみちた論調によってある種の高貴さをもっていたかつてのオピニオン紙に、ゾラは郷愁を隠さない。そして事件の報道や、皮相な時評欄が幅をきかせる同時代の大衆紙が、威厳を欠いているという。しかし他方で、ゾラは単に昔のジャーナリズムを懐かしむのではなく、オピニオン紙からニュース紙への移り行きは歴史の流れだとする。世界が変わり、人間が変われば、それを表現し、代弁するジャーナリズムも変化せざるをえないだろう。そのうえでゾラは、旧来の新聞に見られた節度ある見識と、新たなタイプの新聞に特徴的なニュースの多様性と豊かさ、生き生きした文体を併せもつような新聞を理想と見なした。

ゾラの記述を補うために、十九世紀半ばのジャーナリズムの状況をもう少し詳しくふりかえってみよう。(11)

七月王政は、フランス近代ジャーナリズムの草創期にあたる。『シエークル』や『ナシオナル』など重要な新聞がこの時代に発刊されている。とりわけ衝撃的だったのは、エミール・ド・ジラルダンが一八三六年に創刊した『プレス』紙で、はじめて商業広告を載せることによって購読料を他紙の半分にまで引き下げ、さらには流行作家の新聞小説を掲載して売り上げを伸ばした。だが、新聞の発行にはさまざまな制約が課されていたことを忘れてはならない。たとえば、一部につき六サンチームの検閲郵税が課され、それが価格にはねかえったから、発行部数はおのずから制限されざるをえなかった。新聞以外でも、おもに政治・経済・社会問題をあつかう定期刊行物には保証金が義務づけられた。

第二帝政は、行政側がとったこのような措置を維持したのみならず、監視をいっそう強めることによって言論の自由をきびしく制限しようとした。[12] 一八五一年十二月には、言論上の違法行為が軽罪裁判所で裁かれることになった。翌年二月に発布された政令はとりわけ悪名高く、それによれば、新たに新聞を創刊する場合にはあらかじめ政府の認可を得る必要があり、議会の審議内容を報道する際には、政府の公式記録にもとづいてそうしなければならなかった。しかも、明確な基準が示されないまま、権力側はほとんど恣意的に「警告」という手段を用いて、新聞の論調にまであからさまに介入できたのである。

ただし、第二帝政がジャーナリズムにたいして監視と抑圧の眼差しを向けたことは確かだとしても、その点だけを強調するのは一面的にすぎるだろう。反体制派の新聞は絶えず廃刊に追い込まれるという脅威にさらされていたのは事実だが、逆に政治の問題にふれなければ官憲を怖れる必要はなかったし、一部六サンチームという検閲郵税は免除されていた。また一八五六年の法律によって、非政治的な新聞はパリのみならず地方でも予約購読以外のばら売りが可能となり、発行部数の伸びにつながった。

このような制度的な要因とともに、そしてそれ以上に技術的、社会的な変化がジャーナリズムの大衆化に拍車をかけた。技術革新がもたらした印刷術の進歩と安価な用紙の生産、鉄道と電信の普及にともなう情報の量と速度の増大、教育改革にともなう民衆の識字率の上昇、産業の発展にともなって、資本家や財界人が新聞・雑誌を利用することの利益に気づいたこと、などである。こうして「自由帝政」と呼ばれもした一八六〇年代に、フランスのジャーナリズムは急速に大衆化していった。その趨勢を如実にあらわしていたのが、ゾラも記事のなかで論じている『フィガロ』紙と『プチ・ジュルナル』紙だった。

ヴィルメッサンが創刊した『フィガロ』は、社交界の話題や際物的な三面記事で部数を伸ばし、ヴィクトル・ユゴーの息のかかった『ラペル』紙は、彼のカリスマ的な影響力によって共和主義者たちのあいだに一定数の読者をもった。二つの新聞の発刊の経緯、編集方針、販売戦略などをめぐる暴露めいた裏話はかなり興味深いし、ジャーナリズム業界の舞台裏に通じていたゾラだけに、ときにはきわめて辛辣なその叙述にも生なましい現実感がともなう。画家を主人公とする彼の芸術家小説『制作』には、新聞・雑誌で時評を担当する記者や批評家たちが登場して、この世界の内幕を垣間見せてくれる。そのひとり、良心的で見識に富み、主人公クロードの作品の独創性を理解する唯一の人間サンドーズは、かなりの程度までゾラの自画像にほかならない。

注目に値するのは、『プチ・ジュルナル』にたいするゾラの判断である。一八六三年二月一日に創刊されたこの新聞は、他紙の半分の版型で（「プチ」とは小さいという意味）、政治色を排除することによって検閲郵税を免れ、一部五サンチーム（＝一スー）で売り出された大衆紙である。他の新聞の三分の一の値段であり、革命的な販売戦略だった。ゾラは『プチ・ジュルナル』成功の原因として、誰にでも分かる平易な文体で書かれた三面記事的な話題の面白さを挙げているが、しかしそれだけでは

1897年3月23日付『プチ・ジュルナル』紙の第一面。「世紀末の結婚」というタイトルのもと、当時めずらしかった自転車に乗った新郎新婦を話題にしている。1863年に創刊されたこの新聞は、19世紀末には100万部を超える発行部数を誇った。

ない。時評欄では科学や学問上の発見が分かりやすく解説され、ときに道徳的な教訓をまじえるというように、民衆にたいする啓蒙的な配慮にあふれていた。さらに一八六〇―七〇年代にはポンソン・デュ・テラーユ（一八二九―七一）の冒険小説や、エミール・ガボリオ（一八三二―七三）の犯罪小説を連載することによって読者の購買欲をそそった。啓蒙と娯楽――大衆的な新聞・雑誌のコンセプトは、現代に至るまで変わらない。『プチ・ジュルナル』がそれまで活字と無縁だった者たちの心を捉え、新たな読者層を創造したとゾラが評価するのは犀利な認識と言えるだろう。

実際、『プチ・ジュルナル』は一つの欲求に応えるものだったし、この新聞が大成功を収めたのはそのためだ。すでに述べたように、新聞というのは一定の読者層に向けられないかぎり成功しない。『プチ・ジュルナル』がねらいをつけたのはまさしく、それまで自分たちの新聞を持っていなかった貧しく無学な人々の大集団であった。この新聞が新しい読者階級を生み出したと言われるのも、故なしとしない。ひどく軽蔑されたこの新聞は、その点で確かな貢献をしたのである。人々に読むことを教え、読書への興味を生じさせたのだから。もちろん、提供された糧はかならずしも高級ではなかったが、それでも精神的な糧であったことに変わりはない。もっとも辺鄙な地方の片隅で、羊飼いたちが『プチ・ジュルナル』を読みながら羊の群れを見張るというさまを、ひとは目にすることができた。農民がほとんどものを読まないフランスにおいて、これはきわめて特徴的なことである。(13)

それまで活字と無縁であったひとたちに、読むことの快楽を教えた新聞。初歩的なものであったにしろ、情報と知識を授けることによって民衆を啓蒙しようと努めた新聞。刺激的な連載小説によって読者の文学嗜好を満たそうとした新聞。『プチ・ジュルナル』の文化史的な意義はけっして小さくない。

その後この新聞は、一八六九年にトロップマンがカンク一家六人を殺した凄惨な犯罪「トロップマン事件」の報道などで発行部数を飛躍的に伸ばし、一八九〇年代にはついに百万部に達する。当時はその他にも『タン』紙や『プチ・パリジャン』紙などもやはり百万前後の部数を誇るようになり、フランス史上まさに大衆新聞の黄金時代を迎えた。その趨勢を決定づけたのが『プチ・ジュルナル』の出現であり、一八七〇年代の時点でゾラはその革新性をあざやかに見抜いていたのである。

「訣別の辞」(一八八一)と「ジャーナリズムの功罪」(一八八九)に共通した議論は、ゾラが文学的な観点からジャーナリズムを積極的に擁護していることである。新聞・雑誌に毎日のように記事を書いていると筆が荒れ、純粋な文学的野心が風化してしまう、ジャーナリズムは若い才能を抹殺する危険がある、といった嘆きは当時からすでにつぶやかれていた。それに対してゾラは真っ向から反駁し、新聞・雑誌に寄稿するのは職業作家をめざす者にとって格好の修行であり、若い作家はそれによって文体を鍛えられると主張する。そして真の能力と意欲をそなえた者はジャーナリズムによって疲弊するどころか、まさに創造性の膂力をたくわえるのだと語る。確かに現代のジャーナリズムは安易なセンセーショナリズムの陥穽にさらされ、読者の側は真実ではなく興奮だけを求めようとする傾向がある（それは十九世紀末のフランスに限られたことではないだろう）。しかし新聞が社会の啓蒙と、新たな価値の普及に不可欠であることは否定できない。ここにはみずからジャーナリズム界に生き、そこで文学的感性を培ったゾラの矜持に満ちた口調が感じられる。

文学

『時代を読む』には文学をめぐる二つの記事を収めた。ただし、『実験小説論』（一八八〇）や『自然主義の小説家たち』（一八八一）を構成する諸論考とちがって、この二つの記事は作家論や作品論ではないし、文学理論の展開をめざしているわけでもない。そうではなくて、文学と政治、文学と出版界の関係という旧くて新しい問題を実作者の立場から論じたものである。作家の活動が繰り広げられる政治・社会的な環境と、文化的な空間の現状、社会学者ピエール・ブルデューの用語を借りるならば「文学場」を分析することによって、文学によりふさわしい風土を構想してみせる。

「共和国と文学」（一八七九）は、一八七七年の総選挙で多数党となった共和派の指導者たちに向けられた告発文と言っていいだろう。昔からの共和主義者で、時の政府といかなる繋がりもないと冒頭で宣言するゾラは、その自由と独立性を恃んで、新たな共和政府がそれに先立つ政府以上に文学にたいして寛容なわけではないと断罪する。その断罪の背景には、当時共和派を代表していたガンベッタ（一八三八―八二）に近い政治家フロケが、一八七九年に『居酒屋』の作家は「民衆を侮辱している」と批判したことや、翌年ガンベッタの介入により、『ナナ』を連載していた新聞がゾラに削除を求めた、といった事情が絡んでいる。

ゾラは憤慨するが、それと同時に、共和主義政府ですら新しい文学の流れである自然主義に無理解であることに深い失望を覚える。社会制度、宗教、教育などの面では革新性を標榜する共和政が、こと文学にかんする限りは、かつての王政や帝政と同じように新潮流に不信の眼差しを向ける。あらゆる権力は思想を警戒し、文学を疑うという通例を、共和政府もまた免れえなかったということだ。しかしゾラによれば、時代は真実の探求に向かっており、それを原理とする自然主義文学こそ新たな時代の表現であり、共和国はそのことを承認すべきなのである。

最終的で持続的な政体には文学がある。一七八九年と一八四八年の共和国は国民のうえを危機のように通過していったから、文学を持ちえなかった。現在の共和国は正当なものに見えるし、したがっていずれ独自の文学表現を生み出すだろう。そして私見によれば、その表現とは必然的に自然主義、つまり分析的で実験的な方法、事実と人間にかんする資料にもとづいた近代的な調査、というものになるだろう。原因である社会の動きと、結果である文学表現のあいだには対応関係があるはずだ。もし共和国がみずからに盲目となり、共和国が科学の定式の力によって存在しているのだということを理解せず、文学においてこの科学の定式を迫害するに至るならば、それは共和国がまだ事実の面で成熟していないし、再び独裁制という事実の前で消滅する運命にあるというしるしなのだ。(14)

こうしてゾラは、「共和国は自然主義的なものであろう、さもなければ存在しないであろう」という有名な一文を書き記す。ゾラにあって、文学はつねに政治的な次元を、さらにはイデオロギー的な次元をはらんでいた。この一文は、その後さまざまに変奏されることになる（たとえば、シュルレアリスム文学の領袖アンドレ・ブルトンの『ナジャ』に読まれる「美は痙攣的なものであろう、さもなければ存在しないであろう」という一節）。そして権力側からの検閲を一度ならず被ったゾラは、作家のために完全な表現の自由を要求するのである。

「著者と出版人」（一八九六）は、ゾラの友人だった作家ポール・ブールジェ（一八五二―一九三五）と出版人ルメールのあいだで争われた訴訟に端を発して、出版をめぐる作家と出版人の利害対立の根底にあるものは何かを明らかにしようとする。

訴訟の原因は、ルメールがブールジェの作品の発行部数をはっきり告げず、したがって印税をごまかしているのではないかと作家が疑惑を抱いたからである。出版人のほうが証拠書類の提出を拒んだせいで、疑惑はほとんど確証に変わり、ブールジェは勝訴した。現在ではほとんど考えられないような事件だが、ゾラが記事のなかで述べているように、駆け出しの作家にいわば投資して世に出してやった出版人のなかには、その作家が有名になって利益をもたらすようになっても、かつての恩義を盾にして正式な出版契約など守ろうとしない者がいたのである。ブールジェの提訴はそれにたいする抗議だった。

要するに、作家の著作権をいかに守るかということが問題なのだが、一八九〇年代前半にフランス文芸家協会長を務めたゾラにしてみれば、これが文学者全体の利害に関係する大問題だったことは言うまでもない。[15] この記事のほかにも、ゾラはほぼ同時期の一八九六年四月、それぞれ「文芸家協会、その現状」、「文芸家協会、その理想」、「著作権」と題された記事を矢継ぎ早に『フィガロ』紙に発表して、この問題に世論の関心を向けようとした。折しもパリで著作権をめぐる国際会議が開催されていたときで、「著作権」においては、フランス文学の海賊版、無許可の翻訳などが野放しになっていたロシアの現状を憂い、著作権の国際条約であるベルン条約にロシアを加盟させるべきだ、と力説している。

宗教

民衆と群衆の動きを語り、産業革命が生み出した新たな空間を表象したゾラは、徹底して現代社会にこだわり続けた作家である。ところがそのゾラの作品に、はるか昔から存在し、文学のなかで伝統的な位置をしめてきた人物類型が登場する。カトリックの司祭である。[16]

『プラッサンの征服』(一八七四)に登場する司祭フォージャ、『ムーレ神父のあやまち』(一八七五)の主人公セルジュ、さらには『三都市』シリーズの主人公ピエール・フロマンなどが、代表的な作中人物であろう。[17] そして彼らが登場する作品では、教会と世俗の政治権力の癒着、生の昂揚を抑圧する聖職の弊害、社会の不正や貧困を前にしての信仰の無力など、宗教のさまざまな次元がテーマ化されている。そもそも『ルーゴン＝マッカール叢書』の構想において、司祭は「特殊な集団」を構成する職業として社会の重要な一部だった。ということはつまり、ゾラの文学宇宙にあって宗教、とりわけカトリシズムが無視しがたい意義をおびているということだ。

十九世紀フランス思想の底流に「反教権主義」という考えがあった。聖職者は宗教と道徳の領域だけにその活動を限定して、政治や教育など公的領域に介入すべきでない、という思想である。[18]それと同時に、政治や教育にたずさわる者は、宗教的権威とのつながりを払拭して世俗的な次元で活動すべきであるとされる。一般に共和主義は反教権的であり、第三共和政の初期にはとりわけその傾向が著しかった。すでに第二帝政時代から共和主義を奉じていたゾラは筋金入りの反教権主義者であり、そのことが彼の教育観に表われていることはすでに見たとおりである。

『時代を読む』に収められた「ルルドの奇蹟と政治」（一八七二）は、カトリック王党派の議員たちが聖地ルルドに赴いて、神の奇蹟にすがろうとしていることの時代錯誤性を、何人かの政治家をはっきり名指しながら痛烈に揶揄した文章である。ルルドは南仏ピレネー山脈の麓に位置する町で、一八五八年、この地の洞窟で羊飼いの少女ベルナデットが聖母マリアの姿を目にし、さらにその近くで病への治癒効果をもつ泉が湧いたことから奇蹟の顕現と認められ、その後一大巡礼地に発展した。十九世紀半ばはマリア信仰が頂点に達した時代であり、カトリック王党派のルルド巡礼はそうした時代風潮を利用した行為だった。

『三都市』の第一作『ルルド』で、病や障害を患う人々の巡礼団につきしたがってこの町にやって来たピエール・フロマン神父の懐疑を語り、次作『ローマ』でカトリック当局の頑迷固陋ぶりを描いたように、ゾラは晩年に至っても反教権主義的な姿勢を変えなかった。それどころか、世紀末になって神秘主義やカトリシズムが勢いを回復し、「科学の破産」（批評家ブリュンチエールの言葉）を声高に叫ぶようになると、ゾラの宗教批判はいっそう激しさを増す。公表されなかった「科学とカトリシズム」（一八九六）と題されたテクストは、科学と実証主義の立場から、宗教の一形態にすぎないカトリシズムが未来の社会において果たす役割は極小化していくだろうと予言する。科学が宗教を無益なものにするわけではないが、カトリシズムが科学の破綻を宣言するのは場違いな越権行為である。

ルルドの奇蹟の洞窟には、1864 年聖母マリア像が設置された。

カトリシズムのような構築物は、何よりもまず啓示と、形而上学と、信仰が生み出したものである。科学の役割はまさしく、それが進歩し、明晰性から構成されるにつれて誤謬を打破していくことにほかならない。しかし少なくとも現在では、科学は完全に最後の真理を言えると約束できないし、その役割を論理的に踏査を続けることだけに限定している。となれば、これまで何物にも止められなかった歩みの途次で破産するどころか、科学こそ教養のある健全な頭脳の持ち主たちにとって唯一の真理ということになる。科学に満足できないひと、直接的で全体的な認識を必要とするひとには、どんな宗教的仮説でも立ててみるという手段がある。ただし、もし彼らが正しいことを言っているのだと思われたいのならば、すでに承認された真理だけにもとづいて仮説を樹立するという条件つきではあるが。明瞭な誤謬にもとづいて打ち立てられたものはすべて、崩壊するしかない。(19)

いや、問題はカトリシズムだけではない。それ以前の一八八〇年代には、『フィガロ』紙に載った「プロテスタンティズム」や「プロテスタントへの返答」(いずれも『論戦』に所収)のなかで、ゾラはカトリシズム以上にプロテスタンティズムを激しく指弾していた。宗教改革の時代にプロテスタンティズムは良心と自由検証の精神を体現し、その後は近代の自由主義思想の母胎となったが、現在では教条的で、抑圧的で、個性を抹殺する不毛な思想にすぎない、政治と宗教の領域ではカトリシズム以上に反動的だ、とゾラは述べる。そしてスイスやドイツを例に引きながら、プロテスタント国はいまや文学と芸術において創造性を失いつつあるとさえ言う。

パリ

近代フランス文学において、首都パリの表象はもっとも重要で、もっとも頻繁に浮上するテーマの一つである。他の国の首都に比べても、これほどしばしば物語られ、描かれてきた都市はないのではないかと思われるほどだ。そして十九世紀前半のパリを徹底的に語ったのがバルザックだとすれば、十九世紀後半のパリをもっとも体系的に表象したのは疑いもなくゾラである。早くも『テレーズ・ラカン』ではパリの廃れたパサージュの陰鬱な雰囲気を喚起しているし、『ルーゴン＝マッカール叢書』全二十巻のうち半分はパリが舞台であり、晩年の大作『パリ』（一八九八）では、アナーキズム・テロと政界の腐敗に揺れる世紀末の首都を描き出した。そこではパリが動き、ざわめき、活動し、享楽にふけり、熱狂し、燃え上がる。[20] ゾラは変貌していくパリの町を愛し、同時に、近代化が生み出す病弊をするどく把握していた。

そうしたゾラのことだから、同時代のパリで生起するあらゆる種類の出来事や習俗に無関心でいられなかった。『時代を読む』に収められた四編の記事は一八七〇年代前半に書かれた文章で、いずれもゾラが路上観察や風俗ウォッチングの素晴らしい才能に恵まれていたことを示す。

「オスマンによるパリの浄化」（一八七二）は、第二帝政期のセーヌ県知事オスマンによって実行された首都改造が、民衆を町の中心部から追い出し、周縁地帯と郊外に隔離するという結果をもたらしたことを強調している。「ロンシャンの競馬」（一八七二）は、パリ最大の競馬場であるロンシャンでのレースを素材に、娯楽空間の風俗を描く。民衆の賭博は禁じながら、上流階級のためには競馬という賭博を合法的に保護しているのは権力側の恥ずべき欺瞞だ、というのはゾラの持論であり、彼は賭博場の内部を取材したルポルタージュ記事まで書いている。「パリの廃墟をめぐる散策」（一八七二）では、普仏戦争とパリ・コミューンで町がこうむった戦禍の痕跡をたどり、戦争前の周囲の城壁地帯（当時のパリは城壁で囲まれていた）での庶民の生活シーンを追想する。そして「一八七五年六月のパリ」（一八七五）では、ロンシャンでの閲兵式、初夏の女性ファッション、自殺という悲劇的な現象などが語られる。たとえば初夏のファッションは、輝きと陽気さを周囲に拡散する。

　雨に濡れたパリでは、明るいドレスで外出する女性たちがわれわれにとって春の慰めの一つになる。にわか雨の下で、どれほど多くの白いストッキングが膝まで見えることだろう！　冬の分厚い衣裳を脱ぎ捨てた女性は、確かにこれから花が咲く木の芽に譬えられよう。それを覆っている固い外被をうち破って、樹液にあふれた緑の葉をさわやかに広げようとする木の芽に。女性はノバラや、ライラックや、春の花のように匂う。肩が透けて見える軽くて明るい色の衣服に身をつつむと、女性はあまり衣裳をまとっていないように見える。ごく淡い青とピンク色が夏のドレスのメインカラーだ。身なりを特徴づけているのは快い奇抜さである。スカートには大きなプリーツがあり、そのうえに丸みをおび、奇妙なリボンがついたエプロンをまとっている。ブラウスは鎧のような形のカット。道で出会う女性はみんな新しく組み合わせた花束に似ている。たくましく勝ち誇った女性たちは、まるで籠から逃げ出した小鳥のように外気の下を往来し、小さな靴の踵が敷石のうえで鳴り響く[21]。

　どの記事も短いながら、ゾラの観察眼の確かさをよく示している。民衆の祭り、競馬場に集う人々の身ぶりとレースの緊迫感、戦争でいたんだ家や公共建造物の生なましい細部、夏の衣裳に着替えた女性たちの華やいだ雰囲気、絶望のあまりみずからの命を絶つ者たちのしぐさ。そうした細部がじつにあざやかに捉えられ、まるで画家が路上を歩きながらスケッチしていくように、あるいは写真家がカメラのシャッターを切るように、ゾラは感覚的な要素をすばやく把握し、動きと表情を見逃さず、ものと空間の構成を瞬時に理解する。晩年のゾラが写真に熱中したのは偶然ではない。他方で、ときにきわめて辛辣な筆致が露呈する。たとえば「ロンシャンの競馬」で作家は、馬種改良という大義名分のもとで競馬という賭博を催すことの無意味さと偽善性を指弾している。

ゾラの場合、小説家であることとジャーナリストであることが、互いに補い合って文学宇宙を豊かにしていく。そして路上観察者ゾラが脳裏にたくわえた多様なイメージは、小説の具体的なエピソードや場面となって活用されることになる。四編の記事を読みながら、われわれはそこに『居酒屋』での場末に暮らす庶民の生活シーン、『ナナ』のなかの有名な競馬の場面、『壊滅』における戦禍の叙述、そして『ボヌール・デ・ダム百貨店』の女性たちがまとう衣裳の描写などが、ここですでに萌芽として現われていることに気づくのである。

風俗と社会

『時代を読む』の最後には、それぞれ異なるテーマを扱いながら、いずれも同時代性に富むきわめてアクチュアルな記事を集めた。

「万国博覧会の開幕」(一八七八)

十九世紀パリで繰り広げられた最大のイベントの一つが、万国博覧会である。世界初の万博が開催されたのは一八五一年のロンドンだが、その後このイベントの中心はパリに移る。一八五五年、一八六七年、一八七八年、一八八九年、そして一九〇〇年と、フランスの首都は十九世紀後半ほぼ十年に一度のペースで、あわせて五回も万博を開催している。パリはまさに博覧会都市だったのだ。

ゾラが報告しているのは一八七八年の万博、つまり第三共和政に入ってから最初の万博である。このことはきわめて重要だ。なぜならゾラ自身が冒頭で力説しているように、この万博は、一八七〇年の普仏戦争と翌年の内乱によって深い痛手を負ったフランスが、わずか七年で蘇生したことを内外に知らしめるという目的があったからだ。人的、経済的、物質的に甚大な被害をこうむり、存亡の危機にさらされたかに見えるフランスは、国民の努力と政府の施策によって短期間のうちに国力をみごとに回復したということである。戦争に敗れたフランスは勝ったドイツよりもいまや豊かであり、武器による敗北を産業による勝利で償った、とゾラはめずらしく愛国心を昂揚させながら述べる。


これから六か月間、万国博覧会の見物はまさしく祝祭になるだろう。これほど大規模な事業がこれほど大きな成果を予想させたことはかつてない。これまでの万国博覧会はすべて、今回の巨大なそれと比べればちっぽけなものだ。可能性の限界が超えられ、奇蹟が実現した。これ以上に偉大で驚異的なものを企てることはできないだろう。ヨーロッパに何も破滅が起こらず、事態がこのまま進展していけば、フランスは栄光に包まれ、国際協調の場で再びしかるべき位置を占めることになるだろう。

待とう、そして期待しよう。(22)

（左）1878年のパリ万博会場の全景。セーヌ川を挟んで左がトロカデロ、右がシャン＝ド＝マルス。　（右）トロカデロ宮の中央パビリオンに設けられた貴賓席。

時代と国に関係なく、技術と産業の祭典である万国博覧会は、国家がその威信と権勢をかけて催す一大イベントであり、政治的なショーにほかならない。しかし第二帝政から第三共和政へと政体が移ったとき、おのずと権力側の意図は変化した。第二帝政期に行なわれた万博、とりわけ一八六七年のそれは、ナポレオン三世みずからが支持したサン＝シモン主義的な殖産興業イデオロギーのもとに、フランス産業革命の成果を諸国に示すというねらいがあった。そしてヴィクトリア女王治下の大英帝国と張り合って、大国フランスの威信を見せつけ、皇帝の絶対権力を誇示しようとしたのである。

それに対して一八七八年の万博においては、国家再建をめざす合法的な共和政府が、軍事クーデタという非合法な手段によって成立した帝政との差異を際立たせる必要があった。だからこそ規模を大きく拡大し、シャイヨーの丘にトロカデロ宮を新たに建設し、そこで開幕のセレモニーを催したのである。まだ共和政が盤石になっていなかったこの時期、共和派は王党派やボナパルト派の影響をしりぞけ、国民の支持を得てみずからの権力を固める必要があった。万博はそのために格好の出来事だったのである。ゾラが述べているように、一八七八年の万博は何の支障もなく実現したわけではなく、異なる党派どうしの思惑とさまざまな政治事件が交錯するという状況のなかで、共和派がかろうじて主導権を握って開幕にこぎつけたのだった。それは産業の祭典であり、そしてそれ以上に権力のディスプレー装置であった。

開幕セレモニーの様子と、そこに押し寄せた多数の見物客の動きはじつにあざやかに叙述されている。『ルーゴン家の繁栄』で叛徒の群れを、『ボヌール・デ・ダム百貨店』でデパートに殺到する女性客を、『ジェルミナール』では蜂起した炭鉱労働者の歩みを、『壊滅』では潰走する軍隊を、そして『ルルド』では聖地に蝟集する巡礼団を描いたゾラは、まさしくあらゆる種類の近代的群衆を描き、その運動とメカニズムを語った最初の作家である。エリアス・カネッティは『群衆と権力』(一九六〇)のなかで、主要な情動にもとづきながら近代的群衆の諸類型を分類してみせたが、[23]ゾラの作品ではそれらの類型が驚くべき先駆性をもって表象されているのだ。この記事では、万博に集う祝祭的群衆がスケッチされている。ちなみにゾラは『金』において、一八六七年の帝政の万博をエピソードの一つとして取り込んでおり、「陽をあびてはためく万国博覧会の旗、シャン゠ド゠マルスの飾り照明と音楽、通りにあふれる世界中の群衆が、汲みつくせぬ富と至上権を夢みさせ、パリを陶酔させた」(第八章)と書き記している。

「離婚と文学」(一八八一)

ヨーロッパでは中世以来、離婚が禁じられていた。教会で、神の代理人としての司祭によって執り行なわれる結婚は神聖な儀式であり、聖書の教えにもとづいてカトリック教会が離婚に強く反対してきたからである。その慣習を破ってフランスではじめて離婚が法制化されたのは、革命さなかの一七九二年九月二十日のこと。しかし王政復古期の一八一六年に離婚は再び禁止される。別居は認められたが、それは暫定的な措置にすぎず、別の男性あるいは女性との新たな結婚はもちろん許されなかった。

その後は何度かにわたって離婚法復活の動きが表面化したものの、結局は実現しないままだった。それにしても、男女の不幸な結びつきを法的に解消させる手段として離婚を復活させたいという世論は根強く、第三共和政が成立すると、反教権主義の高まりにともなって勢いを増す。こうした状況を背景にして、一八七〇—八〇年代にかけて、離婚をめぐる問題がフランス社会でかまびすしい議論を巻き起こしたのである。とりわけ一八八〇年前後には、離婚の賛成派、反対派の双方からさまざまな著作が刊行されて、論争が沸騰していた。離婚は家庭、社会、宗教、さらには医学にまでかかわる重大問題だったからである。その議論の中心にいた人物が、共和派の政治家アルフレッド・ナケであった。ゾラが記事の冒頭で言及しているのは、そのナケが下院に提出した法案（より正確には一八一六年の離婚禁止法を廃止するという法案）が一八八一年二月七日に否決されたという事件である。議員総数四百六十三、賛成二百十六票、反対二百四十七票、三十一票の差であった。

ゾラの記事は離婚法案が却下された直後に執筆されたもので、いずれにしても離婚が復活するのは時間の問題だろうと予測している。彼自身は法的措置としての離婚には賛成するが、それによって当事者の男女がより幸福になれるとは考えていない。理性が命じる離婚は感情の領域では事態を改善するとは限らない、と彼は主張する。

各人は現存する法律からではなく、みずからの理性から幸福を期待すべきだと私は確信しており、離婚の実践にはまったく興味がない。離婚をめぐって私に関係する唯一の問題は、文学的な問題である。

何年も前から、涙に暮れる夫たちが自分の事例を語るようになってから、動転した妻たちが痣のできた腕を見せるようになってから、そして講演者や下院議員が、フランスのあらゆる姦通事件の書類を提示して繊細な心の持ち主たちを動揺させるようになってから、私自身は暖炉のかたすみで利己的な小説家として、闘争を始めたこのひとたちがわれわれ作家の観察領域を大きく変えることになるだろう、と考えている。離婚が復活するときは、文学の世界にまさしく大異変が発生するということを、読者はご存じだろうか。ところが誰もそのことを考えたように思えないのだ。文学者仲間の誰一人としてそのことで動揺しなかった。しかしこれはおそろしく重大なことなのである！(24)

ゾラが離婚と文学の関係について語るのは、二重の意味においてであった。

第一に、文学は離婚の正当性を認識させるうえで大きな役割を果たした。十九世紀文学には不幸な夫婦生活、あるいは愛を感じない夫に隷従する妻の悲劇を物語る作品が少なくない。とりわけブルジョワ社会を舞台とした作品に見られる傾向で、その場合、妻はしばしば不倫の誘惑に駆られる、あるいは不倫の恋に走る。もちろんそのことは非難されるにしても、作家たちはそこに至る感情の流れを説得的に描いていた。しかも結婚している女性の恋は当時のブルジョワ社会においてタブーだったからこそ、そこから内面の悲劇や、社会と情念の葛藤が生じていく。ジョルジュ・サンドの『アンディアナ』（一八三二）、バルザックの『谷間の百合』（一八三六）、フロベールの『ボヴァリー夫人』（一八五六）、さらにフランス以外に例を求めるならば、トルストイの『アンナ・カレーニナ』（一八七七）などが想起されよう。みずから不幸な結婚に苦しみ、夫と別居して恋多き人生を送ったサンドは、離婚を復活させるためのプロパガンダとして文学を利用したくらいである。そしてゾラ自身すでに、この論考が書かれる十年前に『獲物の分け前』において、若い人妻と義理の息子の禁じられた愛の物語を綴ってみせた。

不幸な結婚を解消する手段としての離婚にとりわけ世論の注意を向けさせたのは、演劇だった。ゾラがデュマ・フィス（一八二四―九五）、エミール・オージエ（一八二〇―八九）、ヴィクトリアン・サルドゥー（一八三一―一九〇八）ら同時代の人気劇作家の名をあげているのは、そのためである。数多くの観客の前で繰り広げられる演劇は、文学ジャンルであると同時に一種のメディアであり、したがって大衆への波及効果が大きかった。とりわけ離婚という社会問題をテーマにした芝居は、直接的な影響を発揮しえたのである。ジャーナリストとして鋭い嗅覚をそなえていたゾラが、その

結婚式ならぬ「離婚式」。離婚法が復活した1884年に『カリカチュール』紙に掲載されたロビダの風刺画。

ことに気づかないはずはなかった。現代フランスの歴史家フランシス・ロンサンもまた、結婚と離婚をあつかった当時の戯曲のタイトルを列挙しながら、演劇ジャンルが離婚の復活と、その後の離婚法の改定に大きく貢献したことを強調している。[25]

第二に、しかしもし離婚が合法化されれば、離婚が認められていなかった時代における結婚の悲劇や不倫をテーマにしたデュマ・フィスやサルドゥーの作品は、急速にその意義を失うだろう、とゾラは言う。さらに、愛、嫉妬、裏切り、夫婦の危機などをテーマにした文学は、これまでと同じような構図を保つことはできないだろう。結婚が解消できないときに、みずからの誇りと家庭の名誉を守るために不実な妻を殺す夫は（それが、たとえばデュマ・フィスにとって重要な主題である）、悲劇の主人公になりえた。離婚が認められれば、不実な妻（あるいは夫）とは別れればすむ話で、不倫を個人的に罰する行為はたんなる犯罪でしかない。殺すべきか、許すべきか、それはもはや内面のドラマではなく刑法の問題である。こうしてゾラは、離婚が新たな風俗をもたらし、したがって新たな文学の可能性を生み出すだろうと予想するのである。

その後の現実に話を移すと、アルフレッド・ナケは一八八一年の挫折に落胆することなく、その後も忍耐強く啓蒙と政治活動を続け、ついに離婚を復活させることに成功した。一八八四年七月十九日のことである。

後日談を一つ付記しておこう。ゾラは一八八八年、四十八歳のときに、メダンの別荘の女中だった二十一歳のジャンヌ・ロズロと愛人関係になった。その後ジャンヌはゾラとのあいだに二人の子供をもうける。一八九一年の末に、ゾラの妻アレクサンドリーヌは二人の関係を知り、離婚を真剣に考えたらしい。しかし友人たちが取りなして思い止まらせ、ゾラ自身も離婚を望まなかった。そのほうが妻にとって幸いだと考えていたゾラは、アレクサンドリーヌとジャンヌという二人の女性との二重生活を並行させなければならなかったし、それが彼に辛い葛藤を強いることにもなった。男の身勝手と言えばそれまでだが、晩年のゾラが、愛し合う男女の幸福な結合をことさらのように繰り返し語ったのは、みずからの良心の疚しさの裏返しだったのかもしれない。

「動物への愛」（一八九六）

めずらしくゾラが個人的な思い出を語っている文章である。しかも話題はペット動物。ゾラは少年時代からたいへん動物好きだった。犬、猫、鶏などを飼い、メダンに別荘を構えると家畜小屋や家禽飼育場を作らせて、うさぎや馬も飼った。書斎や庭で膝に犬を抱いたゾラの姿が、数多くの写真におさめられている。だからこそと言うべきか、彼の作品にはしばしば動物が登場する。「小説のなかで動物を重視すること。犬、猫、鳥など動物を作中人物として創り出すこと」[26]と、ゾラは『ルーゴン＝マッカール叢書』の準備メモのなかに書き記している。実際ゾラの作品に現れる動物は、物語のうえで大きな役割を演じることが少なくない。『テレーズ・ラカン』では猫のフランソワがヒロインの生活を見つめ、断罪する無言の審判者となっているし、『生きる歓び』では、犬のマチューと猫のミヌーシュがシャントー家と苦楽を共にする伴侶である。

この記事のなかで、ゾラは神への愛、親兄弟への愛、子供への愛と同じく、動物への愛も人間にとってきわめて自然な感情ではないだろうかと問いかける。そして動物愛がどのようにして生まれるのか、心理学や生理学は納得のいく説明をしてくれないと言う（現代の心理学は、おそらく何らかの回答を用意しているのだろう）。

いったい誰が動物愛を研究してくれるのだろうか。その根が人間存在のどこまで伸びているか、誰が教えてくれるのだろうか。つらつら考えてみるに私の場合はすでに述べたように、動物への慈愛は、動物が話せず、自分の欲求を説明できず、自分の苦痛を伝えられないことから生じていると思う。苦しいのに、どのように、なぜ苦しいのかわれわれに教える手段をまったく持たない生き物――それは恐ろしいし、不安を掻きたてないだろうか。だからこそ私は動物のそばにいるとき絶えず注意を怠らず、何か足りないものはないかと心配し、動物が被っているかもしれない苦痛をきっと誇張して考えるのだ。子供のそばにいる乳母のようなもので、乳母は子供を理解し慰めてやらなければならない、というわけである。

しかし慈愛は憐憫にすぎない。動物への愛はどのように説明されるのか。問題はまったく解決されていない。健康な動物、私を必要としない動物でもなぜこれほどまでに私の友であり、私の姉妹であり、私が求め愛する伴侶であり続けるのか。なぜ私はこのような愛情を感じ、なぜ他のひとは無関心だったり、ときには憎んだりするのか。[27]

ところでゾラの動物好きは、単なる個人の趣味の問題ではすまされない側面をもっている。人間と動物の関係という観点からすれば、十九世紀は感性が大きく変化した時代だからである。おおざっぱに言うならば、動物を保護するべきであるという思想がまさにこの時代に生まれた。そこからペット愛好まではあまり遠くない。戦争や暴動がしばしば起こった十九世紀において、動物への愛を説くことは同胞にたいする優しさと寛容を勧めることであり、とりわけ都市では、階級的な対立を未然に防ぐための方策とさえ考えられていた。こうしてまずイギリスで一八二〇—三〇年代に動物虐待防止法や、動物を使ったブラッドスポーツを禁じる法が設けられ、フランスでは一八四六年に「動物愛護協会」が設立され、その四年後には動物愛護法（グラモン法）が制定されて、公共の場で家畜を虐待すると罰金刑を科されることになった。[28]

しかも歴史家モーリス・アギュロンによれば、そこには十九世紀フランスに特有の思想問題が絡まっていた。[29]たかが動物のことと侮ってはいけない。人間界と動物界をはっきり区別するカトリック側が動物愛護にほとんど無関心だったのに対し、共和派は人間を自然界の一部と見なして人間と動物のあいだに連続性を認め、したがって動物愛護運動を積極的に支持した。動物を愛し、いたわることは、ひとを愛し、いたわることにつながる、それは迫害されている弱者たちへの配慮をうながすと考えられたのだ。動物愛護の思想は共和主義との関係が深いということになる。それは一つのイデオロギーなのだ。

さて、動物への愛を感動的に語ったこの記事が一八九六年三月二十四日『フィガロ』紙に掲載されると、たちまち大きな反響を呼んだ。好んで人間の獣的な側面を描き、近代社会の暗部を析出させ、しばしば下品な作家と非難されていたあのゾラが熱烈な動物愛好家だったとは！　ゾラのもとには世の動物好きたちから多数のファンレターと感謝の手紙が舞い込み、ついには同年五月に動物愛護協会から表彰されてしまう。その答礼スピーチのなかで彼は、協会の活動は人類に正義と憐憫の情が何であるかを示してくれる神聖な活動であると讃えた。

「人口の減少」(一八九六)

最後の記事は人口の減少、より正確には子供の出生率の低下に警鐘を鳴らす文章である。言うまでもなく日本はかなり以前から同じ問題を抱えており、その意味でも興味深い。

フランスは広く肥沃な国土をもち、気候にも恵まれているせいで昔から食糧の生産性が高く、それが子供の高い出生率と、子供を育てる好条件を保つのに寄与していた。その結果、ヨーロッパ諸国のなかでもっとも人口の多い国だった。フランスの国力を維持してきた要因の一つがそこにあり、たとえばナポレオンの時代にフランスが対外的な戦争に強かったのは、ナポレオンの卓越した軍事的知略もさることながら、兵隊や将校の数が他国に比べて多かったことも大きな要素と言われる。

ところが十九世紀後半になると、出生率が目立って下がり始めたのである。主な原因はフランス人家庭が産児制限をかつて以上に厳密に実践するようになったからで、ゾラに言わせれば、子供の数が少ないことが上品で洗練されていると考えられるようになった。もちろん、とりわけ都市部での生活費の高騰も影響している。さらに、アルコール中毒、梅毒、結核など死亡率が高く、死に至らないまでも人間の生殖機能を損なうおそれのある病が流行して、大きな社会問題になったことも無視しえない。実際こうした状況を前にして、フランス人は人種的に衰弱し、民族的に衰退しつつあるのではないかという危惧がまことしやかに公言された。「退化(あるいは変質)dégénérescence」論と呼ばれる理論である。
そうした言説につうじていたはずのゾラは、出生率の低下をもたらした文化的な要因としてショーペンハウアーの厭世哲学や、不毛の処女性を礼讃するワーグナーの音楽、さらには家庭、愛、母性といったテーマを貶めるデカダン文学や象徴派までも糾弾する。そして子供の多い家族ほど美しいものはないとして、フランス女性たちに子供をたくさん産むよう促す。ゾラの批判がどこまで正鵠を射ているか、また彼の呼びかけがどれほどの効果を発揮したかはさしあたり問題ではない。確かなのは、出生率の低下にともなう人口減少の危険が、世紀末フランスでは差し迫った脅威と感じられていたということである。ゾラの時評は、愛と多産を讃える次のような一文で閉じられている。

フランスで生の廃棄〔人工中絶を指す〕がなくなり、善良で不滅の女神、永遠の勝利をもたらす女神のように生が崇拝されることを私は望んでいる。力強く自然な文学、雄々しくて健全な文学、言葉と物に挑む誠実さをもち、未来世代の溢れるごとき生の奔流のために子を産む愛をあらためて名誉あらしめ、堅固さと平和の巨大なモニュメントを創りあげてくれるような文学がフランスに登場することを私は望んでいる。そして新たな社会全体がそこから誕生すること、まじめな男女、子供を十二人もち、太陽に向かって人間の歓喜を声高に宣言する夫婦が誕生することを私は望んでいる。(30)

ゾラの出産奨励イデオロギーは、『四福音書』の第一作『豊饒』と題された小説のなかで、子宝に

ゾラの『豊饒』が『オロール』紙に連載されることを告げる宣伝ポスター

恵まれるマチューとマリアンヌ、そしてその子孫たちの繁栄を謳うユートピア物語をつうじてあらためて主張されている。これを、一作家の個人的な夢想と呼ぶにはあまりに政治的な含意が大きいのだ。というのも、ドイツへの復讐を唱える愛国主義に支えられ、海外での植民地拡張を国策にしていた第三共和政もまた産めよ殖やせよと奨励していたからである。人口の増加は、軍国主義と植民地政策の条件でもあったということだ。こうしてポスト＝コロニアリズムの現代から見れば、大家族と家父長制の繁栄を言祝ぐ『豊饒』の構図は、植民地主義イデオロギーとみごとに一致してしまう。ただし誤解のないように付言すれば、それはゾラが実際に植民地主義に賛成したという意味ではない。

　小説家ゾラ、自然主義文学の理論家ゾラとは異なる、しかしそれと相互補完的なジャーナリスト・ゾラの相貌は以上のとおりである。政治、社会、文化、宗教、習俗のあらゆる現象に関心を抱いたゾラの鋭敏な観察眼と判断力は、彼の文学作品のテーマに反映され、両者は強く共振する。そして新聞に発表された時評や論説に見られる犀利な分析と、卓越したレトリックは、世紀末から二十世紀初頭にかけてフランス社会に激震を走らせたあのドレフュス事件への介入に際して、国家権力と軍部を相手に発表された一連の檄文において頂点に達する。「ジャーナリズムに利用されるのではなく、それを利用するためにはかなり足腰がしっかりしていなければならない。ジャーナリズムはみずからにふさわしい人間だけを受け入れる」。先に引用したこの一文は、ほかならぬゾラにこそいかにもふさわしい。

第九章　ゾラはどう読まれてきたか

書簡集とジャーナリスティックな著作をつうじて、ゾラがみずからの作品と、同時代の文化や社会や政治に向けた眼差しを分析した先の二章に続いて、この最終章では、生前から現代に至るまでゾラがどのように読まれ、解釈されてきたか、その歴史を辿ってみよう。ゾラが同時代の人間と社会にどのような視線を注いだのかを問いかけた後に残されているのは、ゾラと彼の作品にたいしてどのような視線が注がれ、どのような判断が下されてきたかを探る作業である。多くの作家がそうであるように、ゾラの場合もその評価は大きな振幅を見せてきた。それは彼の文学世界がそれだけ複雑で、さまざまな問題をはらんでいるという証拠であり、要するにその豊かさを示すものだろう。ここではゾラが作家、批評家、哲学者、歴史家たちにどのように受容されてきたかという点を中心にして、主要な論点を跡づけることにする。彼ら自身の言葉をできるかぎり響かせるため、多くの引用文を挿入するので、ゾラをめぐる批評のアンソロジーという様相を呈することになるだろう。

一　ゾラと同時代人たち

二十代後半から精力的に小説を刊行し、自然主義文学の領袖として論陣を張ったゾラは、各作品が話題となる人気作家であったが、それと同時に批判者も多かった。芸術上の革新をめざす人間がぶちあたる宿命であろう。ゾラ自身がかなり闘争的で、論争を好んだということも作用している。ジャーナリストのルイ・ユルバックは『テレーズ・ラカン』を「腐敗した文学」と断罪し、作家バルベー・ドールヴィィや批評家ブリュンティエールもまたゾラの作品が下品で病的であると非難した。それに対して、いくらかの留保はつけながら彼の文学の新しさを積極的に擁護した作家たちがいる。

ギュスターヴ・フロベール

ゾラにとって『ボヴァリー夫人』や『感情教育』の作者は文学上の師であり、自然主義への道を拓いた先駆者だった。二人の交流が密になるのは一八七〇年代に入ってからで、フロベールはゾラの作品をすべて注意深く読み、そのつど感想を手紙で書きおくっている。フロベールは、作家はみずからの文学理念や美学を公にするべきではないと考えていたから、ゾラが自分の小説に序文をつけるのを評価せず、自然主義の理論にたいしてはけっして賛同しなかったが、小説家としてのゾラの才能はよく見抜いていた。たとえば『プラッサンの征服』には最大級の賛辞を惜しまない。

とりわけ私が強い印象をうけたのは、作品の全体的な調子と、穏やかな表面のしたに潜む激しい情念です。力強い、たいへん力強いですよ、がっしりして、元気な作品です。

ムーレはみごとなブルジョワです。その好奇心、貪欲さ、諦念、そしてへつらい！　フォージャ神父は不吉で巨大――まさに聴罪司祭の典型です。彼はなんと巧みに女をあやつることでしょう！　慈愛によって女の心を捉え、それから手荒くあつかうことによって、なんと巧妙に女を支配することでしょう！

続いてフロベールは小説の細部にわたって長所を指摘し、心に残る言葉や表現を列挙し、最後のエピソードは幻想文学のような雰囲気をおびていると結ぶ。

こうしたもの以上に素晴らしいもの、作品の仕上げになっているのは結末です。この結末ほど感動的なページを私は知りません。マルトが伯父を訪問する場面、ムーレが帰宅して家のなかを見て回る場面！　まるで幻想小説を読んだときのように恐怖の念にとらわれます。しかもあなたは現実の過剰さと真実の強烈さによってそうした効果をもたらしている！　読者もムーレと同じように眩暈を覚えます。

（一八七四年六月三日付の手紙[1]）

フロベールは『居酒屋』をあまり好まなかったが、『愛の一ページ』のヒロイン像には心乱れるほどの魅力を感じたと告白し、娘ジャンヌの造型は斬新だと称賛し、そして生前に彼が読むことになる最後のゾラの作品『ナナ』には圧倒されてしまう。深夜まで読みふけった後は眠ることもできず、ほとんど毎ページに註釈を加えたいと述べたうえで「作中人物たちはみごとなまでに真実性にあふれています。最後のナナの死はミケランジェロを想わせるほどです！」と語り、「ナナは現実的でありながら、ほとんど神話になっています」（一八八〇年二月十五日付の手紙(2)）と結んでいる。ゾラをいたく喜ばせた最後の言葉はその後有名になった一句である。

ステファヌ・マラルメ

マラルメがゾラの親しい友人であり、『ルーゴン＝マッカール叢書』に深い賛嘆を覚えていたと聞けば、意外に思う読者は多いかもしれない。一方は現実世界を生なましく描いた小説家、他方は言語の可能性を究極まで追究した詩人。かたや流行作家としてジャーナリズムの注目を浴び続けた人間、かたや高校教師をしながら孤高の姿勢で静かに詩作に励んだ人間。一見したところ接点のなさそうなこの二人は一八七四年マネの家で知り合い、永い親交を結ぶことになったのである。マネが描いた二人の肖像画はどちらも、彼らの代表的な肖像として今日まで伝わっている。詩人は小説家の新しさをみごとなまで明晰に認識していた。

刊行当時はそれほど評判にならなかった『ウジェーヌ・ルーゴン閣下』を、『獲物の分け前』や『ムーレ神父のあやまち』に読まれるすばらしいページよりも好むと言うマラルメは、そこに現代小説がたどるべき趨勢を予感し、歴史と競合するようなジャンルを看て取った。一八七六年三月十八日付のゾラ宛の手紙で詩人は次のように述べている。

小説という今世紀に生まれた子供がこうむっている魅力的な変化のなかで、『ウジェーヌ・ルーゴン閣下』はみごとに一点を獲得しました。つまりこのジャンルが歴史に近づき、完全に歴史と重なり合い、歴史がもつ逸話的で、瞬間的で、危険な側面をすべて引き受けているという意味においてです。(3)

『居酒屋』にかんしては、それが「じつに偉大な作品、真実が民衆的な美の形式になった時代にふさわしい作品」であると絶賛し、パリ民衆の言葉を再現するという危うい試みが、ゾラの場合すぐれた文学表現となって結実し、あざやかな成功を収めていると言う。「生涯の日々のように展開するこの穏やかなページは、あなたが文学にもたらしたまったく新しい要素です」(一八七七年二月三日付の手紙)(4)。

さらに、一八九一年ジュール・ユレが同時代の作家たちにたいして行なった『文学の変遷にかんする調査』でも、ユレの質問に答えてマラルメはあらためてゾラへの称賛を口にする。一八九一年と言えば、すでに自然主義文学の栄光が翳りを見せていた頃である。

私はゾラをたいへん尊敬しています。じつのところ、彼は真の文学というより、むしろできるかぎり文学的な要素を使わずに喚起の術を実行したのです。彼が言葉を用いたのは確かですが、ただそれだけのことにすぎません。あとは彼の驚くべき構成力から生まれ、それがたちまち大衆の精神に反響するのです。ゾラには本当に力強い才能が具わっています。かってなかったような生への感覚、群衆の動き、そしてわれわれが皆そのきめを愛撫したナナの肌、そうしたものがすべて素晴らしい淡彩画のように描かれています。まさに刮目すべき構成をもった作品ですよ！[5]

偉大な象徴派の詩人は偉大な小説家の本質をあざやかに捉えていたと言うべきだろう。

ギ・ド・モーパッサン

モーパッサンとゾラは一八七四年頃、フロベールの家で出会った。モーパッサンの伯父アルフレッド・ル・ポワットヴァンが生前フロベールと親しい友人だったこともあり、モーパッサンは彼から文学教育を施されたのである。一八七四年当時はパリで役所勤めをしており、まだ文学の道に入っていない。ゾラより十歳若く、一八八〇年にゾラを含め六人の作家たちが共同で出版した『メダンの夕べ』に『脂肪の塊』を寄せ、それが彼の出世作となった。『女の一生』（一八八三）や『ベラミ』（一八八五）の作家として記憶されている彼は、文学史的には自然主義の一員として語られるのが通例だが、師フロベールの教えを忠実に守りながらかまびすしい文学論争に参加することはなく、ゾラの理論にたいしてはつねに一定の距離を保ち続けた。

そのモーパッサンが一八八三年に「当代の有名人たち」というシリーズのために、かなり長いゾラ論を書いている。ゾラの生涯を手短にたどった後に、彼の作品を一つずつ紹介していく。『獲物の分け前』は自然主義の大家が書いたもっともすぐれた小説の一つである。華やかで彫琢され、感動的で真実味にあふれた小説、力強く精彩ある言語、いくらか同じイメージの反復が多いものの、疑いなく強靭で美しい言語で熱狂的に書かれた作品である」。その次に刊行された『パリの胃袋』は、「中央市場と、野菜と、魚と、肉への礼賛」であり、食糧のみごとな描写からは強いにおいが立ちのぼり、読者はそのにおいにむせ返ってしまうほどだ。こうしてモーパッサンは、ゾラ文学を特徴づける感覚世界の豊かさを指摘する。

ゾラは文学世界の革命家である。しかし若い頃のゾラは、同世代の青年たちがそうであったようにユゴーなどロマン主義作家を耽読していた。彼は想像力よりも観察と分析を重んじるという理念によって文学を刷新しようとしたが、モーパッサンによればゾラはロマン主義的な手法を捨てさったわけではなく、人間や事物をつねに象徴に変えようとする傾向を脱していないし、その意味で彼の理論と作品には矛盾がある。それがゾラの弱点であり、同時に彼の卓越した才能の一面にもなっている。それにしても重要なのは作品そのものであり、そこには現代社会を啓示する新たな詩情がみなぎっている。

この小説家は素晴らしい作品を生み出し、その作品は作家の意図に反して叙事詩の趣をもっている。彼の作品は意図された詩情のない詩、それ以前の作家たちが用いたしきたりを排除した詩にほかならない〔……〕。

『パリの胃袋』は食べ物の詩ではないだろうか。
『居酒屋』はワインと、アルコールと、酩酊の詩ではないだろうか。

『ナナ』は悪徳の詩ではないだろうか。(6)

『ベラミ』の作者は、『ルーゴン＝マッカール叢書』の作家のうちに、現代世界をその現実性と象徴性において物語る叙事詩人を見ていたのである。

二　ゾラと二十世紀の作家たち

しばしば起こることだが、偉大な作家や思想家は死んでからしばらくの間評価が下がったり、無視されたりする。フランス語では「煉獄に落ちる」という言い方をするが、ゾラの場合もまさにそうだった。生前の人気が高く、影響力が大きかっただけに、新たに登場してきた文学者の世代はゾラを否定し、乗り越えることによって自己形成を遂げていったという側面が強い。モーリス・バレスやポール・ブールジェやアナトール・フランス、そして彼らを読みながら文学の道に入っていったジッド、ヴァレリー、プルースト、クローデルの世代がそうである。二十世紀初頭のフランスで、一般の読者は相変わらず『ルーゴン＝マッカール叢書』を読み続けていたが、文壇や大学の文学研究の場ではあたかもゾラなど存在しなかったかのように人々が振る舞っていたのである。

十九世紀末から二十世紀初めにかけてゾラを正当に評価したのは、他のヨーロッパ諸国やアメリカの作家たちだった。トルストイやドストエフスキーらロシア作家がゾラの愛読者だったことはつとに有名だし、イギリスのギッシング、ドイツのハウプトマン、ノルウェーのイプセン、イタリアのヴェルガ、そしてアメリカのドライサーらにはいずれもゾラの影響が看取される。

ヘンリー・ジェイムズ

そうしたなかで、イギリスのヘンリー・ジェイムズ（一八四三―一九一六）はゾラが死んだ翌年の一九〇三年に、追悼の意味を込めてかなり長いゾラ論を『アトランティック・マンスリー』誌に発表した。未完に終わった『真実』が死後刊行され、それを読んでからまもなく書かれた論考である。ジェイムズはパリとロンドンで生前ゾラに何度か会ったことがあり、彼が人生の大半を『ルーゴン＝マッカール叢書』の執筆に費やしたことに賛嘆のまじった驚きを覚えていた。それは文学史上じつに稀有な出来事だ、というのである。

これ以上勇気と自信に満ちた立派な行為は、文学の歴史の記録に例を見ないものだと思う。彼に共感する批評家は何度も何度もその行為に驚嘆する。そこには不思議なものと威厳に満ちたものが混じり合っている。(7)

そのうえでジェイムズは、ゾラの作品全体を三つのカテゴリーに分類してみせる。

まず、同時代の制度、産業、商業、信仰を重厚に語った作品群。ここには『パリの胃袋』、『居酒屋』、『ジェルミナール』、『獣人』などゾラの最良の作品が含まれる。近代の都市生活を特徴づける中央市場やデパートや労働者の世界、そして資本主義の発展と弊害をしめす組織や空間を描いた作品群である。そこでは民衆の沸きたつようなエネルギーが感じられ、激しい情熱と欲望が説話化されている。ものや出来事や現象はとりわけ集団や群衆のかたちで語られ、社会は運動の相のもとに捉えられている。こうした特徴こそゾラが文学にもたらしたもっとも大きな貢献であり、『三都市』や『四福音書』ではいくらか想像力の飛翔が力強さを欠いてくるとはいえ、本質的には変化していない。

ジェイムズがもっとも高く評価するのはこの第一のカテゴリーで、とりわけ『居酒屋』にたいしては賛辞を惜しまない。そして、主人公ジェルヴェーズの造型は近代小説がこれまでになしえたもっとも偉大な達成の一つと讃え、「近代小説はこれほど完璧に構成され、これほど豊かで持続性のある調子を備えたものを生み出したことがない」と述べている。ジェイムズ自身はゾラとかなり異なるタイプの作家だっただけに、この賛辞は説得的である。

次に、主として粗野で物質的なブルジョワの風俗・道徳の研究というカテゴリーがある。『ルーゴン家の繁栄』、『獲物の分け前』、『ウジェーヌ・ルーゴン閣下』、『ナナ』、『制作』などがこれに属し、個人の生活と、社会的・政治的な冒険をあつかい、第一のカテゴリーと違って、興味の中心は個人の性格や生き方である。作品の選別についてはいくらか疑問が残るものの、ジェイムズはここで政治的な側面が濃い小説を念頭においている。

そして第三に、現実の過酷さの苦い味をできるだけ取り除き、詩的で、牧歌的で、神秘的なテーマをあつかった一連の小説である。『ムーレ神父のあやまち』、『愛の一ページ』、『夢』、『パスカル博士』などはきわめて繊細なスタイルで語られ、倫理的ヴィジョンに訴えかけるように書かれた作品である、とジェイムズは主張する。いつもの方針に反してゾラは上品に読者を楽しませようとしており、そのことは感動を誘う。

ハインリヒ・マン

第一次世界大戦のさなかの一九一五年に、フランスの交戦国だったドイツでゾラを敢然と擁護したのがハインリヒ・マン（一八七一―一九五〇）である。十九世紀末に数年間フランスに滞在した経験をもち、フランス文学の精神と社会批評の思想に親しんだマンは、困難な情勢のなかで敬愛する作家の価値をドイツ国民に知らしめようとした。そもそも世紀末から二十世紀初頭のいわゆる「表現主義文学」には、自然主義文学との類縁性が見て取れるし、逆に当時のドイツ文学が、ゾラ作品に潜在的にふくまれていた表現主義的な側面を明るみに出したということもある。

マンの『ゾラ論』(8)は六章に分かれ、叙述は作家の年譜にしたがうが、伝記的な研究ではない。そしてゾラの表現技法ではなく、彼の作品全体の意義を巨視的に論じている。ゾラは何よりも「群衆」を自分の作品の対象とし、それを形式上の原理ともした。群衆の運動と情念を描ききったことこそ、彼が近代小説にもたらした大きな貢献にほかならない。『ルーゴン＝マッカール叢書』では民衆の習俗と生のための闘いが語られ、それが同時代のゴンクール兄弟の作品のように単なる生理学的観察のレベルにとどまるのではなく、民衆の詩情と呼べるようなものが生み出されている。その意味でゾラは本質的に「民主的」な作家である、とハインリヒ・マンは言う。

興味深いのは、マンがゾラの「地中海的な才能」を指摘していることである。たしかに『ルーゴン＝マッカール叢書』のいくつかの作品は南仏の町プラッサンを舞台にしており、そこでは南仏独特の風景が描写されている。しかも、南仏エクスで育ったゾラは地中海沿岸の民衆の生活をよく知っていたし、その自由と束縛、喜びと苦しみに通じていたはずだ。民衆のイメージ、それをとおしての人間性のイメージの表象は、作家の地中海的な想像力に負うところが小さくないだろう。

しかし、マンにとってゾラは何よりもまず『大地』の作家であった。フランス中部ボース地方の農村地帯を舞台にしたこの小説では、大地と自然のリズム、そのなかで暮らす農民たちの過酷で激しい人生がテーマになっている。大地は人々にとってある時は恵み深い母であり、またある時は容赦ない暴君に変貌する。感動的な行為もおぞましい犯罪も、立派な行動も恥ずべき悪行もすべて大地のうえで繰り広げられる。人間のあらゆる営みは大地と切り離すことはできず、大地の反応に左右されるだろう。農民のけなげな労働に大地がかならずしも報いてくれないことさえある。そうしたものをすべて包括して、『大地』は現代に叙事詩を甦らせた記念碑的な小説だ、とマンは絶賛した。

アンドレ・ジッド

ヨーロッパ諸国やアメリカの作家たちがゾラの才能を評価し、一般読者が『ルーゴン＝マッカール叢書』を支持し続けていた間、フランスの作家や批評家たちは冷淡な態度を変えようとしなかった。第一次世界大戦によってトラウマを負った世代は、シュルレアリストのように矯激な文学実験に乗り出すか、ポール・モランのようにサロン的な娯楽性を標榜する文学に活路を見出していった。ゾラが描いた十九世紀社会は遠い過去のように思われ、彼の晩年の理想主義は未曾有の戦争によって打ち砕かれたかに見えたのである。

ゾラ再評価の機運が高まったのは、一九三〇年代に入ってからのことである。一九三一年にはアンリ・バルビュス（一八七三―一九三五）がゾラ論を著し、翌年には伝記作家アンドレ・モーロワ（一八八五―一九六七）が『ジェルミナール』にかんする講演を行なう。一九三三年にはセリーヌが、メダンに集った人々の前でゾラにオマージュを捧げ、その二年後には、個人よりも集団の生を描くべきだとした「ユナニミスム文学」の旗手ジュール・ロマン（一八八五―一九七二）が、『ジェルミナール』刊行五十周年を記念して、堅牢な小説を構築したゾラの構想力に熱い賛辞を呈した。

青年期にほとんどゾラに関心を示さなかったアンドレ・ジッド（一八六九―一九五一）は、一九三二年以降、『日記』のなかでしばしば彼の作品に触れ、敬意を表明している。たとえば『ごった煮』についで次のように述べている。

『ごった煮』を読みかえした。すばらしい。もちろんゾラの欠点はよく分かるが、バルザックや他の多くの作家の欠点がそうであるように、それは長所と切り離せない。ゾラの描写の激しさと強さは微妙な心理や繊細な分析とは相容れないが、『ごった煮』に見られる過激さと、醜悪なものを執拗に語る態度が私は気にいっている〔……〕。作中人物たちが交わす精彩に富んだ会話は、バルザックにさえめったに見られないほど正確な調子で書かれている。現在ゾラの評判が落ちているのはひどく不当な仕打ちであり、文芸批評家にとってあまり名誉にはならないだろう。

（一九三二年七月十七日）(9)

数日後、『ボヌール・デ・ダム百貨店』を読んでやはり会話の巧みさに感嘆し、物語の筋、背景、作中人物、文体がみごとに調和していると指摘する。しかしとりわけジッドが高く評価したのは『ジェルミナール』と『獣人』である。

『獣人』はゾラが書いた最良の小説の一つだと思う（かつて読んだときの記憶よりもずっと良い作品だ）。すばらしい場面が数多くある。心理描写が誤るのは遺伝理論を援用するときだけだ。

（一九三二年八月十日）(10)

そして一九三四年には、『ルーゴン家の繁栄』と『居酒屋』を再読したうえで、同時代人のゾラにたいする冷淡さに反駁するためにゾラ論を書きたい、という希望を表明する。

私はゾラにかんする論考を書き、そのなかで、ゾラの価値が現在正しく認められていないことに対して（穏やかに）抗議したい。そしてゾラへの敬愛が最近生まれたものではなく、私の現在の「思想」によって引き起こされたわけでもないことを明確にしたいと思う〔……〕。数年前から、毎年夏になると私は『ルーゴン＝マッカール叢書』を数巻読み返し、そのたびにゾラが芸術家として、いかなる「傾向」とも無関係にきわめて高い評価を受けるに値する作家だと確信するようになった。

（一九三四年十月一日）(11)

「私の現在の思想」とわざわざ断っているのは、当時はジッドが共産主義に接近していた時期だからであり、そうしたイデオロギー上の立場から独立したところでゾラ文学への敬意を示そうとしたのである。残念ながら、ここで告げられているジッドのゾラ論はついに書かれることがなかった。

ルイ゠フェルディナン・セリーヌ

ゾラゆかりの地メダンでセリーヌ（一八九四―一九六一）が『ルーゴン゠マッカール叢書』の作家にオマージュを捧げたのは、一九三三年十月一日のことである。その前年に処女作『世の果ての旅』で衝撃的な文壇デビューを果たしたセリーヌは、ゾラの命日を機にゾラについて語るよう招かれたのだった。第一次世界大戦で死と狂気を体験し、銃後の欺瞞に憤る主人公バルダミュのペシミズムと、俗語、隠語をしきりに用いたその文体に、当時の読者たちはゾラ文学との近親性を見て取ったのかもしれない。

セリーヌから見れば、ゾラの時代には作家がまだ人間性や社会に信頼を抱くことができた。医師でもあった彼はこうして、十九世紀後半の医学的進歩を体現するパストゥールとゾラを比較する。

われわれに言わせれば、ゾラの作品は二、三の本質的な点で、非常に堅固で現代的な意義のあるパストゥールの仕事に似ている。領域が異なるとはいえ彼らには同じように繊細な創造の技術、実験上の廉直さにたいする同じような心遣い、そしてとりわけ同じようにすばらしい論証力――ゾラの場合はそれが叙事詩的なものになっている――が見出される。現代でも同じことを要求すれば、あまりに過大な要求というものだろう。[12]

『居酒屋』こそゾラの代表作である。そこに描き出された民衆の世界は二十世紀にあってもなお、褪せることのない生なましさを保っていた。世界大戦という未曾有の出来事が示しているように、変化があったとすれば、人間がより愚かで醜悪になったことだけだ。文明の野蛮さはこの後もさらに激化していくかもしれない、とセリーヌは預言者のように警鐘を鳴らしながら、彼の時代とゾラの時代の隔たりを指摘する。

要するに、もう一つの途方もない破滅が迫っているときに、ゾラにたいしてはおそらく最高の賛辞を捧げるしかないだろう。ゾラを模倣したり、彼に追随するなどはもはや論外である。精神の雄大な動きを創造するような才能や、力や、信仰がわれわれにないことは明らかだ。逆にゾラが生きていたところで、彼にわれわれを判断する力があるだろうか。ゾラが死んで以降、われわれは人間精神についてたいへんなことを学んだのである。[13]

ミシェル・ビュトール

一九五〇―六〇年代に一世を風靡した小説の新潮流「ヌーヴォー・ロマン」（新しい小説、という意味）の世代のなかでは、ビュトール（一九二六―二〇一六）が密度の濃いゾラ論を発表している。「エミール・ゾラ、実験小説家と青い焔」と題されたその論考は、一九六七年四月に『クリティック』誌に掲載された。その後バルザックやフロベールにかんする批評的エッセーを刊行することになる彼だから、もともと十九世紀小説に造詣が深い作家ではある。

ビュトールはゾラの実験小説論を価値のない議論としてないがしろにするのではなく、それを文学における人間と社会の構成原理の一つと考える。文学における実験とはけっして科学的なものではなく、もっぱら想像力のレベルでなされるものなのだ。

> 小説を実験的なものにするというのは、小説の外部でなされる実験の成果を取り込もうとすることではなく、言語を媒介にして現実にほどこす実験をできるかぎり有効なものにするということなのである。(14)

したがって、ゾラがリュカの遺伝理論をどこまで理解していたか、その理論を文学に適用することの適否などは本質的な問いかけにはならない。遺伝理論は『ルーゴン゠マッカール叢書』における親族関係を構築するうえでの原理であり、その複雑な組み合わせが物語のダイナミズムをもたらす。「ゾラの場合、遺伝とは一つの統語論《サンタクス》にほかならない」とビュトールは主張する。

注目すべきは、後に批評家ジャン・ボリーや哲学者ミシェル・セールが行なうことになるようなテーマ批評を、ビュトールが体液の表象をめぐってすでに試みていたことである。ゾラが豊かな生理学的想像力に恵まれていたと指摘する彼は、血液、アルコール、水など液体の循環が重要なテーマ体系をなしていることを強調する。その点で『パスカル博士』は鍵となる作品であり、その位置はバルザックの『人間喜劇』における「哲学研究」のそれと相同である。この小説には、アル中のアントワーヌが体内のアルコールによってみずから燃え尽きる場面、血友病を患う幼いシャルルが鼻から自分の血液を流し尽くして死んでいく場面など、きわめて幻想的で、ほとんど詩的なシーンが描かれている。最終巻『パスカル博士』は、ゾラ的な想像宇宙の到達点なのだ。

三　現代の批評装置はゾラをどう読んだか

フランスでは、一九六〇年代以降ゾラにかんする研究が飛躍的に進んだ。新たな文学批評の方法が洗練されるにともなって、『ルーゴン＝マッカール叢書』の作家はしだいに紋切り型のイメージを払拭されて、豊饒な想像性と堅固な構想力に恵まれた小説家として文学研究の場に立ち現れてきたのである。マルクス主義、社会学、精神分析、テーマ批評、言語学、草稿分析に依拠する生成研究など、あらゆる批評装置がゾラの作品に取り組み、刮目すべき成果をあげてきた。

ここではゾラ研究の専門家たちの手になる著作には触れずに、むしろ二十世紀と現代を代表する批評家、哲学者、社会学者、歴史家が発表したすぐれたゾラ論のいくつかを紹介することにしよう。それをつうじて、さまざまな分野の知の開拓者たちがどのようにゾラを読み解き、ゾラに問いかけてきたかを総括してみよう。

マルクス主義批評とゾラ

マルクス主義批評は一般に、『ルーゴン＝マッカール叢書』の作家にたいしてかなり批判的だった。一つの時代と社会の全体を描くという野心においてゾラはバルザックに近く、実際、十九世紀前半について『人間喜劇』の作家が行なったことを、ゾラは十九世紀後半について試みたわけだが、両者をめぐる評価はマルクス主義者のあいだではっきり分かれてしまう。マルクスとエンゲルスがバルザックを高く評価したという事情も絡まっているのだろうが、バルザック研究者にマルクシストが多く、すぐれた成果をあげてきたのに反し、ゾラをめぐるマルクス主義批評はけっして豊かな実りをもたらしてきたとは言えない。バルザックの作品は細部にまで立ちいって丹念に分析するのに、ゾラとなると作品そのものより、むしろ『実験小説論』などの理論的著作をおもに取り上げて、個別的な小説に深く切り込んでいかない恨みが残る。

ジャン・フレヴィル（『ゾラ、嵐の種をまく作家』、一九五二）は、ゾラが生物学のモデルを人間社会の変化に適用することによって、資本主義社会の矛盾を見えにくくしたと批判する。硬直した世界観がそこから生じた、と言うのである。

実証主義のイデオロギーに触発された自然主義は、動く世界を無視する、あるいは歪曲せざるをえない。実証主義のイデオロギーがそうであるように、自然主義は疑似科学的な道具立てのもとで、資本主義社会の諸矛盾と客観的な傾向を隠蔽してしまう。生物学に依拠することによって、宿命論とペシミズムに向かう。なぜなら、個人のことだけを語るのは死の観点に立つことにほかならないからである。(15)

二十世紀のマルクス主義美学を代表する一人ハンガリーのルカーチにあっても、ゾラはバルザックの引き立て役に回され、かなり図式的な判断が表明される。彼によれば、個人と社会を弁証法的に描き、人間をその全体性においてみごとに形象化したのがバルザックやスタンダールであり、ロシアのトルストイだった。彼らの作品は、矛盾と葛藤をはらみながらも近代のダイナミズムと社会の動きを正しく捉えていた。他方ゾラは、近代資本主義の弊害に気づいてはいたものの、人間を決定論的なヴィジョンのなかに閉じ込めてしまった。社会の真実を語るという原理を標榜しつつも、凡庸な人間と、殺伐とした日常性を表現することに執着したせいで、かえって人間性の本質や社会の実相を把握できなかった、というのである。

ゾラは同時代の現実にたいして結局のところ孤立した観察者にすぎなかった、とルカーチは言う。『リアリズム論』(一九五五)のなかで彼は『ナナ』とトルストイの『アンナ・カレーニナ』における競馬の場面、さらには『ナナ』とバルザック『幻滅』のなかの劇場のエピソードを比較しながら、ゾラの特徴を明らかにしようとする。ゾラにおいてはいずれも、正確で、具象的で、感覚的な細部までが目に見えるように生き生きと描かれ、対象と素材の面で完璧なまでに叙述され、文学的形象としてはすばらしい出来栄えである。しかしそれは美しい情景、印象的なシーンにとどまり、小説の筋立てを転換させる契機にはなっていない。ゾラにあって、叙述は「傍観者」の立場からなされ、トルストイやバルザックにあっては「参加者」の立場からなされる。前者は孤立した描写にすぎないが、後者は作中人物の運命に深くかかわっている。

バルザック、あるいはトルストイの場合には、われわれはそれ自体として重要な諸事件のことを知るのであるが、その諸事件が重要なのは、その諸事件に参加した作中人物の運命によるのであり、また、作中人物が自己の人生を豊かに展開させるときに、社会の生活に対して作中人物がもつ意味によるのである。われわれは、小説の作中人物が行為することによって関与している諸事件を読むのである。われわれはこれらの諸事件を体験するのである。

ところがゾラの場合には、作中人物はそれ自身、多かれ少なかれ関心を抱いて諸事件を眺めている傍観者にすぎない。したがってこれらの諸事件は、読者にとって一枚の絵というよりはむしろ、一連の絵となる。われわれはこれらの絵を観察することになるのである。(16)

アウエルバッハ『ミメーシス』

同じようにヨーロッパ文学全体を視野に収めつつ、ルカーチよりもっと柔軟でニュアンスに富んだ評価を下したのが、ドイツのアウエルバッハである。刊行以来、半世紀を経た今でも西洋文学にかんする最良の書物であり続けている『ミメーシス――ヨーロッパ文学における現実描写』(一九四六)の第十九章は、おもに十九世紀フランスのリアリズム小説をめぐって考察を展開する。

アウエルバッハも、バルザック、スタンダールとフロベール以降の世代のあいだに文学上の懸隔を認めるのにやぶさかではない。フロベールやゴンクール兄弟には芸術家倫理の純粋さ、印象の豊かさ、洗練された感覚の表象があるが、同時に、彼らの作品はどこかしら狭小で、堅苦しい感じをともなう。

美的な探求に沈潜した作家たちは、現実世界のあらあらしい豊饒さに鈍感になっていたのではないか。しかしゾラは例外だ、とアウエルバッハは『ジェルミナール』第三部第二章に読まれる守護祭のエピソードを引用しながら述べる。そこで語られているのはたしかに、当時のブルジョワ読者ならば思わず眉を顰めたくなるような炭坑労働者の乱痴気騒ぎであり、いくらか粗雑な民衆心理なのだが、そうした欠陥は決定的なものではない。

ゾラは諸様式の混合を真面目に考えた。彼は前世代の単なる審美的リアリズムを抜け出した。彼は時代の大問題から作品を創作したこの世紀でのまれな作家の一人なのである。この点に関しては、ただバルザックだけが彼と比較されることが許されよう。しかしバルザックは、ゾラが認識したことの多くが未発達であったり、まだ認められない時期に書いたものであった。もし彼が誇張したというのであれば、彼は重要な方向に誇張したのである。またもし彼が醜悪なものを特に好んだというのであれば、彼はこの好みから最大の収穫をあげたのである。半世紀以上もたち、しかもその最後の数十年はゾラが考えもしなかった運命をわれわれにもたらした今日でさえ、『ジェルミナール』はなお怖るべき書物である。今日でもなお意義をもち、そのアクチュアルな価値にいたってはいささかも失われていないのである。ここには、読本に収めてしかるべき、規範となるに値する章句がみられるのである。なぜなら、今なお続いている時代の転換期の初期における第四階級の状態と目覚めが、模範的な明晰さと単純さでもってしるされているからである。(17)

ゾラはバルザックとの比較に耐えられるばかりではない。『ルーゴン＝マッカール叢書』の作家は、『人間喜劇』の作家が時代の制約から認識しえなかったことまでもあざやかに察知していた。バルザックは産業革命以前の世界しか語らなかったが、ゾラは産業革命が生み出した近代社会のメカニズムを誰よりもみごとに、そして体系的に叙述した小説家にほかならない。

彼はさまざまな階級の労働者と経営の心理、中央の指導が演じる役割、資本家集団相互の争い、資本の利益と政府、軍隊との協力を知っているのだ。しかしただ産業労働者の小説だけを彼は書いたのではなかった。彼はバルザックがなしたように、だがもっと組織的かつ綿密に、時代（第二帝政時代）の全生活を包括しようとしたのだった。それはパリの住民、農夫、劇場、百貨店、取引所、その他多種多彩にわたった。どの分野においても彼はその専門家となり、いずれにおいても社会構造と科学的技術に至るまで掘り下げたのであった。考えられぬほどの理解力と労苦が『ルーゴン＝マッカール叢書』にはこめられているのだ〔……〕。

ゾラの人類学的概念の誤り、彼の天才の限界は明らかである。だが、彼の芸術的、倫理的、特に歴史的重要性がそれで損なわれることはない。彼の時代と彼の時代の問題からわれわれがへだたるにつれて彼の姿は大きくなる、と筆者は考えたい。彼がフランスの偉大なリアリストたちの最後の人であるだけになおさらのことである。彼の生前の数十年間においてさえ、「反自然主義」の反動はすでに大きな力になって来ていた。かつまた、もはや創作力、時代の生活への精通、はげしい息吹、勇気にかけては、彼に匹敵するものはもはやいなかったのである。(18)

テーマ研究の系譜——バシュラールとミシェル・セール

この領域では哲学者の貢献が大きい。

たとえばガストン・バシュラールは火、水、空気、土という四大元素がもたらす物質性を文学言語がどのようにすくいあげているかを探ることによって、文学作品を読み解こうとした。「物質的想像力論」と呼ばれるその理論装置によれば、一見したところ無軌道で奔放な人間の想像力は、四大元素という土壌のなかではばたく。水や火や土にはそれ独自の想像宇宙の構図があり、中心的な位置をしめる物質（およびその象徴性）は作家によって異なる。こうしてバシュラールは、作品にあらわれる物質的イメージの分析をとおして、おそらく作家たちが意識していなかったであろう詩的想像力の布置をあざやかな手際で浮き彫りにしてみせる。

この方法にもとづいて書かれた一連の著作の嚆矢となったのが、『火の精神分析』[19]（一九三七）であり、その第六章でゾラが言及されている。『パスカル博士』には、アントワーヌという酒浸りの男がみずからの体内に蓄積されたアルコールのせいで、文字どおり燃え尽きてしまうという驚くべきエピソードが語られている（第九章）。当時「自然燃焼」と呼ばれていた現象で、長年にわたって強い火酒を飲み続けた人間の体内にはアルコールが凝縮され、なにかのきっかけでそれが引火すると体を焼き尽くしてしまう、とまことしやかに信じられていたのである。実際、物語のなかではアントワーヌはパイプを吸っているうちに寝入ってしまい、その火がズボンに引火し、やがてそれが彼の腿におよんで「小さな青い焔」となって肉体を焼尽する。

バシュラールはこの一節に、ゾラの秘められた幻想を読みとる。アルコールのうちに火や炎をみる妄想（彼はそれを「ホフマン・コンプレックス」と名付けた）が、ここで作中人物の自然燃焼という出来事をつうじて現前したというわけだ。科学的な実証主義を標榜していたゾラの想像世界を深いところで規定していたのは、素朴な夢想と実体論的な直観ではなかったかとバシュラールは問いかけるのである。火、焔、燃焼。それはゾラの多くの作品に通底するテーマである。出来事のレベルでも隠喩のレベルでも、彼の作品には火とそれにかんするイメージが頻出する。家を滅ぼす火事、暴動や戦争で火を吹く武器、炭坑でつねに燃えているぼた山の炎、坑道での爆発、石炭を呑み込んで燃えさかる蒸気機関車の罐、コミューンのときに燃え上がったパリの町、そしてパスカル博士の資料を灰燼に帰す炎、アントワーヌを焼き尽くす自然燃焼。火はあるときは滅びの象徴であり、あるときは産業活動のしるしであり、またあるときは蘇生の予兆である。

先に触れたビュトールは、この主題の重要性に気づいていた。またジャン・ボリーも『ゾラと神話、あるいは嘔吐から救済へ』[20]（一九七一）のなかで、作家の「神話的人類学」の諸相を分析してみせた。しかしそれも含めて、ゾラにおける想像世界をめぐってもっとも体系的なテーマ批評を試みたのは、バシュラールの正統的な後継者とも言うべきミシェル・セールであろう。一九七五年に刊行されて評判になった『火、そして霧の中の信号　ゾラ』において、セールはまず、『ルーゴン゠マッカール叢書』が全体として、同時代の知の構図を伝えてくれていること、しかもフロベールの『ブヴァールとペキュシェ』（一八八一）のように知の体系を無益な挫折に還元するのではなく、知の体系を物語の構築要素にしていることを強調する。そこで語られている命題や、方法や、エピステモロジーは、当時の科学的成果の最良の部分をあらわしている。すぐれた科学史家が言うことだけに、この主張には耳を傾けるべきだろう。

認識論と象徴性のレベルで、『パスカル博士』は『ルーゴン＝マッカール叢書』全体の結論であり、その到達点になっている。それはこの作品がシリーズの最終巻であり、作中でパスカルが自分の一族の物語を総括するという理由からではなく、パスカルの行為そのものが同時代のエピステモロジーの縮図になっているからだ。

認識行為を分離することによって主体が対象をはるかに見下ろす古典科学は、狭心症のためにスレイアード〔『パスカル博士』の舞台となる場所〕で死ぬ。そして、主体が閉じられた図式の境界を越えて、客体として対象のなかに拡散するような新しい科学が誕生する。人間科学よりはるか以前に、実験科学が自我の死を宣告していたのである。かつての言い方に倣うならば、パスカルは作品の主人公として死んでいく。みずからの知の主体として、作者として、そして時代遅れとなった科学のパラダイムとして死んでいく。シリーズ全体の理論的な位置をしめる『パスカル博士』は科学の物語、認識論の物語、科学史の物語なのであり、自然史と実験処理の一般的な条件を描いた系譜学なのである。(21)

『パスカル博士』では火、熱、燃焼とそれに関連するテーマがさまざまなかたちで変奏されている。そしてそれは、他の多くの作品にも見出される。受け取った感覚やエネルギーを運動や労働として放出すること、それがパスカル博士の信条である。ミシェル・セールはそこに同時代の熱力学との同質性を認め、したがってゾラを「熱力学時代の詩人」と呼ぶ。同様に、暴力と死の小説である『獣人』は蒸気機関の知やテクノロジーと同質的な作品になっている。さらに流通＝循環もまた、さまざまなテーマ系を導き出す。遺伝要因（当時はまだ「染色体」という言葉が存在しない）の流通、快楽を目的とした身体の流通（『ナナ』）、そして商品や金銭や資本やエネルギーの流通と循環（『パリの胃袋』、『ボヌール・デ・ダム百貨店』、『ジェルミナール』、『金』）。そこでは生物学のモデルと経済学のモデルが重なるのである。

ジル・ドゥルーズ

まず全集版の序文として書かれ、その後『意味の論理学』（一九六九）に収められた「ゾラと亀裂」と題される論考のなかで、ドゥルーズは『獣人』における狂気のテーマに着目しながら、精神分析学的な読解を試みている。

主人公で蒸気機関車の運転手ジャック・ランチエは身体的には壮健だが、家系にとりつく遺伝的な「亀裂」が時として彼に襲いかかり、精神の均衡を失わせることを感じている。その亀裂は単なる本能の逸脱や錯乱の発作ではなく、遺伝の宿命そのものを暗示するメタファーであり、死の欲動のメタファーにほかならない。先に言及したゾラ論のなかで、セリーヌは人間性の奥底に死の本能が潜んでいることを、二十世紀の歴史を念頭におきながら指摘していた。『獣人』においてもっとも重要なのはジャックの精神の亀裂、死の本能である。彼が自分の殺人本能にあらがい、妄想を振りはらおうとするのも、この亀裂の現実を証拠だてるものでしかない。ジャックのみならず他の作中人物にあっても、もっとも強いのは愛と死の本能である。ジャックはセヴリーヌを愛しているにもかかわらずではなく、まさに彼女を愛しているがゆえに彼女を殺す。エロスとタナトス、愛と死という二つの本能がその昂まりの頂点で一致する。フロイト以前の時代を生きたゾラは、ほとんどフロイトの直観を先取りしていた。

人間だけではない。この作品ではジャックが運転する「リゾン」と名付けられた機関車が登場し、物語の展開において決定的な機能をはたしている。本当の意味で女を愛せないジャックが欲望を向ける唯一の対象が「リゾン」である。彼はまるで女の身体を愛撫するかのように機関車を撫で、磨き、いつくしむ。「リゾン」のほうもそれに応えるかのように、男に従順な態度を示してけなげに走る。しかしジャックの亀裂が深刻さを増すにつれて、「リゾン」もまた故障し、雪中で立ち往生し、苦しい喘ぎ声をあげるようになる。そして最後は機関士を失い、解き放たれた盲目の獣のように、召集された兵士たちを乗せながら死の闇のなかを破滅に向かって突き進んでいく。もはや単なる機械ではなく、叙事詩的な象徴となった機関車は、作中人物たちと同じようにエロスとタナトスに支配されているのである。

本能は対象を求める。愛の本能が求める対象は女性、ジャックにとってはセヴリーヌという女性だ。しかし本能と対象の出会いはけっして幸福を約束するのではなく、むしろ妄想を紡ぎ出すにすぎない。それは感情の世界ではなく、固定観念の世界である。それが自然主義文学の本質的な一面であることを、ドゥルーズは文学史のパースペクティヴから説明する。

このようにゾラが感情を否定して固定観念を特権化するのには、もちろんいくつかの理由がある。まず、時代の流行、生理学の図式の重要性があげられよう。バルザック以来、地方の生理学、職業の生理学というように、「生理学」は今日では精神分析が担っているような文学的役割を果たしていた。しかも、フロベール以降、感情は失敗、挫折、欺瞞などと切り離せない。小説で語られているのは、作中人物が内面の生活を構築できないという無力さであった。その意味で自然主義文学は小説のなかに三種類の人物を登場させた。内的崩壊の人間あるいは落伍者、人工的な生を営む人間あるいは倒錯者、そして未熟な感覚と固定観念の人間あるいは野獣である。[22]

ジュリア・クリステヴァ

批評家クリステヴァが評価するのは、小説のなかで悪や不幸を語るという可能性をゾラがほとんど極限まで探求したということである。

一九九三年、『ルーゴン＝マッカール叢書』の完結百周年を機になされた発言のなかで、恐怖や悪がメディアによって凡庸化される一方で、小説が悲劇やおぞましさを忌避してなまぬるい私生活の表現に限定されるミニマリズムの傾向が顕著になっている現在、ゾラの文学はこころよい覚醒効果をもつのではないかとクリステヴァは言う。精神分析に通暁した彼女から見ると、ゾラがテレーズ・ラカン、ナナ、ジェルヴェーズをとおして描いたヒステリー的な性現象は臨床医学の立場からいってきわめて正確である。ゾラはヒステリーや、その派生現象であるマゾヒズム、パラノイアなどを直観的に把握していた。いまやテレーズやジェルヴェーズは小説のなかに登場するのではなく、精神科医の長椅子のうえで語っているのである。

ゾラはむきだしの性の暴力性や、神経病理学や、貧しい者たちの苦悩を描きつくした。フロイトの有名な著作の標題を借りるならば、そうした「文明の不安」を表現したという意味で、ゾラの作品は領域が異なるとはいえココーシュカ、シーレ、ムンクらの表現主義絵画を予告するものである。文学に目を転じれば、表現主義の一つの到達点がカフカの作品であろうし、そしてとりわけ俗語、隠語を駆使し、叩きつけるような文体で悪と欺瞞と憎悪を語ったセリーヌこそ、二十世紀においてゾラの企図を継承した作家ということになる。セリーヌがゾラにオマージュを捧げ、ドゥルーズとクリステヴァが図らずもそろってゾラとセリーヌを比較しているのは、偶然と呼ぶことをためらわせるような無視しがたい符丁ではないだろうか。(23)

ブルデューの芸術社会学

ピエール・ブルデューの芸術論は、現代における芸術の社会学的研究を代表する流れの一つである。「社会的判断力批判」という副題をもつ『ディスタンクシオン』（一九七九）では、文化資本、象徴財、〈場〉など独自の概念をもちいて文化の受容メカニズムを分析した。その理論的な連続性のもとで、おもに文学と美術を考察の対象にしたのが『芸術の規則』（一九九二）である。

ブルデューによれば、文学の自律性や作家の天賦の想像力といったロマン主義的な神話は、十九世紀半ば以降もはや通用しなくなり、作家、批評家、出版界、教育機関、読者から構成される空間のなかで、文学もまた一つの制度としてかたちづくられるようになる。文学作品の生産と流通をつかさどる原理は、文学作品を判断する際の基盤となる評価システムを分析しなければ明らかにならない。そのような社会的規定性のなかで、作家はいかにしてみずからを創造の主体として形成していくのか──それがブルデューの問いかけにほかならない。文学場が根本から変化したのは十九世紀後半であり、そうした主体の形成をあざやかに例証し、現代の文学世界をも支配しているこのメカニズムを深く生きた作家として、ゾラが特権的な位置をあたえられている。

ブルデューは個々の作品を分析するのではなく、社会的、文化的、経済的に恵まれない環境に育ったエミール・ゾラという地方育ちの人間が、十九世紀後半のパリの文壇でいかにして小説家として成功していったか、そのプロセスを探る。成功はたんにゾラに才能があったという個人のレベルで説明されるのではなく、さまざまな要因の複合的な作用によって説明される。たとえば文学ジャンルのヒエラルキーという観点からすれば、文学的威信は高いが商業的な利益とは縁のない詩と、威信は低いが利益をもたらしてくれる演劇のあいだに小説は位置していた。ゾラとともに小説は、形式上の規範を棄てることなく、他のジャンルよりもはるかに広汎な読者を獲得し、驚くほどの売れ行き部数を誇るようになった。ブルヴァール演劇の作者たちと違って、

小説家は「一般大衆」に受けることによって、すなわちこの表現が含んでいる軽蔑的なニュアンスが示している通り、商業的成功につきものの信用低下に身をさらす危険を冒すことによって、はじめて演劇作家たちと釣り合うだけの収入や特権を手にすることができる。だからその小説が作家としての威厳を傷付けかねないほど一般大衆に好評を博したゾラが、販売部数の多さと対象

の卑近さからして当然彼を見舞ったであろう社会的運命を部分的にせよ逃れることができたのは、おそらくひとえに、ネガティヴで「通俗的」な「商業性」を、政治的進歩主義のポジティヴな威光をすべてそなえた「庶民性」へと転換できたおかげであろう。これは〈場〉の内側で彼に割り振られ、戦闘的な献身（そしてずっと後になってではあるが、教師的な進歩主義）のおかげで、〈場〉をはるかに越えて広く認められた、社会的預言者としての役割を彼が果たしたからこそ、可能になった転換なのである。[24]

ゾラが深くかかわったドレフュス事件のときに「知識人」という言葉が生まれたわけだから、こうした考察は後に知識人論につながっていく。実際ブルデューの方法論に大きな示唆を受けながら、同じ時代を対象として文学の政治的、社会的機能を論じ、知識人の生成を問う刺激的な論考は少なくない。そしてそこでは、ゾラが特権的な対象の一人になることが多いのだ。たとえば、歴史家クリストフ・シャルルは社会史の視座からこの問題を分析し、『自然主義時代における文学の危機』（一九七九）と『知識人の誕生　一八八〇―一九〇〇』（一九九〇）を上梓しており、十九世紀末の文学場を支配し、その力学を変えた作家としてゾラに大きな位置を付与している。[25] ジゼル・サピロの『作家の責任　フランスにおける文学、法、道徳（十九―二十一世紀）』[26]（二〇一一）は、革命以後の近代フランスにおいて生起した文学をめぐるいくつかの裁判や論争を素材にして、権力と表現の自由のせめぎ合いを分析した大著である。ほぼ二百ページに及ぶ第三部は、第三共和政初期において作家が社会や、民衆や、道徳にたいしてどのようにみずからを主張し、国家と権力に対峙していかに自立性を確保し、知識人としての責任を果そうとしたかを切れ味鋭く論じている。言うまでもなく、その議論の中心に位置するのがゾラにほかならない。

四　歴史家たちの視線

フランスの歴史家たちはしばしば文学者に言及し、ときには彼らの作品を歴史の史料として分析の対象にすえる。十九世紀フランス史の場合も例外ではない。例外でないどころか、他の時代に比べてとりわけ歴史研究における文学作品のインパクトが大きい世紀ではないかと思われる。十九世紀史の専門家たちはバルザックやユゴーの小説、フロベールやジョルジュ・サンドの書簡、ミシュレやゴンクール兄弟の日記などを、同時代の医学書、裁判資料、警察や行政当局の文書、社会調査などと並行させながら読み解く。同時代の社会、政治、経済、私生活にまつわるさまざまな空間を表象するゾラの作品は、こうした歴史家にとってまさしく恰好の史料になっているのである。

この節では、ドレフュス事件関連の記事などゾラが直接かかわった歴史的事件をめぐる証言ではなく、あくまで虚構の物語である小説に現代フランスを代表する歴史家たちがどのようにアプローチしているか調べてみよう。

感性の空間——アラン・コルバン

著作の大部分が邦訳されているアラン・コルバンについては、いまさら解説めいた紹介は必要ないだろう。感性の歴史学を代表する彼は、においにたいする感性の変容をたどり、売買春制度における身体と欲望の表象を探り、海と浜辺をめぐる評価システムを跡づけ、田園地帯の生活が教会の鐘の音によっていかに規定されていたかを明らかにしてみせた。そのコルバンにとって、ゾラの作品は特権的な参照テクストである。

たとえば『においの歴史』のなかで、私生活空間にただよう香りの表象を文学作品のうちに探し求めるとき、ボードレールとならんでゾラがもっとも豊かな情報を提供してくれる。少し長い引用を許していただきたい。

ゾラの主人公たちは、においのメッセージによって自らの欲望にめざめ、内奥の自我にめざめるのであり、そのメッセージが彼らを行動にかりたてたり、あるいは制止したりする。レオポール・ベルナールがすでに指摘しているように、『ルーゴン＝マッカール叢書』の登場人物にとって、「自分が意識していると否とにかかわらず、行動の第一原理でありしかも究極の原理であるもの」は、たいてい、においによびさまされた感覚なのである。ボードレールが娼家のしどけなく濃厚な雰囲気を家庭のなかにまでもちこもうとしたのを世間は許そうとしなかった。ましてやゾラが匂いにドラマチックな役割をあたえようとするのは許しがたいことであろう。視覚と聴覚という知的かつ美的な感覚と、嗅覚と触覚という植物的かつ動物的な生命の感覚とを同次元におくことによって、おそらくゾラはもっともスキャンダラスな挑戦をなげかけたのだ。

ゾラの世界のなかで、性の誘惑にかかわる感覚は、社会階級によって変化する。民衆のあいだでは、触覚が重要なはたらきをしている。田園でも街中でも、身体がふれあうと、くっきりからだの線が感じられて、たちまち欲望に火がつくのだ。ここでは、男性的な征服欲が有無をいわさぬ力をふるっている。ブルジョワジーにおいて、欲情と感情の動きをつかさどっているのは嗅覚である。視線には隠されているから、たとえちらとでも肌と肌がふれあった折に、ふと匂うからだの色香をかぎとらずにいないのだ。異性からただよってくる匂いに、あれこれと空想がひろがり、ひきよせられるように血が騒ぐ。そうしながら、いざなうようなあたりの雰囲気に誘われて、ついには結ばれ合うのである。(27)

確かにゾラは嗅覚の作家であり、彼の小説にはさまざまなにおいが満ちあふれている。炭坑労働者から地方のブルジョワまで、パリの民衆から貴族まで、田舎の農民から首都の上流階級まで、多様な地域と社会階層を登場させるゾラの作品は、近代フランスにおける嗅覚の分布図を構成していると言えるかもしれない。いや、においだけではない。眼差しも、音も、肌の触れ合う感覚も、ものを食べる場面も、彼の作品ではときに決定的な意味をもつ。感覚の小説家ゾラ。彼の作品に依拠して五感の表象を体系的に分析するのは、われわれに残された作業であろう。

政治空間――モーリス・アギュロン

『フランス共和国の肖像』が邦訳されているアギュロンは、共和政の心性、およびその象徴体系とイコノグラフィーにかんする自他ともに許す第一人者である。その彼が、予期できたことではあるが

『ルーゴン＝マッカール叢書』の第一巻『ルーゴン家の繁栄』を論じている。

本書の第三章で論じたように、この作品は一八五一年に勃発したルイ＝ナポレオンのクーデタとその余波を、南仏に位置する虚構の町プラッサンを舞台に物語った作品である。首都パリでルイ＝ナポレオンが権力を簒奪したとき、プラッサンでは王党派とボナパルト派が結託して共和派の蜂起を押し潰す。歴史のうねりを巧みに利用し、ボナパルト派にすり寄ったルーゴン一族は地位と富を手にして繁栄の礎を築く。そうしたことがすべて、一八五一年十二月の事件を背景にして展開し、ルーゴン一族という虚構の家族の運命をつうじて現実のボナパルト派の策謀が語られている。一地方の出来事をとおして、当時のフランス社会全体の動きが喚起されているわけだ。南仏の歴史に詳しいアギュロンによれば、ゾラの作品で語られている出来事やエピソードは同時代の地方都市で起こりえた、そして実際に起こった出来事のアマルガムであり、プラッサンはプロヴァンス地方のいくつかの都市を組み合わせた合成都市である。

周知のように、『ルーゴン＝マッカール叢書』の作者はものや空間を精彩に富んだ人物のように描き出す手法に長けていた。シリーズ第一巻からして、すでにそのようなゾラの能力の片鱗を垣間見ることができる。小説の冒頭で描かれるサン＝ミットル広場はかつて墓地だった場所であり、今では若い二人の主人公シルヴェールとミエットがひそかに逢い引きする愛の空間に変貌しているが、最後にシルヴェールの死の舞台となることによって再びかつての機能を取りもどす。広場は主人公の運命を見つめる空間である。

当時フランスの都市の多くがそうであったように、プラッサンの町は軍事的な目的のために築かれた城壁に囲まれている。保守的なブルジョワ層にとって、クーデタの際にその城壁は、周囲の村々から押し寄せてくる反乱者たちにたいする防御の砦となる。城壁は保守的な秩序と、恐怖におそわれたブルジョワジーの象徴にほかならない。他方、現実の歴史がそうであったように、『ルーゴン家の繁栄』のなかでクーデタに反対して蜂起した共和派は隊列を組んで村から村へと渡り歩き、町の城壁にせまる。共和派はこのような運動の表現として可視化されることによって、物語的な機能を果たしている。

隊列にたいする城壁、民衆にたいするブルジョワ、共和政にたいする帝政、それらは一体になっている。政治小説はここですでに、象徴的イメージの対峙というゾラ的な形式をまとっているのだ。ゾラの洞察は正しかった。ゾラには先見の明があった。(28)

経済空間——ル・ロワ・ラデュリとジャンヌ・ガイヤール

前者は『大地』、後者は『ボヌール・デ・ダム百貨店』の「フォリオ」版のためにそれぞれ密度の濃い序文を書いている。どちらも一九八〇年に発表された論考で、特定の経済空間をめぐるゾラの文学表象の価値を問いかける。バルザックの作品がそうであったように、『ルーゴン゠マッカール叢書』には十九世紀の社会的・経済的変化が濃密に描き込まれているからである。

『大地』はフランス中部ボース地方を舞台とする農民小説、細分化されていく土地の相続をめぐる争いを語った社会小説である。そこに描かれている農民はしばしば粗暴で、不道徳で、利己的で、みずからの利益のためには親族でさえ犠牲にすることをためらわない。農民の表情、行動、身ぶりは人間性を剝奪され、動物のそれに譬えられる。大地を耕し、家畜を飼育する者たちは、その家畜のように食らい、飲み、叫び、交接する。こうした反農民的な表象システムはゾラに固有のものではなく、バルザック、スタンダール、モーパッサンなど十九世紀のリアリズム作家に共通している。それは当時の左翼陣営が、農民を民主主義を理解しない頑迷な反動勢力と見なしていたことにも由来する（これはけっして誤りではない）。たしかに社会集団としての農民はかなり暴力的だったが、しかし彼らは都市のブルジョワ層とは異なる倫理に従っていたのだ、とル・ロワ・ラデュリは述べる。

フランスの田園地帯には独特で多様な文明があった。良きにつけ悪しきにつけ、都市に住む左翼や右翼の知識人層によって唱えられる価値体系にもとづいてその文明を判断するのは無駄なことだった。田舎にはそれ独自の、断固とした尊い原理があったのである。『大地』を執筆することによって、ゾラはこの点できわめて興味深い、そして同時に時代の刻印をおびた小説を書いた。ボース地方の生活のさまざまな側面はたしかに適切に描写されているが、農民にたいしてはすばらしいと同時に不当な書物と言わざるをえない。ゾラは農民を作品の主体ではなく客体にしてしまった。とはいえ、『大地』のもっとも美しいページ、その過激さ、狂気のひらめき、叙事詩的な次元もまた、そのように偏った、ほとんど党派的な見方によって生み出されたのであるが。[29]

『都市パリ　一八五二―一八七〇』（一九七七）という第二帝政期にかんする著作で名高いジャンヌ・

ガイヤールは、『ボヌール・デ・ダム百貨店』を解説している。

ゾラにとって、近代的なパリとデパートが不可分に結びついていること、デパートによってもたらされた消費革命への関心が、オスマンによる都市改造計画にたいする賛嘆の念と繫がっていることは疑いの余地がない。商品の流通と販売が近代化することによって零細な小売業が凋落していくというのは（それがゾラの小説の主要テーマの一つである）、悲しい現実には違いないが、避けがたい趨勢である。ゾラは、少なくとも首都パリにかんするかぎり、資本主義が引き起こすさまざまな結果を肯定していたように思われる。そうした結果をもっともあざやかに露呈させていた経済空間が、ほかならぬデパートということになる。

現実においても小説においても、デパートを舞台に繰り広げられる演出の目的はそれ自体にではなく、利潤の追求にある。『ボヌール・デ・ダム百貨店』は、資本主義のメカニズムが重要な役割を果たす最初のゾラ作品である。『獲物の分け前』で、サカールの成功を怪しい策略や、うさんくさい人物たちのおかげだとしたロマン主義的な見方など、もはやおしまいだ。ムーレの道徳性は非難の余地がなく、商業の掟を遵守することによって得られた彼の成功には、うろんなところは何もない。(30)

主人公ムーレは絹製品によって、その光沢と手触りによって女性客を魅了しようとする。彼が店を絹の布地で埋めつくし、デパートを「消費の殿堂」に変貌させてしまう場面は正当にも名高い。しかし他方ではデパートが身のほど知らずの欲望を煽り、ブルジョワ層の倹約精神を萎えさせ、女性の万引き癖を助長している、要するに市民の風俗を堕落させているという嘆きは当時からすでに表明されていた。ゾラの作品は、そうした時代の風潮をよく伝えている。ジファールというジャーナリストは、女性たちを危険な誘惑から守り、家庭を破産させないためには女性たちに倹約の美徳をあらためて教育すべきだ、と大まじめに唱えていた。折しも、カミーユ・セーが女子の中等学校を設立した時代であった。だがゾラはその論理に納得しない。

ジファールの説はゾラを説得しない。商業的な「装置」や、女性一般を非難することはできないからだ。彼から見れば、こうしたデパートの害悪はまず何よりも、おもな客層をなしている「正装した」ブルジョワ女性の目立ちたいという欲求と虚栄心に原因がある。しかもジファールやゾラにとって、デパートが「無限の力をもった怪物」、「抗いがたい化け物」だとしても、ゾラから見ればそれは同時に、そしてとりわけ、生そのものなのだ。物語の躍動のなかに、『ボヌール・デ・ダム百貨店』の描写の抒情性のなかに、未来への期待と、まだ輪郭の定まっていない新たな道徳を受け入れようとする態度がほの見える。(31)

イデオロギー空間——ミシェル・ヴィノックとモナ・オズーフ

十九世紀のイデオロギー闘争、とりわけ革命の思想と表象をめぐる議論において、フランスの歴史家はしばしば文学者の著作を取り上げる。文学作品が他の史料と同じくらいに、あるいはそれ以上に、人々の集合心性と社会的想像力の輪郭を明らかにしてくれると考えられているからであろう。二〇〇一年にはまるで示しあわせたかのように、文学者のテクストに依拠しながら十九世紀フランス史を読み解こうとする二冊の著作が刊行された。ミシェル・ヴィノックの『自由の声——社会参加した十九世紀の作家たち』と、モナ・オズーフの『小説が語ること——旧体制と革命のはざまの十九世紀』である。

十九世紀は自由と反動、革命と反革命、ユートピアと伝統が絶えずせめぎ合った時代だった。自由の歴史、自由を獲得するための闘いの歴史としての十九世紀を、文学者や歴史家の著作と活動をつうじて再構成しようというのが、ヴィノックのねらいだ。この時代の文学者や歴史家たちは自由のために、あるいは自由に抗って政治参加し、王政あるいは共和政のために活動し、社会主義の是非をめぐって議論をかわした。いずれにしても、社会の動きに積極的に参画することをみずからの責務と考えていた。著者ヴィノックが試みたのは政治をテーマとした文学史や思想史ではなく、作家の生涯を跡づけながら、彼らが同時代の状況にたいしてどのような反応を示したかを探る社会行動の歴史である。

「ゾラ、意に反しての社会主義者」と題された章で、ヴィノックは一八七〇年以降のゾラの軌跡をたどり、彼の政治評論の要点をまとめ、ジャーナリズムをつうじて彼が築き上げた人脈を記述し、彼の小説が引き起こした反響を語る。共和主義者であったゾラは、けっして社会革命を支持していたわけではない。『ジェルミナール』は社会主義者たちによって絶賛されたが、ゾラ自身はそれが革命の書ではなく憐憫の書だと主張していた。彼の作品と政治的信条にはある種の矛盾と葛藤があるが、そうした矛盾と葛藤をふくめて、ゾラは十九世紀の末期を生きた文学者の良心を体現している、と著者は述べる。

共和派の政治家たちと微妙な関係をたもち、小説のなかで政治宣伝は行なわないと言いながら実際は政治に熱狂していたゾラは、世紀末の社会を描く偉大な作家になった。疑似的な遺伝科学の幻想から出発した彼は途中で、新しい社会科学をみごとに実践する者として頭角をあらわす。しかもさまざまな偏見や、因習や、イデオロギーにもかかわらず、真実を語ろうとする意志は捨てなかった。保守的なひとたちからは嫌われたが、新世代の文学者たちからは尊敬され、読者大衆からは熱狂的な支持を受けた。(32)

ゾラは妥協せず、かといって絶望することもなく、フランス人にみずからの社会を映し出す多面的な鏡を差し出した。彼なりにモラリストであり社会学者であった彼は、時代を証言する比類ない語り部だったのである。

オズーフの著作をささえる基本認識は、ヴィノックのそれとほとんど違わない。フランス革命後の十九世紀は「断絶」の意識にとり憑かれ、そのため一方ではアンシャン・レジームや伝統の誘惑に、他方では共和政と革命の誘惑にさらされ続けた。文学はそうした揺れ動きをあざやかに伝えてくれる。文学作品こそが思想の変遷をもっともよく表わす言説だ、文学は社会の表現だ、という認識がそこに横たわっていると言えるだろう。ただしヴィノックが多数の作家の伝記を素描したのに対し、オズーフは数人の作家の個別的な作品を深く読み解くという方法を用いている。ゾラにかんする章で取り上げられているのは『プラッサンの征服』である。

この作品では、フォージャ神父という第二帝政の中央権力からプラッサンに送り込まれたスパイが、一八六三年の総選挙でボナパルト派の候補者を当選させるために市民を巧みに誘導していく。プラッサンでは共和派、帝政派、そして王党派という三つの集団が対立し、互いにいがみ合っていた。フォージャの任務は共和派を骨ぬきにし、帝政派と王党派を和解させて帝政の権力基盤を固めることにあった。地方都市を舞台に展開するイデオロギー闘争の物語といってもいいだろう。そのためにフォージャはムーレ家に住みついて住民たちの信頼をしだいに勝ちえると、共和主義者であるムーレをつうじて共和派の動静を把握し、他方ではその妻マルトをとおして女性たちの支持を得ていく。やがてムーレは精神錯乱におちいって病院に収容されるが、これは共和派の敗北を語り、王党派とボナパルト派が手を結ぶことによって成立した帝政の簒奪を象徴している、とオズーフは解釈する。フォージャにとって、宗教とは民衆を屈服させるための手段であり、それ以外のなにものでもない。ゾラは、ひたすら権力に固執し、そのために悪魔的なまでの権謀術数をめぐらす司祭というまったく新たな作中人物のタイプを創造した。

宗教と女性もまた、『プラッサンの征服』の大きなテーマである。宗教に無関心だったマルトはフォージャ神父の怪しい魅力に呪縛され、教会に通い、やがて彼を愛するようになり、狂信的な信者に変貌する。司祭が霊的な権威をふるうことによって女性を支配し、政治や教育などの世俗的な領域、家庭という私生活の領域にまで介入しているという批判は、十九世紀の政治文化における重要なテーマの一つだった。「反教権主義《アンチクレリカリスム》」と呼ばれるイデオロギーである。本書第八章でも指摘したように、それはたとえばミシュレの『司祭、女性、家族』(一八四五)のなかで強烈に主張されている。小説のなかにも司祭と女性(とくに既婚女性)の複雑な関係を語るものがあり、オズーフはゾラがゴンクール兄弟の『ジェルヴェゼー夫人』(一八六九)に想をえたのだろうと推測している。いずれにしても、フォージャはマルトを自在にあやつり、妄想と錯乱に追い込み、ついには悲痛な死に至らせる。神父と人妻の悲劇的なラブ・ストーリーの背後には、近代フランスを揺るがし続けたイデオロギー上の争点が織り込まれていたのである。

自由と伝統、共和派と保守派の角逐は第三共和政の一八七〇年代になっても解消していなかった。ゾラは共和政にたいして過度の幻想を抱いていなかったが、それが歴史の流れであることは感じていた。

暴動にたいする恐怖感というかたちで、革命はいまだに人々の脳裏に宿っていた。しかしその思い出はゾラにいかなる感動も呼び醒まさないし、共和政はいかなる希望も生じさせない。第二帝政下でおそらくゾラは気分的な共和主義者だったし、リトレやテーヌやミシュレの熱心な読者であり、絶対権力に反対で、体制がいずれ崩壊するのは避けがたいと確信していた。『プラッサンの征服』を書いたときは、いまだに不安定とはいえ共和国は決定的なものだと考えていたのだ。しかし、格別それに熱狂したわけではない。新たに誕生した共和国にはすでに幻滅していた。一八七一年、検察側は『獲物の分け前』の刊行を妨害したし、ゾラのほうは、帝政を痛烈に諷刺した作品を読んで共和国の検事が眉を顰めたと知って激怒したのである。だが、政治体制にたいするフランス人の古くからの妄想がまるでプラッサンの火事で煙と消えてしまったかのように、ゾラの幻滅はもっと深い原因に根ざしている。それは、いまや保証され、相対的に重要性を失った共和政という政体はやがて小説があつかう問題ではなくなるだろう、という確信に由来するのだ。[33]

五　二十一世紀の現状

主だった作家、批評家、哲学者、歴史家たちによるゾラ論の概要は、以上のとおりである。紹介できたのは、膨大な量にのぼるゾラ論のごく一部にすぎないが、その多様性と現代性にはあらためて驚かされる。ゾラのような古典的作家についてはあらゆる方法論から分析がなされ、あらゆる資料が発掘され、それに依拠した新たな全集版や批評校訂版が出版される。そうした作業が一段落すると、研究面ではときに凪のような状態が現出し、大きな進展や新たな方向性の開拓が見られなくなることがある。停滞の時期が訪れるのだ。

ところがゾラ研究の領域では、そうした停滞が見られない。ゾラ没後百年に当たる二〇〇二年に、ゾラをめぐる数多のシンポジウム、展覧会、講演、出版が相次いだのは理解できる。自国の文化や歴史を彩る偉人にちなんだ記念行事を催すのがとりわけ好きなフランスだから、そのことに不思議はない。ただゾラの場合は、そのような型通りの記念の催しが終息した後も、注目度の高さと、研究の深化や多面化は衰えを知らない。フランスでは今でも毎年のようにゾラにかんする博士論文が提出され、分厚い著作が刊行され、学術的シンポジウムが盛んに企画される。資料面でも先に言及したように、二〇〇〇年代に入ってから、ゾラが妻アレクサンドリーヌや恋人ジャンヌに宛てた数多くの手紙が網羅的に出版されたし、『ルーゴン＝マッカール叢書』全二十巻の準備ノートの刊行はいまだ完結していない。ゾラに宛てたセザンヌの手紙が新たに発見されるという、両者の伝記の一ページに変更を迫るような事件もあった。

二十一世紀の読者がゾラ文学にどのような価値を見出し、そこに何を問いかけるのか。それがまさにわれわれの課題ということになるだろう。

補遺　『ルーゴン＝マッカール叢書』各巻のあらすじ

第一巻『ルーゴン家の繁栄』（一八七一）

十八世紀末、南フランスの町プラッサンに住むひとりの女性アデライード・フークは、夫ルーゴンとの間に息子ピエールを、夫亡き後は愛人マッカールとの間にもう一人の息子アントワーヌをもうける。ピエールは母親の財産を横領し、野心的な女フェリシテと結婚して油商人として成功し、ルーゴン家の繁栄の基礎を築く。そして、一八五一年十二月にルイ＝ナポレオンのクーデタが勃発し、その政治的動揺がプラッサンにまで及んでくると、ピエールはそれを巧みに利用して策謀をめぐらし、プラッサンの権力を手中にする。共和派はクーデタに抗して叛乱をくわだて、その反乱軍には、アントワーヌの甥にあたる若きシルヴェールとその恋人ミエットも加わる。しかし政府軍に敗れ、ミエットは戦いのさなかに命を落とし、シルヴェールは捕らえられて銃殺されてしまう。他方で、ピエール・ルーゴンとその一家の繁栄は確かなものになっていく。

叢書の第一巻としてルーゴン家、マッカール家の成り立ちを語る「起源の小説」であり、同時に、純粋なシルヴェールとミエットの愛と死を描く悲恋物語でもある。

第二巻『獲物の分け前』（一八七二）

ルイ＝ナポレオンのクーデタの後、政治家の兄ウジェーヌを頼ってパリに出てきたアリスティド・ルーゴン（ピエール・ルーゴンの三男）は、市役所に勤務している間に、近く予定されている首都の改造計画の書類をひそかに目にする。最初の妻を亡くした後、若く美しいルネと再婚するが、かつてある男に誘惑され、妊娠までしたルネを娶ったのは、もっぱら彼女の実家が資産家だったからである。やがてオスマン計画によるパリ改造事業が本格化すると、アリスティドはルネの持参金を元手に不動産投機に乗り出し、莫大な富を手にして、モンソー公園の近くに豪邸を構えるまでになる。他方ルネは、贅沢な生活に明け暮れながら、義理の息子マクシム（アリスティドと最初の妻アンジェルの子）と恋仲になり肉体関係をもつ。二人の愛の逢瀬は、しばしば邸内の温室で繰りひろげられる。しかしマクシムはやがてルネに飽き、父親と結託してある富豪の娘に目をつけ、結婚してルネを棄て去る。皆から棄てられたルネは、病に冒されて寂しく死んでいく。

情欲、野心、金銭欲がうずまき、第二帝政期の雰囲気をよく伝える作品。パリ上流社会の風俗、土地バブル景気に沸くパリの活気、そこにうごめくあくどい投機家の世界などがあざやかに喚起されている。

第三巻『パリの胃袋』（一八七三）

巨大な鉄骨ガラス建築として一八五〇年代のパリに出現した中央市場が舞台。一八五一年のクーデタの際に誤って逮捕され、南米ギアナに流刑になっていたフロランが、さまざまな苦労を経た末に流刑地を脱出して、一八五八年パリに戻ってくる。そしてかつて面倒を見てやった異父弟のクニュに再会する。妻のリザとともに、中央市場の近くで肉屋を営むクニュはフロランをあたたかく迎え、中央市場の監督官の口まで世話してやる。社会の不正や民衆の貧しさに憤りを覚えるフロランは、同志たちを集めて一種の秘密結社をつくり、会合を開いた末に小さな暴動を計画するまでになる。それに気づいたリザは、みずからと家族の平和を守ろうとして、ためらった末にフロランを警察に密告する。フロランは逮捕されてふたたび流刑となり、中央市場は平安を取りもどす。

当時の建築技術の粋を駆使して作られた中央市場、そこで働く商人、そこに並ぶさまざまな食料品の描写がきわめて印象的な作品。パリ民衆のエネルギーを感じさせる。

第四巻『プラッサンの征服』（一八七四）

舞台はふたたび南仏プラッサンで、一八五八―一八六四年にかけて展開する物語。ボナパルト派の司祭であるフォージャ神父は、政府のひそかな命令を受け、プラッサンの町を征服するために派遣された。フォージャはフランソワ・ムーレの家に寄宿し、やがてその妻マルトを洗脳して、狂気という名のもとにフランソワを精神病院に閉じ込めてしまう。そしてみずからは巧みな策略で副司教にまで成り上がっていく。しかし最後に、精神病院を抜け出したフランソワが家に火を放ち、フォージャは母とともに焼け死に、それを目にしたマルトも発狂死する。

宗教の狂気と謀略を語るカトリシズム批判の書。フォージャがマルトを洗脳していくさまがまるで現代の新興宗教のようで、薄気味悪さがただよう。

第五巻『ムーレ神父のあやまち』（一八七五）

若き司祭セルジュ・ムーレは、プラッサン近くの小村アルトーの教会を任され、精神薄弱の妹デジレと暮らしている。心やさしい、神秘的な傾向のある司祭である。あるとき熱病で倒れると、伯父のパスカル博士がパラドゥーというところに彼を連れて行き、静養させる。それは豊かな自然に囲まれた、静かな楽園のような土地であった。セルジュはそこに住む天使のような娘アルビーヌの介護で回復し、やがて二人は愛し合うようになる。穢れない美しい楽園で、愛と陶酔の物語が繰りひろげられ、アルビーヌはセルジュの子どもを身ごもる。しかしセルジュを監視するアルカンジアス司祭は彼の不道徳を責め、聖職者の道に引きもどす。セルジュを失ったアルビーヌは、絶望のなかでみずからの命を絶つ。

楽園的な自然と、そこに生まれる愛への賛歌を謳う現代版アダムとイヴの物語である。パラドゥー（プロヴァンス語で「天国」という意味）の描写は、文学史上において名高い。

第六巻『ウジェーヌ・ルーゴン閣下』（一八七六）

第二帝政期のパリを舞台とする政治小説。ウジェーヌ・ルーゴンは権力欲が強い男で、政治家となり、仲間の協力をえて大臣にまで出世する。皇帝ナポレオン三世の信頼も厚い。女嫌いのウジェーヌだが、その彼を引きつけるのがクロランド・バルビで、彼女もまた野心が強く、ウジェーヌと結婚したいとさえ思う。しかしウジェーヌは彼女に不信感を抱き、腹心の部下のひとりと結びつける。そのことを恨んだクロランドは、皇帝の寵をえると、政界の人事にまで容喙するようになる。そしていったんはウジェーヌを失脚させるが、巧妙な彼は三年後、みごとに政界への復帰を果たす。

　政界と腐敗と権謀術数、さらにはジャーナリズムの内幕を描いた作品である。舞踏会、皇太子の洗礼、皇帝が催す夜会など、華やかな宮廷の社交生活も喚起されている。

第七巻『居酒屋』（一八七七）

　美しくけなげな洗濯女ジェルヴェーズは、トタン職人のクーポーに見初められ、やがて結婚してパリの場末グット＝ドール通りに新居を構える。二人はまじめに働き、倹約に励み、娘のナナも生まれて幸福な家庭生活を送っていた。ところがある日、クーポーが仕事中に屋根から落ち、大けがをする。家で看病するうちに、二人の貯金は底をつき、もはや働けなくなったクーポーは酒に憂さ晴らしを求めるようになる。それでも、ひそかに彼女を愛している鍛冶屋のグージェが貸してくれた金で、ジェルヴェーズは洗濯屋の店をもち、繁盛するに至る。そこへかつての恋人ランチエが戻ってきて、家に入りびたるようになる。稼いだ金を二人の男に浪費されてしまうジェルヴェーズも、やがて怠惰と酒に身をまかせ、店を手放す。すさんだ家庭に嫌気のさしたナナは家出し、クーポーはアル中のはてに病院で狂死し、ジェルヴェーズも飢えと寒さのためみじめに死んでいく。

　下層階級の貧困と悲惨、アルコール中毒の実態がなまなましく描かれた社会派の小説。パリの民衆の姿をあざやかに描き、技法的にもきわめてすぐれた傑作で、これによってゾラは流行作家の地位を確立した。

第八巻『愛の一ページ』（一八七八）

当時パリ郊外の閑静な住宅地だったパシーを舞台に、一八五二年二月から十一月までの出来事を語る作品。若く美しい未亡人エレーヌ・グランジャンは、病気がちの一人娘ジャンヌといっしょに、パシーのアパルトマンでつつましく暮らしている。ある夜、ジャンヌが発作を起こしたので、エレーヌは隣に住むドゥベルル医師を呼んで診察してもらう。ドゥベルルはエレーヌの清楚な美しさにたちまち引きつけられる。妻子のいる彼にたいしてはじめは冷淡だったエレーヌも、やがて彼を愛するようになり、彼の腕のなかで官能の歓びを知る。二人の愛に気づき嫉妬したジャンヌは、母がドゥベルルとの密会のために留守にしたある雨の夜、窓を開け放ってわざと雨に打たれ、それがもとで急性結核に感染して死んでしまう。娘の死がみずからの不倫にくだされた罰だと思ったエレーヌは、ドゥベルルとの恋を諦めて身を引く。

ゾラが書いたもっとも美しいラヴストーリーの一つ。作品は五部構成の悲劇のように組み立てられ、各部の最後にはエレーヌの部屋の窓から眺められたパリのさまざまな風景が、季節や時刻の変化におうじて印象派絵画のように描かれている。

第九巻『ナナ』（一八八〇）

ジェルヴェーズとクーポーの娘ナナは、貧しい労働者街を離れて放浪した後、一八六七年にヴァリエテ座で女優としてデビューする。歌が下手で、役者としての才能もない彼女は、もっぱらその妖しいまでに魅惑的な肉体によって男たちを悩殺してしまう。その後ナナはパリで評判の高級娼婦となり、情欲に迷った男たちが彼女のまわりに群がってくる。ナナはそのような男たちを破滅させたり、名誉を失墜させたり、果ては自殺に追い込んだりする。そのひとりが皇后の侍従長を務めるミュファ伯爵だった。それまで謹厳な紳士だったミュファは、ナナの色香に迷って家族や地位をかえりみず、最後には破産して家庭まで崩壊させてしまう。ナナは豪華な邸宅に居をかまえ、贅沢と浪費と退廃のかぎりをつくすが、プロシアとの開戦が告げられた日に、天然痘のため腐乱しながらひとり寂しく死んでいく。

花柳界、劇場、ジャーナリズム、競馬場など、第二帝政期の華やかなパリ生活の側面が語られている。欲望と快楽の物語、ゾラ自身の言葉をもちいるならば「世界を動かす牡の欲望の詩」である。

第十巻『ごった煮』（一八八二）

オクターヴ・ムーレはプラッサンからパリに上り、知人のつてでパリ中心部ショワズール通りの高級アパルトマンの一室に落ち着き、商店員として働く。アパルトマンに住んでいるのは、一見したところ律義なブルジョワの家族である。若くて美貌のオクターヴは、その娘たちや人妻たちを誘惑しようとして家庭の内部に入り込むにつれて、彼らの真の生活を垣間見る。そこでは家庭の崩壊、姦通、夫婦と愛人の同居、遺産をめぐる醜悪な争い、道徳的な退廃、破廉恥な行動が展開していた。しかしそれらは、ブルジョワ的な偽善の下に隠され、表面的には取りつくろわれていた。従僕や女中たちは、主人のいないときにその偽善と退廃を口汚くののしり、私生活の秘密を暴露してはばからない。例外は、流行品店《ボヌール・デ・ダム》を営むエドゥアン夫人で、聡明で勤勉な彼女はオクターヴが店員として優れた資質をもっていることを見抜く。そして夫が病死した後、事業の協力者としてオクターヴと結婚する。

十九世紀のブルジョワ階級の偽善とデカダンスを痛烈に諷刺した作品。不倫のさまざまなかたちが戯画的に語られている。

第十一巻『ボヌール・デ・ダム百貨店』（一八八三）

前作の主人公オクターヴは妻を亡くしたものの、みごとな商才を発揮し、流行品店《ボヌール・デ・ダム》を数年間で近代的なデパートに変える。それは新たな商業の象徴として、パリ中の人々を引きつける商品の殿堂となり、オクターヴは絶対的な支配者として従業員のあいだに君臨する。店員のひとりにドゥニーズという、ノルマンディー地方から出てきて勤めるようになった魅力的な女性がいた。ドゥニーズは女性客たちの心理を鋭敏に把握し、商品の陳列や販売方法についてオクターヴに進言し、さらには店員の労働条件についても助言するようになる。女好きのオクターヴが遊び半分に言い寄ると、ドゥニーズは手きびしく撥ねつけ、結婚というかたちで彼の愛を受け入れる。そしてその後、デパートはますます繁栄していく。

近代の商業活動にたいするオマージュともいうべき作品。デパートの誕生、組織、発展、財政構造、販売戦略、顧客の心理なども描き込んだ世界初のデパート小説である。十九世紀の技術が可能にした大規模な鉄骨ガラス建築の一つの典型であるデパートの描写が印象的である。同時に、大資本（ボヌール・デ・ダム百貨店）が、周囲にある零細な小売業をつぎつぎに併呑していく冷酷な資本主義の論理もあざやかに分析されている。

第十二巻『生きる歓び』（一八八四）

リザ（『パリの胃袋』のヒロイン）の娘ポーリーヌ・クニュは十歳で孤児となり、ノルマンディー海岸の小村に住む親戚のシャントー家に引きとられる。生来陽気で、寛容なポーリーヌはけなげに生きていくが、シャントー家の人々の無気力やエゴイズムとしばしば衝突する。それでも彼女は痛風を病んでいる一家の主シャントーを介護し、猜疑心の強いその妻のわがままに耐え、彼らの息子で厭世的なラザールをひそかに愛し、彼の気まぐれな事業にみずからの遺産を提供したりする。やがてラザールはカーンの銀行家の娘ルイーズと結婚するが、その結婚生活は不幸なものでしかない。ルイーズは娘を出産した後、苦しみながら息絶え、生まれた子供はポーリーヌが育てることになる。

挫折と、苦悩と、死の恐怖を語るペシミスティックな作品で、ラザールの厭世主義には、当時流行していたショーペンハウアーの哲学が色濃く反映している。だがそういった不幸や死や迫害のなかで、けなげに生きていくヒロイン、ポーリーヌの姿が感動的。また、少女から女に変貌していく彼女をとおして、女の身体のさまざまな生理とメカニズムを描いた作品でもある。

第十三巻『ジェルミナール』（一八八五）

北フランスの炭鉱地帯を舞台に、炭鉱夫のストライキとその挫折を物語る。エティエンヌ・ランチエは、北フランスのモンスー炭鉱に坑夫として雇われ、マウーのグループで働き出す。炭鉱夫の苛酷な生活の実態を知るにつれて、エティエンヌは会社の経営方針に怒りを覚えるようになり、社会主義の理論書を読んで労働者たちを啓蒙する。そして組合のリーダーとして会社と交渉したりもするが、事態は改善されず、ついに会社にたいする闘争を組織する。ストライキは長引き、飢えた労働者たちは炭鉱の設備や機械などを破壊して暴力化していく。一方、アナーキストのスヴァリーヌが炭鉱を爆破し、エティエンヌとその恋人カトリーヌを含めた多くの労働者が地下の坑内に閉じ込められてしまう。エティエンヌはなんとか助かるが、カトリーヌは彼の腕のなかで息絶える。ストライキのほうは、会社によって出動を要請された軍隊が坑夫たちに発砲し、多くの犠牲者を出した末に収束する。坑夫たちはふたたび炭鉱のなかに入ってゆき、エティエンヌは失意のうちにモンスーを去る。

近代資本と労働の闘争を描いたゾラの代表作。炭鉱の設備、機械、地下坑道での作業の描写などは、ゾラが産業革命を誰よりもみごとに説話化した作家であることをよく示している。また、ストライキをして行進する労働者の姿には、近代の「群衆」を描ききったゾラの面目が躍如としている。

第十四巻『制作』（一八八六）

画家クロード・ランチエは、絵画を刷新しようとする情熱に燃え、自然と光の生命感あふれる作品を描いてサロン展に出すが、アカデミーや公衆からは嘲笑される。クロードを中心に作家、批評家、彫刻家、建築家、音楽家などが集い、一八六〇年代パリの芸術家たちの群像を形成する。作家は彼らがそれぞれの領域で行なう革新的な試みを語り、彼らの集まり、セーヌ河畔での滞在、既成の権威との確執などを描く。他方、クロードは偶然クリスチーヌという女性と出会い、絵のモデルを務めてもらううちにしだいに恋仲となり、パリ郊外の田舎でいっしょに暮らし始め、子供もできる。しかし創造の欲求に駆られ、友人との交流を求めるクロードはふたたびパリに舞い戻り、妻子をかえりみず創作に没頭する。しかし周囲の無理解のなかで狂気にとらわれた彼は、未完の絵の前でみずからの命を絶つ。

画家、文学者などを中心にして、当時のパリの芸術家世界を喚起した作品。芸術と制度、芸術と愛の二律背反、創造の苦悩などがおもなテーマになっている。主人公クロードにはセザンヌとマネの相貌が刻まれている。

第十五巻『大地』(一八八七)

フランス中部ボース平原の農村地帯が舞台。主人公ジャン・マッカールはフランスによるイタリア遠征に従軍した兵士だったが、戦争に倦みはて、農民になろうとボース平野の村ラ・ボルドリにやって来る。しかしそこは牧歌的な村であるどころか、土地に執着する農民たちの欲望とエゴイズムがぶつかりあう世界だった。豊かな農民フアンの子どもたちは、配分された土地をめぐって争いを繰りかえす。息子のひとりビュトーはリーズと結婚し、まじめに働いて信頼を得たジャンはリーズの妹フランソワーズと結婚する。二人の姉妹もまた親の財産をめぐって争い、ビュトーは妻と共謀してフランソワーズに重傷をおわせる。フランソワーズは夫ジャンに真実を告げることなく死んでいく。もともとよそ者であるジャンは村にいられなくなり、折から勃発した普仏戦争に志願して村を去っていく。

かなり凄惨なエピソードもあるが、フランス農村の自然や風土、そして農民生活の詩情を謳った叙事詩的な作品に仕上がっている。バルザックの『農民』と並び称される農民文学の傑作。

第十六巻『夢』（一八八八）

北フランスの町ボーモンで繰りひろげられる物語。ある年のクリスマスの翌朝、雪に覆われた大聖堂の門前で、その隣に住む法衣製造職人のユベール夫妻は捨て子を見つける。そしてその女の子をアンジェリックと名付け、養女として育てながら、刺繍の技術を教え込む。ユベール夫妻の愛に包まれて、アンジェリックは勤勉さと、深い信仰のなかで清らかに成長していく。他方では、愛読する『黄金伝説』に出てくる聖者や聖女の生涯に熱狂する。ある日、伝説の王子さながらの美青年で、ステンドグラス職人のフェリシアンと出会い、相愛の仲になる。ところがフェリシアンがじつは司教の息子と分かり、身分違いのために二人の結婚は反対される。悲しみのため憔悴していくアンジェリックの姿に胸を痛めたユベール夫妻は結婚を認めるが、結婚式の当日、白い花嫁姿で教会から出てきたアンジェリックはそのまま夫の腕のなかで息絶える。

『ルーゴン゠マッカール叢書』中でも異色の作品。地方の小都市の大聖堂とその周囲で、ひとりの少女の愛と夢が実現していくという設定で、社会の混乱や歴史の流れから隔絶したところで展開する一種の「おとぎ話」である。世紀末に復活した宗教性や神秘主義の雰囲気を強く漂わせる幻想的な小説になっている。

第十七巻『獣人』（一八九〇）

パリとル・アーヴルを結ぶフランス西部鉄道が物語のおもな舞台。女の肌を見ると殺意を覚えるという遺伝的疾患をもつジャック・ランチエは、西部鉄道の機関士として働いている。ある夜、彼は列車内の殺人事件を目撃する。犯人はル・アーヴル駅助役のルボーで、妻の養父で、愛人でもあったグランモランを嫉妬と憎悪から殺害したのだった。ルボー夫妻は事件の発覚を恐れてジャックを丸めこもうとし、ジャックのほうは、ルボーの妻セヴリーヌの魅力にひかれて事件の真相について口をつぐむ。やがて二人は愛人関係になり、鉄道を背景にひそかな愛の逢瀬が繰りかえされるが、ジャックは狂気の発作で女を殺してしまう。物語は、列車の運転席でジャックが同僚と争って二人とも転落し、兵士たちを乗せた列車が闇のなかを死に向かって疾走していく場面で閉じる。

十九世紀の産業革命を象徴する鉄道と、蒸気機関車を物語の中心にすえた、フランス文学史上もっとも優れた鉄道小説であろう。駅の活気や、疾走する機関車を描いたページはみごとである。同時に、欲望と錯乱を表象する狂気の小説であり、犯罪とその捜査を語る犯罪小説あるいは推理小説であり、検察と警察の世界を描く司法小説でもあり、きわめて射程の広い作品になっている。

第十八巻『金』（一八九一）

パリ証券取引所を舞台にして、金融界の内幕を描いた作品。第二巻『獲物の分け前』の主人公アリスティドがふたたび登場する。彼は銀行を創設し、地方鉄道や鉱山開発への有利な投資を目玉にして莫大な資金を集め、事業を繁栄させていく。そして巧みに株価を操作し、金融ジャーナリズムを利用することによって、一八六七年パリ万国博の年には栄光と権力の頂点に達する。ところがそこに、ユダヤ人資本家グンデルマン（ロスチャイルドがモデル）が現れて、アリスティドの銀行の切り崩しを始め、二人のあいだに熾烈な金融戦争が展開する。やがて、株価が天井に達した頃から、味方だった投資家たちが株の売りに転じて、アリスティドの銀行はついに倒産してしまう。不正な株価操作の嫌疑をかけられた彼は、国外に逃亡する。

近代資本主義の原理たる投資と金融資本のからくり、銀行業界の裏面をあばいた一種のドキュメンタリー小説である。作品には、そのメカニズムを分析するマルクス主義者まで登場する。現代の金融小説の嚆矢といえるような作品。

第十九巻『壊滅』（一八九二）

一八七〇年の普仏戦争、スダンでのフランス軍の敗北、第二帝政の崩壊、その後のプロシア軍によるパリ包囲、そしてパリ・コミューン（一八七一年）とその圧殺を物語る叙事詩的な戦争小説。第七師団の一伍長ジャン・マッカール（『大地』の主人公）は、スダンでの戦闘に加わる。作品は近代戦争の生なましい細部、その悲惨さと非人間性を飽くことなく描いていく。ジャンの部下のひとりにモーリスというブルジョワ出身の兵士がいて、気質は違うものの二人は固い友情で結ばれる。フランス軍が降伏した後、ジャンは捕虜になるが脱走に成功し、ティエール率いるヴェルサイユ軍に合流して、コミューン派鎮圧のためパリに入る。ある日、コミューン軍との戦闘のさなかにジャンは一兵士を銃剣で突きさすが、それはかつての戦友モーリスだった。パリが炎上し、コミューンが崩壊するなか、モーリスは息絶え、ジャンのほうは新たなフランスを築く意志を固める。小説はこうして、希望の光を暗示するところで終わる。

「第二帝政下における一家族の自然的、社会的歴史」という副題をもつ『ルーゴン＝マッカール叢書』の事実上の完結篇といえる作品で、歴史の重要な出来事を説話化した歴史小説である。血、火、崩壊、死といった滅びのイメージが全編にあふれた、黙示録的な作品になっている。

第二十巻『パスカル博士』（一八九三）

プラッサン近郊を舞台に、一八七二―七四年に展開する物語。帝政が瓦解し、共和政に移行したいま、パスカル・ルーゴンはプラッサン郊外のラ・スレイアードで、姪のクロチルドといっしょに静かに暮らしている。著名な生物学者の彼は、ときどき病人の診察をして生活費を得るほかは、ルーゴン家、マッカール家の家系を材料にして遺伝の研究に打ち込んでいる。しかし、自分の家系にかんする恥ずべき秘密があきらかになるのを嫌う母のフェリシテは、事あるごとに彼の研究を妨害し、彼の草稿を焼き捨てようとする。パスカルは、自分の研究に理解を示し、援助してくれる姪のクロチルドとやがて深い関係になり、初老に差しかかった時期にふたたび青春を見出す。二人は熱烈な愛を生きるが、周囲の噂を恐れてパスカルはいったんクロチルドをパリの兄のもとに帰す。その間に衰えてしまうパスカルは、クロチルドの妊娠を知って喜び、生まれてくる子に希望を託しながら死んでいく。フェリシテはパスカルの研究成果を焼却し、ただ一枚の家系図だけが残される。

叢書の最終巻。パスカルは作中で、これまで語られてきたルーゴン＝マッカール家の人々の運命をあらためてたどりながら、総決算を行なう。またパスカルとクロチルドの愛は、ゾラと若き恋人ジャンヌ・ロズロの関係を物語化したものである。

あとがき

本書は、私がこの十五年ほどの間いろいろな機会に発表した論考や解説をベースにして編んだエミール・ゾラ論である。ただし、第一部の第二、第三章は今回のため新たに書き下ろした。また第一章は、勤務先の大学の紀要に発表した論考が初出だが、もともと本書に組み込むことを想定して執筆したものである。

第Ⅰ部では、ゾラの主著『ルーゴン＝マッカール叢書』全二十巻がどのようにして構想されたかを跡づけたうえで、とりわけ『ルーゴン家の繁栄』と『壊滅』のなかで歴史がどのように表象されているかを問いかけた。それは同時に、作家ゾラが激動の同時代をどのように認識し、どのような歴史観を構築したかを明らかにする試みに繋がった。そして晩年の『三都市』、『四福音書』シリーズに至って作家が歴史の表象からユートピアの構想に移行することも確認できた。

第Ⅱ部を構成する三編の論考は、それぞれ女性、芸術家、パリを中心的な主題に据える。いずれも近代フランス文学（とりわけ小説ジャンル）において重要なテーマであり、多様な展開を見せているが、その系譜のなかでゾラの作品がどのような位置をしめ、どのような特徴を呈するかを分析した。

第Ⅲ部は、もともとゾラの『書簡集』やジャーナリスティックな文章の邦訳書に付した解説と、ゾラへの入門書『いま、なぜゾラか』に寄せた論考の一章によって構成されている。小説家ゾラとは異なる、しかしそれに劣らず興味深い書簡作家、炯眼なジャーナリストとしてのゾラの相貌を浮かび上がらせ（ゾラの眼差し）、他方で、そうした多面的な作家ゾラがこれまでどのように読まれてきたかを跡づけることで、彼の現代性に光を当てようとした（ゾラへの眼差し）。

すべての章にわたって、ゾラとその周辺作家たちの交流に絶えず配慮し、当時の文学的、社会的状況のなかに『ルーゴン＝マッカール叢書』を組み入れることで、その広い射程を明らかにしようと努めた。狭義の作家論に限定するのではなく、十九世紀から二十世紀初頭の文化的、知的な風土のなかで、ゾラと彼の言説がどのような射程をはらんでいるかを問いかけた。そしてまた文学研究との関連でいえば、ゾラを論じることで、生成論（草稿研究）、パリの表象、文学言説としての書簡、文学とジャーナリズムの本質的な関係など、近代文学に通底するいくつかの主要トピックを考察した。逆に言えば、このような大きな問題を全体的な視座から問いかけることを可能にする数少ない作家のひとりが、ほかならぬエミール・ゾラなのである。

私は『ゾラ・セレクション』（藤原書店、全十一巻、二〇〇二―二〇一二）の監修に、宮下志朗氏とともにたずさわったという事情もあって、二十一世紀に入ってからゾラの邦訳や、ゾラ論の執筆にかなりの時間を費やしてきた。ゾラをめぐる話題について、新聞のインタビューに答えたり、紙面に寄稿したりしたこともある。本書は、そのような私の活動に一定のかたちを付与したものとしてお読みいただければ幸いである。

現在では『ルーゴン＝マッカール叢書』のほか、小説『パリ』、かなりの数にのぼる短編小説、文学評論、美術批評、そして書簡集と、ゾラの主要な作品は日本語で読めるようになっている。すでに明治期からわが国に紹介、翻訳され、日本近代文学に深い影響をおよぼした作家とはいえ、ある時期まで邦訳されるのはいつも同じ作品ばかりで、ゾラの全体像が正しく認識されていたとは言えない。本書の序章で指摘したように、日本のフランス文学研究の領域では一九九〇年代に入るまで、ゾラはその重要性と高い知名度に比して不当に軽視されていた作家なのである。現在では状況が変わり、若い世代の研究者が増え、『ルーゴン＝マッカール叢書』の作家に関心をいだく学生も多いのは、喜ばしいかぎりである。隔世の感がある、とはまさにこのことだろう。

一九九五年に上梓した最初の単著以来、私はさまざまなテーマや文化現象との関連で、しばしばゾラと彼の作品を部分的に論じてきた。作家の没後百年を機に上梓した共著『いま、なぜゾラか』（二〇〇二）は、もっぱらゾラを論じた最初の著作だった。しかし趣旨としてはあくまで入門書であり、いつかは深めた分析を展開するゾラ論をまとめたいと願っていた。本書はそのとりあえずの成果だが、ゾラ文学がはらむいくつかの重要テーマを扱った論集であり、今回論じられなかった主題はまだ数多く残されている。いずれ機会をあらためて、ゾラ文学の全体像を示す体系的な著作を上梓したいと思っている。

実際ゾラは文学研究者のみならず、哲学者、歴史家、美術史家、社会学者（とりわけブルデューの流れをくむ社会学者）

などが、絶えず新たな読解を提示してきた、そして現在でも提示し続けている稀な作家のひとりにほかならない。その一端は本書の第九章で示したとおりである。大作家の場合、議論やテーマが出尽くして研究の現場に一種の停滞が生じることがかならず出てくるものだが、ゾラにかんするかぎり、そうした停滞が見られない。いまだに草稿や書簡集が出版され、年一回、秋に刊行される『自然主義評論』は毎回充実した特集を組み、毎年のように浩瀚な、そして質の高い研究書が刊行されているのには驚かされる。またパリ第三大学では、かなり以前からゾラ・セミナーが定期的に開催され、フランス内外の研究者と大学院生にとって貴重な発表と意見交換の場になっている。二〇一七年五月には、ゾラを領袖とする自然主義文学とその世界的な伝播、発展にかんして千ページを超える大部の『自然主義事典』(二巻本)がフランスで刊行された(私も寄稿者のひとりである)。それぐらいゾラの文学宇宙は広く、豊饒だということだろう。

フランスでは、ゾラをめぐる話題にも事欠かない。序章にも書いたように、二〇一六年十月には、ゾラゆかりの地メダンで時の大統領フランソワ・オランドが感動的なスピーチを行ない、同じ頃、ゾラとセザンヌの友情と葛藤を描いた映画が公開された(日本では《セザンヌと過ごした時間》というタイトルで、二〇一七年九月に封切られる予定)。そしてゾラ作品の文庫本はロングセラーであり、世論調査によればフランス人がもっとも愛読する作家のひとりであるのみならず、ユゴーやモリエールと並んでフランス文学の精髄を代表する国民的作家と見なされている。他方わが国では、二〇一六年九月、ゾラ初期の作品『テレーズ・ラカン』を原作とする戯曲『テレーズとローラン』が、東京芸術劇場で上演された(地人会新社公演、作・演出は谷賢一)。原作にない人物を登場させ、物語の時系列を逆向きにするなど、独自の解釈と創意を前面に押し出した斬新な舞台に仕上がっていた。

十数年前から、私は「自然主義文学研究会」の世話人を務めており、そのメンバーの多くが先述した『ゾラ・セレクション』の訳者、執筆者として名を連ねている。和やかな雰囲気のなかで定期的に開催される研究発表会からは、いつも貴重な示唆をもらっている。それは本書のあちこちに反映されていると思う。

白水社編集部の竹園公一朗さんには、前作『革命と反動の図像学』に続いて今回もお世話になった。ゾラ論をまとめたいという希望は以前から抱いていたが、このようなかたちで本にできたのは、竹園さんの有益な示唆と暖かい励ましがあったからである。論じる作家が異なるとはいえ、歴史の表象、文学とジャーナリズムの関係、社会における作家の立場決定の問題などは、前作から本書へと通底する問いかけになっている。私自身はそのことを強く意識していなかったのだが、竹園さんが両者を繋ぐ糸を通してくれたのである。感謝以外に言葉がない。

二〇一七年五月

小倉孝誠

＊本書には、平成二十八―二十九年度文部科学省科学研究費補助金・基盤研究（C）（課題番号 16K02545）の助成を受けた研究の成果が反映されている。

著者略歴
小倉孝誠（おぐら・こうせい）
一九五六年生まれ。東京大学大学院博士課程中退。現在、慶應義塾大学文学部教授。専門は近代フランスの文学と文化史。著書に『歴史と表象』（新曜社）、『『感情教育』歴史・パリ・恋愛』（みすず書房）、『身体の文化史』（中央公論新社）、『パリとセーヌ川』（中公新書）、『犯罪者の自伝を読む』（平凡社新書）、『愛の情景』（中央公論新社）、『革命と反動の図像学』（白水社）、『写真家ナダール』（中央公論新社）ほか。訳書に〈ゾラ・セレクション〉全十一巻（責任編集、藤原書店）、フロベール『紋切型辞典』（岩波文庫）、バルザック『あら皮』（藤原書店）、ユルスナール『北の古文書』（白水社）など。

ゾラと近代フランス
歴史から物語へ

二〇一七年七月一五日 印刷
二〇一七年八月一〇日 発行

著 者 © 小 倉 孝 誠
発行者 及 川 直 志
印刷所 株式会社 三 陽 社
発行所 株式会社 白 水 社
東京都千代田区神田小川町三の二四
電話 営業部〇三（三二九一）七八一一
編集部〇三（三二九一）七八二一
振替 〇〇一九〇・五・三三二二八
郵便番号 一〇一・〇〇五二
http://www.hakusuisha.co.jp
乱丁・落丁本は、送料小社負担にてお取り替えいたします。

誠製本株式会社

ISBN978-4-560-09558-4

Printed in Japan

註

序章

(1) オランド大統領のスピーチは、次のサイトで視聴できる。http://www.cahiers-naturalistes.com/

(2) *L'Obs*, Nº 2652, 3 septembre 2015, p.26.

(3) *Le Magazine littéraire*, Nº 554, avril 2015, pp.28-33.

第一章

(1) Henri Mitterand, *Zola*, Fayard, t.I, 1999, p.708.

(2) « Détermination générale », NAF 10345 fº 22, in Émile Zola, *Les Rougon-Macquart*, texte établi, présenté et annoté par Henri Mitterand, Gallimard, « Bibliothèque de la Pléiade », t.V, 1967, pp.1734-1735 ; Émile Zola, *La Fabrique des Rougon-Macquart*, publié par Colette Becker, Champion, t.I, 2003, p.50. 後者は、『ルーゴン＝マッカール叢書』のための構想、プラン、読書ノート、作中人物に関するメモなど準備資料 Dossiers préparatoires の全体を復元した批評校訂版であり、現時点（2017 年 3 月）で第 15 巻『大地』まで進んでいる。

(3) NAF 10345 fº 23, in Émile Zola, *Les Rougon-Macquart*, t.V, *op.cit.*, p.1735.

(4) Edmond et Jules de Goncourt, *Journal. Mémoires de la vie littéraire*, Fasquelle et Flammarion, 1956, t.2, p.475. 邦訳は『ゴンクールの日記』斎藤一郎編訳、岩波文庫、全 2 巻、2010 年。該当箇所は、上巻、p.440。

(5) Émile Zola, *Mes Haines, Œuvres complètes*, Cercle du livre précieux, t.10, 1968, p.126.

(6) Émile Zola, *Correspondance*, édition publiée sous la direction de Bard Bakker et Henri Mitterand, Presses de l'Université de Montréal et CNRS Éditions, t.I, 1978, p.501. なおゾラの書簡は部分的に邦訳されている。ゾラ『書簡集』小倉孝誠・有富智世・高井奈緒・寺田寅彦訳、藤原書店、2012 年。

(7) « Différences entre Balzac et moi », NAF 10345 fº 15, in Émile Zola, *Les Rougon-Macquart*, t.V, *op.cit.*, p.1737. 後年ゾラは、あらためて本格的にバルザック文学を論じることになる。次の邦訳に収められている。ゾラ『文学論集』佐藤正年訳、藤原書店、2007 年、pp.309-356。

(8) NAF 10345 fºs 74-77, *ibid.*, pp.1755-1758.

(9) Michel Foucault, *Naissance de la clinique*, PUF, 1963. 邦訳はフーコー『臨床医学の誕生』神谷美恵子訳、みすず書房、1969 年。

(10) Balzac, « Avant-propos », *La Comédie humaine*, « Pléiade », t.I, 1976, p.8.

(11) NAF 10345 f°s 154-156, in Émile Zola, *La Fabrique des Rougon-Macquart*, t.I, *op.cit.*, pp.198-200.

(12) Charles Letourneau, *Physiologie des passions*, Reinwald, 1868.

(13) Prosper Lucas, *Traité philosophique et physiologique de l'hérédité naturelle*, 2vol., J.B.Baillière, 1847-1850.

(14) NAF 10345 f°s 108-115, in Émile Zola, *Les Rougon-Macquart*, t.V, *op.cit.*, pp.1723-1728.

(15) NAF 10345 f° 108, *ibid.*, p.1723.

(16) NAF 10345 f°s 110-111, *ibid.*, p.1725.

(17) « Notes générales sur la marche de l'œuvre », « Notes générales sur la nature de l'œuvre », NAF 10345 f°s 1-7, 9-13, *ibid.*, pp.1738-1745.

(18) NAF 10345 f°s 2-3, *ibid.*, p.1738.

(19) NAF 10345 f° 6, *ibid.*, pp.1740-1741.

(20) Michel Serres, *Feux et signaux de brume. Zola*, Grasset, 1975. 邦訳はミシェル・セール『火、そして霧の中の信号　ゾラ』寺田光徳訳、法政大学出版局、1993年。

(21) NAF 10345 f° 76, *op.cit.*, p.1757.

(22) ヴァルター・ベンヤミン『パサージュ論』全5巻、今村仁司ほか訳、岩波書店、1993-94年。

第二章

(1) この点について、筆者はかつて他の著作で詳述したことがある。小倉孝誠『歴史と表象——近代フランスの歴史小説を読む』新曜社、1997年、第一章。

(2) Paul Veyne, *Comment on écrit l'histoire*, Seuil, « Point-Histoire », 1978, pp.10, 14, 18. 邦訳はポール・ヴェーヌ『歴史をどう書くか』大津真作訳、法政大学出版局、1982年。

(3) Hayden White, *Metahistory, The Historical Imagination in the Nineteenth-Century Europe*, Baltimore and London, The Johns Hopkins University Press, 1973.

(4) Paul Ricœur, *Temps et récit*, Seuil, 3vol., 1983-1985. 邦訳はポール・リクール『時間と物語』全3巻、久米博訳、新曜社、1987-1990年。

(5) Cf. Alain Corbin, *Historien du sensible*, La Découverte, 2000, passim. 邦訳はアラン・コルバン『感性の歴史家アラン・コルバン』小倉和子訳、藤原書店、2001 年。Christophe Charle, *Discordance des temps. Une brève histoire de la modernité*, Armand Colin, 2011, ch.5-8.

(6) Thomas Piketty, *Le capital au XXIe siècle*, Seuil, 2013, pp.377-383. 邦訳はトマ・ピケティ『21世紀の資本』山形浩生ほか訳、みすず書房、2014年、

pp.248-252. ただし邦訳は英語版に依拠したもので、フランス語原書とは微妙に異なる。

(7) Christophe Charle, « Zola et l'Histoire », in *Zola et les historiens*, BNF, 2004, p.17.

(8) Émile Zola, *L'Argent, Les Rougon-Macquart*, « Pléiade », t.V, *op.cit.*, p.316. 訳文はゾラ『金』野村正人訳、藤原書店、2003 年、p.438 による。

(9) Jean Borie, *Zola et les mythes ou De la nausée au salut* (1971), Le Livre de poche, 2003, pp.105-170.

(10) Jacques Noiray, *Le Romancier et la machine. L'Image de la machine dans le roman français (1850-1900). I. L'Univers de Zola*, José Corti, 1981.

(11) 寺田光徳『欲望する機械——ゾラの「ルーゴン＝マッカール叢書」』藤原書店、2013 年、pp.338-353。

(12) Émile Zola, *Le Ventre de Paris, Les Rougon-Macquart*, *op.cit.*, t.I, p.626. 邦訳はゾラ『パリの胃袋』朝比奈弘治訳、藤原書店、2003 年。

(13) Émile Zola, *L'Argent, Les Rougon-Macquart*, *op.cit.*, t.V, p.171. 邦訳では p.232。

(14) Émile Zola, *Au Bonheur des dames, Les Rougon-Macquart*, *op.cit.*, t.III, 1964, p.402. 邦訳はゾラ『ボヌール・デ・ダム百貨店』吉田典子訳、藤原書店、2004 年、pp.30-31。

(15) Émile Zola, *Paris, Œuvres complètes*, *op.cit.*, t.7, 1967, p.1566. 邦訳はゾラ『パリ』竹中のぞみ訳、白水社、2010 年。

(16) Louis Chevalier, *Classes laborieuses et classes dangereuses à Paris pendant la première moitié du XIXe siècle*, Plon, 1958. Rééd. Hachette, 1984. 邦訳はルイ・シュヴァリエ『労働階級と危険な階級』喜安朗ほか訳、みすず書房、1993 年。

(17) Edmond et Jules de Goncourt, *Germinie Lacerteux*, GF-Flammarion, 1990, pp.55-56.

(18) この点については、既に言及したゾラ『書簡集』、および本書第 7 章を参照願いたい。

(19) Lettre à Yves Guyot, le 10 février 1877, Zola, *Correspondance*, *op.cit.*, t.II, 1980, pp.536-537. 邦訳はゾラ『書簡集』、p.134。

(20) Lettre à Francis Magnard, le 4 avril 1885, Zola, *Correspondance*, *op.cit.*, t.V, 1985, p.134. 邦訳はゾラ『書簡集』、p.225。

(21) ゾラ晩年の作品におけるユートピア思想については、宮川朗子が一連の論考を発表している。「エミール・ゾラ『四福音書』におけるユートピア——共同体の拡張が意味するもの」、『フランス語フランス文学研究』第 71 号、1997 年、pp.79-102。「ゾラ『真実』における歴史とユートピア」『広島大学大学院文学研究科論集』73 号、2013 年、pp.35-50。「ゾラ『四福音書』における進歩思想と自然主義」『表現技術研究』第 9 号、2014 年、pp.7-

19。また次の論考も有益である。荻野文隆「エミール・ゾラの『労働』についての覚書――ユートピア、反ユダヤ主義そしてコロニアリズム」『世界文学』n° 93、2001年。

この主題にかんする現時点でもっとも体系的な研究は次の著作である。Fabian Scharf, *Émile Zola : De l'utopisme à l'utopie (1898-1903)*, Champion, 2011.

第三章

(1) Émile Zola, *La Fortune des Rougon, Les Rougon-Macquart*, *op.cit.*, t.I, 1960, pp.3-4.

(2) Raymond Aron, *Les Étapes de la pensée sociologique*, Gallimard, 1975, p.275. 1848年の二月革命と、その後に成立した第二共和政の背景にある思想の多様性と豊かさは、当時の新聞記事や、当事者の言説の抜粋を収めた次の著作で知ることができる。河野健二編『資料フランス初期社会主義――二月革命とその思想』平凡社、1979年。

(3) Cf. マルクス『ルイ・ボナパルトのブリュメール十八日』伊藤新一・北条元一訳、岩波文庫、1979年、pp.17-18。Alexis de Tocqueville, *Souvenirs*, Gallimard, « Folio », 1978, pp.91-92. 邦訳はトクヴィル『フランス二月革命の日々――トクヴィル回想録』喜安朗訳、岩波文庫、1988年。二月革命にたいするトクヴィルの反応については、次の著作に詳しい。髙山裕二『トクヴィルの憂鬱――フランス・ロマン主義と〈世代〉の誕生』白水社、2012年、第九章。なお筆者は、『感情教育』と二月革命の表象については他の場所で詳述したことがあるので、参照願いたい。小倉孝誠『革命と反動の図像学』白水社、2014年、第八章。

(4) Émile Zola, *La Fortune des Rougon*, *op.cit.*, p.80.

(5) Émile Zola, *Œuvres complètes*, Cercle du livre précieux, t.10, 1968, pp.918-919.

(6) Émile Zola, *La Fortune des Rougon*, *op.cit.*, p.1536. 校訂者アンリ・ミットランの注釈。

(7) *Ibid.*, p.12.

(8) *Ibid.*, p.35.

(9) *Ibid.*, p.36.

(10) *Ibid.*, p.311.

(11) *Ibid.*, p.4.

(12) *Ibid.*, p.314.

(13) NAF 10303 f° 27, Émile Zola, *La Fabrique des Rougon-Macquart*, t.I, *op.cit.*, p.274.

(14) René Girard, *La Violence et le sacré*, Grasset, 1972. 邦訳はルネ・ジラール『暴

力と聖なるもの』古田幸男訳、法政大学出版局、1982 年。

(15) エリアーデ『永劫回帰の神話』堀一郎約、未來社、1963 年、および『神話と現実』中村恭子訳、せりか書房、1974 年、を参照のこと。

(16) Émile Zola, *La Débâcle*, *Les Rougon-Macquart*, t.V, *op.cit.*, p.1375.

(17) Lettre à Jacques van Santen Kolff, le 4 septembre 1891, Zola, *Correspondance*, *op.cit.*, t.VII, 1989, p.192.

(18) フランスの歴史小説が革命や戦争をどのように語ったか、その技法とレトリックについて筆者は他の場所で論じたことがある。小倉孝誠『歴史と表象――近代フランスの歴史小説を読む』前掲書、特に第 6 ～ 8 章。

(19) Émile Zola, *La Débâcle*, *op.cit.*, p.683.

(20) *Ibid.*, p.874.

(21) *Ibid.*, p.887.

(22) *Ibid.*, p.888.

(23) *Ibid.*, p.894.

(24) Michel Serres, *op.cit.*

(25) この点についての詳細は、小倉孝誠『歴史と表象――近代フランスの歴史小説を読む』前掲書、pp.239-241。なおプルーストの小説が第一次世界大戦をどのように表象しているかについては、次の著作が詳細な議論を展開している。坂本浩也『プルーストの黙示録――「失われた時を求めて」と第一次世界大戦』慶應義塾大学出版会、2015 年。

(26) Émile Zola, *La Débâcle*, *op.cit.*, p.907.

(27) *Ibid.*, p.912.

(28) *Ibid.*, p.912.

第四章

(1) フランスでは 1970 年代から生成研究が盛んになった。フロベール、ゾラ、プルースト、ヴァレリー、サルトルなどが、生成研究が最も体系的に進められてきた作家たちである。その方法論と具体例については、次の著作を参照のこと。吉田城『「失われた時を求めて」草稿研究』平凡社、1993 年、とくに「序論」。松澤和宏『生成論の研究』名古屋大学出版会、2003 年、第 I 部。田口紀子・吉川一義編『文学作品が生まれるとき――生成のフランス文学』京都大学学術出版会、2010 年。

(2) ゾラの執筆スタイルについて最初の証言を残したのは、彼の弟子であり友人だったポール・アレクシである。Paul Alexis, *Émile Zola. Notes d'un ami*, Charpentier, 1882. Réédition : Slatkine Reprints, 2012.

(3) NAF 10313 f° 207, in Émile Zola, *La Fabrique des Rougon-Macquart*, *op.cit.*, t.III, 2006, pp.431-433.

(4) NAF 10313 f° 212, *Ibid.*, p.436.

(5) *Ibid.*, p.436.

(6) Lettre à Flaubert, Émile Zola, *Correspondance*, *op.cit.*, t.III, 1982, p.202. 邦訳は、ゾラ『書簡集』小倉孝誠・有富智世・高井奈緒・寺田寅彦訳、藤原書店、2012 年、p.153。

(7) *Ibid.*, p.242. 邦訳では p.156。

(8) Lettre à Marguerite Charpentier, *Correspondance*, t.III, pp.407-408. 邦訳では p.163.

(9)『ルーゴン＝マッカール叢書』の準備資料の刊行はまだ完結していないが、ゾラが書き留めた取材ノートは、アンリ・ミットランの手によって主題別に編纂されて一書に収められている。19 世紀後半のフランス社会に関する、まさに人類学的、民俗学的な記録と言ってよい。Émile Zola, *Carnets d'enquête. Une ethnographie inédite de la France*, Plon, 1986. なおその一部は邦訳されて、次の著作に収められている。宮下志朗・小倉孝誠編『いま、なぜゾラか――ゾラ入門』藤原書店、2002 年、pp.311-321。

またゾラの準備資料の特徴、美学、価値に関しては次の論考に詳しい。Henri Mitterand, «Programme et préconstruit génétiques : le dossier de *L'Assommoir* », in *Essais de critique génétique*, Flammarion, 1979.

(10) NAF 10313 f°s 252-253. Émile Zola, *La Fabrique des Rougon-Macquart*, t.III, pp.478-480.

(11) この点に関する詳細については次の著作が参考になる。村田京子『娼婦の肖像――ロマン主義的クルチザンヌの系譜』新評論、2006 年。また、ナナをはじめとするゾラ作品の女性の身体表象は、高井奈緒の次の著作で見事に分析されている。 Nao Takaï, *Le Corps féminin nu ou paré dans les récits réalistes de la seconde moitié du XIXe siècle*, Honoré Champion, 2013.

(12) NAF 10313 f° 219. Émile Zola, *La Fabrique des Rougon-Macquart*, t.III, p.442.

(13) この点については次を参照せよ。宮下志朗・小倉孝誠編『いま、なぜゾラか――ゾラ入門』前掲書、p.265 以下。

(14) 永井荷風『地獄の花』跋文、『荷風全集』岩波書店、第 2 巻、1993 年、p.221。

(15) 永井荷風『女優ナナ』、『荷風全集』岩波書店、第 3 巻、1993 年、p.344。

(16) 同上、p.345。

(17) 同上、p.357。

(18) 永井荷風『エミール・ゾラと其の小説』、同上、p.440。

(19) 同上、p.447。

第五章

(1) Paul Cézanne, *Correspondance*, Grasset, 1978, p.282. 邦訳は『セザンヌの手

紙』、ジョン・リウォルド編、池上忠治訳、美術公論社、1982年。ただし、引用は拙訳である。

(2) Cf. John Rewald, *Cézanne, sa vie, son œuvre, son amitié pour Zola*, Albin Michel, 1939; Philippe Sollers, *Éloge de l'infini*, Gallimard, 2001; Bernard Fauconnier, Cézanne, Gallimard, « Folio », 2006; Marcelin Pleynet, *Cézanne*, Gallimard, « Folio Essais », 2010.

(3) Cf. Henri Mitterand, *Zola*, Fayard, t.II, 2001, p.814.

(4) Cf. Patrick Brady, *« L'Œuvre » d'Émile Zola, roman sur les arts*, Genève, Droz, 1967; Henri Mitterand, « Mise au point : Zola et Cézanne », dans *Zola, tel qu'en lui-même*, PUF, 2009, pp.171-204; Alain Pagès, « Les sanglots de Cézanne », dans Yvan Leclerc (sous la direction de), *Impressionnisme et littérature*, P. U. de Rouen et du Havre, 2012, pp.63-72. わが国では新関公子『セザンヌとゾラ——その芸術と友情』ブリュッケ、2000年、がこの点に関して最も体系的な研究である。また、寺田光徳「ゾラはマネやセザンヌを辱めたか？」（田辺保編『フランスわが愛——フランス学への一つの試み』青山社、2000年、pp.195-215）は、芸術社会学の視点を採り入れながら、『制作』がゾラの絵画に対する無理解を露呈しているという説に反駁した興味深い論考である。

(5) Paul Alexis, *op.cit.*, pp.27-28.

(6) 1860年4月16日付、ゾラからセザンヌ宛の手紙。Émile Zola, *Correspondance*, t. I, 1978, p.146. 邦訳では pp.38-39。

(7) Paul Cézanne, *Correspondance*, *op.cit.*, p.14.

(8) Émile Zola, « Notes parisiennes », *Écrits sur l'art*, éd. Jean-Pierre Leduc-Adine, Gallimard, « Tel », 1991, p.358. 邦訳はゾラ『美術論集』三浦篤・藤原貞朗訳、藤原書店、2010年、pp.333-334。

ゾラの美術批評、そして彼の文学と印象派美学との繋がりはしばしば論じられてきた。主な日本語文献としては次のようなものがある。清水正和『フランス近代芸術——絵画と文学の対話』小沢書店、1999年。新関公子、前掲書。吉田典子「ゾラの美術批評と印象派——一八七九年と八〇年の「印象派批判」を中心に」神戸大学『近代』、2012年3月、pp.1-40。

(9) *Ibid.*, p.359. 邦訳は pp.335-336。

(10) Paul Cézanne, *Correspondance*, *op.cit.*, pp.206-207.

(11) ゾラの執筆スタイルについては、本書第4章で触れた。また次も参照願いたい。宮下志朗・小倉孝誠編『いま、なぜゾラか——ゾラ入門』前掲書、pp.150-153。

(12) Paul Alexis, *op.cit.*, p.164.

(13) NAF 10316, f°s 262-263. Émile Zola, *La Fabrique des Rougon-Macquart*, t.IV, 2013, p.316.

(14) NAF 10316, f° 276. *Ibid.*, p.330.
(15) NAF 10316, f° 265. *Ibid.*, p.318.
(16) Émile Zola, *Correspondance*, t.V, 1985, p.279. 邦訳は p.227。
(17) 作中人物の造型については、次の論考が参考になる。寺嶋美雪「クロードとサンドーズ、二人のゾラ——『制作』における芸術家の告白」『仏語仏文学研究』東京大学仏語仏文学研究会、第 36 号、2008 年、pp.95-118。福田美雪「天使と闘うクロード——『制作』におけるゾラとセザンヌ」、『ユリイカ』2012 年 4 月号、「特集 セザンヌにはどう視えているか」、pp.182-190。
(18) NAF 10316, f° 267. Émile Zola, *La Fabrique des Rougon-Macquart*, *op.cit.*, p.320.
(19) ゾラの文学におけるパリの表象に関しては、いくつかの研究が存在する。Stefan Max, *Les Métamorphoses de la grande ville dans « Les Rougon-Macquart »*, Nizet, 1966; Nathan Kranowski, *Paris dans les romans d'Émile Zola*, PUF, 1968; Henri Mitterand, *Le Paris de Zola*, Hazan, 2008. 吉田典子「近代都市の誕生——オスマンのパリ改造とゾラ『獲物の分け前』について」神戸大学教養部紀要『論集』51 号、1993 年、pp.2-62。本書第 6 章で、より広角な視点からこの主題をあらためて論じる。
(20) Émile Zola, *L'Œuvre, Les Rougon-Macquart*, Gallimard, « Pléiade », t.IV, 1966, pp.212-213. 邦訳はゾラ『制作』清水正和訳、岩波文庫（下)、1999 年、pp.28-30、ただし一部改変。
(21) Balzac, *Le Chef d'œuvre inconnu, La Comédie humaine*, Gallimard, « Pléiade », t.X, 1979, p.418. 邦訳はバルザック『知られざる傑作』芳川泰久訳、バルザック「芸術／狂気 小説選集①」水声社、2010 年。なおバルザックを中心にして、ゴーティエ、ジョルジュ・サンドらロマン主義時代の作家における文学と絵画の多様な相関性を論じているのが、次の好著である。村田京子『ロマン主義文学と絵画——19 世紀フランス「文学的画家」たちの挑戦』新評論、2015 年。また美術史家の立場から 19 世紀フランス文学と美術の関係を問いかけたのは、次の研究書である。高階秀爾『想像力と幻想——西欧十九世紀の文学・芸術』青土社、1994 年。
(22) *Ibid.*, p.436.
(23) *Ibid.*, p.437.
(24) Edmond et Jules de Goncourt, *Manette Salomon*, Gallimard, « Folio », 1996, pp.226-227.

第六章

(1) Cf. Pierre Citron, *La Poésie de Paris dans la littérature française de Rousseau à Baudelaire*, Minuit, 2vol., 1961. これは 18 世紀半ばから 19 世紀半ばまで

の文学におけるパリの表象に関する、もっとも体系的な著作になっている。19世紀後半の文学とパリについては、次の二作が参考になる。Marie-Claire Bancquart, *Images littéraires du Paris « fin-de-siècle »*, Éd. de la Différence, 1979. Jean-Pierre Bernard, *Les deux Paris : essai sur les représentations de Paris dans la seconde moitié du XIXe siècle*, Champ Vallon, 2001.

(2) NAF 10345 f°s 2-3, in Émile Zola, *Les Rougon-Macquart*, t.V, p.1738 ; Émile Zola, *La Fabrique des Rougon-Macquart*, t.I, pp.28-30.

(3) 第二帝政期のパリの変貌と関係づけながら、ゾラ文学におけるパリを分析した文献としては、第五章の註（19）であげた論考のほかに次のようなものがある。宮下志朗「ゾラのパリを訪ねて」、小倉孝誠・宮下志朗編『ゾラの可能性――表象・科学・身体』藤原書店、2005年、pp.249-270。福田（寺嶋）美雪「『獲物の分け前』が描くパリのパノラマ――第二帝政下の都市大改造」『フランス文化研究』（獨協大学）第45号、2014年。また、とくにゾラ作品におけるセーヌ川の表象を部分的に論じているのは、小倉孝誠『パリとセーヌ川』中公新書、2008年。本章では、『ルーゴン＝マッカール叢書』において都市パリがどのような主題論的機能を果たしているかに焦点を据える。

(4) パリのテーマとの関連だけでなく、ゾラやレアリスム文学一般において「窓」という装置は、物語の進展や世界の表象においてきわめて重要な機能を果たす。この点については、次の研究文献が有益な示唆をもたらしてくれる。Philippe Hamon, *Expositions. Littérature et architecture au XIXe siècle*, José Corti, 1989. Émilie Piton-Foucault, *Zola ou la fenêtre condamnée. La crise de la représentation dans Les Rougon-Macquart*, Presses universitaires de Rennes, 2015, Ière partie. 高橋愛「ゾラの小説における窓辺の女――近代都市パリへのまなざし」『社会志林』（法政大学）第58巻第4号、2012年。

(5) Émile Zola, *Une page d'amour, Les Rougon-Macquart*, Gallimard, « Pléiade », t.II, 1961, p.850. 邦訳は、ゾラ『愛の一ページ』石井啓子訳、『ゾラ・セレクション』第4巻、藤原書店、2003年、p.97。

(6) ゾラと印象派、さらには自然主義文学と印象派の繫がりはしばしば論じられてきた。主な日本語文献としては次のようなものがある。清水正和『フランス近代芸術――絵画と文学の対話』小沢書店、1999年。新関公子『セザンヌとゾラ――その芸術と友情』ブリュッケ、2000年。吉田典子「ゾラの『居酒屋』とマネの《ナナ》――小説から絵画へ」『表現文化研究』第10巻第2号、神戸大学表現文化研究会、2011、pp.199-220。同「オランピア、ナナ、そして永遠の女性――マネ、ゾラ、セザンヌにおける絵の中の女の眼差し」『言語文化』第29号、明治学院大学言語文化研究所、2012年、pp.162-192。

(7) Émile Zola, *L'Assommoir, Les Rougon-Macquart*, Gallimard, « Pléiade », t.II,

pp.386-387. 邦訳は、ゾラ『居酒屋』古賀照一訳、新潮文庫、2007 年、pp.28-29。

(8) ヴァルター・ベンヤミン『パサージュ論』全 5 巻、今村仁司ほか訳、岩波書店、1993-1994 年。

(9) Émile Zola, *La Curée, Les Rougon-Macquart*, Gallimard, « Pléiade », t.I, 1960, pp.320-321. 邦訳は、ゾラ『獲物の分け前』中井敦子訳、ちくま文庫、2004 年、pp.8-10。

(10) *Ibid.*, pp.387-388.　同前、p.106。

(11) Émile Zola, *La Débâcle, op.cit.*, pp.862-863.

(12) Cf. Jean Borie, *Zola et les mythes, ou de la nausée au salut*, Seuil, 1971. Roger Ripoll, *Réalité et mythe chez Zola*, Champion, 1981.

(13) Émile Zola, *Le Ventre de Paris, Les Rougon-Macquart*, Gallimard, « Pléiade », t.I, p.621. 邦訳は、ゾラ『パリの胃袋』朝比奈弘治訳、『ゾラ・セレクション』第 2 巻、藤原書店、2003 年、pp.31-32。

(14) Émile Zola, *La Débâcle, Les Rougon-Macquart*, t.V, p.894.

(15) *Ibid.*, p.912.

(16) Émile Zola, *Paris*, « Folio », 2002, p.636. 邦訳はエミール・ゾラ『パリ』竹中のぞみ訳、白水社、2010 年、(下)、p.349。

(17) Cf. Jacques Noiray, *Le Romancier et la machine. I : L'Univers de Zola*, José Corti, 1981, pp.285-294.

(18) Michel Serres, *Zola. Feux et signaux de brume, op.cit.*

第七章

(1) Loïc Chotard, « Les correspondances au XIXe siècle », in Michel Prigent (sous la direction de), *Histoire de la France littéraire*, t.3, PUF, 2006, pp.401-407.

(2) 次の古典的著作を参照願いたい。ユルゲン・ハーバーマス『公共性の構造転換』細谷貞雄訳、未來社、1973 年。

(3) Cf. Martine Reid, *Flaubert correspondant*, SEDES, 1995; Luc Fraisse, *Proust au miroir de sa correspondance*, SEDES, 1996; Brigitte Diaz, *Stendhal en sa correspondance*, Champion, 2003. 吉田城『対話と肖像——プルースト青年期の手紙を読む』青山社、1994 年；鈴村和成『書簡で読むアフリカのランボー』未來社、2013 年。

(4) この点は次の著作に詳しい。水林章『幸福への意志——〈文明化〉のエクリチュール』みすず書房、1994 年、pp.215-234。

(5) Cf. José-Luis Diaz, « Le XIXe siècle devant les correspondances », *Romantisme*, N° 90, 1995. この論考が収められている『ロマンティスム』の他にも、書簡集をめぐって学術雑誌の特集号が組まれたことがある。*Revue des sciences humaines*, N° 195, 1981, « Lettres d'écrivains »; *Le Magazine littéraire*, N° 442,

mai 2005, « Les correspondances d'écrivains »; *Revue d'histoire littéraire de la France*, déc. 2012, « Correspondances d'écrivains et histoire littéraire ».

なお書簡集、および手紙と日記の関係については以下の著作が有益な示唆をもたらしてくれる。Brigitte Diaz, *L'Épistolaire ou la pensée nomade*, PUF, 2002; Pierre-Jean Dufief (sous la direction de), *Les écritures de l'intime. La correspondance et le journal*, Champion, 2000; Françoise Simonet-Tenant, *Journal personnel et correspondance (1785-1939) ou les affinités électives*, Académia Bruylant, 2009. 桑瀬章二郎編著『書簡を読む』春風社、2009 年。

(6) George Sand, *Lettres d'une vie*, préface de Thierry Bodin, Gallimard, « Folio », 2004, pp.10-11.

(7) John Walker, « Zola destinataire : 20 000 lettres à éditer», *Les Cahiers naturalistes*, N° 61, 1987.

(8) Émile Zola, « Balzac », in *Les Romanciers naturalistes, Œuvres complètes*, Cercle du livre précieux, éd.citée, t.11, pp.46-55. 邦訳はゾラ『文学論集 1865-1896』佐藤正年訳、藤原書店、2007 年、pp.312-331。

(9) Émile Zola, *Correspondance*, t.V, 1985, p.106. 邦訳はゾラ『書簡集』前掲書、p.208。

(10) Émile Zola, *Correspondance*, édition publiée sous la direction de Bard Bakker et Henri Mitterand, Presses de l'Université de Montréal et CNRS Éditions, 10 volumes, 1978-1995.

(11) Émile Zola, *Correspondance, XI, Lettres retrouvées*, Presses de l'Université de Montréal, 2010.

(12) Émile Zola, *Lettres à Jeanne Rozerot 1892-1902*, Gallimard, 2004.

(13) Émile Zola, *Lettres à Alexandrine 1876-1901*, Gallimard, 2014.

(14) ゾラ『書簡集』小倉孝誠・有富智世・高井奈緒・寺田寅彦訳、藤原書店、2012 年。

(15) Émile Zola, *Correspondance*, t.IV, 1983, p.448.

(16) Lettre à Jacques van Santen Kolff, Émile Zola, *Correspondance*, t.V, 1985, p.401. 邦訳では p.240。

(17) Cf. Gustave Flaubert, *Correspondance*, Gallimard, « Pléiade », t.V, 2007, pp.157, 271.

(18) Lettre à Louis Ulbach, 6 novembre 1871, Émile Zola, *Correspondance*, t.II, 1980, p.304. 邦訳では p.112。

(19) Émile Zola, *Correspondance*, t.IX, 1993, p.487. 邦訳では p.377。

(20) ゾラを中心とする自然主義グループの形成と分裂については、次の著作に詳しい。Alain Pagès, *Zola et le groupe de Médan. Histoire d'un cercle littéraire*, Perrin, 2014.

(21) Émile Zola, « La propriété littéraire », in *Nouvelle campagne, Œuvres*

complètes, Cercle du livre précieux, t.14, pp.762-767. たとえば次の著作が、ゾラのこの記事の重要性を強調している。宮澤溥明『著作権の誕生――フランス著作権史』太田出版、1998 年、第 7 章。

(22) 一例として次の論集を参照のこと。André Magnan (textes réunis par), *Lettres d'exil, d'enfermement, de folie*, Champion, 1993.

(23) Émile Zola, *Correspondance*, t.I, 1978, « Préface » de Henri Mitterand, p.11.

(24) ゾラとセザンヌの往復書簡の新版が、ミットランの解説付きで刊行されている。Paul Cézanne, Émile Zola, *Lettres croisées 1858-1887*, édition établie, présentée et annotée par Henri Mitterand, Gallimard, 2016. なおセザンヌがゾラに書き送った数多くの手紙は、次の邦訳書で読める。ジョン・リウォルド編『セザンヌの手紙』池上忠治訳、美術公論社、1982 年。

(25) Émile Zola, *Correspondance*, t.I, p.146. 邦訳では pp.38-39。

(26) Émile Zola, *Lettres à Jeanne Rozerot 1892-1902*, *op.cit.*, p.109. 邦訳では p.299。

(27) *Ibid.*, « Préface » d'Alain Pagès, p.40.

第八章

(1) Marie-Ève Thérenty, *La Littérature au quotidien : poétiques journalistiques au XIXe siècle*, Seuil, 2007, pp.12-13.

(2) Émile Zola, « Adieux », *Une campagne* (1881), in *Œuvres complètes*, Cercle du livre précieux, t.14, 1969, p.668.

(3) Henri Mitterand, *Zola journaliste, de l'affaire Manet à l'affaire Dreyfus*, Armand Colin, 1962, p.248.

(4) ゾラ『時代を読む 1870-1900』小倉孝誠・菅野賢治編訳、〈ゾラ・セレクション〉第 10 巻、藤原書店、2002 年。

(5) この点にかんする詳しい情報については、次の二冊の著作を参照していただきたい。Henri Mitterand et Halina Suwala, *Emile Zola journaliste. Bibliographie chronologique et analytique(1859-1881)*, Les Belles Lettres, 1968 ; Roger Ripoll, *Emile Zola journaliste. Bibliographie chronologique et analytique II (Le Semaphore de Marseille, 1871-1877)*, Les Belles Lettres, 1972.

また、尾崎和郎『若きジャーナリスト――エミール・ゾラ』(誠文堂新光社、1982 年) は、1860-70 年代にゾラが発表した文芸時評、美術批評、そして議会通信を分析しながら、作家の美学と政治思想を明らかにしようとした手堅い研究である。同じ尾崎の『ゾラ　人と思想』(清水書院、1983 年) でも、作家のジャーナリスティックな活動が強調されている。

(6) Émile Zola, « L'Adultère dans la bourgeoisie », *Une campagne*, in *Œuvres complètes*, t.14, *op.cit.*, pp.536-537. ゾラ『時代を読む 1870-1900』前掲書、pp.28-29。

(7) 不倫を歴史現象として跡づけたのは次の著作である。Agnès Walch, *Histoire de l'adultère XVIe-XIXe siècle*, Perrin, 2009. また文学における不倫の主題に関しては、小倉孝誠『恋するフランス文学』慶應義塾大学出版会、2012年、第5章、および工藤庸子『近代ヨーロッパ宗教文化論——姦通小説・ナポレオン法典・政教分離』東京学出版会、2013年、第Ⅲ部「姦通小説論」を参照願いたい。

(8) Jules Michelet, *Du prêtre, de la femme, de la famille*, Hachette, 1845.

(9) 19世紀フランスの教育をめぐる国家とカトリック教会の角逐については、次の著作を参照していただきたい。Antoine Prost, *L'Histoire de l'enseignement en France, 1800-1967*, Armand Colin, 1968. 谷川稔『十字架と三色旗』山川出版社、1997年。前田更子『私立学校からみる近代フランス——19世紀リヨンのエリート教育』昭和堂、2009年。

(10) Émile Zola, « Sur l'enseignement laïque », *Lettres parisiennes*, in *Œuvres complètes*, t.14, *op.cit.*, p.170. ゾラ『時代を読む 1870-1900』、p.50。

(11) この問題にかんしては数多くの文献があるが、代表的なものを挙げておく。Claude Bellanger, *Histoire générale de la presse française*, t.2 (1815-1871), PUF, 1969; Roger Chartier et Henri-Jean Martin, *Histoire de l'édition française*, Fayard, t.3, 1990. 鹿島茂『新聞王ジラルダン』筑摩書房、1991年。山田登世子『メディア都市パリ』青土社、1991年。小倉孝誠『革命と反動の図像学』白水社、2014年、第1章。

(12) 第二帝政期の言論と検閲の問題については、次の著作に詳しい。Roger Bellet, *Presse et journalisme sous le Second Empire*, Armand Colin, 1967.

(13) Émile Zola, « La Presse française », in *Œuvres complètes*, t.14, *op.cit.*, pp.278-279. ゾラ『時代を読む 1870-1900』、pp.86-87。

(14) Émile Zola, « La République et la Littérature », *Le Roman expérimental*, in *Œuvres complètes*, t.10, 1968, p.1401. ゾラ『時代を読む 1870-1900』、p.124。

(15) 当時の作家と出版社の関係、印税システムなど、文学市場における作家の状況については、宮下志朗『読書の首都パリ』みすず書房、1998年、同じく『書物史のために』晶文社、2002年、および石橋正孝、倉方健作『あらゆる文士は娼婦である——19世紀フランスの出版人と作家たち』白水社、2016年、に詳しい。ゾラを論じた章が含まれている。またフランス語の著作としては次が参考になる。Jean-Yves Mollier, *L'Argetn et les lettres: histoire du capitalisme d'édition 1880-1920*, Fayard, 1988.

(16) 19世紀文学全体における司祭の表象については、次の著作が多くを教えてくれる。江島泰子『「神」の人——19世紀フランス文学における司祭像』国書刊行会、2015年。

(17) ゾラ文学における司祭の役割については次の研究を参照のこと。Pierre Ouvrard, *Zola et le prêtre*, Beauchesne, 1986.

(18) 共和政と反教権主義の結びつきは、近代フランスの政治史、社会史上の重要テーマである。詳細にかんしては谷川稔の前掲書、および Jacqueline Lalouette, *La République anticléricale XIXe -XXe siècles*, Seuil, 2002 を見よ。

(19) Émile Zola, « La Science et le catholicisme », *Nouvelle Campagne*, in *Œuvres complètes*, t.14, *op.cit.*, p.841. ゾラ『時代を読む 1870-1900』、p.150。

(20) 晩年のゾラ文学におけるパリの主題については、次の研究書に詳しい。René Ternois, *Zola et son temps. « Lourdes », « Rome », « Paris »*, Les Belles Lettres, 1962.

(21) Émile Zola, « Paris, juin 1875 », in *Œuvres complètes*, t.14, *op.cit.*, pp.234-235. ゾラ『時代を読む 1870-1900』、p.175。

(22) Émile Zola, « L'Ouverture de l'Exposition universelle », in *Œuvres complètes*, t.14, *op.cit.*, p.354. ゾラ『時代を読む 1870-1900』、pp.199-200。

(23) エリアス・カネッティ『群衆と権力』岩田行一訳、法政大学出版局、上(新装版)、2010 年、pp.55-126。

(24) Émile Zola, « Le Divorce et la littérature », *Une campagne*, in *Œuvres complètes*, t.14, *op.cit.*, p.544. ゾラ『時代を読む 1870-1900』、p.204。

(25) Francis Ronsin, *Les Divorciaires. Affrontements politiques et conceptions du mariage dans la France du XIXe siècle*, Aubier, 1992, pp.187-189.

(26) Émile Zola, *Les Rougon-Macquart*, « Pléiade », t.V, 1967, p.1723.

(27) Émile Zola, « L'amour des bêtes », *Nouvelle Campagne*, in *Œuvres complètes*, t.14, *op.cit.*, p.738. ゾラ『時代を読む 1870-1900』、pp.213-214。

(28) 19 世紀における動物と人間のつながりについては、たとえば以下の著作を参照いただきたい。Robert Delort, *Les Animaux ont une histoire*, Seuil, 1984; Kathleen Kete, *The Beast in the boudoir : Petkeeping in Nineteenth-Century Paris*, University of California Press, 1994. ジェイムズ・ターナー『動物への配慮——ヴィクトリア時代精神における動物・痛み・人間性』斎藤九一訳、法政大学出版局、1994 年。小倉孝誠『19 世紀フランス　愛・恐怖・群衆』人文書院、1997 年、第 1 章。

(29) Maurice Agulhon, « Le sang des bêtes: le problème de la protection des animaux en France au XIXe siècle », *Romantisme*, nº 31, 1981（repris dans *Histoire vagabonde I*, Gallimard, 1988）.

(30) Émile Zola, « Dépopulation », *Nouvelle Campagne*, in *Œuvres complètes*, t.14, *op.cit.*, p.790.『時代を読む 1870-1900』、pp.229。

第九章

(1) Flaubert, *Correspondance*, Gallimard, « Bibliothèque de la Pléiade », t.4, 1998, pp.805-806.

(2) *Ibid.*, t.5, 2007, p.834.

(3) Mallarmé, *Correspondance. Lettres sur la poésie*, Gallimard, « Folio classique », 1995, p.553.

(4) *Ibid.*, p.557.

(5) Jules Huret, *Enquête sur l'évolution littéraire* (1891), Vanves, Thot, 1982, p.79.

(6) Guy de Maupassant, « Émile Zola », *Chroniques 2*, 10/18, 1994, pp.314-315.

(7) 「エミール・ゾラ」、『ヘンリー・ジェイムズ作品集 8』海老根静江訳、国書刊行会、1984 年、p.286。

(8) ハインリヒ・マン「ゾラ論」、『歴史と文学』小栗浩訳、晶文社、1971 年。

(9) André Gide, *Journal*, t.II (1926-1950), Gallimard, « Bibliothèque de la Pléiade », 1997, p.375.

(10) *Ibid.*, pp.381-382.

(11) *Ibid.*, p.477.

(12) Louis-Ferdinand Céline, « Hommage à Zola », in *Œuvres de Céline*, Club de l'Honnête Homme, t.2, 1981, p.27.

(13) *Ibid.*, p.27.

(14) Michel Butor, « Émile Zola, romancier expérimental et la flamme bleue », *Critique*, n° 239, avril 1969, p.409; repris dans *Répertoire IV*.

(15) Jean Fréville, *Zola semeur d'orages*, Éditions sociales, 1952, p.51.

(16) ルカーチ『リアリズム論』佐々木基一ほか訳、白水社、1969 年、pp.181-182。

(17) エーリッヒ・アウエルバッハ『ミメーシス——ヨーロッパ文学における現実描写』(下)、篠田一士・川村二郎訳、筑摩書房、1967 年、pp.266-267。

(18) 同上、p.269。

(19) Gaston Bachelard, *La Psychanalyse du feu*, Gallimard, 1949. 邦訳はガストン・バシュラール『火の精神分析』前田耕作訳、せりか書房、1971 年。

(20) Jean Borie, *Zola et les mythes, ou de la nausée au salut*, Seuil, 1971.

(21) Michel Serres, *Feux et signaux de brume. Zola*, Graset, 1975, p.39.

(22) Gilles Deleuze, « Introduction » à *La Bête humaine*, in *Œuvres complètes* de Zola, édition citée, t.6, 1968, p.15. Repris dans *Logique du sens*, Minuit, 1969. 邦訳はジル・ドゥルーズ『意味の論理学』小泉義之訳、河出書房新社、2007 年。

(23) Cf. Julia Kristeva, « Aimer la vérité cruelle et disgracieuse… », *Les Cahiers naturalistes*, n° 68, 1994.

(24) Pierre Bourdieu, *Les Règles de l'art. Genèse et structures du champ littéraire*, Seuil, 1992, p.169. 邦訳はピエール・ブルデュー『芸術の規則 I』石井洋二郎訳、藤原書店、1995 年、p.189。

(25) Christophe Charle, *La Crise littéraire à l'époque du naturalisme, roman,*

théâtre, politique, Presses de l'École normale supérieure, 1979; *Naissance des « intellectuels » (1880-1900)*, Minuit, 1990. 邦訳はクリストフ・シャルル『「知識人」の誕生　1880-1900』白鳥義彦訳、藤原書店、2006 年。

(26) Gisèle Sapiro, *La Responsabilité de l'écrivain. Littérature, droit et morale en France (XIXe-XXIe siècle)*, Seuil, 2011.

(27) Alain Corbin, *Le Miasme et la jonquille : l'odorat et l'imaginaire social, XVIIIe–XIXe siècles*, Flammarion, 1986 ; réédition : collection « Champs », 2016, pp.303-304. 邦訳はアラン・コルバン『においの歴史』山田登世子・鹿島茂訳、藤原書店、1990 年、p.280。

(28) Maurice Agulhon, « Zola, interprète de la Révolution », *Histoire vagabonde I*, Gallimard, 1988, p.231.

(29) Emmanuel Le Roy Ladurie, « Préface » à *La Terre*, « Folio », 1980, p.23.

(30) Jeanne Gaillard, « Préface » à *Au Bonheur des Dames*, « Folio », 1980, p.16.

(31) *Ibid.*, pp.15-16.

(32) Michel Winock, *Les Voix de la liberté. Les Écrivains engagés du XIXe siècle*, Seuil, 2001, p.574.

(33) Mona Ozouf, *Les Aveux du roman. Le XIXe siècle entre Ancien Régime et Révolution*, Fayard, 2001, pp.259-260.

参考文献

ここではゾラ作品の近年なされた邦訳を中心にリストアップし、続いてゾラにかんする研究書および部分的にゾラを論じた著作を挙げておく。もちろん網羅的な書誌ではなく、日本語文献に限定した。筆者が参照した文献、およびゾラ文学の多様な次元を明らかにする文献については、欧文、邦文を問わず註のなかでかなり詳しく取り上げておいたので、参照していただければ幸いである。

I　ゾラ作品の翻訳

(1)『ゾラ・セレクション』宮下志朗・小倉孝誠編、藤原書店、2002-2012 年
第 1 巻『初期名作集』宮下志朗訳、2004 年
第 2 巻『パリの胃袋』朝比奈弘治訳、2003 年
第 3 巻『ムーレ神父のあやまち』清水正和・倉智恒夫訳、2003 年
第 4 巻『愛の一ページ』石井啓子訳、2003 年
第 5 巻『ボヌール・デ・ダム百貨店』吉田典子訳、2004 年
第 6 巻『獣人』寺田光徳訳、2004 年
第 7 巻『金』野村正人訳、2003 年
第 8 巻『文学論集 1865-1896』佐藤正年訳、2007 年
第 9 巻『美術論集』三浦篤・藤原貞朗訳、2010 年
第 10 巻『時代を読む 1870-1900』小倉孝誠・菅野賢治訳、2002 年
第 11 巻『書簡集 1858-1902』小倉孝誠・有富智世・高井奈緒・寺田寅彦訳、2012 年

(2)『ルーゴン＝マッカール叢書』論創社、2003-2009 年
『ルーゴン家の誕生』伊藤桂子訳、2003 年
『獲物の分け前』伊藤桂子訳、2004 年
『プラッサンの征服』小田光雄訳、2006 年
『ウージェーヌ・ルーゴン閣下』小田光雄訳、2009 年
『ナナ』小田光雄訳、2006 年
『ごった煮』小田光雄訳、2004 年
『ボヌール・デ・ダム百貨店』伊藤桂子訳、2002 年
『生きる歓び』小田光雄訳、2006 年
『ジェルミナール』小田光雄訳、2009 年
『大地』小田光雄訳、2005 年
『夢想』小田光雄訳、2004 年
『壊滅』小田光雄訳、2005 年
『パスカル博士』小田光雄訳、2005 年

(3) 長篇小説のその他の翻訳
『獲物の分け前』中井敦子訳、ちくま文庫、2004 年
『居酒屋』古賀照一訳、新潮文庫、1970 年
『ナナ』川口篤・古賀照一訳、新潮文庫、2006 年
『ジェルミナール』(上下)、河内清訳、中公文庫、1994 年
『制作』(上下)清水正和訳、岩波文庫、1999 年
『大地』全 3 巻、田辺貞之助・河内清訳、岩波文庫、1953 年
『パリ』(上下)、竹中のぞみ訳、白水社、2010 年

(4) 短篇集
『オリヴィエ・ベカイユの死/呪われた家　ゾラ傑作短篇集』國分俊宏訳、光文社古典新訳文庫、2015 年
『水車小屋攻撃　他七篇』朝比奈弘治訳、岩波文庫、2016 年

Ⅱ　研究書

(1) ゾラ論(単行本のみで、雑誌論文や紀要論文は省く)
稲葉三千男『ドレフュス事件とエミール・ゾラ:1897 年』創風社、1996 年
稲葉三千男『ドレフュス事件とエミール・ゾラ:告発』創風社、1999 年
小倉孝誠、宮下志朗編『ゾラの可能性──表象・科学・身体』藤原書店、2005 年
尾崎和郎『若きジャーナリスト　エミール・ゾラ』誠文堂新光社、1982 年
尾崎和郎『ゾラ──人と思想』清水書院、1983 年
加賀山孝子『エミール・ゾラ断章』早美出版社、2000 年
河内清『ゾラと自然主義文学』梓出版社、1990 年
清水正和『ゾラと世紀末』国書刊行会、1992 年
清水正和『フランス近代芸術──絵画と文学の対話』小沢書店、1999 年
ミシェル・セール『火、そして霧の中の信号　ゾラ』寺田光德訳、法政大学出版局、1993 年
寺田光德『欲望する機械』藤原書店、2013 年
新開公子『セザンヌとゾラ──その芸術と友情』ブリュッケ、2000 年
アラン・パジェス『フランス自然主義文学』足立和彦訳、白水社、文庫クセジュ、2014 年
アンリ・ミットラン『ゾラと自然主義』佐藤正年訳、白水社、文庫クセジュ、1999 年
宮下志朗、小倉孝誠編『いま、なぜゾラか──ゾラ入門』藤原書店、2002 年

(2) 19 世紀フランス文学関係（ゾラにかんする章を含む著作、あるいは部分的にゾラを論じている著作のみを挙げる）
石橋正孝、倉方健作『あらゆる文士は娼婦である——19 世紀フランスの出版人と作家たち』白水社、2016 年
江島泰子『「神」の人——19 世紀フランス文学における司祭像』国書刊行会、2015 年
小倉孝誠『歴史と表象——近代フランスの歴史小説を読む』新曜社、1997 年
小倉孝誠『身体の文化史——病・官能・感覚』中央公論新社、2006 年
小倉孝誠『革命と反動の図像学——1848 年、メディアと風景』白水社、2014 年
小倉孝誠編著『19 世紀フランス文学を学ぶ人のために』世界思想社、2014 年
菅野賢治『ドレフュス事件のなかの科学』青土社、2002 年
菊谷和宏『「社会」のない国、日本』講談社、2015 年
クリストフ・シャルル『「知識人」の誕生　1880-1900』白鳥義彦訳、藤原書店、2006 年
中島廣子『「驚異」の楽園——フランス世紀末文学の一断面』国書刊行会、1997 年
ピータ・ブルックス『肉体作品——近代の語りにおける欲望の対象』高田茂樹訳、新曜社、2003 年
ピエール・ブルデュー『芸術の規則』2 巻、石井洋二郎訳、藤原書店、1995 年
レイチェル・ボウルビー『ちょっと見るだけ——世紀末消費文化と文学テクスト』高山宏訳、ありな書房、1989 年
宮下志朗『読書の首都パリ』みすず書房、1998 年
吉田城『神経症者のいる文学——バルザックからプルーストまで』名古屋大学出版会、1996 年
吉田城・田口紀子編『身体のフランス文学——ラブレーからプルーストまで』京都大学学術出版会、2006 年

初出一覧

序章　書き下ろし

第Ⅰ部

第一章　「『ルーゴン＝マッカール叢書』の起源」、『日吉紀要　フランス語フランス文学』第 64 号、慶應義塾大学、2017 年 3 月。

第二章　書き下ろし

第三章　書き下ろし。ただし、次の論考を部分的に取り込んでいる。
« L'Inscription de l'histoire dans *La Débâcle* de Zola », *Comment la fiction fait histoire. Emprunts, échanges, croisements*, textes réunis par Noriko Taguchi, Honoré Champion, 2015.

第Ⅱ部

第四章　「作品はどのように生成するか――エミール・ゾラから永井荷風へ」、『書物の来歴、読者の役割』松田隆美編、慶應義塾大学出版会、2013 年。

第五章　「ゾラ『制作』の射程」、『文学』岩波書店、2015 年 3-4 月号。

第六章　「ゾラとパリの創出」、『パリという首都風景の誕生』澤田肇編、上智大学出版会、2014 年。

第Ⅲ部

第七章　「訳者解説」、エミール・ゾラ『書簡集』小倉孝誠監訳、藤原書店、2012 年。

第八章　「訳者解説」、エミール・ゾラ『時代を読む　1870-1900』小倉孝誠・菅野賢治訳、藤原書店、2002 年。

第九章　「ゾラはどう読まれてきたか」、『いま、なぜゾラか』宮下志朗・小倉孝誠編、藤原書店、2002 年。

補遺　書き下ろし